LISA KLEYPAS

SÉRIE THE TRAVIS FAMILY - 1

A PROTEGIDA

3ª reimpressão

TRADUÇÃO A C REIS

Título original: *Sugar Daddy*

EDITORA RESPONSÁVEL
Silvia Tocci Masini

EDITORES ASSISTENTES
Carol Christo
Nilce Xavier

ASSISTENTE EDITORIAL
Andresa Vidal

REVISÃO
Monique D'Orazio

REVISÃO FINAL
Mariana Paixão

CAPA
Carol Oliveira (sobre a imagem de Masson; VanHart [Shutterstock])

DIAGRAMAÇÃO
Carol Oliveira

Dados Internacionais de Catalogação na Publicação (CIP)
Câmara Brasileira do Livro, SP, Brasil

Kleypas, Lisa
A protegida / Lisa Kleypas ; tradução A C Reis . – 1. ed. 3. reimp – Belo Horizonte : Editora Gutenberg, 2019. – (Série The Travis Family , 1)

Título original: Sugar Daddy

ISBN 978-85-8235-339-4

1. Romance norte-americano I. Título. II. Série.

15-09842 CDD-813.5

Índices para catálogo sistemático:
1. Romances : Literatura norte-americana 813.5

A **GUTENBERG** É UMA EDITORA DO **GRUPO AUTÊNTICA** 

São Paulo
Av. Paulista, 2.073, Conjunto Nacional, Horsa I
23º andar . Conj. 2310-2312 .
Cerqueira César . 01311-940 São Paulo . SP
Tel.: (55 11) 3034 4468

Belo Horizonte
Rua Carlos Turner, 420
Silveira . 31140-520
Belo Horizonte . MG
Tel.: (55 31) 3465 4500

www.editoragutenberg.com.br

Para meu marido Greg, que é meu
verdadeiro amor, meu melhor amigo,
minha aventura, meu conforto e a bússo-
la no mapa do meu coração. Por me dar
os melhores abraços, fazer com que me
sinta linda, ser engraçado e inteligente,
por escolher o vinho perfeito, tomar conta
da família e por sempre ser a pessoa mais
interessante na sala.

Capítulo 1

Quando eu tinha 4 anos, meu pai morreu em um acidente numa plataforma petrolífera. Papai nem trabalhava com perfuração. Ele era um funcionário administrativo que vestia terno e gravata quando ia inspecionar as plataformas de perfuração e produção. Mas um dia ele tropeçou em uma abertura no chão da estrutura que ainda não estava pronta, caiu dezoito metros até a plataforma abaixo e morreu no mesmo instante com o pescoço quebrado.

Eu demorei muito tempo para entender que papai não iria voltar. Esperei meses por ele, sentada junto à janela da frente da nossa casa em Katy, a oeste de Houston. Alguns dias, eu ficava na entrada observando todos os carros que passavam. Não importava o quanto minha mãe me falava para não procurar mais por ele; eu não conseguia desistir. Acho que eu acreditava que a força do meu querer seria suficiente para trazer o papai de volta.

Eu tenho apenas um punhado de lembranças do meu pai, que são mais como impressões. Ele deve ter me carregado em seus ombros uma ou duas vezes – lembro do seu peito duro debaixo das minhas panturrilhas, de uma sensação de desequilíbrio no alto, ancorada pela pressão firme dos dedos ao redor dos meus tornozelos. E das mechas do seu cabelo nas minhas mãos; um cabelo preto e brilhante, cortado em camadas. Eu quase consigo escutar sua voz cantando "Arriba del Cielo", uma canção de ninar mexicana que sempre me fez ter sonhos bons.

Há uma fotografia do papai num porta-retratos sobre a minha cômoda, e é a única que eu tenho. Ele está vestindo uma camisa de caubói e calça jeans com vincos na frente, um cinto de couro artesanal com uma fivela prateada e turquesa do tamanho de um pires. Ele está com um sorrisinho pendurado no canto da boca, e uma covinha acentua a maciez de sua bochecha. Todo mundo diz que ele era um homem inteligente, um romântico, um trabalhador dedicado e com grandes ambições. Acredito que ele teria realizado grandes coisas na vida se tivesse recebido o dom de mais alguns anos. Eu sei muito pouco a respeito do meu pai, mas tenho certeza de que ele me amava. Eu sinto isso mesmo nessas lembranças pequenas e fugidias.

Mamãe nunca encontrou outro homem para substituí-lo. Ou talvez seja mais exato dizer que ela encontrou um monte de homens para substituí-lo, mas nenhum ficou por muito tempo. Ela era uma mulher linda, ainda que não fosse feliz, e atrair um homem não era problema. Segurá-lo, contudo, era algo diferente. Quando eu fiz 13 anos, mamãe já tinha passado por tantos namorados que eu não conseguia me lembrar de todos. Senti um tipo de alívio quando ela encontrou um homem com quem decidiu que poderia ficar algum tempo. Eles concordaram em morar juntos na cidade de Welcome, no leste do Texas, perto de onde ele cresceu. Welcome foi o lugar em que eu perdi e ganhei tudo. Welcome foi o local em que minha vida foi levada de um rumo para outro, e me enviou para lugares aonde nunca pensei ir.

No meu primeiro dia no estacionamento de trailers, eu saí andando por uma rua sem saída em meio a fileiras de trailers alinhados como teclas de piano. O estacionamento era uma rede de ruas sem saída, com um acesso recém-construído que circundava o lado esquerdo. Cada moradia tinha seu próprio suporte de concreto, coberto por um revestimento de alumínio ou treliça de madeira. Uns poucos trailers tinham um quintal pequeno na frente, e alguns exibiam arbustos de murta-de-crepe, com a casca abatida pelo calor, e flores marrom-claro.

O sol do fim de tarde era redondo e branco como um prato de papel colado no céu. O calor parecia vir tanto de cima como de baixo, desprendendo-se em ondas visíveis do chão rachado. O tempo se arrastava em Welcome, onde as pessoas pensavam que qualquer coisa que precisasse ser feita com pressa não valia a pena. Cachorros e gatos passavam a maior parte do dia dormindo na sombra quente, levantando-se apenas para lamber algumas gotas mornas que caíam dos encanamentos de água. Até as moscas eram lentas.

O envelope contendo um cheque crepitou no bolso do meu short jeans. Mamãe tinha me dito para entregá-lo ao gerente do Rancho Flor do Texas, o Sr. Louis Sadlek, que morava na casa de tijolos vermelhos perto da entrada do estacionamento de trailers.

Eu sentia meus pés cozinhando dentro dos tênis enquanto me arrastava pelas fendas do asfalto quebrado. Vi dois garotos mais velhos ao lado de uma menina adolescente, com a postura relaxada e os braços largados. A menina tinha um longo rabo de cavalo loiro e uma franja armada na frente. Seu bronzeado era deixado à mostra pelo short curto e por um minúsculo sutiã de biquíni roxo, o que explicava por que os garotos estavam tão absortos na conversa com ela. Um dos rapazes vestia short e camiseta regata, enquanto o outro, de cabelo escuro, usava uma calça jeans surrada e botas com crostas de lama ressecada. Ele estava em pé, com o peso apoiado em uma perna, um polegar enfiado no bolso, e gesticulava com a mão livre enquanto falava. Havia algo de notável em sua figura esguia e ossuda, em seu rosto anguloso. Sua vitalidade parecia deslocada naquele ambiente sonolento e quente.

Embora os texanos de todas as idades sejam naturalmente sociáveis e falem com estranhos sem hesitação, era óbvio que eu iria passar por aqueles três sem ser notada. O que para mim era ótimo. Mas enquanto eu caminhava discretamente pelo outro lado da rua, fiquei assustada com uma explosão de barulho e movimento. Recuando, fui cercada pelo que pareciam ser dois pitbulls raivosos. Eles latiram e rosnaram e arreganharam a boca revelando dentes amarelos ameaçadores. Até então eu nunca tive medo de cachorros, mas era óbvio que aqueles dois estavam prontos para matar.

Meu instinto falou mais alto e eu me virei para fugir. A sola gasta dos meus tênis velhos escorregou nos pedregulhos, meus pés saíram debaixo de mim e eu caí no chão com a palma das mãos e os joelhos. Soltei um grito e cobri a cabeça com os braços, enquanto esperava ser despedaçada. Mas ouvi uma voz firme acima do som de sangue que bombeava em minhas orelhas, e em vez de dentes cortando a minha carne, senti um par de mãos fortes me pegando. Eu gritei enquanto era virada para olhar o rosto do garoto de cabelo escuro. Ele me avaliou rapidamente e se virou para gritar um pouco mais com os pitbulls. Os cachorros recuaram mais alguns metros, e seus latidos se tornaram rosnados rabugentos.

"Vão embora, diabo", o garoto gritou para eles. "Vão com essas caras feias para casa e parem de assustar as pessoas, seus mer..." Ele se conteve e lançou um olhar rápido para mim.

Os pitbulls ficaram quietos e sentaram, em uma surpreendente mudança de atitude, com as línguas rosa penduradas como balões de festa murchos. Meu salvador olhou para eles com nojo e falou com o garoto de camiseta regata:

"Pete, leve os cachorros para a casa da Srta. Marva."

"Eles vão para casa sozinhos", resmungou o outro, sem querer sair de perto da garota loira de biquíni.

"Leve os cachorros para casa", foi sua resposta firme. "E diga para Marva não deixar mais a porcaria do portão aberto."

Enquanto eles conversavam, eu olhei para os meus joelhos e vi que estavam sangrando e cobertos de pó. Minha descida ao fundo do poço de constrangimento pessoal ficou completa quando o susto passou e eu comecei a chorar. Quanto mais eu tentava segurar os soluços na minha garganta, pior ficava. As lágrimas escorreram por baixo dos meus grandes óculos com armação de plástico.

"Pelo amor de Deus...", eu ouvi o garoto de regata resmungar. Soltando um grande suspiro, ele foi até os cachorros e os pegou pelas coleiras. "Vamos embora, seus encrenqueiros." Os dois o acompanharam de boa vontade, trotando com elegância, um de cada lado, como se estivessem desfilando em uma competição de cachorros de raça.

O garoto de cabelo escuro voltou a atenção para mim e sua voz ficou mais branda.

"Tudo bem agora... você está bem. Não precisa chorar, querida." Ele tirou do bolso de trás um lenço vermelho que começou a passar pelo meu rosto. Com habilidade, ele enxugou meus olhos, meu nariz e me disse para assoar. O lenço exalava o odor pungente do suor masculino enquanto era mantido preso com firmeza diante do meu nariz. Naquela época, os homens de todas as idades sempre tinham um lenço vermelho enfiado no bolso de trás do jeans. Eu vi esses lenços serem usados como peneira, coador de café, máscara contra pó e até fralda improvisada de bebê.

"Nunca mais corra assim de cachorros." O garoto guardou o lenço no bolso de trás. "Não importa que esteja apavorada. Você deve apenas olhar de lado e sair andando bem devagar, entendeu? E grite 'não' bem alto, com a voz decidida."

Eu funguei e concordei com a cabeça, olhando para seu rosto sombreado. Sua grande boca se curvou num sorriso que enviou um tremor para o fundo do meu estômago e fez os dedos do meu pé se curvarem dentro dos tênis. A verdadeira beleza havia lhe escapado por milímetros. Suas feições eram rudes e fortes demais, e seu nariz tinha uma curva perto da ponte por ter sido quebrado uma vez. Mas seu sorriso era caloroso, e seus olhos azuis pareciam acesos, em contraste com a pele dourada pelo sol, e seu cabelo castanho brilhava como pelo de marta.

"Você não precisa ter medo desses cachorros", ele disse. "Eles parecem malvados, mas, pelo que eu sei, nunca morderam ninguém. Venha, pegue a minha mão."

Quando ele me puxou e me colocou em pé, meus joelhos pareceram estar pegando fogo. Eu mal notei a dor, tão ocupada que estava com a fúria do meu coração. O aperto de sua mão era firme ao redor da minha, e seus dedos estavam secos e quentes.

"Onde você mora?", o garoto perguntou. "Você mudou para o novo trailer na curva?"

"Rã-rã", eu confirmei limpando uma lágrima perdida no meu queixo.

"Hardy..." A voz da garota loira de biquíni estava melosa. "Ela está bem, agora. Venha me acompanhar até em casa. Tem uma coisa no meu quarto que eu quero mostrar para você."

Então esse era o nome dele... O garoto continuou virado para mim, seu olhar vívido fugindo para o chão. Provavelmente era bom que a garota não conseguisse ver o sorriso irônico que surgiu nos cantos da boca do Hardy, que parecia ter uma boa ideia do que ela queria lhe mostrar.

"Não posso", ele disse, alegre. "Tenho que cuidar desta menininha."

A irritação que senti quando ele se referiu a mim como uma criança foi substituída no mesmo instante pela sensação de triunfo por ser escolhida no lugar da loira, embora eu não pudesse imaginar o motivo pelo qual ele não agarrou a oportunidade de ficar com ela. Eu não era uma *criança* sem atrativos, mas também não era do tipo que as pessoas prestavam muita atenção. Do meu pai mexicano, eu herdei o cabelo escuro, as sobrancelhas grossas e uma boca que era o dobro do tamanho necessário. Da minha mãe, eu recebi o corpo muito magro e os olhos claros, mas que não eram verdes como os dela; meus olhos eram cor de mel. Às vezes eu desejava ter a pele de marfim e o cabelo loiro da minha mãe, mas os traços morenos do meu pai ganharam. Não ajudava muito que eu fosse tímida e usasse óculos. Eu nunca fui de me destacar na multidão. Eu gostava de ficar nos cantos. E me sentia feliz mesmo quando estava sozinha, lendo. Isso e as boas notas que tirava na escola acabaram com qualquer chance de eu ser popular entre os meus pares. Então, eu tirava sempre a conclusão antecipada de que garotos como Hardy nunca iam reparar em mim.

"Vamos", ele pediu e me levou na direção do pequeno trailer bege com degraus de concreto nos fundos. Um toque de convencimento coloria o jeito de ele andar, o que lhe dava a vivacidade de um cachorro de ferro-velho.

Eu o acompanhei, receosa, imaginando como minha mãe ficaria louca se soubesse que eu estava com um estranho.

"É seu?", perguntei, afundando os pés na grama marrom em volta do trailer.

Hardy respondeu por sobre o ombro.

"Eu moro aqui com a minha mãe, dois irmãos e uma irmã."

"É bastante gente para um trailer desse tamanho", eu comentei.

"É sim. Preciso me mudar em breve, não tem lugar para mim aí. Minha mãe diz que eu estou crescendo tão rápido que logo vou arrebentar as paredes."

A ideia de que aquela criatura ainda tinha alguma coisa para crescer era quase assustadora.

"De que tamanho você vai ficar?", perguntei.

Ele riu e foi até uma torneira onde estava ligada uma mangueira cinza de jardim. Abriu-a com movimentos decididos, a água começou a fluir, e ele foi procurar a ponta da mangueira.

"Não sei. Eu já sou mais alto que a maioria dos meus parentes. Sente no degrau de baixo e estique as pernas."

Eu obedeci e olhei para os meus gambitos descarnados, com a pele coberta por uma penugem infantil escura. Eu havia tentado raspar os pelos da perna algumas vezes, mas aquilo ainda não tinha se tornado uma rotina. Não pude evitar de comparar minhas pernas às da garota loira, bronzeadas e lisas, e o calor do constrangimento cresceu dentro de mim.

Aproximando-se com a mangueira, Hardy se colocou de cócoras.

"Acho que vai arder um pouco, Liberty", ele avisou.

"Tudo bem, eu..." Eu parei e arregalei os olhos, espantada. "Como é que você sabe meu nome?"

Um sorriso apareceu no canto da sua boca.

"Está escrito na parte de trás do seu cinto."

Cintos com nome foram populares naquele ano. Eu tinha implorado para minha mãe comprar um para mim. Nós escolhemos couro rosa-claro com meu nome gravado em letras vermelhas.

Inspirei com força quando Hardy lavou meus joelhos com o jato de água morna, tirando o sangue e a sujeira. Doeu mais do que eu esperava, principalmente quando ele passou o polegar sobre uns fragmentos teimosos de pedra, para soltá-los da minha pele inchada.

Ele emitiu um som para me acalmar quando eu me encolhi, e puxou conversa para me distrair.

"Quantos anos você tem? Doze?"

"Tenho catorze, quase quinze."

Seus olhos azuis brilharam.

"Você é meio pequena para *quase* quinze."

"Não sou, não", respondi, indignada. "Estou no segundo ano. E você, quantos anos tem?"

"Dezessete anos e seis meses."

Fiquei brava com o deboche, mas quando olhei para ele, vi um lampejo brincalhão. Eu nunca tinha sentido tão forte a atração de outro ser humano, que, misturada à cordialidade e à curiosidade, formava uma interrogação no ar. Algumas vezes, durante a vida, acontece assim. Você conhece um estranho e só o que importa é que precisa saber tudo sobre ele.

"Quantos irmãos e irmãs você tem?", ele perguntou.

"Nenhum. Somos só eu, minha mãe e o namorado dela."

"Amanhã, se for possível, eu trago minha irmã, Hannah, para você conhecer. Ela pode apresentar algumas garotas daqui e mostrar de quais é melhor manter distância." Hardy tirou a água dos meus joelhos machucados, agora rosados e limpos.

"E aquela com quem você estava conversando? É melhor eu ficar longe dela?"

Ele sorriu.

"Aquela é a Tamryn. É, é melhor ficar longe dela. Ela não gosta muito de outras garotas." Ele foi até a torneira desligar a água e voltou para perto de mim. Eu continuava sentada no degrau. O cabelo castanho lhe caía sobre a testa. Tive vontade de colocá-lo para trás. Eu queria tocá-lo, não com sensualidade, mas com admiração.

"Você vai para casa, agora?", Hardy perguntou, estendendo o braço para mim. Nossas mãos se entrelaçaram. Ele me puxou e eu fiquei em pé. Antes de soltar, eu verifiquei se estava firme.

"Ainda não. Tenho que fazer uma coisa. Entregar um cheque para o Sr. Sadlek." Eu pus a mão sobre o bolso de trás para verificar se o envelope continuava lá.

O nome fez um vinco aparecer entre suas sobrancelhas castanhas.

"Eu vou com você."

"Não precisa", eu disse, embora sentisse um surto de prazer tímido com aquilo.

"Precisa, sim. Sua mãe deveria saber que não devia mandar você sozinha até a recepção."

"Não entendi."

"Vai entender depois que o conhecer." Hardy segurou meus ombros em suas mãos e disse com firmeza: "Se algum dia você precisar falar com Louis Sadlek, por qualquer motivo, venha me chamar primeiro".

O toque das mãos era eletrizante. Minha voz soou sem fôlego quando eu falei:

"Eu não vou querer te dar trabalho."

"Não é trabalho." Ele olhou para mim por mais um instante e depois recuou meio passo.

"Você é muito gentil", eu disse.

"Que nada." Ele sacudiu a cabeça e abriu um sorriso. "Eu não sou gentil. Mas entre os pitbulls da Srta. Marva e Sadlek, alguém precisa cuidar de você."

Nós fomos caminhando pela rua principal, e Hardy encurtou seu passo longo para acompanhar os meus. Quando o ritmo dos nossos pés sincronizou com perfeição, senti uma pontada profunda de satisfação. Eu teria continuado andando assim para sempre, lado a lado com ele. Poucas vezes, em toda minha vida, vivenciei um momento tão intensamente, sem nenhuma solidão escondida nos cantos.

Quando eu falei, minha voz soou lânguida aos meus próprios ouvidos, como se nós estivéssemos deitados sobre a grama, na sombra de uma árvore.

"Por que você diz que não é gentil?"

Ele deu uma risada baixa, pesarosa.

"Porque eu sou um pecador relapso."

"Eu também sou." Isso não era verdade, claro, mas se aquele garoto era um pecador relapso, eu também queria ser.

"Não, você não é", ele disse com uma certeza meio malandra.

"Como você pode dizer isso se nem me conhece?"

"Pela sua aparência."

Dei um olhar furtivo para ele. Fiquei tentada a perguntar o que mais ele via na minha aparência, mas tive receio do que eu já sabia. Meu rabo de cavalo malfeito, o tamanho recatado dos meus shorts, os óculos grandes e as sobrancelhas grossas... tudo isso não compunha o retrato das fantasias mais loucas de um garoto. Eu decidi mudar o rumo da conversa.

"O Sr. Sadlek é mau?", perguntei. "É por isso que não devo falar com ele sozinha?"

"Ele herdou o estacionamento de trailers dos pais há uns cinco anos e, desde então, tem assediado toda mulher que passa na frente dele. Tentou com a minha mãe umas duas vezes, e então eu falei para ele que, se fizesse de novo, eu iria reduzi-lo a uma mancha no chão daqui até Sugar Land."

Não duvidei da ameaça nem por um segundo. Apesar de jovem, Hardy era grande o bastante para fazer um *estrago* em alguém.

Nós chegamos à casa de tijolos vermelhos, que se destacava no terreno árido como um carrapato em um cervo. Uma grande placa em preto e branco que anunciava Rancho Flor do Texas – Terrenos para casas móveis estava presa à lateral da casa mais próxima da rua, com cachos de flores plásticas desbotadas grudados nos cantos. Um pouco mais adiante, uma fileira de flamingos rosa de jardim crivados de balas estava disposta ao longo da estrada. Mais tarde eu viria a saber que era hábito de alguns residentes dali, incluindo o Sr. Sadlek, visitar o terreno de um vizinho para praticar tiro ao alvo. Eles atiravam em uma fileira de flamingos que se inclinavam para trás quando atingidos, e depois voltavam para a posição inicial. Quando um flamingo ganhava tantos furos que não servia mais para ser alvo, era colocado estrategicamente na entrada do estacionamento, para atestar a habilidade dos residentes com suas armas.

Um cartaz de ABERTO estava pendurado na janelinha lateral junto à porta da frente. Sentindo-me segura pela presença de Hardy ao meu lado, fui até a porta, bati, um pouco hesitante, e a abri.

Uma arrumadeira latina estava ocupada passando esfregão na entrada. No canto, um aparelho de som espalhava o ritmo animado da música texana. Erguendo os olhos, a jovem disparou em espanhol:

"*Cuidado, el piso es mojado.*"

Sabia umas poucas palavras de espanhol. Sem fazer ideia do que ela tinha falado, eu só balancei a cabeça. Mas Hardy respondeu sem perder tempo:

"*Gracias, tendremos cuidados.*" Ele pôs a mão no centro das minhas costas. "Cuidado, o chão está molhado."

"Você fala espanhol?", perguntei, um pouco surpresa.

"Você não?", ele ergueu as sobrancelhas escuras.

Eu sacudi a cabeça, envergonhada. Era sempre fonte de um constrangimento vago, apesar da minha ascendência, eu não saber falar a língua do meu pai.

Uma figura alta, pesada, apareceu na entrada do escritório. À primeira vista, Louis Sadlek era um homem de boa aparência, mas sua beleza estava estragada; o rosto e o corpo mostravam a decadência decorrente dos maus hábitos. A camisa de caubói listrada estava para fora da calça, num esforço de tentar esconder a massa em torno da cintura. Embora o tecido da calça parecesse poliéster barato, suas botas eram feitas de couro de cobra tingido de azul. Suas feições proporcionais eram desfiguradas pelo inchaço avermelhado em volta do pescoço e das bochechas.

Sadlek olhou para mim sem muito interesse e arreganhou os dentes em um sorriso sujo. Ele falou primeiro com Hardy.

"Quem é a *cucaracha*?"

Com o canto do olho, vi a arrumadeira ficar rígida e parar com o esfregão. Parecia que ela já tinha ouvido aquela palavra o bastante para entender seu significado.

Vendo a tensão no maxilar de Hardy e seu punho crispado ao lado do corpo, eu intervim, apressada.

"Sr. Sadlek, eu..."

"Não a chame assim", disse Hardy com uma voz que eriçou os pelos da minha nuca.

Eles ficaram se encarando com animosidade palpável e os olhos travados. Um homem, bem além dos seus melhores anos, e um garoto que ainda não tinha chegado lá. Mas não havia dúvida, na minha cabeça, como aquilo terminaria se acontecesse uma briga.

"Eu sou Liberty Jones", falei, tentando acalmar a tensão. "Minha mãe e eu chegamos no novo trailer." Eu tirei o envelope do meu bolso de trás e o estendi para ele. "Ela me disse para lhe entregar isto."

Sadlek pegou o envelope e o enfiou no bolso da camisa, deixando seu olhar me percorrer dos pés à cabeça.

"Diana Jones é *sua* mãe?"

"Sim, senhor."

"Como uma mulher daquelas tem uma garota de pele escura como você? Seu pai devia ser mexicano."

"Sim, senhor."

Ele soltou uma risadinha de desdém e balançou a cabeça. Outro sorriso debochado saiu de sua boca.

"Diga à sua mãe para ela mesma trazer o cheque do aluguel da próxima vez. Preciso conversar com ela sobre algumas coisas."

"Tudo bem." Ansiosa para sair da frente dele, puxei o braço firme de Hardy. Depois de um último olhar de advertência para Louis Sadlek, Hardy me acompanhou até a porta.

"É melhor você não andar com "lixo branco" como os Cates, garotinha", Sadlek falou às nossas costas. "Eles só causam problemas. E Hardy é o pior de todos."

Depois de menos de um minuto na presença daquele homem, eu sentia como se estivesse andando com lixo à altura do peito. Virei para Hardy, espantada.

"Que imbecil", eu disse.

"Nem me fale."

"Ele tem mulher e filhos?"

Hardy balançou a cabeça.

"Pelo que sei, é divorciado duas vezes. Parece que algumas mulheres na cidade o acham um bom partido. Não dá para dizer, olhando para ele, mas Sadlek tem um pouco de dinheiro."

"Do estacionamento?"

"Disso e de outros negócios."

"Que tipo de negócios?"

Ele forçou uma risada.

"Você não gostaria de saber."

Caminhamos até a interseção da curva em silêncio. Com a noite chegando, começavam a aparecer sinais de vida no estacionamento... carros entrando, vozes e televisões passando pelas paredes finas, cheiros de comida frita. O sol branco descansava no horizonte, sangrando cores até o céu ficar banhado de roxo, laranja e vermelho.

"É este?", perguntou Hardy, parando em frente ao meu trailer branco com sua bela faixa de alumínio.

Eu anuí antes mesmo de ver o perfil da minha mãe na janela da cozinha.

"É, sim!", exclamei, aliviada. "Obrigada."

Enquanto eu estava ali, olhando para ele através dos meus óculos de armação marrom, Hardy estendeu a mão para afastar uma mecha de cabelo que havia se soltado do meu rabo de cavalo. A ponta calejada do seu dedo raspou gentilmente na minha pele, parecendo a lambida de gato.

"Sabe o que você me lembra?", ele perguntou, estudando meu rosto. "Um mocho-duende."

"Isso não existe", eu disse.

"Existe, sim. Eles vivem, na maioria, ao sul do vale do Rio Grande, mas de vez em quando, um mocho-duende voa até aqui. Eu já vi um." Ele usou o polegar e o dedo indicador para mostrar um tamanho de doze centímetros. "Eles são mais ou menos deste tamanho. É um passarinho bonito e pequenino."

"Não sou tão pequena", protestei.

Hardy sorriu. Sua sombra ficou sobre mim, bloqueando a luz do pôr do sol dos meus olhos ofuscados. Eu sentia uma agitação desconhecida. Eu quis entrar mais fundo naquela sombra, até encontrar o corpo dele, até sentir seus braços ao meu redor.

"Sadlek estava certo, sabia", ele disse.

"Sobre o quê?"

"Eu sou um problema."

Eu sabia disso. Meu coração tumultuado sabia, assim como meus joelhos moles e minha barriga em polvorosa.

"Eu gosto de problemas", consegui dizer, e a risada dele cortou o ar.

Ele se afastou a passos longos e elegantes, uma escura figura solitária. Pensei na força de suas mãos quando ele me ergueu do chão. Observei-o até ele sumir de vista, e senti minha garganta grossa, formigando como se tivesse acabado de engolir uma colher de mel quente.

O pôr do sol terminou com um longo facho de luz sobre o horizonte, como se o céu fosse uma grande porta, e Deus estivesse dando uma última olhada.

Boa noite, Welcome, pensei e entrei no trailer.

Capítulo 2

Minha casa nova tinha um cheiro bom de plástico recém-moldado e carpete novo. Era um trailer de dois dormitórios com pátio de concreto nos fundos. Eu tive permissão para escolher o papel de parede do meu quarto, branco com maços de rosas e uma faixa azul estreita percorrendo tudo. Ocupávamos uma casa alugada em Houston antes de nos mudar para Welcome, no leste, e nunca tínhamos morado em um trailer.

Assim como nossa moradia, o namorado da mamãe, Flip, era uma aquisição nova. Esse apelido vinha do seu hábito de ficar mudando os canais da TV, o que a princípio não pareceu tão ruim, mas depois de algum tempo começou a me deixar maluca. Quando Flip estava por perto, ninguém conseguia assistir a mais do que cinco minutos de qualquer programa. Eu nunca soube muito bem por que mamãe o convidou para morar conosco – ele não parecia ser diferente nem melhor do que seus namorados anteriores. Flip era como um cachorro amigável e enorme, simpático e preguiçoso, com uma barriguinha de cerveja, um cabelo curto dos lados e comprido atrás, e um sorriso fácil. Mamãe teve que sustentá-lo financeiramente desde o primeiro dia, com seu salário de recepcionista no registro de imóveis local. Flip, por outro lado, estava sempre desempregado. Embora não fizesse objeção a ter um emprego, ele se opunha com vigor ao conceito de procurar um. Esse era um paradoxo caipira comum.

Mas eu gostava do Flip porque ele fazia minha mãe rir. O som daquelas risadas efêmeras me era tão precioso que eu queria poder capturar uma delas em um pote de conserva e guardá-la para sempre.

Quando entrei no trailer, vi Flip esticado no sofá com uma cerveja na mão, enquanto mamãe guardava latas em um armário da cozinha.

"Oi, Liberty", ele disse, tranquilo.

"Oi, Flip." Eu entrei na cozinha para ajudar minha mãe. A luz fluorescente do teto brilhava em seu cabelo liso e loiro. Minha mãe tinha feições delicadas e claras, com olhos verdes misteriosos e uma boca frágil. A única pista de sua teimosia monumental era a linha marcada do seu maxilar, formando uma letra V semelhante à proa dos navios à vela antigos.

"Você entregou o cheque para o Sr. Sadlek, Liberty?"

"Entreguei." Peguei os pacotes de farinha, açúcar e fubá e os guardei na despensa. "Ele é um babaca, mãe. Me chamou de *cucaracha*."

Ela se virou como um raio para me encarar, seus olhos faiscando. Um rubor cobriu seu rosto com delicadas manchas vermelhas.

"Que vagabundo!", exclamou. "Eu não acredito... Flip, você ouviu o que a Liberty acabou de falar?"

"Não."

"Ele chamou minha filha de *cucaracha*."

"Quem?"

"Louis Sadlek. O gerente da propriedade. Flip, mexa o traseiro e vá falar com ele. Agora mesmo! Diga que se ele fizer isso de novo..."

"Ora, querida, essa palavra não quer dizer nada", argumentou Flip. "Todo mundo fala. Não é para magoar."

"Não ouse tentar justificar isso!" Mamãe esticou as mãos e me puxou para perto, passando os braços ao redor dos meus ombros e costas. Surpresa com a violência da reação dela – afinal, não era a primeira vez que usavam essa palavra comigo e, com certeza, não seria a última –, eu a deixei me abraçar por um instante antes de me contorcer e soltar.

"Estou bem, mamãe", eu disse.

"Qualquer um que use essa palavra está mostrando para você que ele próprio é uma porcaria ignorante", ela disse, brusca. "Não existe nada de errado em ser mexicana. Você sabe disso." Ela estava mais preocupada comigo do que eu mesma.

Eu sempre tive consciência de que era diferente da minha mãe. Nós atraíamos olhares quando íamos juntas a algum lugar. Mamãe era clara como um anjo, enquanto eu era obviamente hispânica, com meus cabelos pretos. Eu tinha aprendido a aceitar isso com resignação. Ser metade mexicana não era diferente de ser *toda* mexicana. Isso significava que às vezes eu seria chamada de *cucaracha*, mesmo sendo americana nativa e nunca tendo sequer molhado um dedo do pé no Rio Grande.

"Flip", mamãe insistiu, "você vai falar com ele?"

"Ele não precisa fazer isso", eu disse, arrependida de ter aberto a boca. Eu não conseguia imaginar Flip se dando ao trabalho de fazer alguma coisa que considerava sem importância.

"Querida", Flip protestou, "não vejo motivo para a gente arrumar encrenca com o senhorio no primeiro dia..."

"O motivo é que você deveria ser homem o bastante para defender minha filha." Mamãe o fuzilou com os olhos. "Eu vou, então, droga."

Veio um gemido arrastado do sofá, mas nenhum movimento, a não ser o do polegar no controle remoto.

Nervosa, eu procurei argumentar.

"Mãe, não. Flip tem razão, isso não significa nada." Eu sabia, em cada célula do meu corpo, que minha mãe precisava ficar longe de Louis Sadlek.

"Não vou demorar", ela disse, decidida, à procura de sua bolsa.

"*Por favor*, mãe." Eu buscava freneticamente uma forma de dissuadi-la. "Está na hora do jantar. Eu estou com fome. *Muita* fome. Podemos sair para comer? Vamos experimentar o restaurante self-service da cidade." Todo adulto que eu conhecia, incluindo minha mãe, gostava de ir a um restaurante self-service.

Mamãe parou e olhou para mim, suavizando seu rosto.

"Você detesta comida de bufê."

"Eu me acostumei", insisti. "Eu comecei a gostar de comer em bandejas com divisões." Vendo o início de um sorriso nos lábios dela, eu acrescentei: "Se nós tivermos sorte, vai ser a noite da terceira idade, e aí você só paga meia."

"Sua pirralha", ela exclamou, rindo de repente. "Eu me *sinto* na terceira idade depois dessa mudança toda." Entrando a passos largos na sala de estar, ela desligou a TV e se colocou na frente da tela apagada. "Levante, Flip."

"Eu vou perder a Miss Luta Livre", ele reclamou, sentando-se. Um lado de seu cabelo desgrenhado estava amassado de tanto ficar deitado na almofada.

"Você nunca assiste ao programa inteiro, mesmo", disse mamãe. "*Agora*, Flip... ou vou esconder o controle por um mês inteiro."

Ele suspirou alto e se levantou.

No dia seguinte eu conheci Hannah, irmã do Hardy, que era um ano mais nova que eu, mas uma cabeça mais alta. Ela impressionava mais do que era bonita, com os membros esguios e atléticos comuns aos Cates. Eles gostavam de atividades físicas, de competições e de brincadeiras, sendo o oposto completo de tudo que eu era. Como única garota da família, Hannah tinha aprendido a nunca recuar diante de um desafio e a se atirar de cabeça em todas as disputas, não importando o quanto pudessem parecer impossíveis. Eu admirava toda essa ousadia, mesmo não sendo da minha natureza. Era uma maldição, Hannah lamentou, ser aventureira em um lugar onde não havia aventuras.

Ela era maluca pelo irmão mais velho e adorava falar dele quase tanto quanto eu adorava ouvi-la. De acordo com Hannah, Hardy havia se formado no ano anterior, mas namorava uma jovem mais velha chamada Amanda Tatum. As garotas se atiravam nele desde que tinha 12 anos. Hardy passava os dias construindo e consertando cercas de arame farpado para os fazendeiros da região e, assim, conseguiu pagar o valor da entrada da picape da sua mãe. Ele era *fullback* no time de futebol americano, antes de arrebentar os ligamentos do joelho, e costumava correr quarenta metros em 4,5 segundos. Ele sabia imitar o canto de praticamente qualquer pássaro do Texas que você dissesse, de um *chickadee* a um peru selvagem. E era legal com Hannah e seus dois irmãos mais novos, Rick e Kevin.

Eu achei Hannah a garota mais sortuda do mundo por ter Hardy como irmão. Ainda que sua família fosse pobre, eu a invejei. Eu não gostava de ser filha única. Sempre que era convidada para jantar na casa de alguma amiga, eu me sentia visitando uma terra estrangeira, aprendendo como as coisas eram feitas. Eu gostava principalmente de famílias que faziam muita bagunça. Mamãe e eu éramos pacatas, e, embora ela me garantisse que uma família podia ser constituída por apenas duas pessoas, a nossa não parecia completa.

Eu sempre tive fome de família. Todo mundo que eu conhecia era próximo de seus avós, tios-avós e primos em segundo e terceiro graus, além de parentes distantes que se reuniam uma vez por ano ou a cada dois anos. Eu nunca conheci meus parentes. Papai também foi filho único como eu, e os pais dele tinham falecido. O resto da família estava espalhada pelo estado. Era a família Jimenez, que vivia há várias gerações no Condado de Liberty.

Foi assim, na verdade, que eu ganhei meu nome. Nasci na cidade de Liberty, um pouco a nordeste de Houston. Os Jimenez haviam se estabelecido lá no século 19, quando o México abriu a região para colonos. Os Jimenez acabaram mudando o nome para Jones, e depois morreram ou venderam suas terras e se mudaram.

Isso fazia restar apenas a família do lado da minha mãe. E sempre que eu perguntava desses parentes, ela ficava quieta, ou então estrilava comigo e me mandava brincar fora de casa. Uma vez eu a vi chorando depois de uma situação dessas, sentada na cama com os ombros caídos, como se estivesse suportando pesos invisíveis. Por causa disso, eu nunca mais perguntei da família dela. Mas eu sabia seu nome de solteira: Truitt. E me perguntava se os Truitt sabiam que eu existia. Mas eu principalmente me perguntava o que minha mãe tinha feito de tão ruim para que sua própria família não a quisesse mais.

Apesar do meu medo, Hannah insistiu em me levar para conhecer a Srta. Marva e seus pitbulls, mesmo depois de eu argumentar que os animais tinham me deixado em pânico.

"É melhor você ficar amiga deles", Hannah me aconselhou. "Algum dia eles vão escapar pelo portão e correr por aí de novo, mas não vão ligar para você se a conhecerem."

"Quer dizer que eles só comem estranhos?"

Eu não achava que minha covardia fosse despropositada, dadas as circunstâncias, mas Hannah revirou os olhos.

"Não seja medrosa, Liberty."

"Você sabe o que acontece com quem é mordido por um cachorro?", perguntei, indignada.

"Não."

"Hemorragia, nervos danificados, tétano, raiva, infecção, amputação."

"Nojento", disse Hannah, fascinada.

Nós caminhávamos pela rua principal do estacionamento de trailers, nossos tênis levantando pedrinhas e nuvens de poeira. Estávamos com a cabeça descoberta e o sol nos castigava, queimando as riscas dos nossos cabelos. Quando nos aproximamos do lote dos Cates, vi Hardy lavando sua velha caminhonete azul, com as costas nuas e os ombros brilhando como uma moeda nova. Ele vestia shorts jeans, sandálias e óculos escuros estilo aviador. Quando sorriu, seus dentes brancos se destacaram no rosto bronzeado e tive uma sensação agradável na minha barriga.

"Ei, vocês", ele disse, enxaguando a espuma da picape, com o polegar tapando parcialmente a ponta da mangueira para aumentar a pressão da água. "O que estão aprontando?"

Hannah respondeu por nós duas.

"Eu quero que Liberty faça amizade com os pitbulls da Srta. Marva, mas ela está com medo."

"Não estou", eu disse, o que não era verdade, mas eu não queria que Hardy pensasse que eu era covarde.

"Você acabou de me dizer tudo que pode acontecer se for mordida", lembrou Hannah.

"Isso não quer dizer que eu esteja com medo", eu disse, na defensiva. "Quer dizer que sou bem informada."

Hardy olhou com preocupação para a irmã.

"Hannah, você não pode forçar alguém a fazer uma coisa dessas antes de a pessoa estar pronta. Deixe que Liberty se preocupe com isso quando ela quiser."

"Eu quero", insisti, trocando todo o bom senso pelo orgulho.

Hardy foi fechar a água, puxou uma camiseta branca de um varal em forma de guarda-chuva e a vestiu no tronco esguio.

"Eu vou com vocês. A Srta. Marva está querendo que eu leve as pinturas dela para a galeria de arte."

"Ela é artista?", perguntei.

"Ah, sim", disse Hannah. "A Srta. Marva pinta flores do Texas. O trabalho dela é bonito mesmo, não é, Hardy?"

"É sim", ele disse, aproximando-se para puxar com delicadeza uma das tranças da irmã.

Enquanto o observava, senti o mesmo desejo confuso que havia experimentado antes. Eu queria ficar mais perto dele, investigar o aroma de sua pele debaixo da camada de algodão branco.

A voz de Hardy pareceu mudar um pouco quando ele falou comigo.

"Como estão seus joelhos, Liberty? Ainda doloridos?"

Eu sacudi a cabeça, muda, tremendo quase igual a uma corda de violão, devido à preocupação dele comigo. Hardy esticou a mão para mim, hesitou, então tirou com delicadeza os óculos de armação marrom do meu rosto. Como sempre, as lentes estavam cobertas de manchas e marcas de dedo.

"Como você consegue enxergar com isto aqui?", ele perguntou.

Eu dei de ombros e sorri para o borrão intrigante que era seu rosto acima do meu. Hardy limpou as lentes com a camiseta e as examinou antes de me devolver os óculos.

"Vamos... vou acompanhar vocês até a casa da Srta. Marva. Vai ser interessante ver o que ela acha da Liberty."

"Ela é legal?" Comecei a andar do lado direito de Hardy, enquanto Hannah ficou à sua esquerda.

"É legal se gostar de você", ele respondeu.

"Ela é velha?", perguntei, lembrando da senhora excêntrica do nosso bairro em Houston, que me perseguia com uma vara sempre que eu pisava no jardim que ela cultivava com tanto cuidado. Eu não gostava muito de velhos. Os poucos que eu conhecia eram rabugentos ou lerdos, ou só mostravam interesse em conversar sobre problemas de saúde.

A pergunta fez Hardy rir.

"Não sei dizer. Ela tem 59 anos desde que eu nasci."

Cerca de quatrocentos metros mais à frente, nós chegamos ao trailer da Srta. Marva, que eu teria identificado mesmo sem a ajuda dos meus companheiros. Os latidos daqueles filhos do inferno, atrás da cerca de arame no quintal dos fundos, deram a dica. Eles sabiam que eu estava chegando. Senti enjoo no mesmo instante, minha pele ficou arrepiada e suada e meu coração acelerou até eu conseguir senti-lo nos meus joelhos esfolados.

Parei onde estava, e Hardy se virou para me olhar, intrigado.

"Liberty, o que esses cachorros têm que a deixam assim nervosa?"

"Eles sentem o cheiro do medo", eu disse, com o olhar grudado no canto do quintal cercado, onde podia ver os pitbulls pulando e espumando.

"Você disse que não tinha medo de cachorros", falou Hannah.

"Não de cachorros normais. Mas não gosto de pitbulls traiçoeiros e raivosos."

Hardy riu. Ele colocou uma mão quente na minha nuca e apertou de leve.

"Vamos entrar, e você vai conhecer a Srta. Marva. Você vai gostar dela." Tirando os óculos de sol, ele me encarou com sorridentes olhos azuis. "Eu prometo."

O trailer tinha um cheiro forte de cigarros e água de flores, e de alguma coisa boa assando no forno. Parecia que cada centímetro quadrado do local estava coberto por arte e artesanato. Casinhas de pássaros pintadas à mão, capas de caixas de lenços de papel feitas de lã acrílica, decorações de Natal, jogos americanos de crochê e telas sem moldura de flores do Texas pintadas em todos os tamanhos e formatos. No meio daquele caos estava sentada uma senhorinha rechonchuda com um cabelo que havia sido puxado e esticado em um perfeito penteado colmeia, além de tingido em um tom de vermelho que nunca vi na natureza. A pele do rosto dela era enrugada e mudava constantemente para acomodar suas animadas expressões faciais. Seu olhar era alerta como o de um falcão. Embora a Srta. Marva pudesse ser velha, não tinha nada de lerda.

"Hardy Cates", ela falou, a voz áspera de nicotina, "faz dois dias que estou esperando você pegar minhas pinturas."

"Sim, senhora", ele disse com humildade.

"Bem, garoto, qual é sua desculpa?"

"Eu andei muito ocupado."

"Quando você se atrasa, Hardy, a coisa decente a fazer é inventar uma boa desculpa." A atenção dela se voltou para Hannah e eu. "Hannah, quem é a garota ao seu lado?"

"Esta é Liberty Jones, Srta. Marva. Ela e a mãe acabaram de se mudar para o trailer novo na curva."

"*Só* você e sua mãe?", perguntou a Srta. Marva, franzindo a boca como se tivesse acabado de comer um punhado de picles fritos.

"Não, senhora. O namorado da minha mãe mora com a gente." Instigada pelas perguntas da Srta. Marva, eu continuei falando e expliquei tudo sobre Flip e sua mania de mudar de canal, e o fato de minha mãe ser viúva e trabalhar atendendo o telefone no registro de imóveis e também por que eu estava ali, para fazer as pazes com os pitbulls, depois que eles me atacaram e assustaram.

"Aqueles nojentos", exclamou a Srta. Marva sem se alterar. "Não valem a confusão que arrumam. Mas preciso deles para me fazer companhia."

"Qual o problema com os gatos?", eu perguntei.

A Srta. Marva sacudiu a cabeça, decidida.

"Eu desisti dos gatos há muito tempo. Eles se apegam aos lugares. Cachorros se apegam às pessoas."

A Srta. Marva nos levou até a cozinha e nos deu pratos cheios de Bolo Veludo Vermelho. Entre bocados de bolo, Hardy me disse que a Srta. Marva era a melhor cozinheira de Welcome. De acordo com ele, os bolos e as tortas dela ganharam a faixa tricolor na feira do condado todos os anos, até que os organizadores lhe imploraram que não concorresse mais, para que os outros tivessem chance. O Bolo Veludo Vermelho da Srta. Marva era o melhor que eu já tinha comido, feito de leitelho e cacau, além de bastante corante alimentício vermelho, que fazia a massa brilhar como um semáforo. Ele tinha uma camada de cobertura de creme com dois centímetros de espessura.

Nós comemos como lobos esfomeados até a última migalha, quase arrancando o revestimento dos pratos de cerâmica com nossos garfos agressivos. Minhas amídalas ainda estavam formigando com a doçura do creme quando a Srta. Marva me mandou ir até o pote de biscoitos na ponta do balcão de fórmica.

"Leve dois desses biscoitos para os cachorros", ela me orientou, "e entregue pela cerca. Eles vão gostar de você bem rápido, assim que der comida para eles."

Eu engoli em seco. De repente, o bolo virou um tijolo no meu estômago.

"Você não precisa fazer isso", Hardy murmurou ao ver minha expressão.

Eu não estava com muita vontade de enfrentar os pitbulls, mas se algo pudesse me dar mais alguns minutos da companhia do Hardy, eu enfrentaria um estouro de boiada. Enfiei a mão no pote e peguei dois biscoitos em forma de osso, cuja superfície ficou pegajosa em contato com minha mão suada. Hannah continuou dentro do trailer para ajudar a Srta. Marva a guardar mais peças de artesanato dentro de uma caixa de bebidas. Latidos furiosos encheram o ar quando Hardy me levou até o portão. As orelhas dos cachorros estavam baixadas sobre as cabeças ogivais enquanto eles arreganhavam os lábios para rosnar e zombar. O macho era preto e branco e a fêmea, bege-claro. Eu me perguntei por que eles pensavam que me ameaçar valia o trabalho de saírem da sombra do toldo do trailer.

"A cerca consegue segurar os dois?", perguntei, ficando tão perto de Hardy que quase tropecei nele. Os cachorros estavam cheios de uma energia retesada, e se esticavam como se fossem pular o portão.

"Com certeza", Hardy disse com uma certeza reconfortante. "Eu mesmo a construí."

Eu olhei desconfiada para os cachorros furiosos.

"Qual é o nome deles? Psico e Tico?"

Ele balançou a cabeça.

"Docinho e Beijinho."

Fiquei de boca aberta.

"Você está brincando."

"Infelizmente não", um sorriso passou por seus lábios.

Se colocar nomes fofos tinha sido uma tentativa da Srta. Marva de tornar o casal mais simpático, não funcionou. Eles avançavam contra mim dando mordidas no ar como se eu fosse um pacote de linguiças. Hardy firmou a voz para falar que o melhor para eles é que se comportassem, mandando-os ficarem quietos. Ele também deu ordem para que sentassem, no que teve sucesso relativo. Docinho baixou o traseiro, hesitante, até o chão, enquanto Beijinho continuou pulando, desafiador. Ofegantes e de boca aberta, os dois nos olhavam com olhos que pareciam botões pretos.

"Agora", Hardy me instruiu, "ofereça um biscoito para o cachorro preto com a mão aberta, palma para cima. Não olhe direto para os olhos. E não faça movimentos bruscos."

Troquei o biscoito de mão, colocando-o sobre minha palma esquerda.

"Você é canhota?", perguntou ele, amável.

"Não. Mas se me comerem esta mão, vou continuar com a que eu uso para escrever."

Ele riu baixinho.

"Eles não vão morder você. Continue."

Fixei meu olhar na coleira contra pulgas que rodeava o pescoço de Docinho e comecei a estender o biscoito na direção da grade de metal que nos separava. Vi o corpo do animal ficar tenso quando percebeu a guloseima na minha mão. Infelizmente, parecia razoável eu me perguntar se a atração era o biscoito ou era eu. Perdendo a coragem no último instante, eu retirei a mão. Um ganido saiu da garganta de Docinho, enquanto Beijinho reagiu com uma série de latidos truncados. Disparei um olhar envergonhado para Hardy, esperando que ele fosse caçoar de mim. Sem falar nada, ele passou o braço firme pelos meus ombros e levou sua mão livre até a minha. Ele a aninhou como se segurasse um beija-flor. Juntos, oferecemos o biscoito para o cachorro, que o engoliu com uma bocada gigantesca e começou a abanar o rabo. Sua língua deixou um revestimento de saliva na minha palma, que limpei no meu short. Hardy manteve o braço nos meus ombros enquanto eu dava o outro biscoito para Beijinho.

"Muito bem", foi o elogio discreto de Hardy. Ele apertou de leve meu ombro e tirou o braço. A pressão de seu toque pareceu continuar mesmo depois de ele retirar o braço. O lugar em que nossos flancos se tocaram ficou quente. Meu coração batia com um novo ritmo, e cada inspiração minha alimentava uma dor doce nos meus pulmões.

"Continuo com medo deles", eu disse, observando as duas feras que voltaram para o lado do trailer e depois desabaram na sombra.

Ainda de frente para mim, Hardy colocou a mão no alto da cerca e apoiou parte do seu peso nela. Ele me olhava como se estivesse fascinado por alguma coisa que viu no meu rosto.

"Ter medo nem sempre é ruim", ele disse, a voz suave. "Pode ajudá-la a continuar em frente e a fazer as coisas."

O silêncio entre nós era diferente de qualquer outro silêncio que eu havia conhecido antes – intenso, caloroso e cheio de expectativa.

"Do que você tem medo?", eu ousei perguntar.

Os olhos dele lampejaram de surpresa, como se nunca tivessem lhe perguntado isso antes. Por um momento, eu pensei que ele não iria responder. Mas Hardy soltou o ar devagar, e seus olhos abandonaram os meus para observar o estacionamento de trailers.

"De ficar aqui... Ficar aqui até que eu não consiga me encaixar em outro lugar."

"Onde você quer se encaixar?", eu quase sussurrei.

A expressão dele mudou com a velocidade de um raio, e seus olhos pareceram se divertir.

"Em qualquer lugar onde não me queiram."

Capítulo 3

Passei a maior parte do verão na companhia de Hannah, seguindo seus planos e esquemas, que nunca davam em nada, mas ainda assim eram divertidos. Nós íamos de bicicleta até a cidade, saíamos para explorar barrancos, campos e entradas de cavernas, ou ficávamos sentadas na sala do trailer dela ouvindo Nirvana. Para minha decepção, eu pouco via Hardy, que estava sempre trabalhando. Ou fazendo o diabo, como dizia com amargura a Srta. Judie, mãe de Hannah. Imaginando que diabruras podiam ser feitas em uma cidade como Welcome, eu levantei o máximo de informações que consegui com Hannah. Parecia ser consenso geral que Hardy Cates tinha nascido para arrumar encrenca, e que cedo ou tarde ele encontraria uma das grandes. Até então, seus crimes tinham sido pequenos, delitos e travessuras que anunciavam uma quantidade indeterminada de frustração por baixo de sua aparência amigável. Uma Hannah esbaforida contou que Hardy tinha sido visto com garotas muito mais velhas que ele, e que havia boatos na cidade de que ele estava namorando uma delas.

"Ele já se apaixonou?", não pude resistir e perguntei, e Hannah disse que não, porque, de acordo com Hardy, a última coisa de que ele precisava era se apaixonar. Isso atrapalharia seus planos, que incluíam ir embora de Welcome assim que Hannah e seus irmãos fossem grandes o bastante para ajudar a mãe.

Era difícil de entender como uma mulher com as características da Srta. Judie podia ter gerado uma cria tão rebelde. Ela era uma mulher muito disciplinada que parecia desconfiar de qualquer forma de prazer. Suas feições angulosas eram iguais a uma daquelas antigas balanças de feira em que estavam equilibradas quantidades iguais de docilidade e orgulho frágil. Ela era uma mulher alta, de aspecto delicado, com pulsos que pareciam fáceis de quebrar como gravetos. E ela era a prova viva de que não se podia confiar em uma cozinheira magra. A ideia que tinha de preparar o jantar era abrir latas e recolher restos na gaveta de verduras e legumes. Não havia cenoura murcha ou aipo petrificado que estivesse a salvo de suas garras.

Depois de uma refeição que consistia de restos de mortadela com vagem enlatada, servidos sobre biscoitos requentados, e uma sobremesa feita de cobertura de bolo em cima de torradas, eu aprendi a cair fora sempre que ouvia movimentação de panelas na cozinha. O estranho era que as crianças Cates pareciam não perceber que aquela comida era horrível. Ou não se importavam. Cada anel fluorescente de macarrão, cada bocado de alguma coisa suspensa em gelatina, cada partícula de gordura e cartilagem; tudo desaparecia de seus pratos em minutos depois de ser servido.

Aos sábados, os Cates saíam para comer, mas não iam ao restaurante mexicano nem ao self-service da cidade. Eles iam ao açougue do Earl, onde este jogava em um tonel de metal todos os restos e sobras que não tinha conseguido vender naquele dia: linguiças, rabos, costelas, vísceras, orelhas de porcos. "Tudo menos o ronco do porco", Earl dizia com um sorriso. Ele era um homem enorme com mãos do tamanho de luvas de beisebol e um rosto que brilhava vermelho, igual a um presunto fresco. Depois de reunir as sobras do dia, Earl enchia o tonel de água e cozinhava tudo junto. Por 25 centavos você podia pegar o que quisesse, que Earl servia num pedaço de papel parafinado com uma fatia de pão da Sra. Baird, e você podia comer no canto em uma mesa coberta com linóleo. Nada era desperdiçado no açougue. Depois que as pessoas estavam satisfeitas, Earl pegava as sobras, moía, acrescentava fubá e vendia como comida de cachorro.

Os Cates eram miseráveis, mas as pessoas nunca se referiam a eles como "lixo branco". A Srta. Judie era uma mulher respeitável, temente a Deus, que elevava a família ao nível de "brancos pobres". Pode parecer uma distinção sutil, mas muitas portas de Welcome eram abertas se você for um branco pobre, mas se fechavam se você fosse "lixo branco". Trabalhando como arquivista do único contador de Welcome, a Srta. Judie mal ganhava o bastante para manter um teto sobre a cabeça de seus filhos, e a renda de Hardy suplementava seu ínfimo salário. Quando perguntei para Hannah onde estava seu pai, ela me disse que se encontrava na Penitenciária Estadual de Texarkana, mas que nunca conseguiu descobrir o que ele tinha feito para ser colocado lá. Talvez o passado complicado da família fosse o motivo para a Srta. Judie ter estabelecido um registro impecável de frequência na igreja. Ela ia todo domingo pela manhã e toda quarta-feira à noite, e era sempre encontrada nas três primeiras fileiras, onde a presença do Senhor era mais forte. Como a maioria das pessoas em Welcome, a Srta. Judie tirava suas conclusões sobre uma pessoa baseada na religião dela. Ficou surpresa quando contei que minha mãe e eu não íamos à igreja.

"Bem, o que vocês *são?*", ela quis saber, e eu acabei dizendo que era uma batista relapsa.

Isso levou a outra pergunta capciosa.

"Batista progressista ou reformada?"

Como eu não sabia a diferença, achei melhor dizer que éramos progressistas. Uma ruga apareceu na testa da Srta. Judie e ela disse que, nesse caso, nós provavelmente deveríamos ir à Primeira Igreja Batista na rua Principal, embora, pelo que ela sabia, o culto de domingo tinha bandas de rock e uma fileira de coristas.

Quando, mais tarde, eu contei essa conversa para a Srta. Marva e reclamei que "relapso" significava que eu não tinha que ir à igreja, ela respondeu que não existia essa coisa de relapso em Welcome, e que seria melhor se eu fosse com ela e seu amigo Bobby Ray à igreja ecumênica Cordeiro de Deus na rua Sul, porque além de terem um guitarrista em vez de organista e de serem abertos ao diálogo, eles também tinham o melhor almoço comunitário da cidade.

Mamãe não fez objeção a eu ir à igreja com a Srta. Marva e Bobby Ray, embora tenha dito que preferia continuar relapsa por enquanto. Logo se tornou meu hábito, aos domingos, aparecer no trailer da Srta. Marva às oito da manhã em ponto, comer quadrados de Bisquick com linguiça ou panquecas de pecã como café da manhã, e ir de carro para a Cordeiro de Deus com eles. Não tendo seus próprios filhos ou netos, a Srta. Marva decidiu me acolher debaixo de suas asas. Ao descobrir que meu único vestido bom estava pequeno e curto demais, ela se ofereceu para me fazer um novo. Passei uma hora feliz mexendo nas pilhas de tecido que ela mantinha em seu quarto de costura, até que encontrei um rolo vermelho com estampa de margaridas brancas e amarelas. Em apenas duas horas, a Srta. Marva fez um vestido simples, sem mangas e com decote canoa. Eu o experimentei e me olhei no espelho comprido que havia na porta do quarto dela. Para minha alegria, o vestido valorizava minhas formas adolescentes e me fazia parecer um pouco mais velha.

"Oh, Srta. Marva", eu disse, alegre, jogando meus braços em volta de seu corpo robusto. "Você é a melhor! Obrigada um milhão de vezes. Um zilhão de vezes."

"Não foi nada", ela disse. "Não posso levar para a igreja uma garota de calças, posso?"

Quando levei o vestido para casa, fui ingênua o bastante para pensar que minha mãe iria gostar do presente. Mas o vestido a tirou do sério, lançando-a em um discurso sobre caridade e vizinhos intrometidos. Ela tremia de raiva e gritou até eu começar a chorar e Flip sair do trailer para ir buscar mais cerveja. Eu argumentei que era um presente e que eu não tinha vestidos, e que iria ficar com ele, não importava o que ela dissesse. Mas mamãe arrancou o vestido de mim, enfiou-o em uma sacola de compras e saiu do trailer, marchando toda altiva até a casa da Srta. Marva.

Eu chorei muito, pensando que ela não me permitiria mais visitar a Srta. Marva, e me perguntando por que eu tinha a mãe mais egoísta do mundo, cujo orgulho era mais importante para ela do que o bem-estar espiritual da própria filha. Todo mundo sabia que garotas não podiam ir para a igreja de calças, o que significava que eu continuaria sendo uma pagã e vivendo longe do Senhor, e o pior de tudo era que eu ficaria sem o melhor almoço comunitário da cidade. Mas alguma coisa aconteceu durante a visita da mamãe ao trailer da Srta. Marva. Quando ela voltou, seu rosto estava calmo e sua voz, tranquila, e ela trazia meu vestido na mão. Seus olhos estavam vermelhos como se tivesse chorado.

"Pegue, Liberty", ela disse, distraída, colocando a sacola plástica nos meus braços. "Você pode ficar com o vestido. Coloque na máquina de lavar. E acrescente uma colher de bicarbonato para tirar o cheiro de cigarro."

"Você... falou com a Srta. Marva?", eu arrisquei.

"Sim, falei. Ela é uma boa mulher, Liberty." Um sorriso irônico puxou os cantos de sua boca. "Pitoresca, mas boa."

"Então eu posso ir à igreja com ela?"

Mamãe juntou seu cabelo longo e loiro na nuca e o prendeu com um elástico. Virando para apoiar as costas na borda do balcão, ela olhou para mim, pensativa.

"Com certeza isso não vai fazer mal a você."

"Não, senhora", eu concordei.

Ela abriu os braços e eu obedeci ao movimento no mesmo instante, correndo para ela até meu corpo estar colado ao seu. Não havia nada melhor no mundo do que ser abraçada pela minha mãe. Senti a pressão de sua boca no alto da minha cabeça, e a mudança suave em sua bochecha quando ela sorriu.

"Você tem o cabelo do seu pai", ela murmurou, alisando os fios pretos.

"Eu queria ter o seu", eu disse, minha voz abafada contra sua maciez frágil. Eu inspirei seu aroma delicioso, mistura de chá, pele e algum talco perfumado.

"Não. Seu cabelo é lindo, Liberty."

Fiquei apoiada nela em silêncio, desejando que o momento durasse. Sua voz era um zumbido baixo e agradável, e seu peito subia e descia sob minha orelha.

"Querida, eu sei que você não entende por que eu fiquei tão brava com o vestido. É só que... nós não queremos que os outros pensem que você precisa de coisas que eu não posso lhe dar."

Mas eu preciso do vestido, fiquei tentada a dizer, mas mantive a boca fechada e concordei com a cabeça.

"Eu achei que Marva tinha dado o vestido para você porque ficou com pena", disse mamãe. "Depois eu percebi que foi apenas um presente de amiga."

"Não entendo por que isso foi um problema tão grande", balbuciei.

Mamãe afrouxou um pouco o abraço e olhou no fundo dos meus olhos, sem piscar.

"A pena anda de mãos dadas com o desprezo. Nunca se esqueça disso, Liberty. Você não pode aceitar sobras nem ajuda dos outros, porque isso dá às pessoas o direito de se sentirem superiores a você."

"E se eu precisar de ajuda?"

Ela sacudiu a cabeça no mesmo instante.

"Não importa a dificuldade, você pode dar um jeito. Trabalhe duro e use a cabeça. Você tem uma cabeça tão boa..." Ela parou para pegar meu rosto em suas mãos, comprimindo minhas bochechas na moldura quente de seus dedos. "Quando você crescer, quero que seja independente, porque a maioria das mulheres não é, e isso as coloca à mercê dos outros."

"Você é independente, mãe?"

A pergunta levou um rubor de constrangimento ao rosto dela, e suas mãos caíram do meu rosto. Ela demorou um bom tempo para responder.

"Eu tento", ela sussurrou, com um sorriso amargo que fez formigar a carne dos meus braços.

Quando mamãe começou a preparar o jantar, eu saí para dar uma volta. Mas quando cheguei ao trailer da Srta. Marva, aquela tarde, quente de matar, tinha sugado toda a minha energia. Bati na porta e ouvi a Srta. Marva gritar para eu entrar. Um condicionador de ar antiquíssimo rangia em seu suporte na janela, jorrando ar frio na direção do sofá em que ela estava sentada com um bastidor de bordar.

"Oi, Srta. Marva." Eu a via com respeito renovado à luz de sua misteriosa influência sobre minha mãe tempestuosa.

Ela fez um sinal para eu sentar ao seu lado. Nossos pesos combinados fizeram a almofada do sofá ranger.

A TV estava ligada; uma repórter com cabelo bem-arrumado falava diante do mapa de outro país. Eu ouvia sem prestar atenção, sem nenhum interesse no que acontecia em um lugar tão longe do Texas.

"...os combates mais intensos até aqui ocorreram no palácio do emir, onde a guarda real afastou os invasores iraquianos tempo o suficiente para que os membros da família real escapassem... preocupação com milhares de visitantes ocidentais que até aqui foram impedidos de deixar o Kuwait..."

Olhei para o bastidor circular nas mãos da Srta. Marva. Ela estava fazendo uma almofada de assento que, quando terminada, lembraria uma fatia gigante de tomate.

"Você sabe bordar, Liberty?", ela perguntou ao notar meu interesse.

"Não senhora."

"Bem, você deveria aprender. Nada acalma seus nervos mais do que bordar."

"Eu não sou nervosa", respondi, mas ela disse que eu ficaria quando fosse mais velha. Ela colocou o bastidor no meu colo e mostrou como enfiar a agulha nos quadradinhos. Suas mãos venosas esquentaram as minhas, e ela cheirava a biscoitos e tabaco.

"Uma boa bordadeira", disse a Srta. Marva, "faz o lado de trás tão bom quanto o da frente." Nós trabalhamos juntas na grande fatia de tomate, onde eu consegui colocar alguns pontos em vermelho vivo. "Bom trabalho", ela elogiou. "Veja como você fez bem o ponto – nem muito apertado, nem muito frouxo."

Continuei a trabalhar no bordado. A Srta. Marva observava com paciência e não reclamou nem mesmo quando eu errei alguns pontos. Tentei passar o fio de lã verde-claro pelos quadradinhos tingidos nessa cor. Quando eu olhava de perto para o bordado, parecia que os pontos e as cores haviam sido espalhados aleatoriamente pela superfície. Mas quando me afastei e o observei como um todo, o padrão fez sentido e formou uma figura completa.

"Srta. Marva?", eu falei, enquanto me encolhia no canto do sofá de mola e abraçava os joelhos.

"Tire os sapatos se vai colocar os pés para cima."

"Sim, senhora... o que aconteceu quando minha mãe veio falar com a senhora hoje?"

Uma das coisas que eu gostava na Srta. Marva era que ela sempre respondia às minhas perguntas com franqueza.

"Sua mãe chegou aqui soltando fogo, nervosa por causa do vestido que eu fiz para você. Mas eu disse que não queria ofender, que ela podia me devolver o vestido. Então eu servi um chá gelado, nós começamos a conversar, e eu logo entendi que ela não estava brava por causa do vestido."

"Não?", perguntei, sem entender.

"Não, Liberty. Ela só precisava de alguém com quem conversar. Alguém que entendesse o fardo que ela está carregando."

Aquela foi a primeira vez em que conversei sobre minha mãe com um adulto.

"Que fardo?"

"Ela é uma mãe solteira e trabalhadora. Essa deve ser a coisa mais difícil que existe."

"Ela não é solteira. Ela tem o Flip."

Achando graça, a Srta. Marva soltou uma risadinha.

"Diga-me, de que maneiras ele ajuda sua mãe?"

Refleti sobre as responsabilidades do Flip, que eram centradas, basicamente, na obtenção de cerveja e no descarte das latas. Flip também passava muito tempo limpando suas armas, entre os dias em que ia ao campo dos flamingos com os outros homens do estacionamento de trailers. Para falar a verdade, a função de Flip na nossa casa era ornamental.

"Ele não faz muita coisa", eu admiti. "Mas por que nós ficamos com o Flip se ele é tão inútil?"

"Pela mesma razão que eu tenho o Bobby Ray. Às vezes a mulher precisa da companhia de um homem, ainda que ele seja imprestável."

Pelo pouco que conhecia do Bobby Ray, até que eu gostava bastante dele. Era um velho bem simpático, que cheirava a perfume de farmácia e WD-40. Embora Bobby Ray não morasse oficialmente no trailer da Srta. Marva, ele podia ser encontrado lá quase sempre. Os dois pareciam estar juntos havia tanto tempo que eu deduzi que se amavam.

"Você ama o Bobby Ray, Srta. Marva?"

A pergunta fez com que ela sorrisse.

"Às vezes eu amo. Quando ele me leva ao restaurante, ou quando massageia meus pés enquanto assistimos à TV no domingo à noite. Eu acho que o amo pelo menos dez minutos por dia."

"Só isso?"

"Bem, são dez bons minutos, minha criança."

Pouco tempo depois disso, mamãe expulsou o Flip do nosso trailer. Não foi surpresa para ninguém. Embora no estacionamento de trailers houvesse uma grande tolerância a homens desocupados, Flip conseguia se distinguir por sua imensa inutilidade, e todo mundo sabia que uma mulher como minha mãe podia arrumar coisa melhor. Era só uma questão de qual seria a gota que faria o copo transbordar. Mas acho que ninguém conseguiu prever que seria o emu.

Emus não são aves nativas do Texas, embora pelo número que se encontra no estado, tanto selvagens quanto domesticados, qualquer um poderia pensar o contrário. Na verdade, o Texas ainda é conhecido como capital mundial do emu. Tudo começou em 1987, quando alguns fazendeiros trouxeram para o estado algumas dessas aves grandes, que não voam, com a ambição de substituir o boi como animal para criação. Deviam ser muito bons de conversa, porque convenceram todo mundo que o público logo estaria clamando por petróleo, couro e carne de emu. Então os produtores de emu logo estavam criando aves para vender para outras pessoas que queriam criar aves, e a certa altura um casal reprodutor custava 35 mil dólares. Mais tarde, depois que o público não aceitou a ideia de substituir o Big Mac por um Big Emu, o preço despencou e dezenas de criadores de emus simplesmente soltaram suas aves. No auge da febre do emu, existiam muitas aves em pastos cercados e, como acontece com qualquer animal preso, elas também encontraram meios para fugir.

Pelo que eu consegui entender, o encontro de Flip com um emu se deu em uma dessas estradinhas vicinais no meio do nada, enquanto ele voltava de uma caçada a pombos para a qual alguém o tinha convidado. A estação dos pombos vai do começo de setembro ao fim de outubro. Se você não é dono de terras, pode pagar pela caçada nas terras de alguém. As melhores são cobertas de girassóis ou de milho e têm um reservatório de água, coisas que atraem os pombos e fazem com que voem baixo. A parte do Flip no aluguel de uma propriedade dessas foi 75 dólares, que minha mãe pagou só para tirá-lo do trailer por alguns dias. Nós esperávamos que ele tivesse sorte e acertasse alguns pombos, que nós faríamos na grelha com bacon e jalapeños. Infelizmente, embora sua mira fosse certeira quando o objeto ficava parado, ele não conseguia acertar alvos móveis.

Voltando para casa de mãos abanando, com o cano da arma ainda quente devido aos disparos daquele dia, Flip foi obrigado a parar sua caminhonete quando viu a estrada bloqueada por um emu de pescoço azul e 1,80 metro de altura. Ele buzinou e gritou para que a criatura se mexesse, mas o emu não se abalou. Ele ficou ali, olhando para Flip com seus olhos amarelos e não se mexeu nem mesmo quando Flip pegou a espingarda e deu um tiro no ar. Ou aquele emu era muito valente ou estúpido demais para se assustar. Deve ter ocorrido ao Flip, enquanto pensava em como resolver o impasse com o emu, que o bicho parecia um frango gigante com pernas longas e que havia muito o que comer naquela ave, cerca de mil vezes mais do que em um punhado de pombinhos. Melhor ainda, ao contrário dos pombos, o emu estava parado.

Então, em uma tentativa de restaurar sua masculinidade ofendida, com a mira afiada por horas de prática em flamingos parados, Flip apoiou a coronha da arma no ombro e explodiu a cabeça do emu. Ele voltou para casa com a carcaça imensa na traseira da picape, esperando ser recebido como um herói conquistador.

Eu estava no pátio lendo quando ouvi o barulho conhecido da caminhonete do Flip, e depois o som do motor sendo desligado. Dando a volta no trailer, eu me aproximei para perguntar se ele tinha pego ou não alguns pombos, mas vi o grande corpo com penas escuras na caçamba, e manchas de sangue na camisa camuflada e no jeans do Flip, como se ele tivesse passado o dia abatendo gado em vez de caçando pombos.

"Olhe só isto", ele falou com um sorriso enorme enquanto colocava a aba do boné para trás.

"O que é isso?", eu perguntei, admirada, aproximando-me para examinar aquela coisa.

Ele fez uma pose.

"Eu cacei um avestruz."

Franzi o nariz para o cheiro de sangue fresco que emanava, forte e adocicado.

"Eu acho que não é avestruz, Flip. Acho que é um emu."

"Não faz diferença." Ele deu de ombros, e seu sorriso ficou maior ainda quando mamãe saiu à porta do trailer. "Ei, meu amor... veja o que o papai trouxe para casa."

Nunca vi minha mãe arregalar tanto os olhos.

"*Caraca*", ela disse. "Flip, onde diabos você pegou esse emu?"

"Atirei nele na estrada", foi sua resposta orgulhosa, ao confundir o choque da minha mãe com admiração. "O jantar vai ser uma maravilha esta noite. Dizem que o gosto é o mesmo da carne do boi."

"Essa coisa deve valer pelo menos quinze mil dólares", mamãe exclamou, pondo a mão sobre o coração, como se tentando evitar que ele escapasse do peito.

"Não vale mais", eu não consegui resistir.

Mamãe fuzilou Flip com o olhar.

"Você destruiu a propriedade particular de alguém."

"Ninguém vai descobrir", ele disse. "Vamos, querida, segure a porta aberta que eu vou levar o bicho para dentro e cortar."

"Você não vai levar essa coisa para dentro do meu trailer, seu idiota maluco! Leve isso embora. Leve isso embora *agora*! Você vai conseguir que nós dois sejamos presos."

Flip estava simplesmente aturdido pela forma como seu presente foi mal recebido. Vendo a tempestade que se aproximava, eu murmurei alguma coisa sobre voltar para o pátio e me retirei para um lugar atrás do trailer. Nos minutos seguintes, provavelmente o Rancho Flor do Texas inteiro ouviu mamãe gritar que estava cheia, que ela não iria aguentar Flip nem por mais um segundo. Voltando para o trailer, ela ficou andando de um lado para outro algum tempo, depois saiu com uma braçada de jeans, botas e cuecas. Ela jogou tudo no chão.

"Pegue suas coisas e caia fora agora!"

"Você me chamou de louco?", Flip gritou de volta. "Você perdeu a cabeça, mulher! Pare de jogar minhas coisas como... Ei, pare com isso!" Começou a chover camisetas, revistas de caça e suportes de lata de cerveja, componentes da vida despreocupada do Flip.

Em menos de dez minutos, Flip se afastou do nosso trailer, com as rodas da picape jogando cascalho para trás. Tudo que restou foi o corpo de um emu sem cabeça, jogado bem na frente da nossa porta. A respiração da mamãe estava pesada, e seu rosto, vermelho.

"Aquele jumento inútil", ela murmurou. "Devia ter me livrado dele há muito tempo... um *emu*, pelo amor de Deus..."

"Mamãe", perguntei, indo ficar ao seu lado. "O Flip foi embora mesmo?"

"*Foi*", ela respondeu com veemência.

Eu fiquei olhando para a carcaça imensa.

"O que nós vamos fazer com isso?"

"Não tenho ideia." Mamãe passou as mãos pelo cabelo despenteado. "Temos que nos livrar da evidência. Isso devia valer muito para alguém... e não sou eu que vou pagar."

"Alguém deveria comer isso", eu disse.

Mamãe balançou a cabeça e gemeu.

"Essa coisa é pouco mais do que um bicho atropelado."

Pensei por um instante e tive a inspiração.

"Os Cates", eu disse.

Os olhos da mamãe encontraram os meus e a careta em seu rosto foi aos poucos dando lugar a um humor relutante.

"Você tem razão. Vá chamar o Hardy."

Depois os Cates contaram que aquele foi o maior banquete e que durou dias. Filés de emu, guisado de emu, sanduíches de emu e carne moída de emu. Hardy levou a ave para o açougue do Earl, onde este, depois de prometer segredo absoluto, se divertiu muito transformando o animal em peças, filés e carne moída. A Srta. Judie mandou uma caçarola para nós, feita com bolinhos de batata e macarrão. Eu experimentei e creio que foi uma das melhores tentativas da Srta. Judie. Mas mamãe, que estava me observando com um olhar de dúvida, de repente ficou verde e saiu correndo da cozinha, e eu a ouvi vomitando no banheiro.

"Desculpe, mãe", eu disse, ansiosa, através da porta. "Não vou comer mais essa caçarola se isso deixa você enjoada. Vou jogar fora. Eu..."

"Não é a caçarola", ela disse com uma voz gutural. Eu a ouvi cuspir e acionar a descarga da privada. A torneira foi girada e mamãe começou a escovar os dentes.

"O que é, então, mãe? Você está com alguma virose?"

"Não."

"Então..."

"Vamos conversar sobre isso depois, querida. Agora eu preciso de um pouco..." – ela parou para cuspir outra vez – "...de privacidade."

"Sim, senhora."

Eu estranhei que mamãe tivesse contado para a Srta. Marva que estava grávida antes de contar para qualquer outra pessoa, incluindo eu. Elas ficaram amigas de uma hora para outra, apesar de serem tão diferentes. Vê-las juntas era como ver um cisne fazendo companhia a um pica-pau-de-cabeça-vermelha. Mas elas compartilhavam a mesma dureza por baixo do exterior diferente. As duas eram mulheres fortes, dispostas a pagar o preço de sua independência. Eu entendi o segredo da minha mãe uma noite em que ela conversava na cozinha do nosso trailer com a Srta. Marva, que havia trazido uma torta de pêssego deliciosa, com camadas de massa encharcada de calda. Sentada em frente à TV com um prato no colo e uma colher, captei algumas das palavras que elas sussurravam uma para a outra.

"...não entendo por que ele precisa saber...", disse mamãe para a Srta. Marva.

"Mas ele tem que ajudar você..."

"Ah, não..." Mamãe baixou a voz de novo, de modo que só consegui entender umas partes. "...meu, não tem nada a ver com ele..."

"Não vai ser fácil."

"Eu sei. Mas eu tenho a quem recorrer se a coisa ficar muito ruim."

Entendi do que elas estavam falando. Havia sinais, incluindo a indisposição estomacal da mamãe e o fato de ela fazer duas visitas ao médico em apenas uma semana. Todo meu desejo e anseio por alguém para amar, por uma família, tinha finalmente sido atendido. Senti uma pontada no fundo da minha garganta, algo parecido com lágrimas se aproximando. Eu senti vontade de pular, de tanta alegria. Mas fiquei quieta, apurei os ouvidos para entender melhor, e a intensidade dos meus sentimentos parecia ter alcançado minha mãe. Seu olhar parou em mim, e ela interrompeu a conversa com a Srta. Marva para dizer:

"Liberty, por favor, vá tomar seu banho."

Não acreditei como minha voz permaneceu normal, tão normal quanto a dela.

"Não preciso tomar banho agora."

"Então vá ler alguma coisa. Agora, por favor."

"Sim, senhora." E fui contrariada para o banheiro, com perguntas agitando minha cabeça. Alguém a quem recorrer... um antigo namorado? Um dos parentes de quem ela nunca falava? Eu sabia que tinha algo a ver com a vida secreta da minha mãe, antes de eu nascer. Quando eu ficasse adulta, prometi em silêncio, iria descobrir tudo que pudesse sobre ela.

Esperei, impaciente, que minha mãe me contasse a novidade, mas depois que seis semanas se passaram sem que ela dissesse nada, decidi perguntar diretamente. Estávamos a caminho do Piggly Wiggly para comprar comida, no Honda Civic prateado que a mamãe tinha desde sempre. Fazia pouco tempo que ela havia mandado arrumar o carro, consertar os amassados, pintar, trocar as pastilhas de freio, de modo que ficou bom como novo. Ela também tinha comprado roupas novas para mim, uma mesa com guarda-sol e um conjunto de cadeiras para o pátio, além de uma TV novinha. Sua explicação foi que havia recebido uma gratificação no emprego.

Nossa vida sempre foi assim... às vezes tínhamos que contar cada centavo, mas então entrava um pouco mais de dinheiro. Gratificações, prêmios pequenos de loteria ou algo deixado por algum parente distante. Eu nunca tive coragem de questioná-la sobre esses bônus que apareciam na nossa vida. Mas, conforme fui ficando mais velha, reparei que sempre vinham logo depois de um de seus misteriosos sumiços. Em alguns meses, cerca de duas vezes por ano, ela me fazia ficar na casa de uma vizinha e passava o dia fora, às vezes só retornando na manhã seguinte. Quando voltava, abastecia a despensa e a geladeira, trazia roupas novas, pagava dívidas e nós saíamos para comer fora.

"Mamãe", eu perguntei, olhando para as linhas delicadamente marcadas do seu rosto, "você vai ter um bebê, não vai?"

O carro desviou um pouco do caminho enquanto mamãe olhava atônita para mim. Ela voltou a atenção para a estrada com as mãos firmes no volante.

"Bom Deus, você quase me fez bater o carro."

"Vai?", insisti.

Ela ficou quieta por um instante. Quando respondeu, sua voz estava um pouco trêmula.

"Vou, Liberty."

"Menino ou menina?"

"Ainda não sei."

"O Flip vai vir para cuidar do bebê?"

"Não, Liberty, o bebê não é do Flip nem de qualquer outro homem. É só nosso."

Eu me recostei no assento e mamãe me lançou um olhar rápido.

"Liberty...", ela se esforçou para falar. "Nós vamos ter que fazer alguns ajustes. Sacrifícios. Eu sinto muito. Não planejei isso."

"Eu entendo, mãe."

"Entende?" Ela riu sem achar graça. "Não acho que você entenda."

"Que nome nós vamos dar?", perguntei.

"Eu nem comecei a pensar nisso."

"Precisamos de um daqueles livros com nomes de bebês." Eu iria pesquisar todos os nomes que existiam. O bebê teria um nome comprido, importante. Alguma coisa de Shakespeare. Alguma coisa que fizesse todo mundo saber como ele ou ela era especial.

"Eu não esperava que você recebesse tão bem essa notícia", disse ela.

"Estou feliz com isso", eu disse. "Feliz mesmo."

"Por quê?"

"Porque agora eu não vou mais ficar sozinha."

O carro entrou em uma vaga de uma fileira de veículos superaquecidos, e mamãe virou a chave na ignição. Eu me arrependi de ter respondido daquele modo, porque fez surgir uma expressão de mágoa nos olhos dela. Lentamente, ela esticou a mão e alisou meu cabelo. Eu queria empurrar a cabeça contra a mão dela, como faz um gato que está sendo acariciado. Mamãe acreditava em espaço pessoal, dela própria e dos outros, e não era dada a invasões casuais.

"Você não está sozinha", ela disse.

"Ah, eu sei, mãe. Mas todo mundo tem irmãos e irmãs. Eu sempre quis alguém para brincar e tomar conta. Vou ser uma boa babá. Você nem vai precisar me pagar."

Isso me fez ganhar mais um carinho na cabeça e depois nós saímos do carro.

Capítulo 4

Assim que começaram as aulas, eu descobri que minhas camisas polo e meus jeans *baggy* me qualificavam como um desastre de moda. O estilo era grunge, tudo rasgado, manchado e amarrotado. Lixo-chique, disse minha mãe, contrariada. Mas eu estava desesperada para ser aceita pelas outras garotas da minha classe e implorei à minha mãe que me levasse à loja mais próxima. Nós compramos blusas leves e translúcidas e regatas compridas, um colete de crochê e uma saia com barra na altura dos tornozelos, além de um sapato Doc Martens. O preço de uma calça jeans detonada quase fez minha mãe entrar em choque – "Sessenta dólares e já vem com furos?" –, mas ela comprou assim mesmo.

A escola de ensino médio em Welcome não tinha mais de cem alunos no nono ano. Futebol era tudo. A cidade toda comparecia aos jogos de sexta-feira à noite, ou então fechava para que os fãs pudessem acompanhar os Panthers jogando na casa do adversário. Mães, irmãs e namoradas não se abalavam quando seus guerreiros entravam em batalhas que, se ocorressem fora do estádio, seriam chamadas de tentativa de homicídio. Para a maioria dos jogadores, aquele era seu lugar ao sol, sua única chance de glória. Os garotos eram saudados como celebridades quando andavam na rua, e os vendedores diziam ao treinador que guardasse sua carteira de motorista quando passava um cheque – ele não precisava comprovar a identidade.

Como o orçamento de esportes superava o de todos os outros departamentos, a biblioteca da escola era, na melhor das hipóteses, adequada. Era lá que eu passava a maior parte do meu tempo livre. Eu nem pensava em me candidatar a animadora de torcida, não só porque aquilo parecia bobagem para mim, mas também porque exigia dinheiro e muita influência de pais desvairados para garantir um lugar para a filha na equipe.

Eu tive sorte de fazer amigas logo, um grupo de três garotas que não tinha conseguido entrar em nenhuma das turmas populares. Nós íamos à casa uma da outra, fazíamos experiências com maquiagem, dançávamos na frente do espelho e guardávamos dinheiro para chapinha de cerâmica. Como presente de aniversário de 15 anos, minha mãe me permitiu usar lentes de contato. Era uma sensação estranha, mas deliciosa, olhar para o mundo sem o peso de óculos grossos no meu rosto. Para comemorar minha libertação, minha melhor amiga, Lucy Reyes, anunciou que iria tirar minhas sobrancelhas. Lucy era uma garota portuguesa morena, de quadris estreitos, que devorava revistas de moda entre as aulas e sabia tudo dos estilos mais atuais.

"Minhas sobrancelhas não são tão ruins", eu protestei quando Lucy avançou na minha direção com adstringente de hamamélis, pinças e, para meu espanto, um tubo de benzocaína. "Ou são?"

"Você quer mesmo que eu responda?", perguntou Lucy.

"Acho que não."

Lucy me empurrou em direção à cadeira na frente da penteadeira em seu quarto.

"Sente."

Eu olhei para o espelho com preocupação, concentrada nos pelos entre as minhas sobrancelhas que, Lucy dizia, constituíam um elemento de ligação. Como era um fato bem conhecido que nenhuma garota com monocelha poderia ter uma vida feliz, eu não tive escolha a não ser me entregar às mãos capazes de Lucy. Talvez tenha sido apenas uma coincidência, mas no dia seguinte eu tive um encontro inesperado com Hardy Cates que pareceu provar a teoria de Lucy quanto ao poder do design de sobrancelhas. Eu estava treinando sozinha na cesta de basquete de arremesso livre, nos fundos do loteamento, porque mais cedo, na aula de educação física, eu descobri que não conseguiria converter um lance livre nem se minha vida dependesse daquilo. As garotas foram divididas em dois times e houve uma discussão sobre quem ficaria comigo. Eu não as culpo – eu também não iria me querer no meu time. Como a temporada só acabava no fim de novembro, eu estava condenada a mais constrangimentos públicos, a menos que pudesse melhorar minhas habilidades.

O sol de outono estava forte. O clima tinha sido bom para os melões. Os dias quentes e as noites frias deixaram as frutas locais bem doces. Depois de cinco minutos de treino eu estava coberta de suor e pó. Nuvens de terra quente se elevavam do chão pavimentado a cada impacto da bola de basquete. Nenhum pó no mundo gruda como a terra do leste do Texas, que o vento sopra na gente, e deixa um gosto doce na boca. Essa terra fica sob um palmo de uma camada de solo bege claro, e encolhe e expande tão drasticamente que nos meses mais secos aparecem rachaduras marcianas no solo. Você pode deixar suas meias de molho em alvejante por uma semana, e mesmo assim não vai conseguir tirar esse vermelho.

Enquanto eu bufava e lutava para fazer meus braços e pernas trabalharem juntos, ouvi uma voz preguiçosa atrás de mim.

"Você tem a pior postura de lance livre que eu já vi."

Ofegante, apoiei a bola de basquete no meu quadril e me virei para encará-lo. Uma mecha de cabelo havia escapado do meu rabo de cavalo e pendia na frente do olho. Existem poucos homens que conseguem transformar um insulto amistoso em uma boa cantada, e Hardy era um deles. Ele estava tão amarrotado e empoeirado quanto eu, vestindo calça jeans e uma camisa branca sem mangas. Ele usava também um chapéu de caubói que um dia tinha sido branco, mas que então estava cinzento como palha velha. Parado com uma postura relaxada, ele olhava para mim de um jeito que fazia meu estômago dar cambalhotas.

"Tem alguma dica para dar?", eu perguntei.

Assim que eu falei, Hardy olhou com atenção para o meu rosto, arregalando os olhos.

"Liberty? É você?"

Ele não havia me reconhecido. Era espantoso o que arrancar metade das sobrancelhas podia fazer. Eu tive que morder a parte interna das minhas bochechas para não rir.

"É claro que sou eu", disse com calma enquanto afastava o cabelo solto do meu rosto. "Quem você pensou que fosse?"

"Sei lá eu. Só que..." Ele empurrou o chapéu para trás e se aproximou de mim, com cuidado, como se eu fosse alguma substância volátil que pudesse explodir a qualquer momento. Era assim que eu me sentia. "O que aconteceu com seus óculos?"

"Estou de lente."

Hardy ficou na minha frente, e seus ombros largos criaram um abrigo da luz do sol.

"Seus olhos são verdes." Ele parecia perturbado. Descontente, até.

Fiquei encarando seu pescoço, onde a pele estava bronzeada, lisa e brilhante com a umidade. Ele estava tão perto que eu podia sentir o cheiro do sal e suor. Minhas unhas entraram na superfície texturizada da bola de basquete. Com Hardy Cates parado ali, olhando para mim e me vendo de fato pela primeira vez, parecia que o mundo todo tinha sido pego por uma grande mão invisível que havia interrompido todo o movimento.

"Eu sou a pior jogadora de basquete da escola", falei para ele. "Talvez de todo Texas. Não consigo fazer a bola entrar naquela coisa."

"A cesta?"

"É, isso."

Hardy me estudou durante outro momento demorado. Um sorriso curvou um dos cantos de sua boca.

"Eu posso lhe dar algumas dicas. Deus sabe que você não tem como piorar."

"Mexicanos não sabem jogar baquete", respondi. "Eu deveria ter um desconto por causa da minha ascendência."

Sem tirar os olhos dos meus, ele pegou a bola, que bateu algumas vezes. Com um movimento fluido, ele se virou e executou um salto com arremesso perfeito. Fez aquilo para se exibir, e o movimento ficou ainda melhor por ter sido realizado com um chapéu de caubói, e eu tive que rir quando Hardy olhou para mim com um sorriso convencido.

"Eu devo elogiar você agora?", perguntei.

Ele pegou a bola e bateu lentamente ao meu redor.

"É, agora seria um bom momento."

"Isso foi incrível."

Hardy controlava a bola com uma só mão. Com a outra, ele tirou seu chapéu surrado e o jogou para o lado. Aproximou-se de mim e segurou a bola na palma da mão.

"O que você quer aprender primeiro?"

Pergunta perigosa, eu pensei. Estar perto de Hardy me trazia de volta aquele sentimento de doçura pesada que me roubava qualquer vontade de me mover. Eu sentia como se tivesse que respirar duas vezes mais rápido que o normal para conseguir a quantidade necessária de oxigênio nos meus pulmões.

"Lance livre", eu consegui dizer.

"Tudo bem, então." Hardy sinalizou para que eu fosse até a linha branca pintada a quatro metros e meio da tabela. A distância parecia enorme.

"Nunca vou conseguir", eu disse ao pegar a bola dele. "Não tenho força nos braços."

"Você vai usar mais as pernas que os braços. Prepare-se, querida... afaste os pés na largura dos ombros. Agora me mostre como você tem feito... Bem, diabo, se é assim que segura a bola, não é um espanto que você não consiga arremessar reto."

"Ninguém nunca me ensinou como fazer", eu reclamei enquanto ele arrumava minha mão na bola. Seus dedos bronzeados cobriram brevemente os meus e senti sua força, e também a pele áspera. Suas unhas eram cortadas curtas e esbranquiçadas pelo sol. A mão de um trabalhador.

"Estou mostrando como fazer", ele disse. "Segure a bola assim. Agora dobre os joelhos e mire no quadrado da tabela. Quando você se endireitar, solte a bola com a energia que vem dos joelhos. Tente arremessar com um movimento fluido. Entendeu?"

"Entendi." Eu mirei e arremessei com toda minha força. A bola saiu completamente errada, e aterrissou apavorando um tatu que fez a besteira de querer investigar o chapéu do Hardy. O tatu guinchou quando a bola bateu perto demais. Suas unhas compridas tamborilaram no solo cozido enquanto ele corria de volta para seu esconderijo.

"Você está se esforçando demais." Hardy correu atrás da bola. "Relaxe."

Chacoalhei meus braços e agarrei a bola que ele passou para mim.

"Prepare-se." Hardy ficou do meu lado enquanto eu assumia a posição na linha de lance livre. "Sua mão esquerda é o apoio, e a direita é..." Ele parou de falar e começou a rir. "Não, droga, não assim."

Eu fiz uma careta para ele.

"Olhe, eu sei que você está tentando ajudar, mas..."

"Tudo bem, tudo bem." Ele tirou o sorriso do rosto. "Fique parada. Vou ficar bem atrás de você. Não estou tentando nenhuma gracinha, tudo bem? Só vou colocar minhas mãos em cima das suas."

Fiquei imóvel quando senti seu corpo atrás do meu, a pressão do peito sólido nas minhas costas. Seus braços estavam à minha volta, e a sensação de estar cercada por sua força quente provocou um tremor profundo entre as minhas escápulas.

"Calma", ele murmurou baixo, e eu fechei os olhos ao sentir seu hálito no meu cabelo.

Suas mãos colocaram as minhas na posição.

"Sua palma fica aqui. Apoie estes três dedos na costura. Agora, quando empurrar a bola, você vai deixar que ela role na ponta dos seus dedos, e então vai dobrá-las para baixo na sequência. Assim... É dessa forma que você faz a bola girar para trás."

As mãos dele cobriam por completo as minhas. A cor da nossa pele era quase idêntica, com a diferença de que a dele vinha do sol e a minha de dentro.

"Nós vamos arremessar juntos para que você sinta o movimento. Dobre os joelhos e olhe para a tabela."

No momento em que os braços dele me rodearam, eu parei por completo de pensar. Era uma criatura de instintos e sentimentos, com cada batida do coração e cada respiração sintonizadas às dele. Com Hardy às minhas costas, eu lancei a bola, que descreveu um belo arco no ar. Em vez do esperado som de cesta, ela bateu no aro. Mas considerando que até então eu não tinha conseguido chegar nem perto da tabela, foi uma melhora e tanto.

"Melhor assim", disse Hardy, um sorriso em sua voz. "Está indo bem, criança."

"Eu não sou criança. Sou apenas dois anos mais nova que você."

"Você é um bebê. Nunca foi beijada."

A palavra "bebê" machucou.

"Como é que você sabe? E não tente dizer que você sabe só de olhar. Se eu disser que fui beijada por cem garotos, você não tem como provar o contrário."

"Se você já foi beijada uma única vez, eu ficaria espantado."

Queimou dentro de mim o desejo grande e devastador de que Hardy estivesse errado. Que eu tivesse a experiência e a confiança para dizer algo como "Prepare-se para ficar espantado, então", e andar até ele e lhe dar o beijo de sua vida, um que faria sua cabeça explodir. Mas essa cena não iria acontecer. Primeiro, Hardy era muito mais alto, e eu teria que escalar seu corpo para conseguir alcançar seus lábios. Depois, eu não fazia ideia da mecânica do beijo, se começava com os lábios abertos ou fechados, ou o que deveria fazer com a língua e quando fechar os olhos... e embora eu não ligasse que Hardy risse das minhas habilidades no basquete – não muito, pelo menos – eu morreria se ele risse da minha tentativa de beijá-lo.

Então eu me contentei em murmurar:

"Você não sabe tanto quanto acha que sabe." E fui pegar a bola.

Lucy Reyes me perguntou se eu queria cortar o cabelo no Bowie's, um salão chique em Houston onde ela e a mãe cortavam. Aquilo iria custar caro, ela avisou, mas depois que o Bowie me fizesse um bom corte, quem sabe eu poderia encontrar uma cabeleireira em Welcome que conseguisse fazer a manutenção. Depois que mamãe aprovou, e eu reuni cada centavo que economizei cuidando dos filhos das vizinhas, eu disse à Lucy que fosse em frente e marcasse um horário. Três semanas depois, a mãe de Lucy nos levou para Houston em um Cadillac branco com estofamento bege e toca-fitas, além de vidros que subiam e desciam ao toque de um botão.

A família Reyes era rica pelos padrões de Welcome, devido à prosperidade de seu negócio, uma loja de penhores. Eu sempre pensei que esse tipo de estabelecimento fosse frequentado por criminosos e desesperados, mas Lucy me garantiu que pessoas normais iam a lugares assim conseguir empréstimos. Um dia, depois da escola, ela me levou até a loja, que era administrada por seu irmão mais velho, seu pai e seu tio. O lugar estava cheio de armas e pistolas reluzentes, facas grandes e assustadoras, fornos de micro-ondas e televisões. Para minha alegria, a mãe de Lucy me deixou experimentar algumas das alianças de ouro guardadas nos mostruários forrados de veludo... havia centenas delas cintilando com todo tipo de gema que se podia imaginar.

"Noivados desfeitos geram muitos negócios para nós", disse com alegria a mãe de Lucy, puxando uma bandeja de veludo cheia de solitários de diamante. Eu adorava seu forte sotaque português.

"Ah, isso é triste", eu disse.

"Não é, não." Ela disse e começou a explicar como era bom para as mulheres poderem penhorar os anéis de noivado e ficar com o dinheiro depois que seus noivos canalhas as traíam. "Ele ferra ela, ela ferra ele", afirmou com convicção.

A prosperidade da loja de penhores tinha dado à Lucy e à sua família meios para irem a um bairro nobre de Houston comprar roupas, fazer manicure e cortar o cabelo. Eu nunca tinha ido à região nos arredores da Galleria, que era apinhada de restaurantes e lojas chiques. O Bowie's ficava em um aglomerado luxuoso de lojas na interseção da 610 com a Westheimer. Foi difícil esconder meu espanto quando a mãe de Lucy dirigiu até a cabine do estacionamento e entregou as chaves para o manobrista. Valet para cortar o cabelo!

O Bowie's era cheio de espelhos, cromados e equipamentos exóticos, tudo envolto pelo aroma penetrante do ativador de permanente que pairava pesado no ar. O dono do salão era um homem com trinta e poucos anos, cabelo loiro longo e ondulado que escorria pelas costas. Aquilo não era comum de se ver no sul do Texas, o que me fez deduzir que o Bowie devia ser bem durão. Era evidente que ele estava em ótima forma física; magro e musculoso, ele perambulava pelo salão vestindo jeans preto, botas pretas e uma camisa de caubói branca, com uma gravata western de camurça e um fragmento de turquesa bruta.

"Vamos", Lucy me apressou. "Vamos dar uma olhada nos novos esmaltes."

Eu balancei a cabeça e permaneci sentada em uma das grandes cadeiras de couro preto na recepção. Eu estava espantada demais para dizer qualquer coisa. Só sabia que o Bowie's era o lugar mais maravilhoso em que eu já havia estado. Mais tarde, eu iria querer explorar cada parte dali, mas naquele momento eu só queria ficar sentada quieta e assimilar tudo aquilo. Fiquei observando os cabeleireiros trabalharem, cortando com navalha, secando, enrolando pequenas mechas de cabelo em torno de bobes coloridos. Estantes altas de madeira e cromados continham potes e tubos fascinantes de cosméticos, e também vidros de xampu, loção, pomada e perfumes de aspecto medicinal. Parecia que todas as mulheres naquele lugar estavam sendo transformadas bem diante dos meus olhos, submetidas a escovação, pintura, preenchimento, processamento, até atingirem um brilho bem cuidado que eu só tinha visto antes em revistas. Enquanto a mãe da Lucy era atendida pela manicure, que retocava suas unhas acrílicas, e Lucy vagava na área de cosméticos, uma mulher vestida de preto e branco veio para me levar até a estação do Bowie.

"Primeiro você vai fazer uma consulta", ela me disse. "Meu conselho é para você deixar o Bowie fazer o que ele quiser. Ele é um gênio."

"Minha mãe disse para não deixar cortar demais...", eu comecei, mas ela já estava andando.

Então Bowie apareceu na minha frente, carismático, bonito e de aparência um pouco artificial. Quando apertamos as mãos, senti o tinir dos vários anéis que seus dedos carregavam, com pilhas de prata e ouro adornadas com turquesa e diamantes. Uma assistente me envolveu em um robe preto brilhante e lavou meu cabelo com poções que cheiravam caro. Fui enxaguada, penteada e reconduzida à estação de corte, onde fui recebida pela visão vagamente perturbadora de Bowie parado ali com uma navalha na mão. Durante a meia hora seguinte, eu o deixei colocar minha cabeça em todos os ângulos imagináveis, enquanto ele exercia tensão em mechas estratégicas e aparava vários centímetros de cada vez com a navalha. Ele permaneceu quieto enquanto trabalhava, com a testa franzida de concentração. Quando terminou, minha cabeça tinha sido empurrada para trás e para frente tantas vezes que eu me sentia zonza. Compridos novelos que tinham feito parte do meu cabelo jaziam no chão.

O cabelo foi varrido logo, e então Bowie veio com o secador em um exercício deslumbrante de exibicionismo. Ele levantava porções de cabelo com a ponta comprida do secador e as enrolava em uma escova redonda como se estivesse fazendo fios de algodão doce. Ele me mostrou como aplicar alguns borrifos de spray para cabelo nas raízes, e então virou minha cadeira para que eu ficasse de frente para o espelho. Eu não acreditei. Em vez de um cabelo preto crespo e embaralhado, eu tinha uma franja comprida e camadas na altura dos ombros, brilhantes, com movimento fluido conforme eu mexia a cabeça.

"Oh", foi tudo que eu consegui dizer.

Bowie tinha o sorriso do gato da Alice.

"Linda", ele disse, passando os dedos na parte de trás da minha cabeça, ajeitando as camadas de cabelo. "É uma transformação, não? Vou pedir para a Shirlene mostrar para você como fazer sua maquiagem. Eu normalmente cobro por isso, mas esse vai ser meu presente."

Antes que eu conseguisse encontrar as palavras para agradecer, Shirlene apareceu e me conduziu a um banco alto cromado ao lado do balcão de maquiagem.

"Você tem a pele boa. Garota de sorte", ela declarou depois de observar meu rosto. "Vou ensinar para você o rosto de cinco minutos."

Quando eu perguntei como fazer meus lábios parecerem menores, ela ficou chocada.

"Oh, *querida*, você não quer que seus lábios pareçam menores. Traços étnicos estão com tudo. Como a Kimora."

"Quem é Kimora?"

Uma revista de moda cheia de orelhas foi jogada no meu colo. A capa exibia uma linda garota de pele cor de mel com os braços esguios embaralhados em uma posição forçada. Seus olhos eram escuros e amendoados e os lábios, mais carnudos que os meus.

"Ela é a nova modelo da Chanel", disse Shirlene. "14 anos – dá para acreditar? Dizem que ela vai ser o rosto dos anos 1990."

Esse era um conceito novo, que uma garota de etnia marcante, com cabelos negros, nariz real e lábios grandes pudesse ser escolhida como modelo de uma grife que eu normalmente associava a mulheres brancas e magrelas. Estudei a foto enquanto Shirlene delineava meus lábios com um lápis rosa-escuro. Ela aplicou um batom rosa opaco, pincelou minhas bochechas com blush em pó e aplicou duas camadas de rímel nos meus cílios.

Ela me entregou um espelho de mão e eu inspecionei o resultado final. Tenho que admitir, fiquei assustada com a diferença que o cabelo novo e a maquiagem fizeram. Não era o tipo de beleza que eu sempre desejei – afinal, eu nunca seria a clássica americana loira de olhos azuis. Mas esse era o meu visual, um vislumbre do que eu poderia me tornar um dia, e pela primeira vez na minha vida eu senti orgulho da minha própria aparência.

Lucy e a mãe apareceram do meu lado. Elas me analisaram com uma intensidade que me fez baixar a cabeça de vergonha.

"Oh... meu... Deus!", exclamou Lucy. "Não, não esconda seu rosto. Nós temos que ver. Você está tão..." Ela sacudiu a cabeça como se a palavra certa lhe fugisse. "Você vai ser a garota mais bonita da escola."

"Não exagere", eu disse com tranquilidade, mas já sentindo um calor me esquentar a cabeça. Aquela era uma visão de mim mesma com a qual eu nunca tinha ousado sonhar, mas eu me sentia mais esquisita que empolgada. Eu toquei no braço de Lucy e olhei no fundo de seus olhos brilhantes. "Obrigada", eu sussurrei.

"Aproveite", ela disse, carinhosa, enquanto sua mãe conversava com Shirlene. "Não fique tão nervosa. Ainda é você mesma, boba. Só você."

Capítulo 5

A coisa mais surpreendente em uma transformação não é como *você* se sente depois, mas como as *outras* pessoas tratam você diferente. Eu estava acostumada a andar pelos corredores da escola sem ser notada. Fiquei confusa quando, andando pelos mesmos corredores, os garotos começaram a me encarar, a lembrar do meu nome e a andar do meu lado. Eles ficavam por perto do meu armário enquanto eu mexia nos números da combinação, e sentavam do meu lado nas aulas sem lugares marcados ou durante o almoço. A conversa solta e despreocupada, que vinha com tanta facilidade quando eu estava com minhas amigas, parecia secar quando eu me encontrava na companhia desses meninos ansiosos. Minha timidez deveria tê-los desencorajado de me convidar para sair, mas não.

Aceitei um convite do garoto menos intimidante de todos, chamado Gill Mincey, um colega segundo-anista que não era muito mais alto que eu. Fazíamos a aula de Biologia juntos. Quando fomos designados parceiros para escrever um trabalho sobre fitoextração – o uso de plantas para remover contaminação por metais do solo –, Gill me convidou para ir estudar na casa dele. A residência dos Mincey era bonita, em estilo vitoriano, com telhado de metal, recém-pintada e reformada, com salas em todos os tipos de formatos interessantes.

Nós estávamos sentados e rodeados por pilhas de livros de jardinagem, química e bioengenharia. Gill se inclinou para frente e me beijou, seus lábios quentes e leves. Afastando-se, ele esperou para ver se eu faria alguma objeção.

"Uma experiência", ele disse, como se tivesse que se explicar, e quando eu ri, ele me beijou de novo. Atraída pelos beijos tranquilos, eu empurrei de lado os livros de ciências e pus meus braços ao redor de seus ombros estreitos.

Mais reuniões de estudos se seguiram, envolvendo pizza, conversas e mais beijos. Eu soube desde o início que nunca iria me apaixonar por ele. Gill deve ter percebido, porque nunca quis tentar ir mais longe. Eu desejava poder me sentir apaixonada por ele. Eu queria que aquele garoto tímido e amigável pudesse ser quem atingiria a parte tão protegida e reservada do meu coração. Mais tarde, naquele ano, descobri que às vezes a vida tem um senso de humor cruel, entregando-lhe aquilo que você sempre quis no pior momento possível...

Se a gravidez da minha mãe servia de exemplo de algo pelo que eu talvez passasse um dia, decidi que ter filhos não valia a pena. Ela jurou que quando estava grávida de mim se sentia melhor do que em qualquer outro momento da vida. O novo bebê devia ser menino, ela disse, porque a experiência estava sendo completamente diferente. Ou talvez fosse porque ela estava muito mais velha. Não importava o motivo, o corpo dela parecia se revoltar contra a criança em seu ventre, como se fosse algum produto tóxico. Ela se sentia enjoada o tempo todo. Mal conseguia se obrigar a comer, e quando comia, retinha água de modo que até o toque mais leve do meu dedo deixava uma depressão visível em sua pele. Sentir-se mal o tempo todo, mais as grandes inundações de hormônios em seu corpo, deixavam mamãe irritadiça. Parecia que tudo que eu fazia a irritava profundamente. Em um esforço para tentar tranquilizá-la, retirei vários livros sobre gravidez da biblioteca e passei a ler trechos para ela.

"De acordo com o *Jornal de Obstetrícia e Ginecologia*, o enjoo matinal é bom para o bebê. Está ouvindo, mãe? O enjoo matinal ajuda a regular os níveis de insulina e diminui seu metabolismo de gordura, o que garante mais nutrientes para o bebê. Não é ótimo?"

Mamãe disse que, se eu não parasse de ler aqueles trechos animadores, iria instalar um interruptor em mim. Respondi que primeiro eu teria que ajudá-la a se levantar do sofá. Ela voltava de cada visita ao médico com palavras preocupantes como "pré-eclâmpsia" e "hipertensão". Não havia ansiedade em sua voz quando ela falava do bebê, de quando viria, do parto em maio, da licença-maternidade. A revelação de que o bebê era uma menina me jogou nas alturas, mas meu entusiasmo pareceu inadequado frente à resignação da minha mãe. Ela só parecia ela mesma quando a Srta. Marva vinha nos visitar. O médico havia mandado a Srta. Marva parar de fumar ou estaria se arriscando a um dia morrer de câncer no pulmão. Essa advertência a assustou tanto que ela de fato obedeceu. Recoberta de adesivos de nicotina e com os bolsos cheios de goma de mascar, a Srta. Marva andava sempre com a paciência no limite, e dizia que a maior parte do tempo sentia vontade de esfolar animaizinhos.

"Não sou boa companhia", pronunciava a Srta. Marva ao entrar com uma torta ou um prato de alguma coisa boa, sentando-se ao lado da mamãe no sofá. As duas então reclamavam uma para outra de qualquer um ou qualquer coisa que havia pisado em seus calos naquele dia, até que começavam a rir.

À noite, depois de terminar minha lição de casa, eu sentava com minha mãe e massageava seus pés, e também lhe levava copos de água com gás. Nós assistíamos à TV juntas, principalmente novelas sobre gente rica com problemas interessantes, como descobrir um filho que há muito tempo estava perdido, que a pessoa nem sabia que tinha, ou ficar com amnésia e dormir com a pessoa errada, ou ir a uma festa chique e cair na piscina com um vestido de noite. Eu dava umas olhadas para o rosto concentrado, e sempre um pouco triste, da mamãe, e compreendi que ela se sentia sozinha de um modo que eu nunca poderia compensar. Ela iria passar por essa experiência sozinha, não importava o quanto eu quisesse fazer parte.

Eu devolvi uma assadeira de vidro para a Srta. Marva em um dia frio de novembro. O ar estava um pouco gelado. Minhas bochechas ardiam com as ocasionais rajadas de um vento desimpedido de paredes, edifícios ou árvores de bom tamanho. O inverno costumava trazer chuva e enchentes que eram chamadas de "regatas de cocô" pelos moradores exasperados de Welcome, que havia muito tempo reclamavam dos problemas do sistema de esgoto da cidade. Aquele era um dia seco, contudo, e eu brincava de evitar as rachaduras no chão ressecado.

Quando me aproximava do trailer da Srta. Marva, vi a picape dos Cates estacionada ao lado. Hardy carregava caixas de trabalhos artísticos na caçamba, para entregá-las na galeria da cidade. A Srta. Marva estava vendendo bem ultimamente, o que era prova de que o apetite dos texanos por objetos com flores do Texas nunca poderia ser subestimado. Eu saboreei as linhas fortes do perfil do Hardy, a inclinação de sua cabeça morena. Uma descarga de desejo e adoração tomou conta de mim. Era assim toda vez que nos encontrávamos. Para mim, pelo menos. Minhas experiências com Gill Mincey haviam despertado uma consciência sexual que eu não tinha ideia de como satisfazer. Tudo que eu sabia era que não queria Gill, nem qualquer um dos outros garotos. Eu queria Hardy. Eu o queria mais do que ar, comida ou água.

"Ei, você", ele disse, tranquilo.

"Ei, você também."

Passei por ele, carregando a assadeira até dentro do trailer da Srta. Marva. Ela estava ocupada cozinhando e me cumprimentou com um grunhido incompreensível, envolvida demais na tarefa para se preocupar com amenidades. Saí novamente e encontrei Hardy à minha espera. Seus olhos eram um azul infinito em que eu poderia me afogar.

"Como está o basquete?", ele perguntou.

"Ainda terrível." Dei de ombros.

"Você precisa praticar mais?"

"Com você?", perguntei, boba, pega de surpresa.

Ele sorriu.

"Isso, comigo."

"Quando?"

"Agora. Depois que eu trocar de roupa."

"E o trabalho da Srta. Marva?"

"Vou levar mais tarde para a cidade. Vou encontrar uma pessoa lá."

Uma pessoa. Uma namorada? Hesitei, sofrendo com o ciúme e a incerteza. Imaginei o que teria o feito se oferecer para praticar comigo, se ele tinha alguma ideia infeliz de que nós poderíamos ser amigos. Uma sombra de desespero deve ter passado pelo meu rosto. Hardy se adiantou um passo e sua testa mostrou um vinco debaixo do seu cabelo desgrenhado.

"O que foi?", ele perguntou.

"Nada, eu... eu estava tentando lembrar se tinha lição de casa." Enchi os pulmões com o ar gelado. "É, acho que preciso praticar mais."

Hardy concordou com um movimento de cabeça.

"Traga a bola. Encontro você em dez minutos."

Ele já estava lá quando cheguei à cesta de basquete. Nós dois usávamos calça de moletom, camiseta de manga comprida e tênis esfarrapados. Bati a bola e passei para ele, que executou um lance livre impecável. Correndo até a cesta, ele pegou a bola e passou para mim.

"Tente não bater muito alto", ele aconselhou. "E procure não olhar para a bola enquanto está batendo. Você deve ficar de olho nos jogadores à sua volta."

"Se eu não olhar para a bola enquanto a estou batendo, ela vai acabar escapando."

"Tente assim mesmo."

Eu tentei, e perdi o controle da bola.

"Está vendo?"

Hardy estava paciente e calmo enquanto me ensinava o básico, movendo-se como um felino grande nos arredores da cesta. Meu tamanho me dava agilidade para me movimentar ao redor dele, mas Hardy usava sua altura e envergadura para bloquear a maioria dos meus arremessos. Respirando rápido devido ao exercício, ele sorriu da exclamação frustrada que eu soltei quando ele obstruiu outra tentativa minha de arremesso.

"Descanse um minuto", ele disse, "que depois eu vou lhe ensinar uma finta."

"Uma o quê?"

"Algo que vai enganar seu adversário e lhe dar tempo de arremessar."

"Ótimo." Embora o ar estivesse gelado com a proximidade da noite, o exercício havia me deixado suada e com muito calor. Arregacei as mangas da camiseta e pressionei uma dor no lado do corpo com a mão.

"Ouvi dizer que você está namorando", Hardy disse como quem não queria nada, fazendo a bola girar na ponta do indicador.

Olhei surpresa para ele.

"Quem lhe disse isso?"

"Bob Mincey. Disse que você está namorando o irmão mais novo dele, Gill. Boa família, os Mincey. Você poderia ter escolhido pior."

"Eu não estou 'namorando' o Gill." Fiz aspas no ar com os dedos. "Não oficialmente. Nós só estamos..." Eu parei, sem saber como explicar minha relação com Gill.

"Mas você gosta dele?", Hardy perguntou com a preocupação gentil de um irmão mais velho. Seu tom fez eu me sentir irritada como um gato que é puxado para trás por uma cerca.

"Eu não consigo imaginar alguém que não goste do Gill", foi só o que eu disse. "Ele é bem legal. Recuperei o fôlego. Mostre como fazer a finta."

"Sim, senhora." Hardy sinalizou para que eu ficasse ao lado e então começou a bater a bola um pouco agachado. "Digamos que um defensor está em cima de mim, pronto para bloquear meu arremesso. Eu tenho que fintá-lo. Fazer com que ele pense que vou arremessar. Quando ele morder a isca, vai sair da posição, e é aí que eu tenho minha chance." Ele levantou a bola até o esterno, mostrou o movimento e executou um arremesso fluido. "Muito bem, sua vez."

Nós ficamos nos encarando enquanto eu batia a bola. Como ele havia instruído, fiquei com os olhos nele em vez de na bola.

"Ele me beija", eu disse, sem parar de bater.

Eu tive a satisfação de ver Hardy arregalar os olhos.

"O quê?"

"Gill Mincey. Quando nós estudamos juntos. Ele tem me beijado de monte, na verdade." Eu me movimentei de um lado para outro, tentando passar por ele, mas Hardy me acompanhava.

"Que ótimo", ele disse com uma nova entonação na voz. "Você vai arremessar?"

"Eu acho que ele é muito bom nisso", continuei, aumentando o ritmo da bola. "Mas tem um problema."

O olhar atento de Hardy encontrou o meu.

"Qual é?"

"Não sinto nada." Ergui a bola, executei a finta e arremessei. Para meu espanto, a bola entrou na cesta sem tocar o aro. E depois ficou batendo no chão em saltos cada vez menores, sem que lhe déssemos nenhuma atenção. Eu fiquei parada, o ar frio queimando minha garganta superaquecida. "É um tédio. Durante o beijo, eu quero dizer. Isso é normal? Acho que não. O Gill não parece ficar entediado. Não sei se tem alguma coisa errada comigo ou..."

"Liberty." Hardy se aproximou e ficou andando devagar ao meu redor, como se um círculo de fogo nos separasse. Seu rosto brilhava com a transpiração. Ele parecia ter dificuldade em tirar as palavras da garganta. "Não há nada de errado com você. Se não existe química entre vocês dois, não é sua culpa. Nem dele. Isso quer dizer... que outra pessoa seria melhor para você."

"Você tem química com muitas garotas?"

Ele não olhou para mim, só esfregou a nuca para aliviar a tensão nos músculos do pescoço.

"Eu não vou conversar sobre isso com você."

Depois que eu tinha começado nessa direção, resolvi não parar.

"Se eu fosse mais velha, você iria se sentir assim a meu respeito?"

Ele continuou com o rosto virado.

"Liberty." Eu o ouvi murmurar. "Não faça isso comigo."

"Só estou perguntado, só isso."

"Não faça. Algumas perguntas mudam tudo." Ele expirou, hesitante. "Continue praticando com o Gill Mincey. Sou velho demais para você, de várias maneiras. E você não é o tipo de garota que eu quero."

Claro que ele não podia estar se referindo ao fato de eu ser mexicana. Pelo que eu conhecia de Hardy, ele não tinha nada de preconceituoso. Ele nunca usava palavras racistas nem desprezava alguém por coisas que a pessoa não podia mudar.

"Que tipo você quer?", perguntei sem dificuldade.

"Alguém que eu possa deixar sem olhar para trás."

Esse era o Hardy, apresentando a verdade nua e crua sem melindres. Mas ouvi nas entrelinhas a confissão contida em suas palavras, que eu não era do tipo que ele poderia deixar com facilidade. Eu não consegui evitar de tomar aquilo como encorajamento, apesar de não ser essa sua intenção. Hardy, então, olhou para mim.

"Nada nem ninguém vai me segurar aqui, você compreende?"

"Compreendo."

Ele inspirou com dificuldade.

"Este lugar, esta vida... Há pouco tempo eu comecei a entender o que deixou meu pai tão maluco e malvado para fazer com que ele acabasse na prisão. Isso vai acontecer comigo, também."

"Não", eu declarei em voz baixa.

"Vai sim. Você não me conhece, Liberty."

Eu não podia impedi-lo de querer ir embora. Mas também não podia me impedir de querê-lo. Eu cruzei a barreira invisível entre nós. Ele ergueu as mãos em um gesto defensivo, o que foi cômico, dada a diferença entre nossos tamanhos. Eu toquei-lhe as mãos, e os punhos rígidos onde martelava sua pulsação. Pensei, *Se eu nunca tiver mais nada dele, a não ser este momento, vou aproveitá-lo.* Aproveite agora ou depois se afogue no arrependimento. Hardy se moveu de repente, pegando meus punhos, seus dedos formando algemas que me impediam de avançar. Eu encarei sua boca, lábios que pareciam tão macios.

"Solte", eu disse, minha voz carregada. "Solte."

Sua respiração ficou mais rápida e ele meneou de leve a cabeça. Os nervos saltavam em cada parte do meu corpo. Nós dois sabíamos o que eu iria fazer se ele me soltasse. De repente, ele abriu as mãos. Eu me adiantei e colei meu corpo ao dele, centímetro por centímetro. Agarrei sua nuca, descobrindo a firmeza de seus músculos. Puxei sua cabeça para baixo até seus lábios pegarem os meus. Suas mãos continuaram suspensas no ar. Sua resistência durou alguns segundos, até que ele cedeu com um suspiro áspero e colocou os braços ao meu redor.

Aquilo foi muito diferente do que eu havia sentido com Gill. Hardy era infinitas vezes mais poderoso e, ainda assim, mais delicado. Uma de suas mãos entrou no meu cabelo, e seus dedos envolveram minha cabeça. Seus ombros se curvaram sobre mim e ao meu redor, e seu braço livre agarrou minhas costas como se ele quisesse me puxar para dentro dele. Hardy me beijou e beijou, tentando descobrir todas as formas que nossas bocas podiam se encaixar. Uma rajada de vento gelou minhas costas, mas o calor surgia em todos os lugares que eu tocava. Ele provou o lado de dentro da minha boca, e sua respiração vinha em sopros escaldantes no meu rosto. O sabor íntimo me atordoou com desejo. Eu me agarrei apertado nele, abalada e excitada, querendo que aquilo nunca acabasse, desesperada para reunir e guardar o máximo possível de sensações.

Hardy afastou meus braços e me empurrou, fazendo com que eu recuasse.

"Ah, droga", ele sussurrou, tremendo. Ele se afastou de mim e se apoiou no suporte da cesta, onde encostou a testa, como se a sensação do metal gelado o acalmasse. "Droga", ele sussurrou de novo.

Eu me sentia sonolenta e atordoada, além de desequilibrada com a repentina remoção do apoio do Hardy. Esfreguei os olhos com a palma das mãos.

"Isso não vai acontecer de novo", ele disse, ríspido, ainda com o rosto virado para o outro lado. "Estou falando sério, Liberty."

"Eu sei, sinto muito." Eu não sentia, na verdade. E não devo ter parecido muito arrependida, porque Hardy me lançou um olhar irônico por cima do ombro.

"Chega de praticar", ele disse.

"Você está falando de basquete ou... do que acabamos de fazer?"

"Das duas coisas", ele esbravejou.

"Você está zangado comigo?"

"Não, eu estou furioso comigo mesmo."

"Não deveria. Você não fez nada de errado. Eu queria que você me beijasse. Fui eu que..."

"Liberty", ele interrompeu e se virou para mim. De repente, ele pareceu cansado e frustrado. E esfregou os olhos da mesma maneira que eu havia esfregado os meus. "Fique quieta, querida. Quanto mais você falar, pior eu vou me sentir. Apenas vá para casa."

Absorvi suas palavras, a expressão inexorável em seu rosto.

"Você quer... quer me acompanhar até em casa?" Eu detestei o fio de timidez na minha própria voz.

Ele lançou um olhar sofredor na minha direção.

"Não. Eu não confio em mim perto de você."

Uma melancolia foi tomando conta de mim, abafando as fagulhas de desejo e alegria. Eu não sabia como explicar nada daquilo, a atração que Hardy sentia por mim, sua falta de vontade de agir, a intensidade da minha reação... e a certeza de que eu nunca mais iria beijar Gill Mincey.

CAPÍTULO 6

Mamãe estava cerca de uma semana atrasada quando, afinal, entrou em trabalho de parto no fim de maio. A primavera no sudeste do Texas é uma estação traiçoeira. Produz algumas cenas bonitas, como os campos estonteantes de tremoços-do-Texas, as olaias e *buckeyes* mexicanas em flor, e as pradarias verdejantes. Mas a primavera é também quando as formigas-lava-pés começam a formar seus montes, depois de descansarem durante todo o inverno, e é quando o golfo do México solta tempestades que cospem granizo, raios e tornados. Nossa região foi atingida por tornados que se dividiam em ataques surpresa, ziguezagueando sobre rios e ruas, além de outros lugares onde não deviam aparecer. Nós também tínhamos tornados brancos, uma espuma rotatória mortal que acontecia à luz do dia bem depois de as pessoas acreditarem que a tempestade já tinha acabado.

Os tornados sempre foram uma ameaça para o Rancho Flor do Texas por causa de uma lei da natureza que diz que esses fenômenos são irresistivelmente atraídos por estacionamentos de trailers. Os cientistas dizem que isso é um mito, que tornados não são mais atraídos por estacionamentos de trailers do que por qualquer outro lugar. Mas não se podia enganar os moradores de Welcome. Sempre que um desses malvados aparecia na nossa cidade ou perto dela, ele se dirigia ao Rancho Flor do Texas ou para outro loteamento de Welcome chamado Colinas Alegres. Era um mistério como esse lugar ganhou seu nome, porque a região era plana como uma panqueca, a meros cinquenta centímetros acima do nível do mar. De qualquer modo, Colinas Alegres era um bairro com residências de dois andares chamadas de "casarões" por todo mundo em Welcome que tinha de se virar em moradias térreas. Esse bairro aguentou tantos ataques de tornado quanto o Rancho Flor do Texas, e algumas pessoas citavam isso como exemplo de que os tornados podiam atingir tanto um bairro rico quanto um estacionamento de trailers.

Mas um morador de Colinas Alegres, o Sr. Clem Cottle, ficou tão assustado quando um tornado branco atravessou seu jardim que fez uma pesquisa sobre a propriedade e descobriu um segredo: Colinas Alegres tinha sido construída sobre os restos de um antigo estacionamento de trailers. Aquilo era um truque sujo na opinião do Clem, porque, se ele soubesse, nunca teria comprado uma casa em um lugar que antes tinha sido estacionamento de trailer. Era um convite ao desastre. Era tão ruim quanto construir sobre um cemitério indígena. Presos a residências que se mostraram ímãs de tornados, os proprietários de Colinas Alegres procuraram melhorar a situação unindo-se para construir um abrigo de tempestade comunitário. Era um salão de concreto semienterrado no solo e completamente ladeado por terra. Como resultado Colinas Alegres ganhou, afinal, uma colina.

O Rancho Flor do Texas, contudo, não tinha nada que lembrasse, nem de longe, um abrigo de tempestade. Se um tornado atravessasse o estacionamento, nós já éramos. Saber disso nos dava uma atitude mais ou menos fatalista quanto aos desastres naturais. Assim como em tantos outros aspectos das nossas vidas, nós nunca estávamos preparados para o pior. Só tentávamos, desesperados, sair da frente quando o pior acontecia.

As dores da mamãe começaram no meio da noite. Por volta de três da manhã, eu percebi que ela estava andando de um lado para outro, e eu levantei para ficar com ela. De qualquer modo, para mim era quase impossível dormir, por causa da chuva. Até nos mudarmos para o Rancho Flor do Texas, eu sempre achei que a chuva produzia um som calmante, mas quando chove no telhado de metal de um trailer estreito, o barulho compete em nível de decibéis com um hangar de aviões. Usei o temporizador do forno para medir os intervalos das contrações da mamãe e, quando chegaram a oito minutos, nós ligamos para o obstetra. Depois eu liguei para a Srta. Marva, pedindo que nos levasse à clínica da família, um posto avançado de um hospital de Houston.

Eu tinha acabado de tirar minha carteira de motorista e, embora eu me achasse muito boa, mamãe falou que se sentiria melhor se a Srta. Marva nos levasse. Particularmente, eu acreditava que estaríamos mais seguros comigo, pois a técnica de direção da Srta. Marva era, na melhor das hipóteses, criativa, e na pior, um acidente esperando para acontecer. Ao volante, a Srta. Marva vagava, fazia conversões erradas, acelerava e freava de acordo com o ritmo da conversa e afundava o pé na tábua sempre que o semáforo ficava amarelo. Eu preferiria que Bobby Ray dirigisse, mas ele e a Srta. Marva haviam brigado um mês antes por suspeita de infidelidade. Ela disse que ele poderia voltar quando se decidisse em qual barracão preferia guardar suas ferramentas. Desde a separação, íamos apenas eu e a Srta. Marva à igreja, ela dirigindo e eu rezando o caminho todo, na ida e na volta.

Mamãe estava calma, mas falante, querendo se lembrar do dia em que eu nasci.

"Seu pai ficou tão nervoso quando eu entrei em trabalho de parto que tropeçou na mala do hospital e quase quebrou a perna. E depois ele dirigiu o carro tão rápido que eu falei para ele diminuir ou deixar que eu mesma dirigisse até o hospital. Ele não ficou na sala de parto comigo – acho que ficou com medo de atrapalhar. E quando te viu, Liberty, ele chorou e disse que você era o amor da vida dele. Eu nunca o tinha visto chorar até então..."

"Que graça, mãe", eu disse enquanto pegava minha lista para verificar se tínhamos tudo o que precisávamos na sacola. Eu a tinha preparado um mês antes, e conferi os itens umas cem vezes, mas continuava preocupada que pudesse estar esquecendo algo.

A tempestade piorou. Os trovões faziam o trailer inteiro vibrar. Embora já fossem sete da manhã, estava preto como a noite.

"Merda", eu disse, pensando que entrar em um carro com a Srta. Marva com aquele tempo era arriscar a vida. Nós teríamos que enfrentar inundações, e o carro dela, uma perua Pinto baixa, não iria conseguir chegar à clínica.

"Liberty", disse mamãe, surpresa e contrariada, "eu nunca ouvi você falar palavrão antes. Espero que as amigas da escola não a estejam influenciado mal."

"Desculpe", eu disse, tentando espiar através da janela molhada.

Nós duas pulamos com o rugido repentino do granizo no telhado, uma chuva de gelo branco. Parecia que alguém estava atirando moedas na nossa casa. Corri até a porta e a abri, para avaliar as bolas que atingiam o chão.

"Do tamanho de bolas-de-gude", eu disse. "E algumas bolas de golfe."

"Merda", mamãe falou, abraçando sua barriga em contração.

O telefone tocou e mamãe atendeu.

"Alô? Oi, Marva, eu... Você o quê? Agora?" Ela escutou por um instante. "Tudo bem. Acho que você tem razão. Tudo bem, encontramos você lá."

"O que foi?", perguntei, desesperada, quando ela desligou. "O que ela falou?"

"Ela disse que, a esta altura, a rua Principal já deve estar inundada, e que o carro dela não vai passar. Então ela chamou o Hardy, que vem nos pegar com a picape. Como só tem lugar para três, ele vai nos deixar lá e depois voltar para pegar a Marva."

"Graças a Deus", eu disse, aliviada no mesmo instante. A picape do Hardy passaria por qualquer coisa.

Esperei na porta, observando pela abertura. O granizo havia parado, mas a chuva continuava firme, às vezes entrando em rajadas laterais pela abertura por onde eu espiava. De vez em quando eu olhava para a mamãe, que havia se encolhido no canto do sofá. Dava para ver que as dores estavam piorando – sua tagarelice tinha desaparecido e ela parecia concentrada no processo inexorável que tomava conta do seu corpo. Eu a ouvi sussurrar baixinho o nome do meu pai. Uma agulhada de dor atravessou o fundo da minha garganta. O nome do meu pai quando ela dava à luz a filha de outro homem. É um choque a primeira vez que você vê um de seus pais em uma condição de desamparo, quando você sente o inverso das situações. Mamãe agora era minha responsabilidade. Papai não estava lá para cuidar dela, mas eu sabia que ele iria querer que eu assumisse. E eu não decepcionaria nenhum dos dois.

A caminhonete azul dos Cates parou na frente de casa e Hardy veio até a porta. Ele vestia uma jaqueta forrada com a pantera da escola nas costas. Parecendo grande e capaz, ele entrou no trailer e fechou a porta com firmeza. Ele avaliou meu semblante. Eu pisquei de surpresa quando ele me beijou no rosto. Ele foi até minha mãe, agachou na frente dela e perguntou, delicado:

"Que tal um passeio de picape, Sra. Jones?"

Ela conseguiu soltar uma risada fraca.

"Acho que eu vou aceitar, Hardy."

Em pé, ele se voltou para mim.

"Alguma coisa para levar na caçamba? Eu coloquei a cobertura, então não vai molhar."

Corri para pegar a sacola, que entreguei para ele. Hardy se dirigiu à porta.

"Não, espere", eu disse, continuando a colocar objetos nos braços dele. "Nós precisamos deste toca-fitas. E disto..." Entreguei para ele um cilindro grande com um anexo que parecia uma chave de fenda.

Hardy olhou para o objeto com verdadeira preocupação.

"O que é isso?"

"Uma bomba manual."

"Para quê? Não, esqueça, não me diga."

"É para a bola de parto." Eu fui até meu quarto e voltei com uma imensa bola de borracha semi-inflada. "Leve isto aqui, também." Percebendo a perplexidade dele, eu tentei explicar: "Nós vamos terminar de encher a bola quando chegarmos à clínica. Ela aproveita a gravidade para ajudar o parto, e quando você senta nela, ela põe pressão na..."

"Entendi", Hardy me interrompeu, apressado. "Não precisa explicar." Ele saiu para guardar os objetos na picape e voltou em seguida. "A tempestade acalmou", ele disse. "Precisamos ir antes que ela volte com força. Sra. Jones, tem uma capa de chuva?"

Mamãe negou com a cabeça. Grávida daquele jeito, não era possível que sua velha capa de chuva servisse. Sem falar nada, Hardy tirou sua jaqueta e ajudou minha mãe a passar os braços pelas mangas como se ela fosse uma criança. Mesmo sendo grande, a jaqueta não fechava na barriga, mas cobria a maior parte.

Enquanto Hardy acompanhava minha mãe até a caminhonete, eu fui atrás carregando toalhas. Como a bolsa ainda não tinha rompido, achei melhor estar preparada.

"Para que é isso?" Hardy perguntou depois de ajudar minha mãe a sentar no banco. Nós tínhamos que falar alto para sermos ouvidos acima da tempestade.

"Nunca se sabe quando se pode precisar de toalhas", respondi, imaginando que se eu explicasse melhor, isso só lhe causaria mais nervosismo.

"Quando minha mãe teve a Hannah e os garotos, ela nunca levou mais do que um saco de papel, escova de dentes e uma camisola."

"Para que era o saco de papel?", perguntei, preocupada. "Quer que eu corra para pegar um?"

Ele riu e me ergueu, colocando-me no assento do carro ao lado da minha mãe.

"O saco era para colocar a escova de dentes e a camisola. Vamos, querida."

A enchente já havia transformado Welcome em um arquipélago de ilhotas. O truque para conseguir se deslocar de um lugar a outro era conhecer bem as ruas, para poder avaliar por quais locais inundados dava para passar. Bastava meio metro de água para fazer praticamente qualquer carro flutuar. Hardy era um mestre em circular por Welcome, e seguiu uma rota tortuosa para evitar os locais baixos. Percorreu estradas em fazendas, cortou por estacionamentos e guiou a picape através de enxurradas, fazendo fontes de água jorrarem de seus pneus.

Fiquei maravilhada pela presença de espírito do Hardy, a ausência de tensão, o modo como ele conversava sobre amenidades com minha mãe para distraí-la. O único sinal de esforço era o vinco entre as sobrancelhas. Não existe nada que um texano adore mais do que se jogar contra os elementos da natureza. Texanos sentem uma espécie de orgulho do clima hostil do estado. Tempestades épicas, um calor assassino, ventos que ameaçam arrancar uma camada da pele, a interminável variedade de tornados e furacões. Não importa o quanto o tempo fique ruim, ou que nível de dificuldade ele imponha, os texanos o recebem com variações de uma única pergunta: "Está quente o bastante para você?"... "Úmido o bastante para você?"... "Seco o bastante para você?"... e assim por diante. Eu observava as mãos de Hardy no volante, seu toque firme e leve, as manchas de água nas suas mangas. Eu o amava tanto, amava seu destemor, sua força, até mesmo a ambição que um dia o tiraria de mim.

"Mais alguns minutos", murmurou Hardy ao sentir meu olhar nele. "Vou levar vocês até lá em segurança."

"Eu sei que vai", falei, enquanto os limpadores do para-brisa empurravam, impotentes, a torrente de água que atingia o vidro.

Assim que chegamos à clínica, mamãe foi colocada em uma cadeira de rodas para ser preparada, enquanto Hardy e eu levamos nossos pertences para a sala de parto. O local estava cheio de máquinas e monitores, além de uma incubadora neonatal que parecia uma nave espacial de bebê, mas a aparência do quarto era suavizada por cortinas com babados, uma faixa de gansos e patinhos no papel de parede e uma cadeira de balanço com estofado alegre.

Uma enfermeira corpulenta de cabelo grisalho se movimentava pelo quarto, verificando o equipamento e ajustando o nível da cama.

"Somente as futuras mães e seus maridos podem ficar na sala de parto", ela disse, severa, assim que eu e Hardy entramos. "Vocês vão ter que ficar na sala de espera, no fim do corredor."

"Não tem marido", eu disse, sentindo-me um pouco envergonhada quando a vi erguer muito as sobrancelhas. "Vou ficar para ajudar minha mãe."

"Entendo. Mas seu namorado vai ter que sair."

Uma cor quente inundou meu rosto.

"Ele não é meu..."

"Sem problema", disse Hardy. "Eu não quero atrapalhar, pode acreditar em mim."

O rosto da enfermeira relaxou em um sorriso. Hardy tinha esse efeito nas mulheres.

Eu tirei uma pasta colorida da sacola e a entreguei para a enfermeira. "Eu ficaria grata se a senhora lesse isto."

Ela olhou desconfiada para a pasta amarelo-vivo. Eu havia escrito "PLANO DE PARTO" na frente e colado adesivos de mamadeiras e cegonhas.

"O que é isto?"

"Eu descrevi nossas preferências para a experiência de parto", expliquei. "Nós queremos luz fraca e o máximo possível de paz e silêncio, e vamos tocar sons da natureza. E nós queremos manter a mobilidade da minha mãe até chegar a hora da peridural. Quanto ao alívio da dor, ela se dá bem com Dolantina, mas nós queríamos conversar com o médico sobre o Nubain. E, por favor, não esqueça de ler as observações a respeito da episiotomia."

Parecendo perturbada, a enfermeira pegou o plano de parto e desapareceu.

Eu entreguei a bomba manual para o Hardy e pluguei o toca-fitas na tomada.

"Hardy, antes de ir embora, você poderia encher a bola de parto? Não precisa encher tudo. Oitenta por cento seria melhor."

"Claro", ele disse. "Mais alguma coisa?"

Eu anuí.

"Tem uma meia esportiva cheia de arroz na sacola. Eu ficaria grata se você encontrasse um micro-ondas em algum lugar e a aquecesse por dois minutos."

"Claro." Quando Hardy começou a inflar a bola de parto, vi a linha de suas bochechas se curvar com um sorriso.

"O que é tão engraçado?", eu perguntei, mas ele sacudiu a cabeça e não respondeu. Só continuou sorrindo enquanto obedecia às minhas instruções.

Quando mamãe foi trazida para o quarto, a iluminação tinha sido ajustada de acordo com meu pedido e o ambiente estava tomado por sons da floresta amazônica. Era um tamborilar calmante de chuva pontuado por sapos coaxando e o berro eventual de uma arara.

"O que é esse barulho todo?", perguntou minha mãe, desconcertada, passando os olhos pela sala.

"Uma fita de floresta tropical", respondi. "Você gosta? É relaxante?"

"Acho que sim", ela disse. "Mas se eu começar a ouvir elefantes e gritos de macacos, você vai ter que desligar."

Eu fiz uma versão contida do grito do Tarzan e ela riu.

A enfermeira grisalha apareceu para ajudar minha mãe a sair da cadeira de rodas.

"Sua filha vai ficar aqui o tempo todo?", ela perguntou para minha mãe. Alguma coisa em sua voz me deu a impressão de que ela gostaria que a resposta fosse "não".

"O tempo todo", disse minha mãe com firmeza. "Eu não conseguiria sem ela."

Às sete horas da noite, Carrington nasceu. Eu peguei o nome de uma das novelas que gostava de assistir com minha mãe. A enfermeira lavou a bebê e a enrolou como uma miniatura de múmia, e depois a colocou nos meus braços enquanto o médico cuidava da mamãe e costurava os lugares que o bebê tinha rasgado.

"Três quilos e trezentos gramas", anunciou a enfermeira, sorrindo diante da minha expressão. Nós aprendemos a gostar um pouco mais uma da outra durante o processo de parto. Eu não só fui menos chata do que ela esperava, como também é difícil não sentir um tipo de conexão, ainda que por pouco tempo, diante do milagre de uma vida nova.

Linda, eu pensei, olhando para minha irmãzinha. Eu nunca tive muito contato com bebês, ou havia segurado um recém-nascido. O rosto da Carrington era rosa-choque e estava todo amarrotado, seus olhos eram azul-cinzentos e perfeitamente redondos. Uma penugem igual às penas de um pintinho molhado cobria sua cabeça. Seu peso era um pouco menor que um saco grande de açúcar, mas ela era frágil e mole. Tentei deixá-la confortável, mudando-a de posição até ficar no meu ombro. A bola redonda que era sua cabeça se encaixou com perfeição no meu pescoço. Eu senti suas costas arquearem com um suspiro de gatinho e ela ficou imóvel.

"Vou precisar levá-la dentro de um minuto", disse a enfermeira, sorrindo da minha expressão. "Ela tem que ser examinada e limpa."

Eu não queria deixá-la ir. Fui tomada por um sentimento de posse. Eu sentia como se ela fosse a minha bebê, parte do meu corpo, amarrada à minha alma. Exaltada e à beira das lágrimas, virei para o lado e sussurrei para ela.

"Você é o amor da minha vida, Carrington. O amor da minha vida."

A Srta. Marva levou um buquê de rosas e uma caixa de bombons de cereja para mamãe, e um cobertor de bebê que ela mesma tinha feito para Carrington, de lã amarela com a borda em crochê. Depois de segurar e admirar a bebê por alguns minutos, a Srta. Marva a devolveu para mim. Ela concentrou toda sua atenção na minha mãe, pegando um copo de raspas de gelo para ela quando a enfermeira foi muito lenta, ajustando os controles da cama, ajudando-a a ir ao banheiro e voltar. Para meu alívio, Hardy apareceu no dia seguinte para nos levar para casa em um grande sedã que pegou emprestado com um vizinho. Enquanto mamãe assinava papéis e pegava com a enfermeira um envelope com instruções pós-parto, eu vesti na bebê a roupa de ir para casa, um vestidinho azul com mangas longas. Hardy ficou ao lado da cama do hospital assistindo à minha luta para pegar as mãozinhas frágeis e as passar com delicadeza pelas mangas. As pontas dos dedinhos ficavam enroscando no tecido, dificultando o ajuste do vestido em seus braços.

"É como tentar passar espaguete cozido por um canudo", observou Hardy.

Carrington grunhia e reclamava enquanto eu passava sua mão pela manga. Comecei o outro braço, e a primeira mão saiu outra vez do vestido. Soltei um gemido, e Hardy riu.

"Quem sabe ela não gostou do vestido?", ele disse.

"Você gostaria de tentar?", eu perguntei.

"Eu não. Eu sou bom em *tirar* a roupa das garotas, não em colocar."

Ele nunca tinha feito esse tipo de comentário perto de mim antes, e eu não gostei.

"Não fale besteira na frente da bebê", eu disse, severa.

"Sim, senhora."

Esse toque de contrariedade me deixou menos hesitante, e eu consegui terminar de vesti-la. Juntando os cachos no alto de sua cabecinha, eu os prendi com um laço de velcro. Mostrando tato, Hardy virou de costas enquanto eu trocava a fralda, que era do tamanho de um guardanapo de pano.

"Estou pronta", disse mamãe às minhas costas, e eu peguei a Carrington.

Mamãe estava na cadeira de rodas, vestindo um robe azul novo e chinelos combinando. Ela segurava as flores trazidas por Marva em seu colo.

"Você quer pegar a bebê e me dar as flores?", perguntei, relutante.

Ela balançou a cabeça.

"Você pode carregá-la, querida."

A cadeirinha de bebê do carro estava equipada com cintos de segurança suficientes para segurar um piloto de F-15. Com cuidado, eu a ajeitei na cadeirinha, e ela não parava de se contorcer, e então começou a gritar quando eu tentei prender os cintos em volta dela.

"É um sistema de segurança de cinco pontos", eu disse para ela. "A *Revista do consumidor* diz que é o melhor que existe."

"Acho que a bebê não leu essa edição", disse Hardy, entrando pelo outro lado do carro para me ajudar.

Senti vontade de dizer para ele não bancar o babaca, mas lembrei da minha regra de não falar besteira na frente da Carrington, então fiquei quieta. Hardy sorriu para mim.

"Vamos lá", ele disse, soltando com habilidade uma tira. "Passe essa fivela para lá e cruze a outra por cima."

Juntos, nós conseguimos prender Carrington com segurança no assento. Ela estava agitada, guinchando contra a indignidade de ser amarrada. Pus minha mão nela, curvando os dedos sobre o peito que subia e descia.

"Está tudo bem", eu murmurei. "Está tudo bem, Carrington. Não precisa chorar."

"Tente cantar", sugeriu Hardy.

“Eu não sei cantar”, falei, massageando círculos no peito dela. “Cante você.”

Ele sacudiu a cabeça.

“Sem chance. Eu, cantando, pareço um gato sendo atropelado por um rolo compressor.”

Eu tentei uma versão da música de abertura do programa de TV *Mister Rogers' Neighborhood*, a que eu assistia todos os dias quando era criança. Quando cheguei ao último “você não quer ser meu vizinho?”, Carrington tinha parado de chorar e me encarava com admiração míope. Hardy riu baixinho. Seus dedos deslizaram por cima dos meus e, por um instante, ficamos assim, nossas mãos descansando com leveza na bebê. Observando a mão dele, pensei que nunca poderia confundi-la com a de outra pessoa. Seus dedos calejados eram pontilhados de pequenas cicatrizes decorrentes de encontros com martelos, pregos e arame farpado. Havia bastante força ali para entortar um prego de nove centímetros.

Levantei a cabeça e vi Hardy baixar os cílios para esconder seus pensamentos. Ele parecia estar absorvendo a sensação dos meus dedos debaixo dos seus. De repente, ele tirou a mão e saiu do carro para ajudar minha mãe a entrar no banco do passageiro, deixando-me lidar com a fascinação eterna que parecia ter se tornado parte de mim, assim como um membro do corpo. Mas se Hardy não me queria, ou não se permitisse querer, eu tinha arrumado alguém em quem esbanjar todo o meu afeto. Mantive a mão na bebê o caminho todo, aprendendo o ritmo de sua respiração.

Capítulo 7

Durante as primeiras seis semanas da vida de Carrington, nós desenvolvemos hábitos que mais tarde se mostrariam impossíveis de abandonar. Alguns durariam a vida toda. Mamãe demorou para ficar bem, tanto espiritual quanto fisicamente. O parto da bebê a esgotou de uma forma que eu não compreendia. Ela ainda sorria, me abraçava e perguntava como tinha sido meu dia na escola. Ela perdeu peso até parecer quase a mesma que era antes. Mas alguma coisa estava errada. Eu não sabia dizer o que era; alguma coisa que existia nela antes tinha sido apagada. A Srta. Marva dizia que mamãe só estava cansada. Na gravidez, o corpo passa por nove meses de mudanças, e ele precisa de pelo menos esse tempo para voltar ao normal. O principal, ela dizia, era lhe oferecer muita compreensão e ajuda.

Eu queria ajudar, não por causa da mamãe, mas porque eu amava Carrington de paixão. Eu amava tudo nela, a pele sedosa de bebê e os cachos claros, o modo como ela espalhava água no banho, parecia uma sereia bebê. Seus olhos ficaram do mesmo tom azul-esverdeado da pasta de dente Aquafresh. Seu olhar me seguia por toda parte, com a cabecinha cheia de pensamentos que ela ainda não sabia expressar. Minhas amigas e minha vida social não me interessavam tanto quanto a bebê. Eu levava Carrington para passear de carrinho, brincava com ela, dava comida e a punha para dormir. Isso nem sempre era fácil. Carrington era agitada, parecendo sofrer com cólicas. A pediatra disse que, para um diagnóstico oficial de cólica, a bebê tinha que chorar três horas por dia. Carrington chorava duas horas e cinquenta e cinco minutos por dia, e o resto ficava aflita. O farmacêutico preparou uma porção de algo que chamou de "tônico do bom humor", um líquido leitoso que cheirava a alcaçuz. Dar algumas gotas para Carrington antes e depois da mamadeira parecia ajudar.

Como o berço dela ficava no meu quarto, eu normalmente era a primeira a ouvir suas reclamações durante a noite, e terminava sendo eu mesma a acalmá-la. Carrington acordava três a quatro vezes por noite. Eu logo aprendi a preparar as mamadeiras e as colocar na geladeira antes de ir para a cama. Eu desenvolvi um sono leve, com uma orelha no travesseiro e a outra esperando um sinal da Carrington. Assim que a ouvia resmungando e grunhindo, eu levantava da cama, corria para esquentar a mamadeira no micro-ondas e voltava depressa. Era melhor pegá-la no começo. Depois que ela abria o berreiro para valer, demorava um pouco para que eu conseguisse acalmá-la.

Eu me sentava na cadeira e inclinava a mamadeira para que Carrington não engolisse ar, enquanto seus dedinhos ficavam mexendo nos meus. Eu me sentia tão cansada que quase delirava, e a bebê também, e nós duas decidíamos colocar leite na barriguinha dela o mais rápido possível, para que pudéssemos voltar a dormir. Depois que ela ingeria cerca de 120 mililitros, eu a punha sentada nas minhas coxas, com seu corpo penso sobre a minha mão como uma bonequinha. Assim que ela arrotava, eu a recolocava no berço e voltava para a cama parecendo um animal ferido. Eu nunca havia imaginado que conseguiria alcançar um nível de exaustão que chegasse a doer, ou que o sono se tornaria tão precioso que eu estaria disposta a vender minha alma em troca de mais uma hora.

Não é de surpreender que, quando a escola recomeçou, minhas notas não estavam grande coisa. Eu continuava bem nas matérias que sempre foram fáceis para mim, Inglês, História e Ciências Sociais. Mas Matemática era impossível. A cada dia eu ficava mais para trás. Cada falha na minha compreensão tornava as lições seguintes muito mais difíceis, até que eu comecei a ir para as aulas de matemática sentindo enjoo e com a pulsação de um Chihuahua. Um exame importante no meio do semestre seria o ponto decisivo, no qual eu poderia ter uma nota tão ruim que acabaria comigo pelo resto do semestre.

No dia antes do exame, eu estava um trapo. Minha ansiedade havia contaminado a Carrington, que chorava quando eu a segurava e berrava quando a colocava no berço. Isso aconteceu em um dia que as amigas de trabalho da mamãe a convidaram para jantar, o que significava que ela demoraria até oito ou nove da noite para voltar para casa. Embora eu tivesse planejado pedir para a Srta. Marva cuidar da Carrington por mais umas duas horas, ela me recebeu à porta do seu trailer com um saco de gelo na cabeça. Estava com enxaqueca, explicou, e assim que eu pegasse o bebê ela iria tomar remédio e se enfiar na cama. Eu não tinha como me salvar. Mesmo que tivesse tempo para estudar, não faria diferença. Cheia de desesperança e uma frustração insuportável, eu segurava Carrington junto ao peito enquanto ela guinchava no meu ouvido. Eu queria fazê-la parar. Tive vontade de cobrir a boca da pequena com a mão, fazer qualquer coisa para silenciar aquele barulho.

"Pare de chorar", eu disse, furiosa, meus olhos ardendo e se enchendo de lágrimas. "*Pare de chorar agora.*" A raiva na minha voz fez Carrington gritar até engasgar. Tive certeza de que alguém fora do trailer ouviria e pensaria que tinha gente sendo assassinada.

Ouvi uma batida na porta. Cambaleando às cegas, eu rezei para que fosse minha mãe, que o jantar tivesse sido cancelado e que ela estivesse voltando mais cedo. Abri a porta com a bebê se contorcendo nos meus braços e vi a figura de Hardy Cates através de um borrão de lágrimas. Oh, Deus. Eu não conseguia decidir se ele era a pessoa que eu mais queria ver, ou a última.

"Liberty..." Ele me olhou, perplexo, ao entrar. "O que está acontecendo? A bebê está bem? Você se machucou?"

Eu sacudi a cabeça e tentei falar, mas de repente comecei a chorar tanto quanto Carrington. Solucei de alívio quando a bebê foi tirada dos meus braços. Hardy a ajeitou em seu ombro, e ela começou a ficar mais calma no mesmo instante.

"Pensei em passar para ver como você estava", ele disse.

"Ah, eu estou ótima", falei, passando a manga da camiseta nos olhos molhados.

Com o braço livre, Hardy me puxou e abraçou.

"Conte para mim", ele murmurou no meu cabelo. "O que foi, querida?" Entre soluços eu balbuciei sobre Matemática, bebês e falta de sono, enquanto sua mão alisava lentamente as minhas costas. Ele não parecia nem um pouco atrapalhado por ter duas mulheres se lamuriando em seus braços, e apenas nos segurou até o trailer ficar em silêncio.

"Tem um lenço no meu bolso de trás", ele disse, os lábios raspando no meu rosto molhado. Eu tentei encontrar o pedaço de pano, e fiquei corada quando meus dedos rasparam na superfície dura de seu traseiro. Levando o lenço ao nariz, eu o assoei com uma bufada tempestuosa. Logo depois, Carrington arrotou alto. Eu balancei a cabeça, derrotada; cansada demais para ter vergonha do fato de que eu e minha irmã éramos nojentas, problemáticas e descontroladas.

Hardy riu. Afastando com delicadeza minha cabeça para trás, ele estudou meus olhos vermelhos.

"Você está péssima", disse com sinceridade. "Está doente ou só cansada?"

"Cansada", eu resmunguei.

Ele alisou meu cabelo.

"Vá se deitar", disse Hardy.

Parecia bom demais. E tão impossível que eu tive que firmar o queixo para segurar outra enxurrada de soluços.

"Não posso... o bebê... a prova de Matemática..."

"Vá se deitar", ele repetiu, delicado. "Acordo você em uma hora."

"Mas..."

"Não discuta." Ele me empurrou na direção do quarto. "Vá deitar."

A sensação de passar a responsabilidade para outra pessoa, de deixá-lo assumir o controle, foi um alívio indescritível. Eu me vi marchando na direção do quarto como se estivesse atravessando areia movediça. Quando cheguei, desabei na cama. Minha cabeça desorientada insistia que eu não devia ter jogado meu fardo em Hardy. No mínimo, eu deveria ter lhe explicado como fazer o leite em pó e encher as mamadeiras, onde estavam as fraldas e os lenços umedecidos. Mas assim que minha cabeça afundou no travesseiro, eu adormeci.

A sensação foi de que menos de cinco minutos tinham se passado quando senti a mão de Hardy no meu ombro. Gemendo, eu me virei para encará-lo com os olhos turvos. Cada nervo do meu corpo protestava diante da necessidade de acordar.

"Já faz uma hora", ele sussurrou.

Ele parecia tão descansado e controlado, irradiando vitalidade, debruçado sobre mim. Parecia ter uma força inesgotável, e eu desejei ter um pouquinho disso para mim.

"Vou ajudar você a estudar", ele disse. "Sou ótimo em Matemática."

Eu respondi com a impertinência de uma criança de castigo.

"Não se preocupe. Estou além de qualquer ajuda."

"Não está, não. Quando acabarmos, você vai estar sabendo tudo que precisa."

Percebendo o silêncio no trailer – silêncio demais –, eu levantei a cabeça.

"Onde está a bebê?"

"Está com Hannah e minha mãe. Elas vão tomar conta dela por algumas horas."

"Elas... mas elas... elas não podem!" Pensar na minha irmãzinha agitada sob os cuidados da Srta. Judie e sua filosofia de educação foi o suficiente para me fazer ter um infarto. Eu me sentei com um movimento brusco.

"Claro que podem", disse Hardy. "Deixei Carrington lá com a sacola de fraldas e duas mamadeiras. Ela vai ficar bem." Ele sorriu diante da minha expressão. "Não se preocupe, Liberty, um tempo com a minha mãe não vai matar sua irmã."

Tenho vergonha de admitir que foi necessário um pouco de persuasão e até algumas ameaças para que Hardy conseguisse me fazer sair da cama. Sem dúvida, eu pensei, azeda, ele estava muito mais acostumado a convencer garotas a *deitar* na cama do que a levantar. Cambaleei até a mesa e desabei na cadeira. Uma pilha de livros e de papel quadriculado e três lápis recém-apontados foram colocados diante de mim. Hardy foi até a cozinha e voltou com uma xícara de café com leite e açúcar. Minha mãe gostava de café, mas eu não suportava aquela coisa.

"Eu não gosto de café", falei, ranzinza.

"Esta noite você gosta", ele disse. "Comece a beber."

A combinação de cafeína, silêncio e a paciência impiedosa de Hardy começou a fazer mágica em mim. Ele foi percorrendo a matéria metodicamente, desvendando problemas para que eu entendesse como eram resolvidos e pudesse responder as mesmas questões várias vezes. Eu aprendi naquelas horas mais do que em semanas de aulas de matemática. Aos poucos, aquela massa de conceitos que eu considerava tão opressiva foi se tornando mais compreensível. No meio dos estudos, Hardy fez uma pausa para duas ligações telefônicas. A primeira foi para pedir uma pizza grande de pepperoni que seria entregue em 45 minutos. A segunda chamada foi muito mais interessante. Eu me debrucei sobre um livro e uma folha de papel quadriculado, fingindo estar absorta em um logaritmo enquanto Hardy andava de um lado para o outro na sala e falava em voz baixa.

"...esta noite não consigo. Não, tenho certeza." Ele fez uma pausa enquanto a pessoa do outro lado respondia. "Não, não posso explicar", ele disse. "É importante... você tem que aceitar minha palavra..." Devem ter ocorrido mais algumas reclamações, porque ele disse mais algumas coisas que pareciam ter o objetivo de acalmar, e falou "querida" algumas vezes.

Ao terminar a ligação, Hardy voltou para perto de mim com uma expressão cuidadosamente neutra. Eu sabia que deveria me sentir culpada por atrapalhar seus planos para aquela noite, ainda mais porque envolviam uma namorada. Mas não me senti. Reconheci, para mim mesma, que eu era uma pessoa baixa e desprezível, porque não podia estar mais alegre com o rumo que as coisas estavam tomando. Quando o estudo de matemática continuou, nós sentamos com as cabeças próximas. Estávamos recolhidos no trailer enquanto a escuridão caía lá fora. Parecia estranho não ter a bebê por perto, mas isso também era um alívio. Quando a pizza chegou, nós comemos depressa, dobrando os triângulos fumegantes para conter o queijo derretido.

"Então...", disse Hardy como quem não queria nada, "você continua saindo com o Gill Mincey?"

Fazia meses que eu não falava com Gill, não devido a qualquer briga, mas porque nossa frágil ligação se desfez assim que o verão começou. Eu neguei com a cabeça.

"Não, ele é só um amigo agora. E você? Está saindo com alguém?"

"Ninguém especial." Hardy tomou um gole de chá gelado e me encarou, pensativo. "Liberty... você já falou com a sua mãe sobre todo o tempo que tem passado com a bebê?"

"O que você quer dizer?"

Ele me deu um olhar de repreensão.

"Você sabe o que eu quero dizer. Todo o tempo que você cuida dela. Acorda com ela toda noite. Ela parece mais sua filha que sua irmã. É muita coisa para você lidar. Você precisa de tempo para si mesma... para se divertir... sair com amigas. E namorados." Ele estendeu a mão e tocou a minha face, seu polegar alisando a maçã do rosto, que ia ficando rosa. "Você parece tão cansada", sussurrou. "Isso faz eu querer..." Ele parou e engoliu as palavras.

Uma onda de silêncio cresceu entre nós. Problemas na superfície e correntes profundas. Havia tanta coisa que eu queria contar para ele... o distanciamento preocupante da minha mãe com a bebê, e a culpa que eu sentia – será que eu tinha, de algum modo, tirado Carrington dela ou eu tinha apenas ocupado um vazio? Eu queria contar dos meus anseios, e do medo que eu sentia de nunca encontrar alguém que eu amasse tanto quanto o amava.

"Está na hora de pegar o bebê", disse Hardy.

"Tudo bem." Eu o observei enquanto ele ia até a porta. "Hardy..."

"Sim?" Ele parou sem olhar para trás.

"Eu..." Minha voz tremeu e eu tive que inspirar fundo antes de continuar. "Eu nem sempre vou ser nova demais para você."

Ainda assim, ele não olhou para mim.

"Quando você tiver idade suficiente eu vou estar longe."

"Eu espero você."

"Eu não quero que você espere." A porta fechou com um clique discreto.

Eu joguei fora a caixa vazia de pizza e os copos de plástico, e passei um pano na mesa e nos balcões. O cansaço estava voltando, mas dessa vez eu tinha motivo para acreditar que sobreviveria ao dia seguinte.

Hardy voltou com Carrington, que estava quieta e bocejava, e eu corri para pegá-la.

"Bebezinha querida, minha querida Carrington", eu cantarolei. Ela assumiu a posição habitual no meu ombro, sua cabeça quente no meu pescoço.

"Ela está ótima", disse Hardy. "Acho que ela precisava de um tempo longe de você tanto quanto você precisava de um tempo longe dela.

Mamãe e Hannah lhe deram banho e uma mamadeira, e agora ela está pronta para dormir."

"Aleluia", eu disse, agradecida.

"Você também precisa dormir." Ele tocou meu rosto, seu polegar alisando a ponta da minha sobrancelha. "Você vai se dar bem na prova, querida. Só não entre em pânico. Dê um passo de cada vez e você vai conseguir."

"Obrigada. Você não precisava fazer nada disso. Eu não sei por que você fez. Eu..."

Seus dedos tocaram meus lábios com uma pressão levíssima.

"Liberty", ele sussurrou, "você não sabe que eu faria qualquer coisa por você?"

Eu engoli em seco.

"Mas... você está longe de mim."

Ele entendeu o que eu queria dizer.

"Estou fazendo isso por você, também." Devagar, ele baixou sua testa até a minha, com a bebê aninhada entre nós.

Eu fechei os olhos, pensando: *Deixe eu amar você, Hardy, apenas deixe.*

"Pode ligar quando precisar de ajuda", ele murmurou. "Eu posso ajudar você assim. Como amigo."

Virei o rosto até minha boca tocar a suavidade barbeada de sua pele. Hardy prendeu a respiração e não se moveu. Encostei o nariz na maciez do seu rosto, na dureza do seu queixo, adorando suas texturas. Ficamos assim por alguns segundos, quase nos beijando, inundados pela proximidade do outro. Nunca foi assim com Gill ou qualquer outro garoto – meus ossos ficando líquidos; meu corpo, abalado por desejos que não tinham nenhuma referência anterior. Querer Hardy era diferente de querer qualquer outra pessoa. Perdida naquele momento, eu demorei para reagir quando ouvi a porta ranger ao ser aberta. Minha mãe tinha voltado. Hardy se afastou de mim, seu rosto limpo de qualquer expressão, mas o ar estava pesado de emoção. Mamãe entrou no trailer, os braços carregados com jaqueta, chaves e um prato para viagem do restaurante. Ela assimilou a cena com um único olhar e moldou a boca em um sorriso.

"Oi, Hardy. O que você está fazendo aqui?"

Eu intervim antes que ele pudesse responder.

"Ele me ajudou a estudar para a prova de matemática. Como foi seu jantar, mãe?"

"Foi bom." Ela colocou suas coisas no balcão da cozinha e veio pegar a bebê comigo. Carrington protestou diante da troca de braços, sua cabeça balançou e seu rosto ganhou cor.

"Tudo bem", mamãe sussurrou, balançando-a com delicadeza até ela se render.

Hardy murmurou uma despedida e foi para a porta. Mamãe falou em um tom de voz modulado com cuidado:

"Hardy, eu agradeço você vir até aqui para ajudar a Liberty a estudar. Mas acho que você não deve mais ficar sozinho com a minha filha."

Eu tomei fôlego, chocada. Colocar de propósito um obstáculo entre mim e Hardy, quando não fizemos nada de errado, parecia uma hipocrisia terrível vinda de uma mulher que tinha acabado de ter uma filha sem um marido. Eu queria dizer isso e coisas piores.

Hardy falou antes que eu conseguisse organizar os pensamentos, encarando o olhar da minha mãe:

"Acho que a senhora tem razão."

Ele saiu do trailer.

Eu queria gritar com a minha mãe, jogar palavras nela como uma chuva de flechas. Ela era egoísta. Queria que eu pagasse pela infância da Carrington com a minha. Ela estava com inveja porque alguém gostava de mim quando ela não tinha um homem em sua vida. E não era justo ela sair tanto com as amigas quando devia ficar em casa com sua recém-nascida. Eu queria tanto dizer todas essas coisas que quase sufoquei sob o peso das palavras não ditas. Mas sempre foi da minha natureza virar minha raiva para dentro, como um lagarto do Texas comendo seu próprio rabo.

"Liberty...", mamãe começou, delicada.

"Vou para cama", eu disse. Eu não queria ouvir o que, na opinião dela, era melhor para mim. "Tenho uma prova amanhã." Fui para o meu quarto com passos rápidos e fechei a porta com uma batida covarde, quando eu deveria ter tido a coragem de bater com tudo. Mas pelo menos eu tive a satisfação malvada e passageira de ouvir a bebê chorar.

Capítulo 8

Conforme o ano avançava, eu comecei a medir a passagem do tempo não pelos sinais do meu próprio desenvolvimento, mas pelo de Carrington. A primeira vez que ela rolou, a primeira vez que sentou sozinha, que comeu purê de maçã com farinha de arroz, o primeiro corte de cabelo, o primeiro dente. Era para mim que ela levantava os braços primeiro, acompanhados de um sorriso desdentado e babado. Isso, no começo, divertia e chateava minha mãe, mas depois virou algo que todo mundo aceitava. A ligação entre mim e Carrington era mais forte do que a de irmãs, era mais como de mãe e filha. Não por intenção ou escolha... simplesmente *era* assim. Parecia natural que eu fosse com a mamãe e a bebê às consultas com o pediatra. Eu era mais íntima dos problemas e hábitos da Carrington que qualquer outra pessoa. Quando era dia de vacinação, mamãe se retirava para um canto da sala enquanto eu segurava os braços e as pernas da bebê na maca do consultório.

"Segure você, Liberty", dizia mamãe. "Ela não vai ficar brava com você como ficaria com os outros."

Eu olhava para os olhinhos úmidos da Carrington, estremecendo diante de seu grito incrédulo quando a enfermeira injetava as vacinas em suas coxas roliças. Eu escondia minha cabeça ao lado da sua.

"Queria que fosse comigo", eu sussurrava junto à sua orelha vermelha. "Eu tomaria a vacina por você. Eu tomaria cem vacinas." Depois eu a confortava, segurando-a apertado até que parasse de soluçar. Eu transformava em uma cerimônia a colocação do adesivo EU FUI UM BOM PACIENTE no peito da camiseta dela.

Ninguém, nem eu, pode dizer que Diana Jones não foi uma boa mãe para Carrington. Ela dava atenção e afeto à bebê. Ela garantia que Carrington tivesse boas roupas e tudo de que precisava. Mas aquele distanciamento complicado continuava. Eu ficava preocupada, porque ela parecia não nutrir o mesmo sentimento intenso pelo bebê que eu nutria.

Fui falar com a Srta. Marva sobre minhas preocupações, e a resposta dela me surpreendeu.

"Não há nada de estranho nisso, Liberty."

"Não?"

Ela mexia uma grande panela de cera perfumada no fogão, preparando-se para despejá-la em uma fileira de potes de conserva.

"É mentira quando dizem que você ama todos os seus filhos por igual", ela disse, serena. "Não ama. Sempre tem um favorito. E você é a favorita da sua mãe."

"Eu queria que Carrington fosse a favorita dela."

"Com o tempo, sua mãe vai se abrir para ela. Nem sempre é amor à primeira vista." Ela mergulhou uma concha de aço inoxidável na panela e a retirou cheia de cera azul-clara. "Às vezes as pessoas têm que se conhecer melhor."

"Não deveria demorar tanto", eu resmunguei.

As bochechas da Srta. Marva balançaram quando ela riu.

"Liberty, pode demorar a vida toda."

Era a primeira vez que sua risada não era alegre. Eu soube sem precisar perguntar que ela estava pensando em sua própria filha, uma mulher chamada Marisol que morava em Dallas e nunca aparecia para visitá-la. Uma vez a Srta. Marva descreveu Marisol, produto de um casamento breve e distante no tempo, como uma alma complicada, dada a vícios, obsessões e relacionamentos com homens de mau caráter.

"O que foi que a deixou assim?", perguntei quando me contou a respeito de Marisol, na expectativa de que ela expusesse suas razões lógicas com a mesma organização que dispunha massa de cookie em uma assadeira.

"Deus a deixou assim", respondeu a Srta. Marva com simplicidade e sem amargura. A partir daquela e de outras conversas, deduzi que, em questões relativas à natureza ou à criação, ela acreditava firmemente que a natureza formava as pessoas. Já eu não tinha a mesma certeza.

Sempre que eu saía com a Carrington as pessoas supunham que ela era minha, apesar de eu ter cabelo preto e pele morena e ela ser tão clarinha quanto uma margarida de pétalas brancas.

"Elas têm filhos cada vez mais novas", ouvi uma mulher dizer atrás de mim, enquanto eu empurrava o carrinho da Carrington no shopping center.

E uma voz masculina respondeu, com evidente contrariedade:

"Mexicanas. Ela vai ter uma dúzia antes de completar 20 anos. E todos vão viver do dinheiro dos nossos impostos."

"Shiiiiiii, não fale tão alto", repreendeu a mulher.

Apertei o passo e entrei na primeira loja que encontrei, meu rosto queimando de vergonha e de raiva. Esse era o estereótipo – garotas mexicanas supostamente faziam sexo jovens e com frequência, procriavam como coelhos, tinham temperamento vulcânico e adoravam cozinhar. De vez em quando apareciam nos murais, perto da entrada do supermercado, folhetos com fotografias e descrições de noivas mexicanas por correspondência. "*Estas mulheres lindas adoram ser mulheres*", dizia o folheto. "*Elas não querem saber de competir com os homens. Uma mulher mexicana, com seus valores tradicionais, colocará você e sua carreira em primeiro lugar. Ao contrário das americanas, as mulheres mexicanas se satisfazem com um estilo de vida modesto, desde que não sejam maltratadas.*" Morando tão perto da fronteira, mulheres texanas de ascendência mexicana costumavam ser colocadas nesse mesmo molde. Eu esperava que nenhum homem cometesse o erro de pensar que *eu* ficaria feliz de colocar ele e sua carreira em primeiro lugar.

Meu penúltimo ano no ensino médio parecia estar passando rápido. A disposição da minha mãe tinha melhorado muito, graças aos antidepressivos que o médico receitou. Ela recuperou seu corpo e seu senso de humor e o telefone começou a tocar com frequência. Era raro que levasse algum amigo para o trailer, e mais raro ainda passar a noite inteira longe de mim e Carrington. Mas continuavam aqueles desaparecimentos estranhos em que ela sumia o dia inteiro e voltava sem dar nenhuma explicação. Depois desses episódios ela costumava ficar calma e serena, de um modo estranho, como se tivesse passado por um período de jejum e oração. Eu não me importava que ela saísse. Parecia que isso sempre lhe fazia bem, e eu não achava um problema tomar conta sozinha de Carrington.

Eu tentava depender de Hardy o mínimo possível, porque parecia que nos vermos trazia mais frustração e tristeza do que prazer. Hardy estava decidido a me tratar como se eu fosse sua irmã mais nova, e eu procurava corresponder, mas esse jogo era constrangedor e insatisfatório. Ele sempre parecia ocupado com limpeza de terrenos e outros trabalhos pesados que endureciam seu corpo e seu espírito. O brilho travesso de seus olhos havia se transformado em um olhar frio e rebelde. Sua falta de perspectivas e o fato de que outros garotos da sua idade estavam indo para a faculdade, enquanto Hardy parecia não ir a lugar nenhum, estavam acabando com ele. Para garotos na situação do Hardy havia poucas opções depois do ensino médio, além de arrumar um emprego relacionado a petróleo na Sterling ou na Valero, ou trabalhar na construção de estradas.

Quando me formasse, minhas opções não seriam melhores. Eu não tinha qualquer talento que me permitisse uma bolsa em alguma universidade e, até então, não havia arrumado nenhum emprego de verão que me permitisse escrever no currículo que possuía alguma experiência.

"Você é boa com bebês", disse minha amiga Lucy. "Você poderia trabalhar em uma creche, ou talvez como assistente de professora em uma escola."

"Só sou boa com a Carrington", falei. "Não acho que eu vá gostar de tomar conta dos filhos dos outros."

Lucy ponderou minhas possíveis futuras carreiras e decidiu que eu deveria fazer um curso de cosmetologia.

"Você adora fazer cabelo e maquiagem", ela lembrou. Isso era verdade. Mas uma escola de estética seria cara. Imaginei qual seria a reação da minha mãe se eu lhe pedisse milhares de dólares para pagar o curso. E então imaginei que outros planos ou ideias ela teria para o meu futuro, se é que tinha algum. Era muito provável que não tivesse. Mamãe gostava de viver o momento. Então guardei aquela ideia para o futuro, para a hora em que eu achasse que minha mãe poderia aceitá-la.

Chegou o inverno e eu comecei a sair com um garoto chamado Luke Bishop, cujo pai era dono de uma concessionária de automóveis. Luke jogava no time de futebol americano – na verdade, ele havia assumido a posição de *fullback* depois que Hardy machucou o joelho no ano anterior –, mas não pensava em seguir uma carreira esportiva. As condições financeiras de sua família permitiriam a ele cursar qualquer faculdade em que conseguisse entrar. Era um garoto de boa aparência, com cabelo escuro e olhos azuis, além de ser bastante parecido com Hardy para que eu me sentisse atraída.

Conheci Luke em uma festa do Papai Noel Azul pouco antes do Natal. Esse era um evento anual da polícia local para arrecadar brinquedos para crianças carentes de famílias pobres. Durante a maior parte de dezembro, os brinquedos eram doados, recolhidos e classificados. No dia 21 os presentes eram embrulhados em uma festa na delegacia de polícia. Qualquer um podia se inscrever como voluntário para ajudar. O técnico de futebol havia ordenado a todos os seus jogadores que participassem, em qualquer função; fosse para recolher os brinquedos, para ajudar a embrulhá-los na festa ou para distribuí-los na véspera do Natal.

Eu fui à festa com minha amiga Moody e seu namorado, Earl Jr., o filho do açougueiro. Devia haver pelo menos cem pessoas na festa, e uma montanha de brinquedos amontoados ao redor das mesas compridas. Ouvia-se música de Natal ao fundo. Um bufê improvisado no canto oferecia grandes garrafas térmicas de café e caixas de biscoito com cobertura branca. Em pé em uma fila de empacotadores, vestindo um chapéu de Papai Noel que alguém havia colocado na minha cabeça, eu me sentia como um duende de Natal.

Com tanta gente cortando papel e curvando fitas, havia escassez de tesouras. Assim que uma ficava livre, era imediatamente agarrada por alguém que esperava por sua vez. Em pé junto à mesa, com uma pilha de brinquedos para ser embrulhados e um rolo de papel listrado de vermelho e branco, eu esperava, impaciente, por uma chance. Uma tesoura retumbou na mesa e eu estendi a mão para pegá-la. Mas alguém foi mais rápido que eu. Meus dedos se fecharam, sem querer, sobre a mão de um garoto que já tinha pegado a tesoura. E eu olhei para um par de olhos azuis sorridentes.

"Minha", o garoto disse. Com a outra mão, ele tirou a ponta do meu chapéu de Papai Noel da frente dos meus olhos e a jogou para trás.

Nós passamos o resto da noite lado a lado, conversando, rindo e mostrando presentes que achávamos que o outro gostaria. Ele escolheu uma boneca de repolho com cabelo castanho encaracolado para mim, e eu escolhi para ele um kit para montar de uma nave X-wing de *Guerra nas estrelas*. Ao fim da noite, Luke me convidou para sair.

Havia muitas coisas para se gostar em Luke. Ele era mediano de todas as formas certas; inteligente, mas não *nerd*, atlético, mas não musculoso demais. Tinha um sorriso bonito, embora não fosse o sorriso do Hardy. Seus profundos olhos azuis não tinham o mesmo brilho de gelo e fogo, e seu cabelo era crespo e duro, em vez de grosso e macio como pele de marta. Luke também não tinha a presença impressionante de Hardy, nem seu espírito agitado. Mas eram parecidos em outros aspectos. Os dois eram altos e fisicamente seguros de si, e detentores de uma masculinidade inflexível. Essa foi uma época da minha vida em que eu me sentia muito vulnerável à atenção masculina. Todo mundo, no pequeno universo de Welcome, parecia ter seu par. Minha própria mãe namorava mais do que eu. E ali estava um garoto parecido com Hardy, disponível e sem os mesmos problemas.

Quando Luke e eu começamos a nos encontrar com mais frequência, passamos a ser vistos como um casal, e outros garotos pararam de me convidar para sair. Eu gostava da segurança de fazer parte de um casal. Eu gostava de ter alguém com quem andar pelos corredores, almoçar e sair para comer pizza depois do jogo de sexta-feira à noite.

Na primeira vez em que Luke me beijou, fiquei decepcionada ao descobrir que seus beijos não eram em nada parecidos com os de Hardy. Ele tinha me levado para casa depois de um encontro. Antes de sairmos do carro, ele se aproximou e encostou a boca na minha. Eu correspondi, tentando invocar uma reação, mas não houve calor nem empolgação, apenas a umidade estranha da boca de outra pessoa e a exploração escorregadia de uma língua. Meu cérebro continuou sem se envolver com o que acontecia com o meu corpo. Sentindo culpa e vergonha da minha própria frieza, tentei compensar passando os braços em volta do pescoço dele e beijando-o com mais intensidade.

Conforme nós continuamos a namorar, houve mais beijos, abraços, aprendizados. Aos poucos, fui aprendendo a não comparar Luke com Hardy. Não havia a mágica misteriosa, o circuito invisível de sensações e pensamentos entre nós. Luke não era do tipo que pensava muito nas coisas, e não tinha interesse no território reservado do meu coração.

A princípio, mamãe não aprovou que eu namorasse um garoto do último ano, mas quando conheceu Luke, ficou encantada com ele.

"Ele parece ser um bom garoto", ela me disse depois. "Se quiser namorar com ele, eu permito, desde que esteja de volta em casa às onze e meia."

"Obrigada, mãe." Eu me sentia grata que ela tivesse me dado sua permissão, mas algum diabinho me fez dizer: "Ele é só um ano mais novo que o Hardy, sabia?".

Ela entendeu a pergunta que eu não fiz.

"Não é a mesma coisa."

Eu sabia por que ela tinha dito isso.

Com 19 anos, Hardy havia se tornado mais homem do que alguns adultos jamais seriam. Na ausência do pai, ele aprendeu a assumir a responsabilidade pela família, sustentando a mãe e as irmãs. Trabalhava duro para garantir a sobrevivência deles e a sua própria. Luke, por outro lado, era protegido e mimado; vivia seguro na crença de que as coisas sempre chegariam com facilidade até ele. Se eu não tivesse conhecido Hardy, seria possível que viesse a gostar mais do Luke. Mas era tarde demais para isso. Minhas emoções tinham se curvado ao redor de Hardy como couro molhado e moldado, deixado para secar e endurecer ao sol, de modo que qualquer tentativa de alterar sua forma apenas o quebraria.

Uma noite, Luke me levou a uma festa na casa de alguém cujos pais tinham viajado naquele fim de semana. O lugar estava cheio de veteranos, e eu procurava em vão algum rosto conhecido. O rock de Stevie Ray Vaughan ribombava nas caixas-acústicas do quintal, enquanto copos com um líquido alaranjado eram entregues aos presentes. Luke trouxe um para mim, dizendo, com uma risada, para eu não beber muito rápido. O gosto parecia de álcool de massagem com sabor. Eu tomei os menores goles possíveis, e o líquido cáustico ardeu nos meus lábios. Enquanto Luke ficou conversando com os amigos, eu pedi licença perguntando onde ficava o banheiro.

Levando o copo de plástico, eu andei pela casa, fingindo não notar os casais que se pegavam nas sombras e nos cantos. Encontrei o lavabo, que por milagre não estava ocupado, e despejei a bebida na pia. Quando voltei do banheiro, decidi fazer uma rota diferente para ir até lá fora. Seria mais fácil, para não dizer menos constrangedor, sair pela porta da frente e dar a volta na casa do que retornar pelo labirinto de casais ardentes. Mas quando eu passei pela grande escadaria no hall de entrada, vi um casal de corpos entrelaçados em um canto. Senti como se tivesse sido esfaqueada no coração quando reconheci Hardy com os braços ao redor de uma loira de braços e pernas esguios. Ela estava montada em uma das coxas dele, com o alto das costas e os ombros deixados à mostra por uma blusa tomara que caia de veludo. Ele estava com uma das mãos no cabelo dela, segurando-a enquanto arrastava lentamente a boca pelo lado do pescoço da garota.

Dor, desejo, ciúme... eu não sabia que era possível sentir tantas coisas, com tanta intensidade, todas de uma vez. Foi necessário reunir toda minha força de vontade para conseguir ignorar os dois e continuar meu caminho. Meus passos hesitaram, mas não parei. Com o canto do olho, vi Hardy levantar a cabeça. Quis morrer quando percebi que ele tinha me visto. Minha mão tremia quando segurei na maçaneta fria de metal e abri a porta para sair. Eu sabia que ele não viria atrás de mim, mas acelerei o passo até estar quase correndo na direção do quintal. A respiração saía dos meus pulmões em erupções forçadas. Eu queria muito esquecer o que tinha acabado de ver, mas a imagem de Hardy com a garota loira ficou gravada para sempre na minha memória. Fiquei chocada com a fúria que senti contra ele, o calor intenso da traição. Não importava que ele não tivesse me prometido nada, que não me devesse nada. Ele era *meu*. Eu sentia isso em todas as células do meu corpo.

Consegui encontrar Luke no meio da multidão aglomerada no quintal, e ele olhou para mim com um sorriso interrogativo. Era impossível ele não perceber a cor intensa das minhas bochechas.

"Qual o problema, minha bonequinha?"

"Eu derrubei minha bebida", disse, a voz carregada.

Ele riu e apoiou o braço pesado nos meus ombros.

"Vou pegar outra para você."

"Não, eu..." Fiquei na ponta dos pés para sussurrar em sua orelha. "Você se importa se formos embora?"

"Agora? Nós acabamos de chegar."

"Eu quero ficar sozinha com você", sussurrei, desesperada. "Por favor, Luke, me leve para algum lugar. Qualquer lugar."

Sua expressão mudou. Eu sabia que ele estava imaginando se meu desejo repentino de ficar sozinha com ele poderia significar o que ele pensou que significava. E a resposta era sim. Eu queria beijá-lo, abraçá-lo, fazer tudo que Hardy estava fazendo naquele exato momento com a outra garota. Não por desejo, mas por causa de uma dor furiosa. Eu não tinha a quem recorrer. Minha mãe diria que meus sentimentos eram infantis. E talvez fossem, mas isso não me importava. Eu nunca havia sentido aquele tipo de raiva que consome a alma. A única coisa que me sustentava era o peso do braço do Luke.

Ele me levou a um parque público, que continha um lago artificial e vários bosques. Ao lado do parque estava um coreto em ruínas com alguns bancos de madeira em péssimas condições. Famílias costumavam ir até lá para fazer piquenique durante o dia. Mas àquela hora, o coreto ficava vazio e escuro. O ar soprava com sons noturnos, uma orquestra de sapos coaxando no tabual, um tordo cantando, uma garça batendo as asas.

Pouco antes de sairmos da festa, eu bebi de um gole o coquetel de tequila do Luke. Minha cabeça estava girando e eu vagava entre ondas de vertigem e náusea. Luke abriu sua jaqueta sobre o banco do coreto e me puxou para seu colo. Ele me beijou, sua boca molhada e ávida. Eu saboreei o objetivo daquele beijo, a mensagem de que naquela noite nós iríamos até onde eu permitisse. Sua mão macia deslizou por baixo da minha blusa, passou pelas minhas costas e foi soltar o fecho do meu sutiã. A peça ficou frouxa no meu peito. No mesmo instante, ele trouxe a mão para a frente, encontrando a curva macia de um seio, capturando-o em um aperto grosseiro. Eu me retraí e ele afrouxou um pouco a mão.

"Desculpe, boneca", ele disse com uma risada trêmula, "é que... você é tão linda, me deixa louco..." Seu polegar massageou o bico do meu seio, que começava a endurecer. Ele esfregou e beliscou com insistência meus mamilos, enquanto nossas bocas se moviam juntas em beijos longos e contínuos. Logo meus seios estavam sensíveis e doloridos. Eu desisti de qualquer esperança de sentir prazer e tentei simulá-lo. Se alguma coisa estava errada, a culpa era minha, porque Luke tinha experiência.

Deve ter sido a tequila que me deu a sensação de ser um observador externo enquanto Luke me tirava do seu colo e deitava no banco coberto com a jaqueta. O impacto da madeira nos meus ombros acendeu um sentimento de pânico no meu abdome, mas eu o ignorei e fiquei deitada. Luke abriu o botão do meu jeans e o puxou pelos meus quadris e uma perna. Eu vi uma parte do céu em meio ao teto do gazebo. Era uma noite nublada, sem estrelas nem lua. A única luz vinha do brilho azul distante de uma lâmpada de rua, que tremulava devido a uma tempestade de mariposas.

Como qualquer garoto adolescente comum, Luke não sabia quase nada a respeito das sutis zonas erógenas do corpo de uma mulher. Eu sabia ainda menos, e sendo tímida demais para dizer do que eu gostava ou não, fiquei ali, passiva, deixando-o fazer o que quisesse. Eu não fazia ideia de onde colocar minhas mãos. Eu o senti tocar debaixo da minha calcinha, onde os pelos eram quentes e achatados. Mais esfregação, algumas vezes roçando rudemente um ponto que me fazia pular. Ele soltou uma quase risada empolgada, confundindo meu desconforto com prazer. Senti o corpo de Luke grande e pesado quando ele baixou sobre mim, encaixando-se nas minhas pernas. Ele colocou as mãos entre nós, abriu seu jeans e usou as duas mãos para realizar alguma tarefa apressada. Eu ouvi o som de plástico sendo rasgado, e o senti puxar alguma coisa, ajeitar e então lá estava aquela extensão dura e pulsante na parte de dentro da minha coxa.

Ele subiu mais minha blusa e meu sutiã, juntando-os debaixo do meu queixo. Sua boca estava no meu seio, chupando com força. Eu achava que, provavelmente, nós dois tínhamos ido longe demais para parar, que eu não tinha o direito de dizer não àquela altura. Eu queria que acabasse, que ele terminasse logo. Bem quando esse pensamento me passou pela cabeça, a pressão entre as minhas pernas começou a machucar. Eu fiquei tensa e crispei os dentes, e olhei para o rosto do Luke. Ele não olhava para mim. Estava concentrado no ato, não em mim. Eu havia me transformado em nada mais que um instrumento com o qual ele conseguiria seu alívio. Ele forçou mais e mais contra a minha carne resistente e um som de dor escapou dos meus lábios. Foram necessárias apenas algumas estocadas lancinantes, o preservativo ficou escorregadio com meu sangue, e ele estremeceu grudado em mim, soltando um gemido gutural.

"Oh, querida, isso foi tão bom."

Eu mantive os braços ao redor dele. Uma onda de asco passou por mim quando o senti beijar meu pescoço, sua respiração parecendo vapor na minha pele. Era demais – ele já tinha conseguido demais de mim –, e eu precisava pertencer a mim mesma outra vez. Fiquei aliviada além da conta quando ele se levantou. Eu sentia minha carne esfolada e dolorida. Nós nos vestimos em silêncio. Eu havia mantido meus músculos tão contraídos que, quando finalmente relaxei, eles começaram a tremer pelo esforço. Eu tremia tanto que até batia os dentes.

Luke me puxou para ele e deu batidinhas com a mão nas minhas costas.

"Você está arrependida?", ele perguntou, a voz baixa.

Ele não esperava que eu dissesse sim, e eu não disse. De algum modo, isso parecia falta de educação e não mudaria nada. O que estava feito, estava feito. Mas eu queria ir para casa, ficar sozinha. Só então eu poderia começar a catalogar as mudanças que ocorreram em mim.

"Não", murmurei em seu ombro.

Ele bateu mais algumas vezes nas minhas costas.

"Vai melhorar para você da próxima vez. Eu prometo. Minha última namorada era virgem, e só depois de algumas vezes ela começou a gostar."

Eu fiquei um pouco rígida. Nenhuma garota quer saber de uma antiga namorada em um momento desses. E, embora eu não estivesse surpresa que Luke tivesse feito sexo com uma virgem antes, aquilo doeu, pois parecia diminuir o valor do que eu tinha acabado de lhe dar. Como se ser o primeiro homem de alguém fosse algo comum para ele; Luke, o tipo de garoto no qual as virgens se atiram.

"Por favor", eu disse, "me leve para casa. Estou cansada..."

"É claro, querida."

No caminho de volta ao Rancho Flor do Texas, Luke dirigia com uma das mãos e segurava a minha com a outra, apertando de vez em quando. Eu não sabia se ele estava oferecendo ou pedindo apoio, mas eu correspondia com um aperto toda vez. Ele perguntou se eu queria sair para comer no dia seguinte, e eu respondi que sim, sem pensar. Nós conversamos um pouco. Eu estava atordoada demais para saber o que dizer. Pensamentos aleatórios passavam voando pela minha cabeça em padrões irregulares. Minha preocupação era como eu iria me sentir quando o torpor passasse, e tentava me convencer em silêncio de que não havia motivo para me sentir mal. Outras garotas da minha idade faziam sexo com seus namorados... Lucy já tinha feito, Moody pensava seriamente no assunto. E daí se eu tinha feito? Eu ainda era eu. E ficava repetindo isso para mim mesma. Ainda era eu. Depois que tínhamos feito uma vez, isso iria acontecer o tempo todo? Será que Luke esperava que dali em diante todo encontro terminasse em sexo? Eu me encolhi, de verdade, ao pensar nisso. Eu sentia pontadas e contrações em lugares inesperados, além da pressão de músculos distendidos nas minhas coxas. Não teria sido diferente com o Hardy, eu disse para mim mesma. A dor, os cheiros, as funções físicas teriam sido as mesmas.

Nós paramos junto ao trailer, e Luke me acompanhou até os degraus da frente. Ele parecia com vontade de ficar mais tempo. Desesperada para me livrar dele, eu produzi um espetáculo de afeto, abraçando-o apertado, beijando seus lábios, queixo e rosto. A demonstração pareceu restaurar sua confiança. Ele sorriu e me deixou entrar.

"Tchau, minha bonequinha."

"Tchau, Luke."

Um abajur na sala principal havia ficado aceso, mas mamãe e a bebê dormiam. Agradecida por isso, fui pegar meu pijama, que levei para o banheiro, e preparei a ducha mais quente que eu podia tolerar. Embaixo da água quase escaldante, eu esfreguei com força as manchas avermelhadas nas minhas pernas. O calor diminuiu as dores, e deixei a água escorrer por mim até parecer que a minha pele não tinha mais nenhuma lembrança de Luke. Quando saí do chuveiro, eu estava cozida.

Vesti meu pijama e fui para o meu quarto, onde Carrington começava a se remexer no berço. Eu estremeci devido à dor entre as pernas e corri para preparar uma mamadeira. Ela já tinha acordado quando eu voltei, mas para variar, não estava gritando. Esperava, paciente, como se soubesse que eu precisava de um pouco de compreensão. Ela esticou os bracinhos fofos para mim e grudou no meu pescoço quando me sentei com ela na cadeira de balanço.

Carrington cheirava a xampu de bebê e pomada contra assadura. Cheirava à inocência. Seu corpinho se moldava ao meu com perfeição, e ela batia na minha mão enquanto eu segurava a mamadeira para ela. Seus olhos azul-esverdeados fitaram os meus. Eu balançava no ritmo lânguido que ela gostava. Com cada impulso para frente, o aperto no meu peito, na garganta e na cabeça foi se desintegrando até que as lágrimas começaram a vazar pelos cantos de fora dos meus olhos. Ninguém no mundo, nem mamãe, nem mesmo Hardy, poderia ter me consolado como fez Carrington. Grata pelo alívio das lágrimas, eu continuei a chorar em silêncio enquanto alimentava a bebê e a fazia arrotar.

Em vez de devolver Carrington ao berço, eu a levei para a cama comigo, colocando-a do lado da parede. Isso foi uma coisa que a Srta. Marva me aconselhou a não fazer nunca. Ela disse que o bebê nunca mais iria querer voltar para seu berço e ficar sozinha.

Como sempre, a Srta. Marva estava certa. Daquela noite em diante, Carrington insistia em dormir comigo, explodindo em uivos de coiote se eu tentava ignorar seus bracinhos estendidos. E a verdade é que eu adorava dormir com ela, nós duas abraçadas debaixo do edredom estampado com rosas. Pensei que, se eu precisava dela, e ela de mim, era nosso direito como irmãs confortar uma à outra.

Capítulo 9

Luke e eu não fazíamos sexo com frequência, tanto pela falta de oportunidade – nenhum de nós tinha sua própria casa – como porque era óbvio que, não importava o quanto eu fingisse gostar, não gostava. Nós nunca conversamos diretamente a respeito. Sempre que íamos para a cama, Luke tentava uma coisa e outra, mas nada parecia fazer diferença. Eu não conseguia explicar para ele e nem para mim mesma por que eu era esse fracasso na cama.

"Engraçado", Luke comentou uma tarde, deitado comigo em seu quarto depois da escola. Os pais dele tinham ido passar o dia em San Antonio, e a casa estava vazia. "Você é a garota mais linda com quem eu já fiquei, e a mais sexy. Não entendo por que você não consegue..." Ele parou de falar e colocou a mão sobre meu quadril nu.

Eu entendi o que ele queria dizer.

"É isso que você ganha por namorar uma batista mexicana", eu disse. O peito dele se mexeu debaixo da minha orelha quando ele riu.

Eu havia confidenciado meu problema para a Lucy, que tinha brigado com o namorado e estava saindo com o gerente assistente do restaurante.

"Você precisa namorar garotos mais velhos", ela me disse, segura. "Os garotos da escola não têm ideia do que estão fazendo. Você sabe por que eu briguei com o Tommy?... Ele sempre torcia meus mamilos como se estivesse tentando sintonizar uma estação de rádio. Isso que é ruim de cama! Diga para o Luke que você quer começar a sair com outros."

"Não preciso. Ele vai embora para Baylor em duas semanas." Luke e eu tínhamos concordado que não daria certo continuarmos exclusivos um do outro enquanto ele estivesse na faculdade. Não era exatamente um rompimento – havíamos concordado que ele viria me ver quando voltasse para casa nos feriados.

Meu sentimento com relação à partida do Luke era complicado. Parte de mim ansiava pela liberdade que eu iria recuperar. Os fins de semana seriam só meus de novo, e não haveria mais a necessidade de dormir com ele. Mas eu me sentiria sozinha. Eu decidi que dedicaria toda minha atenção e energia à Carrington e à escola. Eu iria ser a melhor irmã, filha, amiga e aluna – o exemplo perfeito de uma jovem responsável.

O Dia do Trabalho foi úmido. Era visível, no céu pálido da tarde, o vapor que subia da terra cozida. Mas o calor não atrapalhou as pessoas de irem ao Rodeio Caipira anual – o festival do condado com exposição de animais. O local ficou lotado, com um caleidoscópio de barracas de arte e artesanato, e estandes para vender armas e facas. Havia equitação, demonstrações de força de cavalos, tratores e intermináveis fileiras de barracas de comida. O rodeio principal aconteceria às oito horas na arena aberta. Mamãe, Carrington e eu chegamos às sete. Havíamos planejado jantar e visitar a Srta. Marva, que tinha alugado um estande para vender seus trabalhos. Enquanto empurrava o carrinho pelo chão de terra, eu ri do modo como a cabeça de Carrington virava de um lado para outro, e seu olhar acompanhava as luzes coloridas que cobriam a praça de alimentação central.

Os visitantes vestiam jeans com cintos pesados, camisas de caubói com abotoaduras, bolsos com abas e botões de madrepérola. Pelo menos metade dos homens usava chapéu de palha preto ou branco, lindos Stetsons, Millers e Resistols. As mulheres vestiam jeans justos ou saias pregueadas e botas bordadas. Eu e mamãe tínhamos optado por jeans. Vestimos em Carrington um short jeans com botões de pressão no lado de dentro das pernas e no cavalo. Eu arrumei para ela um chapeuzinho de feltro rosa com uma fita para amarrar embaixo do queixo, mas ela ficava tirando para cravar as gengivas na aba. Cheiros interessantes flutuavam pelo ar: a mistura de odores corporais e colônia, fumaça de cigarro, cerveja, comida frita, animais, feno molhado, poeira e máquinas.

Empurrando o carrinho pela praça de alimentação, mamãe e eu decidimos comer milho frito, costeletas de porco no palito e batata chips. Outras barracas ofereciam picles fritos, jalapeño frito e até tiras de bacon empanado e frito. Não ocorre aos texanos que algumas coisas não foram feitas para serem fritas num palito. Eu dei para Carrington purê de maçã que levei em um vidro na sacola de fraldas. Para a sobremesa, mamãe comprou um Twinkie frito, que era feito empanando o bolinho congelado em massa de tempurá e depois mergulhando-o em óleo muito quente até que seu interior ficasse mole, quase derretendo.

"Isto deve ter um milhão de calorias", disse mamãe e depois mordeu a crosta dourada. Ela riu quando o recheio esguichou, enxugando o queixo com um guardanapo.

Depois que terminamos, limpamos as mãos com lenços umedecidos de bebê e fomos procurar a Srta. Marva. O cabelo vermelho brilhava tanto quanto uma tocha na noite que caía. As vendas de suas velas de flores do Texas e casinhas de passarinho pintadas à mão estavam em ritmo lento, mas contínuo. Nós esperamos, sem pressa, enquanto ela terminava de dar o troco para um cliente.

Uma voz veio de trás.

"Oi, vocês."

Mamãe e eu viramos, e meu rosto congelou quando vi Louis Sadlek, o proprietário do Rancho Flor do Texas. Ele vestia jeans e botas de pele de cobra, e também uma gravata *western* prateada em forma de flecha. Sempre mantive distância de Sadlek, o que foi fácil, porque ele normalmente deixava o escritório vazio. Ele não tinha noção do que era horário de trabalho, e costumava passar o tempo bebendo e caçando mulheres na cidade. Se algum dos moradores do estacionamento de trailers lhe pedisse para consertar coisas como uma fossa entupida ou um buraco na rua Principal, ele prometia cuidar do problema, mas nunca fazia nada. Reclamar com o Sadlek era um desperdício de saliva.

Ele estava bem arrumado, mas inchado, com capilares arrebentados no alto de suas bochechas que pareciam uma trama de rachaduras finíssimas no fundo de uma xícara antiga. Sua aparência ainda era boa o bastante para fazer as pessoas lamentarem que ele tivesse arruinado a própria beleza. Ocorreu-me que Sadlek era uma versão mais velha dos garotos que eu havia conhecido nas festas a que o Luke me levou. Na verdade, ele me lembrava um pouco o próprio Luke, passando a mesma sensação de desfrutar de um privilégio não conquistado.

"Oi para você também, Louis", respondeu minha mãe. Ela havia pegado Carrington no colo e tentava soltar os dedinhos tenazes da bebê de uma mecha longa de seu cabelo claro. Ela estava tão bonita com os olhos verdes brilhantes e o sorriso amplo... que senti um arrepio de desconforto diante da reação do Sadlek quando a viu.

"Quem é essa coisinha fofa?", ele perguntou, com sotaque tão carregado que quase não se ouviam as consoantes. Estendeu a mão para fazer cócegas no queixo rechonchudo da Carrington, e ela lhe deu um sorriso molhado de bebê. Ver seu dedo na pele imaculada da minha irmã me deu vontade de agarrá-la e sair correndo sem parar. "Vocês já comeram?", Sadlek perguntou para minha mãe.

Ela continuou sorrindo.

"Já, e você?"

"Cheio como um carrapato", ele respondeu, batendo no estômago saliente.

Embora não houvesse nada no que ele falou, mamãe riu, o que me espantou. Ela o olhava de um jeito que fazia disparar uma sensação arrepiante pela minha coluna. Seu olhar, sua postura, o modo como ela prendeu uma mecha solta atrás da orelha, tudo transmitia um convite. Eu não podia acreditar. Mamãe conhecia a reputação dele tanto quanto eu. Ela até havia debochado dele para mim e para a Srta. Marva, dizendo que Sadlek era um caipira de cidade pequena que imaginava ser importante. Não era possível que mamãe se sentisse atraída por ele, que, era óbvio, não estava à altura dela. Mas Flip também não estava, nem qualquer um dos outros homens com quem eu tinha visto minha mãe. Fiquei intrigada com o denominador comum dentre eles, a coisa misteriosa que atraía minha mãe aos homens errados.

Nos bosques de pinheiros do leste do Texas, as plantas carnívoras atraem insetos com suas flores amarelo-vivas e veias vermelhas. As flores ficam cheias de um néctar de aroma adocicado a que os insetos não conseguem resistir. Mas depois que um deles entra na flor, não consegue mais sair. Fechado no interior da planta carnívora, ele se afoga na água açucarada e é consumido. Olhando para minha mãe e Louis Sadlek eu vi a mesma alquimia em andamento. A mesma propaganda enganosa, a atração, o perigo.

"O rodeio com touros vai começar logo", informou Sadlek. "Reservei um camarote na frente. Por que vocês todas não vêm comigo?"

"Não, obrigada", eu respondi no mesmo instante. Mamãe me lançou um olhar de advertência. Eu sabia que estava sendo mal-educada, mas não me importava.

"Nós adoraríamos", disse minha mãe. "Se você não se incomodar com a bebê."

"Diabo, não, como é que eu vou me incomodar com um docinho desses?" Ele brincou com a Carrington, mexendo no lóbulo da orelhinha, fazendo-a rir e arrulhar.

E mamãe, que costumava ser tão crítica com o linguajar das pessoas, não disse nada sobre ele praguejar na frente da bebê.

"Eu não quero ver rodeio de touro", resmunguei.

Mamãe soltou um suspiro exasperado.

"Liberty... se você está de mau humor, não desconte nos outros. Por que não vai ver se encontra alguma das suas amigas?"

"Ok. Eu levo a bebê." Eu sabia que não deveria ter falado daquele jeito, com um tom possessivo na voz. Se eu tivesse pedido com outra atitude, ela teria dito sim.

A forma com que eu falei, contudo, fez minha mãe estreitar os olhos para mim.

"A Carrington vai ficar bem comigo", ela disse. "Você pode ir. Nós nos encontramos aqui dentro de uma hora."

Furiosa, saí me arrastando ao longo da fileira de barracas. Pelo ar, vinham os acordes e as batidas de um conjunto de música country que se aquecia para tocar na grande tenda de dança ali perto. A noite estava boa para dançar. Fiz uma careta para os casais que se dirigiam à tenda, com os braços na cintura ou nos ombros um do outro. Fiquei olhando as barracas de produtos à venda, examinando potes de geleias, molhos, pimentas e camisetas decoradas com bordados e lantejoulas. Andei até uma tenda de joias, onde bandejas de feltro estavam cheias de pingentes de prata e correntes prateadas brilhantes.

As únicas joias que eu tinha eram um par de brincos de pérola, dado pela minha mãe, e uma pulseira delicada de ouro que Luke me deu de Natal. Parada sobre os pingentes, examinei um pequeno inseto de turquesa, um mapa do Texas... uma cabeça de novilho... uma bota de caubói. Mas um tatu de prata foi o que chamou minha atenção. Tatus sempre foram meus animais favoritos. Eles são uma praga terrível, cavam buracos no jardim das pessoas e nos alicerces das casas. Também são estúpidos como pedras. A melhor coisa que se pode dizer de sua aparência é que são tão feios que chegam a ser fofos. O tatu tem um desenho pré-histórico, é blindado com uma carapaça dura corrugada e sua cabecinha parece grudada no corpo, como se alguém a tivesse colocado ali quando lembrou que estava faltando algo. A evolução havia se esquecido dos tatus. Mas não importava o quanto fossem desprezados ou perseguidos, não importava o quanto as pessoas tentassem pegá-los ou matá-los, eles persistiam noite após noite, saindo para fazer seu trabalho, em busca de larvas e minhocas. Se não as encontrassem, eles se viravam com frutas e plantas. Eram o exemplo perfeito de persistência face à adversidade. Não existia maldade nos tatus – seus dentes são todos molares, e eles nunca pensariam em correr até uma pessoa para mordê-la, mesmo se pudessem. Algumas pessoas mais velhas ainda os chamavam de Porcos do Hoover, por causa do tempo em que prometeram ao povo um frango em cada panela, mas as pessoas tiveram que se contentar com o que conseguissem encontrar para comer. Dizem que tatu tem gosto de porco, mas eu não pretendo nunca verificar essa informação.

Eu peguei o tatu e perguntei ao vendedor quanto custaria acompanhado de uma corrente de quarenta centímetros. Ela disse vinte dólares. Antes que eu pudesse pegar o dinheiro na minha bolsa, alguém atrás de mim estendeu uma nota de vinte.

"Eu cuido disso", falou a voz conhecida.

Eu girei tão rápido para vê-lo que ele precisou colocar as mãos nos meus cotovelos para que eu não perdesse o equilíbrio.

"Hardy!"

A maioria dos homens, mesmo os de aparência mediana, parece ter saído de um anúncio da Marlboro quando calçam botas, vestem jeans justos e chapéu Resistol. Esse conjunto tinha o mesmo efeito transformador de um smoking. Em alguém como Hardy, me tirava o fôlego como um soco no peito.

"Você não precisa comprar isso para mim", protestei.

"Faz tempo que eu não vejo você", disse Hardy, pegando o colar de tatu com a mulher atrás do balcão. Ele balançou a cabeça quando ela perguntou se precisava de nota, e fez um sinal para eu me virar. Obedeci e segurei o cabelo para o alto. As costas de seus dedos roçaram na minha nuca, enviando arrepios de prazer por toda minha pele.

Graças ao Luke, eu tive minha iniciação sexual, mas não meu despertar. Eu havia trocado minha inocência pela esperança de receber conforto, afeto, conhecimento... mas enquanto estava ali com Hardy, compreendi a tolice de tentar substituí-lo por outra pessoa. Luke não era nada parecido com ele, a não ser por uma leve semelhança física. Com amargura, eu me perguntei se Hardy iria assombrar, como um fantasma, todo relacionamento meu pelo resto da minha vida. Eu não sabia como me livrar dele. Ainda que nunca tivesse sido meu.

"Hannah disse que você está morando na cidade", eu comentei e toquei o tatuzinho de prata, que se encaixou na depressão entre as minhas clavículas.

Ele anuiu.

"Estou em um apartamento de um quarto. Não é muita coisa, mas é a primeira vez na vida que tenho um pouco de privacidade."

"Você veio com alguém?"

"Com a Hannah e os meninos. Eles estão assistindo às exibições dos cavalos."

"Eu vim com a mamãe e a Carrington." Fiquei tentada a lhe contar sobre o Louis Sadlek, e como eu me sentia revoltada simplesmente por minha mãe dar atenção àquele homem. Mas parecia que eu descarregava meus problemas em Hardy sempre que estava com ele. Para variar, eu não faria isso.

O tom do céu escureceu de lavanda para violeta, com o sol mergulhando tão rápido que fiquei meio que esperando ele quicar no horizonte. A tenda de dança estava iluminada com grandes bulbos de luz branca, e a banda executava uma música rápida.

"Ei, Hardy!", Hannah apareceu ao seu lado com os dois irmãos mais novos, Rick e Kevin. Os garotinhos estavam sujos e com o rosto melado. Eles sorriam com gosto enquanto pulavam e gritavam que queriam ir para a corrida com bezerros.

Essa competição era sempre realizada antes do rodeio. As crianças entravam na arena e perseguiam três bezerros ágeis. Os animais tinham fitas amarelas amarradas no rabo. Cada criança que conseguisse pegar uma fita amarela ganhava cinco dólares.

"Oi, Liberty!", exclamou Hannah, virando para o irmão antes que eu pudesse responder. "Hardy, eles querem muito ir à corrida com bezerros. Está para começar. Posso levar os dois?"

Ele balançou a cabeça e olhou para os três com um sorriso hesitante.

"Pode levar. Tomem cuidado onde pisam, meninos."

Eles gritaram de alegria e saíram correndo com Hannah logo atrás. Hardy riu enquanto os observava sumindo na multidão.

"Minha mãe vai me arrancar a pele por levar os meninos de volta cheirando a cocô de vaca."

"As crianças têm que se sujar de vez em quando."

O sorriso dele ficou melancólico.

"É o que eu digo para ela. Às vezes eu tenho trabalho para convencer minha mãe a deixar os meninos mais livres, a correr por aí e serem garotos. Eu queria..."

Ele hesitou e um vinco se formou na sua testa.

"O quê?", eu perguntei com delicadeza. As palavras "eu queria", que vêm com tanta frequência e naturalidade aos meus lábios, era algo que eu nunca tinha ouvido Hardy falar.

Nós começamos a andar sem rumo, e Hardy diminuiu seu passo para acompanhar o meu.

"Eu queria que ela tivesse se convencido a casar com alguém depois que meu pai foi preso para sempre", respondeu. "Ela tem todo direito de se divorciar dele. E, se tivesse encontrado um homem decente com quem ficar, poderia ter tido uma vida mais fácil."

Sem nunca ter ficado sabendo da natureza do crime que o pai dele cometeu e que o fez ser sentenciado à prisão perpétua, eu hesitei na hora de perguntar. Tentei parecer sábia e preocupada.

"Ela ainda o ama?"

"Não, ela morre de medo dele. Quando bebe ele é malvado como uma cobra. E bebe a maior parte do tempo. Desde que eu me entendo por gente ele entra e sai da prisão... reaparece uma vez a cada um ou dois anos, bate na minha mãe, a engravida e vai embora com cada centavo que nós temos. Eu tentei impedir quando tinha 11 anos – foi assim que eu quebrei o nariz. Mas na vez seguinte em que ele apareceu, eu já era grande para lhe dar uma boa surra. Ele nunca mais nos incomodou."

Estremeci com a imagem mental da Srta. Judie, tão alta e magra, sendo espancada por alguém.

"Por que ela não se divorcia dele?", perguntei.

Hardy sorriu, pesaroso.

"O pastor da nossa igreja disse para minha mãe que, se ela se divorciasse do marido, não importa o quanto ele fosse violento, estaria desistindo de servir a Cristo. Ele disse que ela não podia pôr sua própria felicidade antes da devoção a Jesus."

"Ele não acreditaria nisso se fosse *ele* quem estivesse apanhando."

"Eu fui falar com ele a respeito. Mas o pastor não cedeu. Eu tive que ir embora antes de torcer o pescoço dele."

"Oh, Hardy", eu disse, meu peito doendo de compaixão. Não pude evitar de pensar em Luke e na vida tranquila que ele teve até então, e como era diferente da de Hardy. "Por que a vida é tão difícil para alguns e não para outros? Por que algumas pessoas têm que lutar tanto?"

Ele deu de ombros.

"Não vai ser fácil sempre para ninguém. Cedo ou tarde Deus manda a conta dos seus pecados."

"Você deveria frequentar a Cordeiro de Deus na Rua Sul", eu o aconselhei. "Deus é muito mais legal lá. Ele deixa alguns pecados para lá se você levar frango frito para o almoço comunitário de domingo."

Hardy riu.

"Quanta blasfêmia." Nós paramos na frente da pista de dança coberta. "Imagino que a congregação da Cordeiro de Deus também permita a dança?"

Eu baixei a cabeça, resignada.

"Receio que sim."

"Deus Todo-Poderoso, você é quase uma metodista. Vamos." Ele pegou minha mão e me conduziu até a borda da pista de dança, onde casais deslizavam no ritmo, dois passos lentos, dois passos rápidos. Era uma dança discreta, com uma distância bem calculada entre os corpos dos parceiros, a menos que ele passasse a mão pela cintura da dama e a girasse em um círculo próximo que a fazia roçar nele. Então a dança se tornava outra coisa. Principalmente se a música fosse lenta.

Acompanhando os movimentos do Hardy, minha mão roçou de leve a sua, e senti meu coração bater com uma força que me deixou tonta. Fiquei surpresa que ele quisesse dançar comigo, quando, no passado, ele aproveitava cada oportunidade para deixar claro que não iria além da amizade. Fiquei com vontade de perguntar o motivo, mas não falei nada. Eu queria muito aquilo. Eu quase passei mal com uma ansiedade vertiginosa quando ele me puxou para mais perto.

"Esta é uma má ideia, não é?", perguntei.

"É. Ponha sua mão em mim."

Apoiei a palma direita na curva do seu ombro. Seu peito subia e descia em ritmo irregular. Enquanto eu admirava a bela severidade de seu rosto, percebi que ele estava se permitindo um raro momento de diversão. Seus olhos estavam alertas, mas resignados, como os de um ladrão que sabia estar a ponto de ser pego. Eu tinha uma consciência vaga da música agridoce interpretada, outrora, por Randy Travis; melancólica e dolorosa como só uma música country consegue ser. A pressão das mãos de Hardy me guiava, e nossas pernas vestidas de jeans roçavam. Parecia, para mim, que não estávamos dançando, mas apenas flutuávamos à deriva. Seguíamos a corrente, mantendo o mesmo ritmo dos outros casais em um deslizar lento e decente que era mais intensamente sexual do que qualquer coisa que eu tivesse feito com Luke. Eu não precisava pensar onde iria colocar o pé nem para que lado deveria virar. A pele de Hardy cheirava à fumaça e sol. Eu queria enfiar as mãos por baixo da camisa dele e explorar cada lugar secreto de seu corpo, cada variação de pele e textura. Eu queria coisas cujo nome nem sabia.

A banda deixou o ritmo ainda mais lento, fundindo a música em outra que transformou a dança em um abraço parado e oscilante. Eu senti todo ele encostado em mim, e isso me deixou agitada. Apoiei a cabeça no ombro dele e senti o toque de sua boca na maçã do meu rosto. Seus lábios estavam secos e macios. Paralisada, eu não emiti nenhum som. Ele me puxou para mais perto, e uma de suas mãos desceu até meus quadris, exercendo uma pressão delicada. Quando eu senti como ele estava excitado, minhas coxas e meus quadris colaram nele, famintos.

Um tempo de três ou quatro minutos é bastante insignificante no esquema das coisas. As pessoas perdem centenas de minutos todos os dias, esbanjando-os em coisas triviais. Mas, às vezes, nesses fragmentos de tempo, pode acontecer alguma coisa de que você irá se lembrar pelo resto da vida. Ficar ali, abraçada por Hardy, impregnada de sua proximidade, era um ato mais íntimo do que o sexo. Mesmo agora, quando me lembro daquele momento, posso sentir a conexão absoluta, e o sangue ainda me sobe ao rosto.

Quando a música mudou para um novo ritmo, Hardy me levou para fora da tenda de dança. Sua mão segurou meu cotovelo esquerdo, e ele murmurou um alerta quando passamos por volumosos cabos elétricos que cruzavam o caminho como cobras estendidas. Eu não fazia ideia aonde nós íamos, só que estávamos nos afastando das barracas da feira. Chegamos ao limite de uma cerca de tábuas de cedro vermelho. Hardy segurou minha cintura com as mãos e me ergueu com uma facilidade espantosa. Eu sentei na tábua mais alta, de modo que ficamos com o rosto na mesma altura, e meus joelhos ficaram entre nós.

"Não me deixe cair", eu pedi.

"Você não vai cair." Ele segurou meus quadris com firmeza, e o calor das suas mãos atravessou o jeans da minha calça. Fui tomada por um impulso quase incontrolável de abrir as pernas e o puxar para mim, para que ficasse entre elas. Em vez disso, fiquei sentada ali com os joelhos bem apertados e meu coração martelando. O brilho poeirento das luzes da feira se espalhava atrás de Hardy, dificultando que eu visse sua expressão.

Ele sacudiu a cabeça lentamente, como se confrontado por um problema que não soubesse como resolver.

"Liberty, eu preciso contar... vou embora em breve."

"Vai embora de Welcome?", eu mal consegui falar.

"Vou."

"Quando? Para onde?"

"Em poucos dias. Um dos empregos aos quais eu me candidatei chamou e... vou demorar para voltar."

"O que você vai fazer?"

"Vou trabalhar como soldador para uma empresa de perfuração, em uma plataforma marítima no Golfo. Mas eles mudam bastante os soldadores de lugar, mandam a gente para onde a empresa tiver um contrato." Ele parou para observar minha expressão. Hardy sabia que meu pai tinha morrido em uma plataforma. Esse tipo de trabalho pagava bem, mas era perigoso. Era preciso ser louco ou suicida para trabalhar em uma plataforma de petróleo com um maçarico na mão. Hardy pareceu ler meus pensamentos. "Vou tentar não causar nenhuma explosão."

Se ele estava tentando me fazer sorrir, a tentativa fracassou. Era bastante óbvio que aquela era a última vez que eu veria Hardy Cates. Não adiantava perguntar se ele voltaria para me ver. Eu tinha que superá-lo, mas sabia que, enquanto vivesse, eu sentiria a dor fantasma de sua ausência. Pensei em seu futuro, nos oceanos e continentes que ele atravessaria, longe de todos que o conheciam e amavam. Bem longe da influência das orações de sua mãe. Entre as mulheres de seu futuro, haveria uma que conheceria seus segredos e carregaria seus filhos, e testemunharia as mudanças que os anos operariam nele. E essa mulher não seria eu.

"Boa sorte", eu disse, com a voz rouca. "Você vai se dar bem. Acho que vai conseguir tudo o que quer. Acho que você vai ter mais sucesso do que qualquer pessoa possa imaginar."

"O que você está fazendo, Liberty?", sua voz estava baixa.

"Estou tentando lhe dizer o que você quer ouvir. Boa sorte. Tenha uma bela vida." Eu o empurrei com meus joelhos. "Me deixe descer."

"Ainda não. Primeiro vai me dizer por que está tão brava, quando eu sempre fiz o possível para não magoar você."

"Porque magoou assim mesmo." Eu não consegui controlar as palavras que jorravam de mim. "E se tivesse algum dia me perguntado o que eu queria, eu responderia que queria ter o máximo de você, e aceitaria a mágoa que viria quando você fosse embora. Mas em vez disso, eu não fiquei com nada, a não ser com essas idiotas..." Fiz uma pausa tentando, em vão, encontrar uma palavra melhor. "Essas desculpas *idiotas* sobre não querer me magoar quando a verdade é que *você* é quem tem medo de se magoar. Tem medo de amar demais alguém e não conseguir ir embora, e então teria que desistir dos seus sonhos e viver em Welcome pelo resto da vida. Você tem medo..."

Parei de falar com uma exclamação quando o senti agarrar meus ombros e me sacudir de leve. Ainda que o movimento fosse breve, enviou reverberações por cada parte de mim.

"Pare com isso", ele disse, áspero.

"Sabe por que eu fiquei com o Luke Bishop?", perguntei, em desespero desvairado. "Porque eu queria você e não podia ter, e ele era a coisa mais parecida com você que eu encontrei. E em todas as vezes que deitei com ele, eu queria que fosse você, e eu o odeio por isso, mais do que odeio a mim mesma."

Quando essas palavras saíram dos meus lábios, uma sensação amarga de isolamento fez eu me afastar. Baixei a cabeça e me envolvi com meus braços, em uma tentativa de ocupar o mínimo de espaço físico.

"A culpa é sua", eu disse, palavras que mais tarde me causariam uma vergonha infinita, mas eu estava agitada demais para me importar.

As mãos de Hardy apertaram mais, até meus músculos registrarem o começo da dor.

"Eu não fiz nenhuma promessa."

"Ainda assim é sua culpa."

"Droga." Ele inspirou, agitado, quando viu uma lágrima escorrendo. "Droga, Liberty. Isso não é justo."

"Nada é justo."

"O que você quer de mim?"

"Eu quero que você admita, só uma vez, o que sente por mim. Quero saber se você vai sentir minha falta, nem que seja um pouquinho. Se vai se lembrar de mim. Se você se arrepende de alguma coisa."

Senti seus dedos se fecharem no meu cabelo, puxando até minha cabeça inclinar para trás.

"Cristo", ele sussurrou. "Você quer tornar isso o mais difícil possível, não quer? Não posso ficar, e não posso levá-la comigo. E você quer saber se me arrependo de alguma coisa." Senti os golpes quentes de sua respiração no meu rosto. Seus braços me envolveram, impedindo qualquer movimento. Seu coração martelava meus seios achatados. "Eu venderia minha alma para ter você. Em toda minha vida, vai ser você quem eu mais quis, mas não tenho nada para lhe dar. E eu não vou ficar aqui para me transformar no meu pai. Eu descontaria tudo em você – eu iria machucar você."

"Não iria, não. Você nunca conseguiria ser igual ao seu pai."

"Você acha mesmo? Então você tem muito mais fé em mim do que eu." Hardy pegou minha cabeça com as duas mãos, seus dedos longos se curvando até a parte de trás do meu crânio. "Eu queria matar Luke Bishop por tocar você. E você, por deixar que ele a tocasse." Senti um tremor percorrê-lo. "Você é minha", ele disse. "E está certa em uma coisa – tudo que me impediu de possuir você foi saber que eu nunca conseguiria ir embora se o fizesse."

Eu o odiei por me ver como parte de uma armadilha da qual ele precisava fugir. Hardy inclinou a cabeça para me beijar, e o gosto salgado das minhas lágrimas desapareceu entre nossos lábios. Fiquei dura, mas ele fez minha boca se abrir e me beijou com mais intensidade, e eu me perdi. Ele encontrava cada fraqueza com uma delicadeza diabólica, reunindo sensações como se fossem mel que ele deveria recolher com a língua. Sua mão desceu entre minhas coxas e as fez se abrirem. Antes que eu as pudesse fechar novamente, seu corpo estava lá. Murmurando baixinho, ele me ajudou a envolver seu pescoço com meus braços, e seus lábios voltaram aos meus, arrebatando-me lentamente. Não importava o quanto me esforçava e contorcia, eu não conseguia me aproximar o bastante. Eu não queria nada menos do que todo o peso dele em cima de mim; posse plena, entrega plena. Empurrei o chapéu de sua cabeça e afundei meus dedos em seu cabelo, puxando sua boca com mais e mais força contra a minha.

"Calma", Hardy sussurrou, erguendo a cabeça, apertando meu corpo trêmulo contra o dele. "Vá com calma, querida."

Eu lutei para respirar, sentada ali com a tábua de madeira machucando meu traseiro, os joelhos grudados em seus quadris. Ele não me deu sua boca de novo até eu me acalmar, e então seus beijos foram calmantes, seus lábios absorviam os sons que escalavam minha garganta. Sua mão subia e descia na minha coluna em movimentos repetitivos. Devagar, ele a trouxe até a curva ascendente do meu seio, acariciando-me por cima do tecido da minha blusa. Seu polegar descreveu círculos gentis até ele perceber o bico endurecendo. Meus braços ficaram fracos, pesados demais para levantar, e eu despejei mais do meu peso sobre ele, descansando ali como um bêbado em uma noite de sexta-feira.

Entendi como seria com ele, como seria diferente das vezes em que me deitei com Luke. Hardy parecia beber cada nuança das minhas reações, cada som, tremor e respiração. Ele me segurava como se meu peso fosse um tesouro em seus braços. Perdi a noção de quanto tempo ele me beijou, sua boca alternando-se entre delicada e exigente. A tensão foi crescendo até ganidos baixos irromperem da minha garganta e meus dedos arranharem a superfície de sua camisa, desesperados para sentir sua pele. Ele tirou a boca da minha e enterrou o rosto no meu cabelo, lutando para controlar sua respiração.

"Não", eu protestei. "Não pare, não..."

"Calma. Calma, querida."

Eu não conseguia parar de tremer, rebelando-me contra ser deixada empolgada e só. Hardy me acolheu em seu peito e massageou minhas costas, tentando me acalmar para eu ficar imóvel.

"Está tudo bem", ele sussurrou. "Garota querida, querida... está tudo bem."

Mas nada estava bem. Pensei que quando Hardy me deixasse eu nunca mais conseguiria encontrar prazer em nada. Esperei até achar que minhas pernas suportariam meu peso e então meio deslizei, meio caí até o chão. Hardy esticou os braços para me apoiar, e eu me afastei dele. Eu mal conseguia enxergá-lo, com minha vista muito borrada.

"Não diga adeus", eu disse. "Por favor."

Talvez, entendendo que essa seria a última coisa que ele poderia fazer por mim, Hardy manteve silêncio. Eu sabia que repetiria essa cena inúmeras vezes nos anos que viriam, e cada vez eu pensaria em coisas diferentes que deveria ter dito e feito. Mas tudo que fiz foi me afastar sem olhar para trás. Muitas vezes na vida eu me arrependi do que disse sem pensar, mas nunca me arrependi das coisas ditas como me arrependi das palavras que não falei.

Capítulo 10

Ver um adolescente emburrado é algo comum, não importa aonde você vá. Adolescentes querem as coisas com muita intensidade e parece que nunca as conseguem. Para piorar as coisas, as pessoas fazem pouco dos seus sentimentos porque você é adolescente. Dizem que o tempo cura um coração partido, e geralmente têm razão, mas não no que diz respeito aos meus sentimentos por Hardy. Durante meses, ao longo dos feriados de inverno e além, eu parecia um autômato, distraída, triste e sem utilidade para ninguém, inclusive para mim mesma. A outra coisa que alimentava meu mau humor era o relacionamento que florescia entre minha mãe e Louis Sadlek. O romance dos dois me causava confusão e ressentimento sem fim. Se houve algum momento de paz entre eles, eu nunca testemunhei. A maior parte do tempo eles se davam tão bem quanto dois gatos jogados em um saco.

Louis fazia aparecer o pior temperamento da minha mãe. Ela bebia quando estava com ele, e nunca foi de beber. Ela se comportava de uma forma física com ele que eu nunca tinha visto, empurrando, estapeando e cutucando – bem ela, que sempre insistiu em ter seu espaço pessoal. Sadlek evocava seu lado selvagem, e mães não devem ter um lado selvagem. Eu desejei que ela não fosse bonita e loira, que fosse o tipo de mãe que usava avental e ia a eventos da igreja. O que me incomodava, também, era a vaga noção de que as discussões, brigas e ciúmes de mamãe e Louis, os pequenos estragos que um causava no outro, eram, de certa forma, preliminares. Louis raramente ia ao nosso trailer, graças a Deus, mas eu e todos os demais no Rancho Flor do Texas sabíamos que minha mãe passava as noites na casa de tijolos vermelhos. Às vezes ela voltava com hematomas nos braços, o rosto amarrotado pela falta de sono, a garganta e o rosto vermelho pelo atrito com a barba malfeita. Mães também não deviam fazer isso.

Eu não sei quanto da relação de mamãe com Louis Sadlek era prazer e quanto era autopunição. Acho que ela considerava Louis um homem forte. Deus sabe que ela não seria a primeira a confundir brutalidade com força. Talvez, quando uma mulher passa muito tempo tendo que se defender, como no caso da minha mãe, seja um alívio quando ela se submete a alguém, mesmo que ele não seja gentil. Eu me senti assim várias vezes, sofrendo com o peso da responsabilidade e desejando ser responsabilidade de qualquer pessoa, menos de mim mesma. Admito que Louis sabia ser charmoso. Mesmo os piores homens do Texas têm esse verniz amável, a fala mansa que atrai as mulheres e o dom de contar histórias. Ele parecia gostar mesmo de crianças pequenas – elas pareciam sempre prontas a acreditar em qualquer coisa que ele lhes contasse. Carrington sorria e ria sempre que Louis estava por perto, refutando, assim, a noção de que as crianças sabem, por instinto, em quem devem confiar.

Mas Louis não gostava nada de mim. Eu era a única a resistir na nossa casa. Eu não suportava as mesmas coisas que impressionavam tanto a mamãe, a pose masculina, os intermináveis gestos feitos para mostrar como as pequenas coisas eram importantes para ele, que tinha tanto. Ele possuía um armário cheio de botas feitas sob medida, do tipo que o sapateiro começa pedindo para você ficar de pé, só de meia, em cima de um papel, e então traça o contorno dos seus pés. Louis tinha um par de botas que havia custado oitocentos dólares e eram feitas com couro de elefante do "Zimbábue". As pessoas de Welcome comentavam sobre aquelas botas. Mas quando Louis, minha mãe e dois outros casais foram até um lugar em Houston para dançar, os seguranças do lugar não o deixaram entrar com sua garrafinha de bebida feita de prata. Então Louis saiu de lado e pegou sua faca dobrável de caça Dozier. Ele fez um corte no alto da bota para conseguir guardar a garrafa lá dentro. Quando mamãe me contou essa história, ela disse que foi uma atitude besta e um desperdício ridículo de dinheiro. Mas ela falou nisso tantas vezes nos meses que se seguiram, que eu percebi que ela admirava a extravagância do gesto.

Esse era o Louis, fazendo sempre o possível para manter a aparência de riqueza, quando na realidade ele não era melhor do que ninguém. O cara era pura pretensão. Ninguém parecia saber de onde Louis tirava tanto dinheiro, que com certeza era mais do que ele faturava com o estacionamento de trailers. Havia boatos sobre eventuais negócios com drogas. Como estávamos muito perto da fronteira, isso era fácil para qualquer um que estivesse disposto a correr os riscos. Eu não acredito que Louis fumasse ou cheirasse. Álcool era a droga dele. Mas não acho que ele tivesse escrúpulos quanto a fornecer drogas para universitários que voltavam para casa nos feriados, ou para os moradores que queriam algo mais forte do que podiam encontrar em uma garrafa de Johnnie Walker.

Quando não estava preocupada com mamãe e Louis, eu era absorvida por Carrington, que deixava de ser um bebê e dava seus primeiros passos na infância, andando como um zagueiro bêbado. Ela tentava enfiar os dedinhos molhados em tomadas elétricas, apontadores de lápis e latas de Coca-Cola. Pegava insetos e pontas de cigarro na grama, e biscoitos petrificados no carpete, e tudo ia direto para sua boca. Quando começou a comer com uma colher de cabo torto, fazia uma sujeira tão desgraçada que às vezes eu a levava para fora e lhe dava um banho de esguicho. Eu comprei no Walmart uma bacia enorme de plástico que mantinha no pátio dos fundos, onde eu deixava a Carrington brincar com água. Quando ela começou a falar, o mais perto que chegou de pronunciar meu nome foi “BiBi”, que dizia sempre que queria alguma coisa. Ela amava a mamãe e brilhava como um vaga-lume quando as duas estavam juntas, mas quando estava doente, irritadiça ou com medo, ela me procurava e eu a ela. Mamãe e eu nunca falamos disso, nem mesmo pensamos muito a respeito. Era algo que apenas aceitávamos. Carrington era minha bebê.

A Srta. Marva nos estimulava a visitá-la sempre, dizendo que sem nós seus dias eram muito sossegados. Ela nunca mais aceitou o Bobby Ray. Era provável que não existissem mais namorados para ela, pois todos os homens da sua idade estavam com a aparência péssima ou com a cabeça ruim. Ou as duas coisas. Foi ela que disse. Todas as tardes de quarta-feira eu a levava de carro até a Cordeiro de Deus, porque ela era cozinheira voluntária no programa Refeições sobre Rodas, e a igreja tinha uma cozinha industrial. Com Carrington apoiada no meu quadril, eu media ingredientes e mexia tigelas e panelas, enquanto a Srta. Marva me ensinava o básico da culinária texana. Seguindo suas orientações, eu debulhei milho doce das espigas, refoguei em gordura de bacon e acrescentei creme de leite, mexendo até o aroma fazer escorrer saliva no lado de dentro das minhas bochechas. Eu aprendi a fazer filé de frango frito com molho branco, quiabo empanado com farinha de milho e frito em gordura quente, e também feijão cozido com osso de presunto e nabo com molho de pimenta. Eu até aprendi o segredo do Bolo Veludo Vermelho da Srta. Marva, e ela me aconselhou a nunca fazê-lo para um homem, a menos que eu quisesse que ele me pedisse em casamento.

A coisa mais difícil de aprender como fazer foi o frango com bolinhos, do qual ela não tinha receita. Os bolinhos eram tão bons, tão saborosos, suculentos e cremosos que quase faziam a gente chorar. Ela começava com um monte pequeno de farinha no balcão, acrescentava sal, ovos e manteiga, misturando tudo com os dedos. Abria a massa em uma assadeira e cortava em tiras que colocava em uma panela fervente de caldo de galinha caseiro. Não conheço uma doença que aquele frango com bolinhos não cure. A Srta. Marva fez uma panela para mim logo depois que Hardy Cates foi embora de Welcome, e elas quase serviram como alívio temporário para um coração partido.

Eu ajudava a entregar as Refeições sobre Rodas, enquanto a Srta. Marva cuidava da Carrington.

"Você não tem lição de casa, Liberty?", ela costumava perguntar, e eu sempre negava com a cabeça. Eu quase nunca fazia lição de casa. Assistia ao mínimo necessário de aulas para não repetir por faltas, e não parava para pensar nas minhas perspectivas depois do ensino médio. Eu achava que, se minha mãe tinha parado de se preocupar com minha instrução e educação, eu também não iria me preocupar.

Durante algum tempo, Luke Bishop ficou me convidando para sair, quando voltava de Baylor, mas como eu só recusava, ele aos poucos foi parando de ligar. Eu sentia como se algo em mim tivesse sido desligado quando Hardy foi embora, e eu não sabia como ou quando seria religado. Eu havia experimentado sexo sem amor e amor sem sexo, e, naquele momento, não queria saber de uma coisa nem outra. A Srta. Marva me aconselhou a viver pelas minhas próprias luzes, uma frase que não compreendi.

Quando ia fazer um ano que mamãe e Louis estavam namorando, ela terminou com ele. Mamãe tinha uma grande tolerância a exibicionismos, mas até ela tinha seus limites. Aconteceu uma vez em que eles foram a um bar country para dançar. Enquanto Louis estava no banheiro, um caubói bêbado – um caubói de verdade, que trabalhava em um rancho pequeno fora da cidade – ofereceu uma dose de tequila para minha mãe.

Os homens texanos são mais possessivos que a maioria. Esta é uma cultura em que eles põem cercas para defender sua terra, e dormem com a espingarda apoiada no criado-mudo para defender sua casa. Dar em cima da mulher de alguém é considerado motivo para homicídio justificável. Então o caubói, mesmo bêbado, devia saber que isso era algo que não se fazia, e muitas pessoas disseram que Louis tinha razão quando deu uma surra nele. Mas Louis o atacou com uma brutalidade desmedida, reduzindo-o a uma polpa sanguinolenta no estacionamento e pisoteando-o até quase a morte com os saltos de cinco centímetros de suas botas. E então Louis foi até a caminhonete pegar sua arma, provavelmente para acabar com o sujeito. Foi apenas a intervenção de alguns amigos que evitou que Louis cometesse assassinato. Conforme mamãe me contou depois, o estranho foi que o caubói era muito maior que Louis. Não era possível que este o tivesse espancado. Mas, às vezes, a agressividade vencia o músculo. Após ver do que Louis era capaz, mamãe terminou com ele. Foi o dia mais feliz da minha vida desde que Hardy tinha partido.

Não durou muito, porém. Louis não deixava mamãe – ou nós duas – em paz. Ele passou a telefonar a qualquer hora do dia ou da noite, até nossas orelhas começarem a formigar com o toque do aparelho, e Carrington ficar rabugenta devido ao sono interrompido com frequência. Louis seguia mamãe em seu carro, indo atrás dela até o trabalho, quando saía para comer ou fazer compras. Era comum estacionar a caminhonete em frente à nossa casa e ficar nos observando. Uma vez eu fui até o quarto me trocar e, quando estava para tirar a blusa, vi que ele me encarava pela janela dos fundos, que dava para a fazenda do vizinho.

É engraçado como muita gente ainda pensa que perseguição é uma fase do namoro. Algumas pessoas disseram para mamãe que não podia ser perseguição, já que ela não era uma celebridade. Quando ela decidiu ir à polícia, eles relutaram em fazer qualquer coisa. Para eles, a situação era de duas pessoas que apenas não se entendiam. Ela ficou constrangida, como se de algum modo a culpa fosse sua. A pior parte é que a tática de Louis funcionou. Ele a desgastou até que voltar com ele pareceu ser a coisa certa a fazer. Ela até tentou se convencer de que queria ficar com ele. Para mim, aquilo não era namorar, mas servir de refém.

Contudo, o relacionamento passou por uma mudança. Louis podia ter reconquistado fisicamente minha mãe, mas ela não era dele como tinha sido antes. Louis e todo mundo sabia que, se ela fosse livre para escolher, se tivesse alguma garantia de que ele não a incomodaria mais, mamãe poderia ter pulado fora. Eu digo "poderia ter" em vez de apenas "teria" porque parecia que havia algo de terrível nela que ainda o queria, que estava presa a ele, assim como uma fechadura fica presa a uma parte da chave.

Uma noite, eu tinha acabado de pôr Carrington no berço quando ouvi uma batida na porta. Mamãe tinha saído com Louis para jantar e assistir a um espetáculo em Houston. Eu não sei por que a batida de um policial é diferente da de outras pessoas, por que o som dos nós de seus dedos faz todas as vértebras da nossa coluna ficarem tensas. A autoridade ameaçadora daquele som me disse, no mesmo instante, que algo estava errado. Eu abri a porta e encontrei dois policiais parados ali. Até hoje, não consigo me lembrar dos rostos. Apenas do uniforme, camisa azul-clara e calça azul-marinho, com distintivo em forma de brasão, com um planeta terra cruzado por duas faixas vermelhas.

Minha cabeça voou para o último momento em que vi minha mãe naquela noite. Eu estava quieta, mas irritada, enquanto a observei andar até a porta de jeans e saltos altos. Trocamos alguns comentários sem importância, com minha mãe dizendo que talvez só voltasse de manhã, e eu dando de ombros. Eu sempre fui assombrada pela banalidade dessa conversa. Você imagina que a última vez em que vir alguém, algo de importante deve ser dito. Mas mamãe foi embora da minha vida com um sorriso rápido e um lembrete de trancar a porta depois que ela saísse, para que eu ficasse em segurança enquanto ela estivesse fora.

A polícia disse que o acidente ocorreu na via expressa leste – antes de terminarem a I-10 –, onde as carretas imensas corriam o quanto queriam. A qualquer momento do dia, pelo menos um quarto de todos os veículos na via expressa eram caminhões que transportavam cargas de e para petroquímicas e cervejarias. Louis atravessou o sinal vermelho de uma transversal saindo da via expressa e colidiu com um caminhão, cujo motorista sofreu ferimentos leves. Precisaram cortar a carroceria da picape para tirar Louis das ferragens e levá-lo para o hospital, onde ele morreu uma hora depois, de hemorragia interna.

Mamãe morreu na hora. Ela nem viu o que a atingiu, disseram os policiais, e isso teria me consolado um pouco, a não ser que... nem que fosse por um segundo, ela teria que ter visto, não é? Deve ter havido um borrão, uma sensação de mundo explodindo, uma noção de estar sofrendo mais estrago do que um corpo humano pode suportar. Eu imaginei se mamãe ficou pairando sobre a cena, depois, olhando para o que tinha acontecido com ela. Eu queria acreditar que uma escolta de anjos foi buscá-la, que a promessa de um paraíso substituía a dor de deixar eu e Carrington, e que, sempre que quisesse, ela poderia espiar por entre as nuvens para ver como nós estávamos. Mas a fé nunca foi meu ponto forte. Tudo o que eu sabia era que minha mãe tinha ido para um lugar onde eu não poderia acompanhá-la.

E eu entendi, afinal, o que a Srta. Marva quis dizer com viver com suas próprias luzes. Quando se está caminhando na escuridão, não se pode depender de nada ou ninguém para iluminar seu caminho. Você tem que usar qualquer centelha que tiver dentro de si. Ou então irá se perder. Foi isso que aconteceu com minha mãe.

E eu sabia que, se deixasse isso acontecer comigo, não haveria ninguém para cuidar da Carrington.

Capítulo 11

Mamãe não tinha seguro de vida e quase nenhuma poupança. Isso me deixou com um trailer, alguns móveis, um carro e uma irmã de 2 anos. Eu teria que sustentar tudo isso com um diploma de ensino médio sem qualquer experiência profissional. Eu havia passado meus verões e tardes com Carrington, o que significava que a única referência de emprego que eu tinha era de alguém que até há pouco tempo andava de carro na cadeirinha virada para trás.

O choque é um estado misericordioso. Ele permite que a gente passe por um desastre com a distância necessária entre nós e nossos sentimentos, e assim consigamos fazer o que precisa ser feito. A primeira coisa que eu tive de fazer foi providenciar o funeral. Eu nunca havia posto os pés em uma casa funerária. Sempre imaginei que esses lugares eram tristes e assustadores. A Srta. Marva foi comigo, apesar de eu lhe dizer que não precisava de ajuda. Ela disse que já tinha namorado o diretor funerário, Sr. Ferguson, que era viúvo, e queria ver quanto cabelo ele conseguiu manter após todos aqueles anos.

Não muito, como descobrimos. Mas o Sr. Ferguson era um dos homens mais gentis que eu já tinha conhecido, e a casa funerária – tijolos marrons com colunas brancas – era limpa, iluminada e arrumada como uma sala de estar confortável. A área de espera era decorada com sofás de tweed azul, mesas de centro com livros grandes e quadros de paisagem nas paredes. Serviram-nos biscoitos em um prato de porcelana e café em uma garrafa térmica prateada. Conforme nós começamos a falar, admirei o modo como o Sr. Ferguson empurrou, discreto, a caixa de lenços de papel pela superfície da mesa. Eu não estava chorando, minhas emoções continuavam suspensas em gelo, mas a Srta. Marva usou metade da caixa. O Sr. Ferguson tinha o rosto sábio, gentil e ligeiramente caído de um bassê, com olhos marrons que pareciam chocolate derretido. Ele me deu um folheto com o título "As dez regras do luto" e, com tato, perguntou se a mamãe alguma vez mencionou ter planejado um funeral.

"Não, senhor", eu respondi, séria. "Ela não era do tipo de planejar com antecedência. Demorava a vida toda só para escolher no cardápio do restaurante."

As rugas nos cantos de seus olhos ficaram mais profundas.

"Minha mulher era assim", ele disse. "Existem pessoas que gostam de planejar e pessoas que enfrentam a vida conforme ela se apresenta. Não há nada de errado com nenhuma delas. Já eu sou um planejador."

"Eu também", falei, embora não fosse verdade. Eu sempre segui o exemplo da minha mãe, enfrentando a vida conforme ela vinha. Mas daquele momento em diante eu quis ser diferente, eu tinha que ser.

Abrindo um livro com páginas plastificadas, o Sr. Ferguson entrou no assunto do orçamento do funeral. Havia uma lista comprida de coisas que precisavam ser pagas; taxas de cemitério, obituário, preços de embalsamamento, cabelo e cosméticos, o acabamento da sepultura de concreto, o aluguel do carro fúnebre, música, a lápide. Deus, como era caro morrer. Aquilo iria custar a maior parte do dinheiro que minha mãe tinha deixado, a menos que eu quisesse lançar tudo no cartão de crédito. Mas eu desconfiava de dívida. Eu havia testemunhado o que acontecia com pessoas que seguiam a trilha de plástico rumo ao desastre. Na maioria das vezes, elas não conseguiam voltar. E, como estávamos no Texas, não existiam abrigos nem programas que nos permitiriam uma vida decente. A única proteção de que as pessoas dispunham era a família. E eu era orgulhosa demais para pensar em localizar parentes desconhecidos, todos estranhos, para pedir dinheiro. Percebi que o funeral da minha mãe teria que ser feito com um orçamento apertado, e isso provocou uma sensação de aperto na minha garganta e uma pressão quente atrás dos meus olhos.

Contei para o Sr. Ferguson que minha mãe nunca foi de ir à igreja, e que, portanto, nós queríamos uma cerimônia não religiosa.

"Você não pode fazer um funeral não religioso", protestou a Srta. Marva, tirada de seu estado de lamentação pelo choque que essa ideia produziu. "Não existe isso em Welcome."

"Você ficaria surpresa, Marva", o Sr. Ferguson a informou. "Nós temos alguns humanistas na cidade. Eles não gostam de admitir isso em público, pois sabem que a entrada de suas casas seria tomada por apóstolos carregando vasos de begônias e bolos Bundt."

"Você se transformou em pagão, Arthur?", perguntou a Srta. Marva, e ele sorriu.

"Não. Mas eu aceito que algumas pessoas se sintam mais felizes não sendo salvas."

Depois de discutir algumas ideias para o funeral humanista da minha mãe, fomos para a sala dos caixões, que exibia, em fileiras, pelo menos uns trinta. Eu não sabia que as escolhas eram tantas, e não se podia escolher apenas o material do caixão, mas também o forro em veludo ou cetim e a cor. Fiquei irritada de saber que se podia escolher a firmeza do colchão no interior do esquife, como se isso fizesse alguma diferença para o conforto da pessoa falecida. Alguns dos caixões mais elegantes, como o feito de carvalho com acabamento à mão em estilo provençal, ou o de aço escovado com o painel interior bordado para a cabeça, custavam de quatro a cinco mil dólares. E um esquife no canto mais distante da sala era a coisa mais espalhafatosa que eu podia imaginar, pintado à mão como uma paisagem de Monet, com água, flores e uma ponte, cheio de amarelos, azuis, verdes e rosa. Seu interior era de cetim azul, e tinha travesseiro e manta combinando.

"É uma beleza, não acha?", perguntou o Sr. Ferguson, seu sorriso um pouco envergonhado. "Um dos nossos fornecedores estava oferecendo caixões artísticos este ano, mas receio que seja um pouco demais para o gosto da nossa cidade pequena."

Eu queria aquele para minha mãe. Não me importava que pudesse ser considerado brega e espalhafatoso, e que depois que estivesse a sete palmos debaixo da terra ninguém o poderia ver. Se você vai dormir para sempre em algum lugar, que seja em travesseiro de cetim azul em um jardim secreto escondido debaixo da terra.

"Quanto é esse?", perguntei.

O Sr. Ferguson demorou um longo tempo para responder, e quando o fez, foi com a voz muito baixa.

"Seis mil e quinhentos, Srta. Jones."

Talvez eu pudesse pagar um décimo disso. Quem é pobre tem poucas escolhas na vida, e a maior parte do tempo a gente não pensa muito nisso. Só faz o melhor que pode e, quando necessário, se vira sem alguma coisa, e reza para Deus na esperança de não ser derrotado por algo que não pode controlar. Mas existem momentos em que isso dói, em que a gente quer alguma coisa com toda a nossa força e sabe que não poderá ter de jeito nenhum. Eu me senti assim em relação ao caixão da minha mãe. E percebi que isso era um presságio do que estava por vir. Uma casa, aparelho dentário e roupas para Carrington, escola, enfim, coisas que nos ajudariam a ultrapassar a vala profunda que separava o "lixo branco" da classe média... essas coisas exigiriam mais dinheiro do que minha habilidade de ganhá-lo permitiria. Eu não sei por que nunca entendi a urgência da minha situação antes, mesmo quando mamãe estava viva. Por que fui tão negligente e imprudente? Senti meu estômago revirar.

Acompanhei o Sr. Ferguson até o lado da sala que exibia os caixões econômicos, e encontrei um modelo de pínus laqueado e forrado de tafetá branco por seiscentos dólares. Nós voltamos para examinar as lápides e placas para colocar sobre o túmulo da minha mãe e eu escolhi uma retangular de bronze. Algum dia, jurei em silêncio, eu a substituiria por uma grande lápide de mármore.

Assim que a notícia do acidente se espalhou, os fornos de toda a cidade foram ligados. Até gente que não conhecíamos, ou conhecíamos apenas de vista, levou uma caçarola, torta ou um bolo até o trailer. Pacotes envoltos em papel-alumínio formavam pilhas em cada superfície disponível; os balcões, as mesas, a geladeira e o fogão. Luto, no Texas, é o momento para tirar suas melhores receitas da gaveta. Muitas pessoas as prenderam ao filme plástico ou ao papel-alumínio que cobria os pratos, o que não era comum, mas eu acho que havia um entendimento geral de que eu precisava de toda ajuda que pudesse obter. Nenhuma das receitas tinha mais que quatro ou cinco ingredientes, e eram do tipo de comida que costuma ser encontrada em vendas de bolos artesanais ou almoços comunitários. Torta de tamale, bolo feio, caçarola King Ranch, carne de peito na Coca-Cola, salada de gelatina.

Fiquei com muita pena de ganhar tanta comida em um momento que eu não sentia a menor vontade de comer. Eu tirei os cartões com as receitas, que guardei em um envelope pardo, e levei a maior parte da comida para os Cates. Para variar, fiquei grata à Srta. Judie por sua discrição – eu sabia que, não importava o quanto compreensiva fosse, ela não iria começar nenhuma conversa emotiva. Foi difícil ver a família do Hardy quando eu o queria tanto. Precisava que Hardy voltasse e me salvasse, que tomasse conta de mim. Eu queria que ele me abraçasse apertado e me deixasse chorar em seus braços. Mas quando perguntei à Srta. Judie se tinha recebido notícias dele, ela disse que ainda não, que ele permaneceria muito ocupado para escrever ou telefonar durante algum tempo.

O alívio das lágrimas veio na segunda noite depois que mamãe morreu, quando entrei na cama ao lado do corpinho robusto da Carrington. Dormindo, ela se aninhou em mim e soltou um suspirou de bebê, e esse som quebrou o lacre que envolvia meu coração. Com 2 anos, Carrington não entendia o que era a morte, cujo caráter definitivo estava além da sua compreensão. Ela ficava perguntando quando a mamãe ia voltar, e quando tentei lhe explicar sobre o céu, ela ficou ouvindo sem entender e me interrompeu para pedir um picolé. Eu fiquei deitada lá, segurando minha irmãzinha, preocupada com o que aconteceria conosco, se alguma assistente social iria aparecer para levá-la, ou o que eu faria se Carrington ficasse doente de verdade, e como poderia prepará-la para a vida quando eu mesma sabia tão pouco.

Eu nunca tinha pagado uma conta. Eu não sabia onde estavam nossos cartões da Previdência Social. E fiquei preocupada se Carrington iria, mais tarde, se lembrar da mamãe. Ao perceber que não tinha ninguém com quem compartilhar as lembranças da minha mãe, senti as lágrimas começarem a escapar dos meus olhos em um fluxo contínuo. Isso durou algum tempo, até eu começar a chorar tanto que acabei indo para o toalete e enchi a banheira, onde fiquei sentada como uma criança, chorando na água do banho até um torpor calmo tomar conta de mim.

"Você precisa de dinheiro?", minha amiga Lucy perguntou sem rodeios enquanto observava eu me vestir para o funeral. Ela iria tomar conta da Carrington até eu voltar da cerimônia. "Minha família pode emprestar um pouco para você. E meu pai disse que tem um emprego de meio período vago na loja."

Eu não teria conseguido passar por aquilo sem Lucy nos dias que se seguiram ao acidente da minha mãe. Ela perguntou se podia fazer algo por mim, e quando eu disse não, ela foi em frente e fez assim mesmo. Insistiu em levar Carrington para sua casa durante uma tarde para que eu tivesse um pouco de tranquilidade para fazer ligações e limpar o trailer. Outro dia, Lucy apareceu com a mãe, e as duas empacotaram os pertences da minha mãe em caixas de papelão. Eu não conseguiria ter feito isso sozinha. A jaqueta favorita da minha mãe, seu vestido transpassado branco com margaridas, a blusa azul, o lenço rosa translúcido com que ela amarrava o cabelo, essas e outras coisas estavam carregadas de lembranças em cada dobra e prega. À noite, vesti uma camiseta que ainda não tinha sido lavada. Ela ainda carregava os aromas da pele da minha mãe e de Youth Dew, da Estée Lauder. Eu não sabia como fazer esse aroma durar. Um dia, muito depois que tivesse desaparecido, eu desejaria mais um sopro de cheirinho da mamãe, e isso existiria apenas na minha lembrança. Lucy e sua mãe levaram as roupas para um armazém e me deram a chave. A loja de penhores pagaria o aluguel mensal, disse a Sra. Reyes, e eu poderia deixar tudo lá pelo tempo que quisesse.

"Você pode trabalhar no horário que quiser", insistiu Lucy.

Eu sacudi a cabeça em resposta à menção de Lucy ao emprego em meio período. Eu tinha certeza de que eles não precisavam de ajuda na loja, e tinham me oferecido o trabalho por compaixão. E embora eu estimasse a gentileza deles mais do que jamais conseguiriam entender, é fato que as amizades duram mais quanto menos você as usa.

"Agradeça aos seus pais por mim", eu disse, "mas eu acredito que preciso de algo em tempo integral. Só não descobri ainda o que fazer."

"Eu sempre disse que você deveria fazer escola de estética. Você daria uma ótima cabeleireira. Até posso ver você com seu próprio salão, um dia." Lucy me conhecia muito bem – a ideia de trabalhar em um salão me atraía mais que qualquer outro tipo de emprego, mas...

"Demora de nove meses a um ano, em tempo integral, para conseguir o certificado", eu disse, pesarosa. "E eu não tenho como pagar o curso."

"Você pode pegar emprestado..."

"Não." Eu vesti uma blusa preta sem mangas e a prendi na saia. "Não posso começar me endividando, Lucy, porque assim nunca vou sair disso. Se eu não tenho como pagar, vou ter que esperar até economizar o suficiente."

"E se você nunca conseguir economizar o suficiente?" Ela me olhou com evidente exasperação. "Amiga, se você está esperando a fada-madrinha aparecer com o vestido e a carruagem, talvez não consiga chegar à festa."

Eu peguei uma escova na cômoda e comecei a prender meu cabelo em um rabo de cavalo baixo.

"Não estou esperando ninguém. Eu vou conseguir sozinha."

"Tudo que estou dizendo é: aceite ajuda de onde ela pode vir. Você não tem que fazer tudo do modo mais difícil."

"Eu sei." Engolindo minha irritação, eu consegui erguer os cantos da boca em um sorriso. Lucy era uma amiga preocupada, e saber disso tornava sua tendência ao mandonismo um pouco mais fácil de aceitar. "E eu não sou tão teimosa como você faz parecer. Eu deixei o Sr. Ferguson me dar um caixão melhor, não deixei?"

Um dia antes do funeral, o Sr. Ferguson ligou e disse que tinha uma oferta para mim, se eu estivesse interessada. Parecendo escolher suas palavras com cuidado, ele falou que o fabricante do caixão havia colocado em liquidação seus modelos artísticos, e que o Monet estava com desconto. Como o preço original era de seis mil e quinhentos dólares, eu disse que duvidava poder pagar mesmo em liquidação.

"Eles estão praticamente dando esses modelos", insistiu o Sr. Ferguson. "Na verdade, o Monet está agora pelo mesmo preço do caixão de pínus que você comprou. Posso trocá-los para você sem nenhuma despesa extra."

Eu fiquei quase aturdida demais para falar.

"Tem certeza?"

"Sim, senhora."

Desconfiada de que a generosidade do Sr. Ferguson pudesse estar relacionada ao fato de ele ter levado a Srta. Marva para jantar algumas noites antes, eu fui até ela perguntar exatamente o que tinha acontecido nesse encontro.

"Liberty Jones", ela disse, indignada, "você está sugerindo que eu me deitei com aquele homem para lhe conseguir desconto em um caixão?"

Embaraçada, eu respondi que não pretendia desrespeitá-la, e é claro que não estava sugerindo nada disso. Ainda indignada, a Srta. Marva me informou que se ela *tivesse* deitado com Arthur Ferguson, não tinha dúvida de que ele teria me oferecido o maldito caixão de graça.

O funeral foi lindo, ainda que um pouco escandaloso pelos padrões de Welcome. O Sr. Ferguson conduziu a cerimônia e falou um pouco da minha mãe e de sua vida, de quanto sua falta seria sentida pelas amigas e por suas duas filhas. Não foi feita nenhuma menção a Louis. Seus parentes haviam levado o corpo para Mesquite, onde ele nasceu e onde ainda moravam muitos Sadlek. Contrataram um gerente para o Rancho Flor do Texas, um jovem desempregado chamado Mike Mendeke.

Uma das amigas mais próximas de mamãe no trabalho, uma mulher roliça com cabelo castanho, leu um poema:

Não venha ao meu túmulo e chore
Eu não estou ali, eu não durmo.
Eu sou o sol sobre o grão maduro,
Eu sou mil ventos que sopram forte,
Eu sou o diamante que brilha na neve,
Eu sou a suave chuva de outono.
Quando você acorda no silêncio da manhã
Eu sou o voo ágil e animador
De pássaros silenciosos que nos rodeiam.
Eu sou as estrelas suaves que brilham à noite.
Não venha ao meu túmulo e se lamente,
Eu não estou ali; eu não morri.

Esse pode não ser um poema religioso, mas quando Deb terminou, havia lágrimas em muitos olhos. Coloquei duas rosas amarelas, uma de

Carrington e outra minha, em cima do caixão. Talvez vermelho seja a cor preferida para rosas em toda parte, mas no Texas é amarelo. O Sr. Ferguson havia prometido que as flores seriam enterradas com minha mãe quando ela fosse baixada à sepultura. Ao fim da cerimônia, foi tocada "Imagine", do John Lennon, o que provocou sorrisos em alguns rostos, e caretas reprovadoras na maioria. Quarenta e dois balões brancos – um para cada ano de vida da mamãe – foram soltos no céu azul e quente.

Foi o funeral perfeito para Diana Truitt Jones. Acredito que minha mãe teria adorado. Quando terminou, senti uma necessidade imensa de voltar correndo para Carrington. Eu queria abraçá-la por um longo tempo e acariciar as mechas loiras que me lembravam tanto da minha mãe. Carrington nunca tinha me parecido tão frágil, tão vulnerável a todo tipo de mal, como depois da morte da nossa mãe. Quando me virei para os carros estacionados, vi uma limusine preta com vidros escuros à distância. Welcome não é o que se possa chamar de terra das limusines, de modo que essa visão foi razoavelmente espantosa. O design do veículo era moderno, com portas e vidros lisos, sem reentrâncias, seu formato tão aerodinâmico e perfeito quanto o de uma ave. Não haveria outro funeral naquele dia. Quem quer que estivesse naquela limusine, conhecia minha mãe e quis assistir à cerimônia à distância. Eu fiquei imóvel observando o veículo. Meus pés se moveram e eu imagino que iria perguntar a ele – ou ela – se desejava se aproximar da sepultura. Mas conforme eu comecei a andar em sua direção, a limusine se pôs em movimento. Fiquei chateada de pensar que nunca saberia quem era aquela pessoa.

Pouco depois do funeral, Carrington e eu fomos visitadas por uma guardiã *ad litem*, ou GAL, que foi indicada para verificar se eu tinha condições de ser a guardiã legal da minha irmã. A taxa da GAL era de 150 dólares, que eu achei bastante elevada, considerando que ela ficou menos do que uma hora em casa. Graças a Deus, o juiz me dispensou de pagar a taxa – eu não acho que tinha dinheiro no banco para pagar aquilo. Carrington pareceu entender como era importante que ela se comportasse bem. Sob a observação da GAL, ela construiu uma torre de blocos, vestiu sua boneca favorita e cantou a música do ABC do começo ao fim. Quando a GAL me fez perguntas sobre a criação da bebê e meus planos para o futuro, Carrington subiu no meu colo e deu beijos apaixonados na minha bochecha. Depois de cada beijo, ela olhava de forma expressiva para a GAL, para garantir que suas ações estavam sendo devidamente observadas.

A fase seguinte do processo foi surpreendente de tão fácil. Eu fui à Vara da Família e entreguei ao juiz cartas da Srta. Marva, do pediatra e do pastor da Cordeiro de Deus, todas fornecendo boas opiniões quanto ao meu caráter e às minhas habilidades maternais. O juiz manifestou estar preocupado com o meu desemprego e me aconselhou a arrumar algo imediatamente, e me alertou que eu receberia visitas do Serviço Social. Quando a audiência acabou, o oficial de justiça me disse para fazer um cheque de 75 dólares, que eu preenchi com uma caneta roxa brilhante que encontrei no fundo da minha bolsa. Eles me entregaram uma pasta com cópias da petição e dos formulários de autorização que eu havia preenchido, além do certificado de guarda. Eu não consegui evitar de sentir que tinha acabado de comprar Carrington e recebido a nota fiscal.

Saí do tribunal e encontrei Lucy esperando por mim no fim da escada, com Carrington no carrinho. Pela primeira vez em dias, eu ri quando vi as mãos gordinhas de Carrington segurando um cartaz que Lucy havia feito para ela: *Propriedade de Liberty Jones.*

Capítulo 12

Voe alto com a TexWest!
Está pronto para lidar com o público em uma carreira recompensadora nas alturas? Viaje, aprenda e expanda seus horizontes como comissário de bordo da TexWest, a empresa de transporte aéreo que mais cresce no país. Candidatos devem ter disponibilidade para morar em nossas sedes em CA, UT, NM, AZ, TX. Exigimos certificado de conclusão do ensino médio e altura entre 1,50 e 1,72 metro. Sem exceções. Venha à nossa apresentação e descubra mais sobre as emocionantes possibilidades que a TexWest oferece.

Eu sempre detestei voar. A ideia é uma afronta à natureza. As pessoas foram feitas para ficar no chão. Baixei os classificados e olhei para Carrington, que estava sentada no cadeirão colocando longos fios de espaguete na boca. A maior parte de seu cabelo estava preso em um chumaço no alto da cabeça com um grande laço vermelho. Ela vestia fralda e nada mais. Nós descobrimos que limpá-la depois do jantar era muito mais fácil se ela comesse pelada. Carrington olhava para mim com seriedade e uma grande mancha alaranjada de molho de espaguete cobrindo a boca e o queixo.

"Que tal a gente se mudar para o Oregon?", eu perguntei a ela.

Seu rostinho redondo se abriu em um sorriso, exibindo dentinhos brancos com grande espaçamento.

"Tudo bem."

Essa era sua expressão favorita mais recente. A outra era "Não mesmo."

"Você poderia ficar em uma creche", eu continuei, "enquanto eu subo nos aviões para servir garrafinhas de Jack Daniel's para homens de negócios emburrados. Que tal?"

"Tudo bem."

Observei Carrington separar com cuidado uma lasca de cenoura cozida que eu havia escondido no molho do macarrão. Depois de despojar um fio de espaguete de todo valor nutricional possível, ela colocou uma extremidade na boca e chupou o fio para dentro.

"Pare de tirar os legumes", eu disse a ela, "ou vou fazer brócolis para você."

"Não mesmo", ela respondeu com a boca cheia de espaguete, e eu ri.

Examinei os anúncios de empregos disponíveis, que havia separado, para uma garota com diploma do ensino médio e nenhuma experiência profissional. Até aquele momento, eu parecia qualificada para ser caixa da Quick-Stop, motorista de caminhão de lixo, babá, faxineira da Happy Helpers ou esteticista de gatos em um pet shop. Todos eles pagavam o que eu imaginava, ou seja, quase nada. O emprego que eu menos queria era o de babá, porque eu estaria cuidando dos filhos de outras pessoas em vez da Carrington.

Permaneci sentada ali com minhas opções limitadas abertas diante de mim, na forma de páginas de jornal. Eu me senti pequena e impotente, e não quis me acostumar com aquela sensação. Precisava de um emprego que pudesse manter por algum tempo. Não seria bom para mim nem para Carrington se eu ficasse pulando de um lugar para outro. E eu desconfiava que não haveria muita possibilidade de ascensão profissional na Quick-Stop.

Ao ver que Carrington colocava os pedaços de cenoura no jornal diante de si, eu murmurei:

"Pare com isso, Carrington."

Tirei o jornal da frente dela e comecei a amassá-lo, mas parei quando vi o anúncio sujo de molho na lateral.

Uma carreira nova em menos de um ano!
Sempre há demanda para uma profissional de estética bem treinada, em bons e maus momentos. Todos os dias, milhões de pessoas vão para seus salões favoritos cortar, colorir, fazer tratamentos químicos e outros serviços cosméticos. O conhecimento e as habilidades que você adquire na Academia de Cosmetologia East Houston irão prepará-la para uma carreira de sucesso em qualquer ramo da estética que você escolher. Candidate-se a uma vaga na ACEH e deixe seu futuro começar. Auxílio financeiro disponível para quem atender os requisitos.

Ouve-se com frequência a palavra "emprego" em um estacionamento de trailers. No Rancho Flor do Texas, as pessoas estavam sempre perdendo o emprego, procurando emprego, evitando emprego, incomodando os outros para arrumar um emprego. Mas ninguém que eu conhecia tinha uma carreira. Eu queria tanto uma formação em cosmetologia que mal conseguia aguentar. Havia tantos lugares em que eu poderia trabalhar, tanta coisa que eu queria aprender. Eu pensava que tinha o temperamento certo para ser uma cabeleireira, e sabia que tinha motivação. Eu tinha tudo, menos dinheiro. Não fazia sentido eu me inscrever. Mas observei minhas mãos como se fossem de outra pessoa enquanto elas afastavam os pedaços de cenoura e recortavam o anúncio.

A diretora da academia, Sra. Maria Vasquez, estava sentada atrás de uma mesa de carvalho em formato de rim, em uma sala com paredes claras azul-turquesa. Fotografias de mulheres lindas em molduras metálicas pendiam em intervalos regulares. O cheiro das salas de aula vinha flutuando até a área administrativa, uma mistura de spray para cabelo e xampu, além do odor forte dos químicos usados em permanentes. Um cheiro de cabeleireiro. Eu adorei. Escondi minha surpresa quando descobri que a diretora era latina. Uma mulher esguia, com luzes no cabelo, ombros angulosos e um rosto severo, com ossos fortes.

Ela explicou que a academia tinha aceitado minha inscrição, mas que havia um número limitado de alunos por semestre aos quais podiam oferecer ajuda financeira. Como eu não tinha condições de frequentar a escola sem uma bolsa, estaria disposta a ficar na lista de espera e me inscrever de novo no ano seguinte?

"Sim, senhora", eu disse, e meu rosto ficou duro com a decepção, e meu sorriso, uma fenda mínima. Dei um sermão em mim mesma. Uma lista de espera não era o fim do mundo. Afinal, eu não tinha muita coisa para fazer nesse tempo.

Os olhos da Sra. Vasquez eram gentis. Ela disse que me telefonaria quando fosse a hora de fazer uma nova inscrição, e que esperava me ver outra vez.

No caminho de volta para o Rancho Flor do Texas, eu tentei me imaginar com uma camisa verde da Happy Helpers. Não era tão ruim, eu disse a mim mesma. Organizar e limpar a casa dos outros era sempre mais fácil do que limpar a sua própria. Eu faria o meu melhor. Eu seria a Happy Helpers mais dedicada do planeta. Enquanto eu falava comigo mesma, não prestei atenção aonde estava indo. Minha cabeça estava tão atribulada que peguei o caminho mais longo em vez do curto. Eu estava na avenida que passava pelo cemitério. Diminuí a velocidade e entrei, passando pelo edifício administrativo. Estacionei e perambulei pelas lápides, um jardim de granitos e mármores que pareciam saltar da terra.

A sepultura da minha mãe era a mais nova, um monte espartano de terra nua que interrompia os corredores bem arrumados de grama. Fiquei parada ao pé do túmulo dela, como se precisasse de uma prova de que aquilo tinha realmente acontecido. Eu mal podia acreditar que o corpo da minha mãe estava lá embaixo, naquele caixão Monet com travesseiro e manta de cetim azul. Isso me deu uma sensação claustrofóbica. Puxei o colarinho abotoado da minha blusa e enxuguei a testa suada com a manga.

O início de pânico se dissipou quando eu reparei em algo ao lado da placa de bronze, uma erupção de amarelo. Dando a volta na sepultura, eu fui investigar. Era um buquê de rosas amarelas. As flores estavam dentro de um recipiente de bronze, que havia sido enterrado de modo que sua boca ficasse alinhada com o solo. Eu vi vasos assim no catálogo da funerária do Sr. Ferguson. Não acreditei que ele tivesse incluído de graça aquele objeto caro, ainda mais sem me falar nada. Tirei uma das rosas amarelas do buquê e a trouxe, o caule pingando, até meu rosto. O calor do dia havia intensificado sua essência, e a flor semiaberta derramava seu perfume. Muitas variedades de rosa amarela não têm aroma, mas aquela, qualquer que fosse, possuía uma fragrância intensa, que lembrava abacaxi. Usei a unha do polegar para tirar os espinhos enquanto caminhava até a administração do cemitério. Uma mulher de meia-idade com cabelo castanho-avermelhado em forma de capacete estava sentada atrás da mesa da recepção. Eu lhe perguntei quem tinha posto o vaso de bronze no túmulo da minha mãe, e ela disse que não podia divulgar aquela informação, que era reservada.

"Mas é o túmulo da minha mãe", eu disse, mais perplexa que aborrecida. "Alguém pode fazer isso? Colocar alguma coisa no túmulo de outra pessoa?"

"Você está perguntando se nós podemos tirar?"

"Bem, não..." Eu queria que o vaso de bronze ficasse exatamente onde estava. Se tivesse dinheiro para isso, eu mesma teria comprado. "Mas eu quero saber quem comprou o vaso para ela."

"Eu não posso lhe dizer isso." Depois de um minuto ou dois de discussão, a recepcionista concordou em me dar o nome da floricultura que entregou as rosas. Era uma loja de Houston chamada Flower Power.

Os dois dias seguintes foram ocupados com pequenas tarefas, o envio do meu currículo à Happy Helpers e a entrevista. Só consegui telefonar para a floricultura mais tarde naquela semana. A garota que atendeu a ligação disse

"Por favor, aguarde", e antes que pudesse dizer qualquer coisa, eu me peguei ouvindo Hank Williams cantando "Eu não aguento mais este tipo de vida".

Sentada na tampa do vaso sanitário fechado, com o telefone junto à orelha, eu observava Carrington brincar na água do banho. Ela estava concentrada em passar água de um copo de plástico para outro, para então acrescentar sabonete líquido e mexer com o dedo.

"O que você está fazendo, Carrington?", eu perguntei.

"Fazendo uma coisa."

"Fazendo o quê?"

Ela despejou a mistura na barriga e esfregou.

"Limpador de gente."

"Lave isso...", eu comecei, mas a garota falou do outro lado da linha.

"Flower Power, posso ajudar?"

Expliquei a situação e perguntei se ela poderia me dizer quem enviou as rosas amarelas para a sepultura da minha mãe. Como eu esperava, ela disse que não estava autorizada a divulgar o nome do remetente.

"Diz no meu computador que o pedido está aberto, que nós devemos enviar o mesmo arranjo para o cemitério todas as semanas."

"O quê?", eu perguntei, a voz fraca. "Uma dúzia de rosas amarelas todas as semanas?"

"Isso mesmo, é o que diz aqui."

"Por quanto tempo?"

"Não tem data para terminar. Pode durar um bom tempo."

Meu queixo caiu como se tivesse vontade própria.

"E não tem como você me dizer..."

"Não", a garota disse, firme. "Existe mais alguma coisa em que eu possa ajudá-la?"

"Acho que não. Eu..." Antes que eu pudesse dizer "obrigada" ou "até logo", ouvi outro telefone tocar ao fundo e a garota desligou.

Fiz uma lista mental de todas as pessoas que poderiam ter providenciado algo assim. Ninguém que eu conhecia tinha dinheiro para aquilo. As rosas vinham da vida secreta da minha mãe, o passado do qual ela nunca falou.

Franzindo a testa, peguei uma toalha dobrada e a abri.

"Levante, Carrington. Hora de sair."

Ela resmungou e obedeceu de má vontade. Eu a tirei da banheira e a sequei, meu olhar admirando as covinhas nos joelhos e a barriga redonda de uma criança saudável. Ela era perfeita de todas as maneiras, foi o que pensei. Nós brincávamos de fazer uma tenda com a toalha depois que Carrington estivesse seca. Eu a puxei por sobre nossa cabeça e nós rimos juntas debaixo da toalha molhada, uma beijando o nariz da outra. O toque do telefone interrompeu nossa brincadeira, e eu enrolei Carrington na toalha. Apertei o botão de atender.

"Alô?"

"Liberty Jones?"

"Sim?"

"Aqui é Maria Vasquez."

Como ela era a última pessoa que eu esperava ouvir, fiquei sem fala por alguns instantes. Ela preencheu o silêncio com delicadeza.

"Da Academia de Cosmetologia..."

"Sim, sim, me desculpe, eu... como está, Sra. Vasquez?"

"Estou bem, Liberty, obrigada. Tenho uma boa notícia para você, se ainda estiver interessada em frequentar a academia este ano."

"Estou", consegui sussurrar, com uma empolgação apertando minha garganta.

"Acontece que mais uma vaga acabou de ficar disponível em nosso programa de bolsa de estudos para este semestre. Podemos lhe oferecer um pacote completo de auxílio financeiro. Se você quiser, eu posso colocar os formulários de matrícula no correio, ou então você pode passar por aqui para pegar."

Eu fechei os olhos bem apertados, e segurei o telefone com tanta força que fiquei surpresa por ele não ter rachado com a pressão. Senti os dedos de Carrington investigando meu rosto, brincando com os meus cílios.

"Obrigada. Obrigada. Eu passo aí amanhã. *Muito obrigada.*"

Ouvi a diretora rir.

"Não tem de quê, Liberty. Ficamos contentes de ter você em nossa academia."

Depois de desligar, eu abracei Carrington e soltei gritinhos.

"Entrei! Entrei!" Ela me apertou e guinchou, alegre, compartilhando meu entusiasmo mesmo sem entender meus motivos. "Eu vou para a escola, vou ser uma cabeleireira. Não uma Happy Helpers. Não acredito. Ah, querida, nós estávamos merecendo um pouco de sorte."

Eu não esperava que fosse fácil. Mas trabalho duro é muito mais fácil de tolerar quando é algo que você quer fazer, e não quando é sua única escolha. Os caipiras têm um ditado: "sempre esfole sua própria caça". A caça que eu tinha que esfolar era a escola. Nunca me senti tão inteligente quanto minha mãe achava que eu fosse, mas imaginava que, se eu queria muito alguma coisa, encontraria um jeito de fazer meu cérebro entender. Eu sei que muita gente acha que a escola de cosmetologia deve ser fácil, que não tem muito conteúdo. Mas é preciso aprender muita coisa antes de conseguir chegar perto das tesouras.

O currículo tinha matérias do tipo "Esterilização e bacteriologia", que exigia aulas teóricas e práticas em laboratório... "Reorganização química", que nos ensinaria os procedimentos, materiais e recursos usados em permanentes e relaxamentos... e "Coloração de cabelos", que incluía aulas de Anatomia, Fisiologia, Química, procedimentos, efeitos especiais e resolução de problemas. E isso era só o começo. Após ler o folheto, eu entendi que demoraria nove meses para eu conseguir o certificado.

Acabei aceitando o emprego de meio período na loja de penhores, trabalhando de noite e nos fins de semana, e eu deixava Carrington na creche. Minha irmã e eu vivíamos com quase nada, sobrevivendo de pão branco e manteiga de amendoim, burritos de micro-ondas, sopa instantânea de macarrão e vegetais e frutas em latas amassadas, que tinham desconto. Comprávamos roupas e sapatos em brechós. Como Carrington tinha menos de 5 anos, nós ainda podíamos usar o programa federal de suplementação nutricional, que também ajudava com as vacinas. Mas não tínhamos plano de saúde, o que significava que não poderíamos nos dar ao luxo de ficar doentes. Eu aguava o suco de frutas da Carrington e escovava os dentes dela como uma maníaca, porque eu não tinha como pagar um dentista. Cada barulho novo do nosso carro era um alerta de algum problema caro que se escondia debaixo do capô amassado. Cada conta da casa tinha que ser analisada, e cada taxa misteriosa da companhia telefônica precisava ser contestada. Não existe paz na pobreza.

Ainda assim, a família Reyes ajudou muito. Eles me deixavam levar Carrington para a loja, onde ela ficava nos fundos com seus livros de colorir, animais de plástico e cartões de costurar enquanto eu trabalhava. Nós éramos convidadas para jantar com frequência, e a mãe da Lucy sempre insistia em nos dar as sobras. Eu adorava a Sra. Reyes, que tinha um ditado português para cada coisa, como "Beleza não põe mesa". (A crítica que ela fazia ao namorado de Lucy, Matt, bonito mas desempregado.)

Eu não via muito a Lucy, que frequentava a faculdade preparatória e namorava um colega que tinha conhecido na aula de botânica. De vez em quando, ela aparecia na loja com Matt, e nós conversávamos alguns minutos por sobre o balcão antes que eles saíssem para comer. Não vou dizer que não tive meus momentos de inveja. Lucy tinha uma família amorosa, um namorado, dinheiro e uma vida com um bom futuro. Eu, por outro lado, não tinha família, estava cansada o tempo todo, precisava contar cada centavo e, mesmo que estivesse procurando namorado, seria impossível atrair um enquanto empurrava um carrinho para onde quer que eu fosse. Homens na faixa dos 20 anos não ficam excitados quando veem uma sacola de fraldas.

Mas nada disso importava quando eu estava com a Carrington. Sempre que eu a pegava na creche ou na Srta. Marva, e ela vinha correndo para mim com os braços esticados, não parecia que a vida poderia ser melhor. Ela começou a aumentar seu vocabulário mais rápido do que um pregador de TV distribui bênçãos, e nós duas conversávamos o tempo todo. Ainda dormíamos juntas todas as noites, e enroscávamos nossas pernas enquanto Carrington tagarelava. Ela me contava de suas amigas na creche e reclamava daquelas cuja produção artística era "um monte de rabiscos", e relatava que tinha sido a mãe na brincadeira de família durante o recreio.

"Suas pernas estão ásperas", ela reclamou uma noite. "Eu gosto delas lisas."

Achei aquilo engraçado. Eu estava exausta, preocupada com uma prova no dia seguinte, tinha cerca de dez dólares no banco e tinha que lidar com uma criança que criticava meus hábitos de higiene.

"Carrington, um dos benefícios de não ter namorado é que eu posso passar alguns dias sem depilar as pernas."

"O que isso quer dizer?"

"Quer dizer que você vai ter que me aguentar assim", eu disse.

"Tudo bem." Ela se acomodou no travesseiro. "Liberty?"

"Que foi?"

"Quando é que você vai ter um namorado?"

"Não sei, querida. Pode demorar um pouco."

"Se você depilar as pernas, pode ser que arrume um."

Uma risada abafada escapou da minha garganta.

"Bem pensado. Agora durma."

No inverno, Carrington teve um resfriado que não passava, e acabou virando uma tosse forte que parecia chacoalhar seus ossos. Nós usamos um frasco inteiro de xarope que não precisava de receita, mas não pareceu ajudar. Uma noite eu acordei com o que parecia um cachorro latindo, e percebi que a garganta de Carrington tinha inchado e ela só conseguia respirar de modo ofegante e curto. Sentindo um pavor maior do que qualquer coisa que eu havia sentido, levei-a para o hospital, onde nos aceitaram sem plano de saúde. Minha irmã foi diagnosticada com crupe, e o enfermeiro veio com uma máscara de plástico ligada a um inalador que bombeava remédio em meio a uma nuvem esbranquiçada. Assustada com o barulho que a máquina fazia, para não mencionar a máscara, Carrington se afundou no meu colo e chorou, desconsolada. Não importava que eu lhe garantisse que não iria doer, que iria fazer com que ela melhorasse, Carrington se negou, mesmo com seu corpo tendo espasmos devido à tosse.

"Posso colocar?", pedi, desesperada, ao enfermeiro. "Só para mostrar que não dói? Por favor?"

Ele balançou a cabeça e olhou para mim como se eu fosse louca. Eu virei minha irmãzinha no meu colo, de modo que ficamos olhando uma para outra.

"Carrington, escute. Carrington. É um tipo de brincadeira. Vamos fingir que você é uma astronauta. Deixe eu colocar a máscara em você por apenas um minuto. Você é uma astronauta. Que planeta quer visitar?"

"Planeta C-c-casa", ela soluçou.

Depois de mais alguns minutos em que ela chorou e eu insisti, nós brincamos de Carrington, a Exploradora Espacial, até o enfermeiro ficar satisfeito com o tempo de inalação que ela havia tomado. Carreguei minha irmã de volta para o carro na escuridão fria da meia-noite. Àquela altura, ela estava exausta e largada. Sua cabeça descansava no meu ombro, e suas pernas envolviam meu abdome. Eu me deleitei com aquele pacotinho sólido e vulnerável nos meus braços. Enquanto Carrington dormia em seu assento no carro, eu chorei o caminho todo até em casa, sentindo-me insuficiente, angustiada, cheia de amor, aliviada e preocupada.

Sentindo-me uma mãe.

Conforme o tempo passava, o relacionamento da Srta. Marva com o Sr. Ferguson adquiriu a ternura empedrada de duas pessoas independentes que não tinham motivo para se apaixonar mas o fizeram mesmo assim. Eles combinavam bem: a natureza mordaz da Srta. Marva equilibrada pela tranquilidade teimosa do Sr. Ferguson. Ela dizia para quem quisesse ouvir que não tinha intenção de se casar. Mas ninguém acreditava. Acho que a Srta. Marva balançou porque, apesar de sua situação financeira confortável, Arthur Ferguson era um homem que precisava de alguém para tomar conta dele. Faltavam botões nos punhos de algumas de suas camisas. Às vezes ele pulava refeições apenas porque se esquecia de comer. Suas meias nunca eram iguais. Alguns homens se desenvolvem quando têm alguém para pegar no seu pé, e a Srta. Marva provavelmente percebeu que precisava pegar no pé de alguém. Então, depois que namoraram por cerca de oito meses, a Srta. Marva preparou a refeição favorita de Arthur Ferguson; carne assada na cerveja com vagens e pão de milho. E Bolo Veludo Vermelho de sobremesa, depois do que ele, é claro, pediu sua mão.

Envergonhada, a Srta. Marva me contou a notícia, e afirmou que Arthur a devia ter enganado de algum modo, porque não havia motivo para uma mulher com seu próprio negócio se casar. Mas eu notei como ela estava feliz. Fiquei contente que, depois de todos os altos e baixos de sua vida, a Srta. Marva conseguisse encontrar um bom homem. Eles iriam para Las Vegas, ela disse, para serem casados por um Elvis, e depois assistiriam a um show do Wayne Newton e, quem sabe, um dos rapazes com os tigres. Quando voltassem, a Srta. Marva iria embora do Rancho Flor do Texas para morar na casa de alvenaria do Sr. Ferguson, na cidade. Ele tinha dado total liberdade à Srta. Marva para redecorar sua casa de alto a baixo. Eram menos de oito quilômetros do trailer da Srta. Marva até sua nova residência, mas ela estava percorrendo uma distância muito maior do que podia ser medida com o hodômetro; estava de mudança para um mundo diferente, adquirindo um status novo. Pensar que eu não poderia mais correr até o fim da rua para visitá-la era inquietante e deprimente.

Com a Srta. Marva indo embora, não havia mais nada que ligasse eu e Carrington ao Rancho Flor do Texas. Nós morávamos em uma velha casa móvel que não valia nada, em um terreno alugado. Como a minha irmã começaria na pré-escola no ano seguinte, eu precisava encontrar um apartamento em um bom distrito escolar. Decidi encontrar um emprego em Houston se tivesse a sorte de passar nos exames da Comissão de Cosmetologia. Eu queria sair do estacionamento de trailers. Queria mais pela minha irmã do que por mim mesma. Mas, ao mesmo tempo, seria cortar a última ligação que eu tinha com a minha mãe. E com Hardy.

A ausência da minha mãe se fazia sentir toda vez que eu tinha vontade de contar para ela algo que acontecia comigo ou com a Carrington. Muito tempo depois do falecimento ainda existiam momentos em que a criança em mim queria consolo e chorava por ela. Depois, conforme a tristeza foi diminuindo com o tempo, mamãe ficou ainda mais longe. Eu não conseguia me lembrar do som exato de sua voz, do formato dos seus dentes da frente, da cor de sua face. Eu lutava para segurar esses detalhes como se tentasse segurar água com as mãos.

A perda de Hardy era quase tão aguda, mas de um modo diferente. Se um homem olhava para mim com interesse, falava comigo ou sorria, eu me via procurando semelhanças com Hardy. Eu não sabia como parar de querê-lo.

Não é que eu tivesse alguma esperança – eu sabia que nunca mais o veria. Mas isso não me impedia de comparar todos os outros homens a ele, e os considerar insuficientes. Eu tinha me esgotado de amar o Hardy, do mesmo modo que um melro luta com seu próprio reflexo em um vidro espelhado.

Por que o amor é tão fácil para algumas pessoas e difícil para outras? A maioria das minhas colegas do ensino médio estava casada. Lucy estava noiva do namorado, Matt, e afirmava não ter qualquer dúvida. Eu pensava como seria maravilhoso ter alguém em quem me apoiar. Ficava envergonhada de fantasiar com Hardy voltando para mim e me dizendo que errou ao ir embora, que nós encontraríamos um modo de fazer tudo dar certo, porque nada valia a pena se estávamos longe um do outro.

Se a solidão era uma escolha, qual a outra opção? Conformar-se com o segundo melhor e tentar ficar feliz? Por acaso seria justo com a pessoa com quem você se conformou? Tinha que existir alguém, algum homem que pudesse me ajudar a superar Hardy. Eu precisava encontrar essa pessoa, não apenas por mim, mas também pela minha irmãzinha. Carrington não tinha uma referência masculina em sua vida. Tudo o que ela teve até então foi mamãe, eu e a Srta. Marva. Eu não sabia psicologia, mas tinha consciência de que pais, ou figuras paternas, têm uma grande influência no desenvolvimento das crianças. Fiquei imaginando como eu poderia ter saído diferente se tivesse tido maior convivência com meu pai.

A verdade é que eu não me sentia à vontade perto de homens. Eram criaturas estranhas, com seus apertos de mão firmes e seu amor por carros esportivos vermelhos, ferramentas elétricas e sua aparente incapacidade de substituir o rolo de papel higiênico que acabava. Eu invejava as garotas que entendiam os homens e se sentiam à vontade com eles. Percebi que não encontraria um namorado até estar disposta a me expor a possíveis estragos, a assumir os riscos de rejeição, traição e decepção, que existem quando se gosta de alguém. Mas prometi a mim mesma que, algum dia, eu estaria pronta para esse tipo de risco.

Capítulo 13

A Sra. Vasquez disse que não ficou nem um pouco surpresa por eu ter passado nos exames prático e escrito com notas quase perfeitas. Ela estava radiante e segurou meu rosto nas mãos firmes e pequenas como se eu fosse sua filha favorita.

"Parabéns, Liberty. Você deu duro. Deve estar orgulhosa de si mesma."

"Obrigada." Eu estava ofegante de alegria. Passar no exame aumentou bastante minha autoconfiança; aquilo me fez sentir que poderia realizar qualquer coisa. Como dizia a mãe da Lucy, se você consegue fazer uma cesta, pode fazer cem cestas.

A diretora da academia fez um sinal para eu me sentar.

"Você vai procurar um emprego de aprendiz, ou pretende alugar um estande?"

Alugar um estande era como ser autônoma, e exigiria que eu tivesse um espaço em um salão de beleza por uma taxa mensal. Eu não me sentia muito atraída pela ideia de não ter um salário garantido.

"Estou pensando em um emprego", eu disse. "Prefiro ter um salário constante... minha irmãzinha e eu..."

"É claro", ela me interrompeu antes que eu explicasse. "Acredito que uma jovem com suas habilidades e aparência deve conseguir encontrar uma posição remunerada em um bom salão."

Não estando acostumada a elogios, eu sorri e encolhi os ombros.

"A aparência tem alguma coisa a ver com isso?"

"Os salões mais finos têm uma imagem que eles buscam. Se você se encaixa é um tanto melhor." Seu olhar analítico fez eu me ajeitar na cadeira. Graças à necessidade constante de os alunos de cosmetologia praticarem uns nos outros, eu havia recebido incontáveis tratamentos de pele, mãos, pés e cabelo. Nunca tive a aparência tão cuidada. Meu cabelo escuro tinha luzes caprichadas em tons de caramelo e mel, e depois do que pareciam ser mil tratamentos faciais, minha pele estava tão clara que eu não precisava usar base. Eu parecia um pouco uma das amigas étnicas da Barbie, bem-cuidada e brilhante dentro de uma embalagem de plástico e um rótulo rosa-choque.

"Tem um salão muito exclusivo na região da Galleria", continuou a Sra. Vasquez. "Salon One... já ouviu falar? Sim? Eu conheço bem a gerente. Se estiver interessada, posso recomendar você para ela."

"Você faria isso?" Eu mal podia acreditar na minha sorte. "Oh, Sra. Vasquez, não sei como lhe agradecer."

"Eles são exigentes", ela alertou. "Você pode não passar da primeira entrevista. Mas..." Ela fez uma pausa e me deu um olhar curioso. "Algo me diz que você vai se dar bem lá."

Houston é uma cidade de pernas longas com as mãos na cintura, como uma mulher imoral depois de uma noite de pecado. Grandes problemas e grandes prazeres – essa é Houston. Em um estado de povo geralmente amistoso, os moradores de lá são os mais agradáveis, desde que você não mexa com a propriedade deles. Os cidadãos têm muita consideração por propriedade, ou seja, por terra, e têm um entendimento muito particular disso.

Sendo a única grande cidade americana sem um código de zoneamento para seguir, Houston é uma experiência em andamento com a influência das forças de livre mercado no uso da terra. Não é difícil ver clubes de strip-tease e sex shops ao lado de edifícios de escritório circunspectos e residências, oficinas mecânicas ao ar livre e casas simples ao lado de praças de concreto cravejada de arranha-céus de vidro. Isso é porque os moradores de Houston sempre preferiram ter a verdadeira posse de sua terra, em vez de deixar o governo controlar como as coisas devem ser organizadas. Eles pagam alegremente o preço dessa liberdade, mesmo que resulte em empresas indesejáveis se espalhando como árvore de algaroba.

Em Houston, os novos-ricos são tão bem-vindos quanto os tradicionais. Não importa quem seja nem de onde vem, você pode entrar na festa desde que possa pagar o ingresso. Existem histórias de lendárias damas da sociedade de Houston que vieram de famílias relativamente humildes, incluindo uma filha de vendedor de móveis e outra que começou sua carreira planejando festas. Se você tem dinheiro e dá valor ao bom gosto discreto, vai ser valorizado em Dallas. Mas se tem dinheiro e gosta de jogá-lo por aí como pão para pombos, seu lugar é em Houston. Na superfície é uma cidade preguiçosa, cheia de gente morosa, de fala mansa. Na maior parte do tempo, ela é quente demais para se agitar por qualquer coisa. Mas o poder em Houston é exercido com economia de movimentos, assim como a pesca de robalo. A cidade é feita de energia, pode se ver isso no horizonte, com todos aqueles prédios esticados na direção do céu como se pretendessem continuar crescendo.

Encontrei um apartamento para mim e Carrington dentro da 610, não longe do meu emprego no Salon One. As pessoas que moram dentro da 610 são consideradas cosmopolitas, do tipo que pode assistir a um filme de arte ou beber *lattes*. Fora dela, beber um *latte* é considerado uma evidência suspeita de possíveis inclinações liberais. O apartamento ficava em um complexo antigo, com uma piscina e uma pista de corrida.

"Estamos ricas agora?", perguntou Carrington, maravilhada, espantada com o tamanho do prédio principal e o fato de que pegamos um elevador para chegar ao nosso apartamento.

Como aprendiz no Salon One, eu iria receber cerca de dezoito mil dólares por ano. Depois dos impostos e de um aluguel mensal de quinhentos dólares, não sobrava muita coisa, principalmente porque o custo de vida era muito maior na cidade do que em Welcome. Contudo, depois do primeiro ano de treinamento, eu seria promovida a estilista júnior, e meu salário saltaria para vinte e poucos mil. Pela primeira vez na vida, eu tinha uma sensação de possibilidade. Tinha uma qualificação e um certificado, e um emprego que eu poderia transformar em uma carreira. Eu tinha um apartamento de 57 metros quadrados com carpete bege e um Honda usado que ainda funcionava. E, acima de tudo, eu tinha um pedaço de papel que dizia que Carrington era minha, e ninguém poderia tirá-la de mim.

Matriculei Carrington na pré-escola e lhe comprei uma lancheira da Pequena Sereia e um par de tênis com luzes piscantes nas laterais. No primeiro dia de aula, eu a acompanhei até a classe e lutei para segurar as lágrimas enquanto minha irmã soluçava e me agarrava, implorando para que eu não a abandonasse. Recuando para o lado da porta, saindo do campo de visão da professora compreensiva, eu me agachei e enxuguei o rosto de Carrington com um lenço de papel.

"Querida, é só por algum tempo. Algumas horas. Você vai brincar e fazer novos amigos..."

"Eu não quero fazer amigos!"

"Você vai fazer arte, pintar, desenhar..."

"Eu não quero pintar!" Ela enterrou o rosto no meu peito. Sua voz soou abafada na minha camisa. "Eu quero ir para casa com você."

Segurei sua nuca, mantendo-a firme na minha camisa molhada.

"Eu não vou para casa, querida. Nós duas temos nosso trabalho, lembra? O meu é arrumar o cabelo das pessoas, e o seu é ir para a escola."

"Eu não gosto do meu trabalho!"

Eu levantei a cabeça dela para trás e levei um lenço de papel ao seu narizinho que escorria.

"Carrington, eu tive uma ideia. Olhe..." Peguei seu braço e virei, com delicadeza, o pulso para cima. "Vou dar um beijo para você carregar o dia todo. Veja." Baixando a cabeça, eu encostei os lábios na pele clara logo abaixo do cotovelo. Meu batom deixou uma marca perfeita. "Pronto. Agora, se você começar a sentir minha falta, isto aqui vai lembrar você que eu a amo e que logo virei pegá-la."

Carrington olhou para a marca cor-de-rosa, em dúvida, mas eu fiquei aliviada ao perceber que suas lágrimas tinham parado.

"Eu queria que fosse um beijo vermelho", ela disse depois de um longo momento.

"Amanhã eu uso batom vermelho", prometi. Eu me levantei e peguei a mão dela. "Vamos, querida. Vá lá fazer amigos e um desenho para mim. O dia vai acabar antes que você perceba."

Carrington encarava a pré-escola com disciplina, como um dever que tinha de ser executado. Porém, o ritual do beijo de adeus continuou. No primeiro dia que me esqueci dele, recebi no salão um telefonema da professora, que disse, em tom de desculpa, que Carrington tinha ficado tão agitada que estava atrapalhando a aula. Eu corri para a escola no meu intervalo e encontrei minha irmã de olhos inchados na porta da classe. Eu estava afobada e ofegante, além de completamente exasperada.

"Carrington, você precisava fazer tamanha confusão? Não pode ficar um dia sem o beijo no braço?"

"Não." Ela estendeu o braço, obstinada, o rosto riscado por lágrimas e emburrado.

Eu suspirei e fiz a marca de batom em sua pele.

"Você vai se comportar agora?"

"Tudo bem!" Ela se endireitou e voltou para a sala de aula enquanto eu corri de volta para o trabalho.

As pessoas sempre reparavam em Carrington quando nós saíamos. Elas paravam para admirá-la e fazer perguntas e dizer que garotinha linda ela era. Ninguém imaginava que eu fosse parente dela – as pessoas simplesmente supunham que eu era a babá, e diziam coisas como "Há quanto tempo você cuida dela?" ou "Os pais dela devem ter muito orgulho". Até a recepcionista no consultório do novo pediatra insistiu que eu deveria levar a ficha da Carrington para casa, para que um dos pais ou o guardião legal assinasse, e me tratou com ceticismo escancarado quando eu disse que era irmã dela. Eu compreendia por que nossa ligação parecia questionável: nossas cores eram muito diferentes. Éramos como uma galinha marrom com um ovo branco.

Pouco tempo depois de Carrington fazer 4 anos, eu tive uma ideia de como seria namorar – e não foi algo agradável. Uma das estilistas do salão, Angie Keeney, arrumou um encontro às cegas com seu irmão Mike. Ele tinha se divorciado havia pouco tempo, dois anos depois de casar com a namorada da faculdade. De acordo com Angie, Mike queria alguém completamente diferente da sua esposa.

"O que ele faz?", perguntei.

"Ah, o Mike está muito bem. Ele é o principal vendedor de eletrodomésticos da Price Paradise." Angie me deu um olhar cheio de significado. "Mike é um provedor."

No Texas, a palavra que define um homem com trabalho fixo é "provedor" e, para um homem que não tem emprego e nem quer um, é *bubba*. E é um fato bem conhecido que, embora provedores possam, às vezes, se tornar *bubbas*, o contrário quase nunca acontece. Eu anotei meu telefone para Angie entregar ao irmão. Mike ligou na noite seguinte, e eu gostei da voz agradável e risada fácil. Nós concordamos que ele me levaria para experimentar comida japonesa, que eu nunca tinha comido.

"Eu experimento qualquer coisa, menos peixe cru", eu disse.

"Você vai gostar do modo como eles preparam."

"Tudo bem." Pensei que, se milhões de pessoas comiam sushi e viviam para contar a história, bem que eu poderia experimentar. "Quando você quer me pegar?"

"Às oito."

Eu me perguntei se conseguiria encontrar uma babá disposta a ficar até meia-noite. Não fazia ideia de quanto ela me cobraria e imaginei como Carrington reagiria a ser deixada com uma estranha. E também como eu reagiria a isso. Carrington, à mercê de alguma estranha...

"Ótimo", eu disse. "Vou ver se consigo uma babá, e se tiver algum problema, eu ligo para..."

"Uma babá", ele interrompeu. "Uma babá para quê?"

"Para minha irmãzinha."

"Oh. Ela vai passar a noite com você?"

Eu hesitei.

"Vai."

Eu não tinha discutido minha vida pessoal com ninguém no Salon One. Ninguém, nem mesmo Angie, sabia que eu era a guardiã permanente de uma menina de 4 anos. E, embora eu soubesse que deveria ter revelado isso para Mike na primeira oportunidade, a verdade é que eu queria um encontro. Eu vivia como uma freira pelo que parecia uma eternidade. E Angie tinha me avisado que o irmão não queria sair com ninguém que tivesse "bagagem", ele queria um recomeço do zero.

"Defina 'bagagem'", eu disse.

"Você já morou com alguém, foi noiva ou casada?"

"Não."

"Você tem alguma doença incurável?"

"Não."

"Você já esteve em alguma clínica de desintoxicação ou fez o programa de doze passos?"

"Não."

"Já foi condenada por crime ou contravenção?"

"Não."

"Remédios psiquiátricos?"

"Não."

"Família disfuncional?"

"Eu não tenho família, na verdade. Sou meio que órfã. A não ser por..."

Antes que eu pudesse falar da Carrington, Angie me interrompeu.

"Meu Deus, você é *perfeita*!", ela exclamou. "Mike vai amar você."

Tecnicamente, eu não tinha mentido. Mas ocultar informação é, com frequência, o mesmo que mentir, e a maioria das pessoas diria que sim, Carrington era mesmo uma bagagem. Na minha opinião, todas elas estariam erradas. Carrington não era bagagem e não merecia ser colocada no mesmo conjunto que doenças incuráveis e crimes. Além disso, se eu não iria culpar Mike por ser divorciado, ele não poderia me culpar por eu estar criando a minha irmã.

A primeira parte do encontro transcorreu bem. Mike era um homem atraente com a cabeça cheia de cabelos loiros e um belo sorriso. Comemos em um restaurante japonês cujo nome não consigo pronunciar. Para minha surpresa, a garçonete nos levou até uma mesa mais baixa que meus joelhos, e nos sentamos em almofadas no chão. Infelizmente, eu estava vestindo a calça preta de que eu menos gostava, porque a minha favorita estava lavando. A calça com a qual me conformei, também preta, era muito curta no cavalo, e assim, sentar no chão me fez ficar com o cofrinho de fora durante toda a refeição. E embora o sushi tivesse um visual lindo, se eu fechasse os olhos poderia jurar que estava comendo um balde de iscas. Ainda assim, foi gostoso sair num sábado à noite para ir a um restaurante chique em vez de um daqueles em que entregam giz de cera com os menus.

Ainda que Mike tivesse vinte e tantos anos, havia algo de não resolvido nele. Não fisicamente... ele tinha boa aparência e parecia estar em boa forma. Mas eu soube, cinco minutos depois de o conhecer, que ele continuava preso ao fim de seu casamento, mesmo que a separação fosse definitiva. O divórcio foi bem ruim, ele me disse, mas Mike achava que tinha passado a perna na ex porque ela pensou que ganhar o cachorro havia sido uma grande vitória, quando Mike, na verdade, nunca tinha gostado do animal. Ele me contou até como eles dividiram os bens, separando até pares de luminárias para que a divisão fosse rigorosamente igualitária.

Depois do jantar, eu perguntei se ele queria ir para o meu apartamento assistir a um filme, e ele disse que sim. Fui tomada por uma sensação de alívio quando chegamos ao apartamento. Como aquela era a primeira vez em que deixei Carrington sozinha com uma babá em Houston, fiquei preocupada durante todo o jantar. A babá, Brittany, era uma garota de 12 anos cuja família morava no mesmo prédio que eu. Ela foi recomendada pela mulher da recepção. Brittany me garantiu que cuidava de muitos bebês do prédio e que, se houvesse qualquer problema, sua mãe estava apenas dois andares abaixo. Paguei Brittany e perguntei como tinha sido. Ela me disse que elas se entenderam muito bem. As duas fizeram pipoca e assistiram a um filme da Disney, e depois Carrington tomou banho. O único problema foi Carrington ficar na cama.

"Ela ficava levantando", disse Brittany dando de ombros. "Ela não dormiu de jeito nenhum. Me desculpe, Sra... Srta..."

"Liberty", eu disse. "Tudo bem, Brittany. Você foi ótima. Espero que possa vir nos ajudar outras vezes."

"Com certeza." Embolsando os quinze dólares que eu lhe entreguei, Brittany foi embora, acenando por cima do ombro.

Ao mesmo tempo, a porta do quarto abriu e Carrington veio voando, de pijama, para a sala.

"Liberty!" Ela passou os braços em volta dos meus quadris como se não nos víssemos havia um ano. "Senti sua falta. Aonde você foi? Por que demorou tanto? Quem é esse homem de cabelo amarelo?"

Eu olhei rapidamente para Mike. Embora ele tivesse forçado um sorriso, era óbvio que a hora não era para apresentações. Ele passou os olhos pela sala, estudando o lugar, demorando-se no sofá surrado, nos lugares da mesa de centro em que a madeira estava lascada. Fiquei surpresa de me sentir na defensiva, constrangida por me ver a partir de seu ponto de vista.

Debrucei-me sobre minha irmãzinha e beijei seu cabelo.

"Esse é meu novo amigo. Eu e ele vamos assistir à TV. Você deveria estar na cama. Dormindo. Poder ir, Carrington."

"Eu quero que você venha comigo", ela pediu.

"Não, não está na minha hora de dormir. Está na sua. Vá."

"Mas eu não estou cansada."

"Não importa. Vá deitar e feche os olhos."

"Você vai me cobrir?"

"Não."

"Mas você *sempre* me cobre."

"Carrington..."

"Tudo bem", disse Mike. "Pode ir cobri-la, Liberty. Enquanto isso, eu dou uma olhada nos vídeos."

Dei-lhe um sorriso de gratidão.

"Só vai demorar um minuto. Obrigada, Mike."

Eu levei Carrington para o quarto e fechei a porta. Carrington, como a maioria das crianças, era cruel quando tinha uma vantagem tática. Normalmente eu não via problema em deixá-la chorar e berrar se ela se sentisse contrariada. Mas nós duas sabíamos que eu não a deixaria fazer uma cena na frente da minha visita.

"Eu fico quieta se você me deixar ficar de luz acesa", ela tentou negociar.

Eu a coloquei na cama, puxei as cobertas até seu peito e lhe entreguei um livro ilustrado que peguei no criado-mudo.

"Tudo bem. Fique na cama e – estou falando sério, Carrington – não quero ouvir um pio de você."

Ela abriu o livro.

"Eu não sei ler o que está escrito."

"Você sabe tudo que está escrito. Já li essa história para você mais de cem vezes. Agora fique aqui e seja boazinha. Senão..."

"Senão o quê?"

Eu olhei feio para ela.

"Quatro palavras, Carrington. Silêncio e fique quieta."

"Tudo bem." Ela foi se encolhendo atrás do livro até que tudo o que podia ser visto dela era um par de mãozinhas presas nas laterais da capa.

Voltei para a sala de estar, onde Mike estava sentado, rígido, no sofá. Em algum momento durante o namoro com alguém, quer vocês dois tenham saído uma vez ou uma centena de vezes, chega o ponto em que você sabe, com certeza, quanta importância aquela pessoa terá na sua vida. Sabe se ela será importante no seu futuro ou se é apenas alguém com quem vai passar algum tempo. Alguém que você não se incomodaria se nunca mais visse. Eu me arrependi de ter convidado Mike para ir até o apartamento. Desejei que ele fosse embora, para que eu pudesse tomar um banho e ir para cama. Sorri para ele.

"Encontrou alguma coisa para assistir?", perguntei.

Ele sacudiu a cabeça e apontou para os três filmes alugados sobre a mesa de centro.

"Já assisti esses aí." Ele me deu um sorriso forçado. "Você tem uma tonelada de filmes infantis. Imagino que sua irmã fique bastante com você?"

"O tempo todo." Eu me sentei ao lado dele. "Sou a guardiã da Carrington."

Ele pareceu ficar confuso.

"Então ela não vai embora?"

"Embora para onde?", eu perguntei, e minha confusão espelhou a sua. "Nossos pais são falecidos."

"Oh." Ele olhou para o outro lado. "Liberty... tem certeza de que ela é sua irmã e não sua filha?"

O que ele queria dizer com isto: se eu tinha certeza?

"Você está me perguntando se eu tive uma filha e me esqueci disso?", perguntei, mais espantada que brava. "Ou está me perguntando se eu estou mentindo? Ela é minha irmã, Mike."

"Desculpe. Desculpe." A decepção enrugou sua testa. Ele falou rapidamente. "Eu acho que vocês não são muito parecidas, mas não importa, na verdade, se você é ou não a mãe dela. O resultado é o mesmo, não é?"

Antes que eu pudesse responder, a porta do quarto foi escancarada. Carrington irrompeu na sala, o rosto coberto de preocupação.

"Liberty, aconteceu uma coisa."

Levantei do sofá como se tivesse sentado em uma chapa quente.

"O que você quer dizer com 'aconteceu uma coisa'? O quê? O quê?"

"Alguma coisa desceu pela minha garganta sem minha permissão."

Merda. Medo envolveu meu coração como arame farpado.

"O que desceu pela sua garganta, Carrington?"

Ela contraiu o rosto, que ficou vermelho.

"Minha moeda da sorte", ela disse e começou a chorar.

Tentando não entrar em pânico para pensar, lembrei da moeda amarronzada que encontramos no chão acarpetado do elevador. Carrington passou a guardá-la em um prato na mesinha de cabeceira.

"Como foi que você engoliu essa moeda? O que você estava fazendo com essa coisa suja na boca?"

"Não sei", ela choramingou. "Eu a pus ali e ela pulou na minha garganta."

Eu tinha uma vaga consciência de Mike no ambiente, resmungando algo sobre aquele não ser um bom momento, e que talvez fosse melhor ele ir embora. Nós duas o ignoramos. Eu peguei o telefone e liguei para o pediatra, com Carrington sentada no meu colo.

"Você poderia ter engasgado", eu ralhei com ela. "Carrington, não coloque moedas nem qualquer coisa assim na sua boca. Nunca mais. Machucou a garganta? Ela desceu até lá embaixo quando você engoliu?"

Ela parou de chorar enquanto refletia solenemente sobre as minhas perguntas.

"Eu acho que sinto ela no meu zórax", ela disse. "Está presa."

"Não existe nada chamado zórax." Meu pulso estava acelerado. O atendimento me colocou em espera. E eu me perguntei se engolir uma moeda podia provocar envenenamento por metal. Essas moedas ainda eram feitas de cobre? Será que ela ia se alojar em algum lugar no esôfago da Carrington e precisar de uma operação para ser removida? Quanto podia custar um procedimento desse tipo?"

A mulher do outro lado da linha era irritante de tão calma, apesar de eu estar descrevendo uma emergência. Ela anotou a informação e disse que o pediatra retornaria a ligação dentro de dez minutos. Desligando o telefone, eu continuei com Carrington no colo, os pezinhos descalços pendurados. Mike se aproximou de nós. Vi por sua expressão que aquele encontro ficaria gravado para sempre na sua memória como um encontro infernal. Ele queria ir embora quase com a mesma intensidade com que eu o queria longe.

"Olhe", ele disse, constrangido, "você é uma garota linda, e uma companhia muito agradável, mas... eu não preciso disso na minha vida neste momento. Eu preciso de alguém sem bagagem. É só que... eu não posso ajudar você a recolher os pedaços. Eu preciso antes recolher meus próprios pedaços, que são muitos. É provável que você não entenda."

Eu entendia. Mike queria uma garota sem problemas, sem experiências passadas, alguém que viesse com uma garantia de que não iria cometer erros, decepcioná-lo nem magoá-lo. Depois eu ficaria com pena dele. Eu sabia que muita frustração aguardava Mike no futuro, em sua busca pela mulher sem bagagem. Mas no momento, eu só senti irritação. Pensei em como Hardy sempre vinha me salvar em momentos assim, no modo como ele entraria na sala, em passos largos, e assumiria o controle, e no alívio incrível que eu sentiria sabendo que ele estava ali. Mas Hardy não viria. Tudo que eu tinha era um homem inútil que nem pensou em perguntar se poderia fazer alguma coisa para ajudar.

"Tudo bem." Eu tentei parecer descontraída. Eu queria jogar alguma coisa nele, como se faz para se livrar de um cachorro agressivo. "Obrigada pelo jantar, Mike. Nós vamos ficar bem. Se você não se importar de sair sozinho..."

"Claro", ele disse, mais que depressa. "Claro."

E desapareceu.

"Eu vou morrer?", perguntou Carrington, parecendo interessada e só um pouco preocupada.

"Só se eu pegar você outra vez com uma moeda na boca", eu respondi.

O pediatra ligou e interrompeu minha tagarelice frenética.

"Srta. Jones, sua irmã está chiando ou engasgando?"

"Ela não está engasgando." Eu olhei para o rosto da Carrington. "Deixe eu ouvir sua respiração, querida."

Ela obedeceu entusiasmada, ofegando como uma pervertida ao telefone.

"Nada de chiado", eu falei para o médico e me virei para minha irmã: "Agora chega, Carrington."

Eu ouvi o médico rir.

"Ela vai ficar bem. O que eu preciso que você faça é verificar as fezes pelos próximos dias para ter certeza que a moeda vai passar. Se você não a encontrar, talvez tenhamos que fazer um raio x para garantir que a moeda não se alojou em algum lugar. Mas eu tenho certeza quase absoluta de que você vai encontrar a moeda no vaso sanitário."

"O senhor não pode me dar certeza absoluta?", perguntei. "'Quase' não está funcionando para mim, hoje."

Ele riu de novo.

"Eu normalmente não dou certezas absolutas, Srta. Jones, mas para você eu vou abrir uma exceção. Uma certeza absoluta de que você vai encontrar uma moeda no vaso sanitário dentro de 48 horas."

Nos dois dias seguintes eu tive que cutucar dentro do vaso com um cabide de arame toda vez que Carrington relatava ter produzido algo. Acabei encontrando a moeda. Nos meses que se seguiram, contudo, Carrington contava para todo mundo que tinha uma moeda da sorte na barriga. Era só uma questão de tempo, ela me garantiu, até que alguma coisa grande acontecesse conosco.

Capítulo 14

Cabelo é um negócio sério em Houston. Eu ficava espantada com quanto dinheiro as pessoas estavam dispostas a pagar pelos serviços do Salon One. Ser loira, em especial, exigia um sério investimento de tempo e dinheiro, e o Salon One dava às mulheres a melhor cor de suas vidas. O salão era conhecido por um loiro tricolor que era tão lindo, que as mulheres vinham de avião de outros estados por causa dele. Havia sempre uma lista de espera para ser atendida por qualquer um dos estilistas, mas para Zenko, o estilista principal e sócio do salão, a espera era de no mínimo três meses.

Zenko era um homem baixo com uma presença poderosa e a elegância elétrica de um dançarino. Embora tivesse nascido e crescido em Katy, estudou estética na Inglaterra. Quando voltou, havia perdido seu primeiro nome e ganhado um autêntico sotaque britânico. Todo mundo adorava aquele sotaque. Nós adorávamos mesmo quando ele gritava conosco nos bastidores. E Zenko gritava bastante... Ele era um perfeccionista, e também um gênio. E quando alguma coisa não saía do jeito que ele queria, havia um espetáculo de fogos de artifício. Mas, oh, que negócio ele criou. O Salon One tinha sido considerado o Salão do Ano por revistas como *Texas Monthly*, *Elle* e *Glamour*. O próprio Zenko apareceu em um documentário a respeito de uma atriz famosa. Ele estava alisando o comprido cabelo vermelho dela com uma chapinha enquanto ela respondia às perguntas do entrevistador. O documentário serviu para lançar a carreira de Zenko, já próspera, em um brilho de fama conhecido apenas por alguns cabeleireiros. Agora ele tinha sua própria linha de produtos, todos acondicionados em latas prateadas brilhantes e frascos com tampa em formato de estrela.

Para mim, o interior do Salon One parecia uma mansão inglesa, com chão de carvalho envernizado, antiguidades e tetos com cenas pintadas à mão e brasões. Quando uma cliente queria café, a bebida era servida em porcelana de ossos, em bandeja de prata. Se queria Coca Diet, esta era despejada em copos altos com cubos de gelo feitos com água Evian. Havia uma sala grande com várias estações de trabalho, algumas salas reservadas para celebridades e clientes super-ricas e uma sala de lavagem com luz de velas e música clássica.

Como aprendiz, eu não podia cortar o cabelo de ninguém por um ano. Eu observava e aprendia, fazia o que Zenko mandava, levava bebidas para as clientes que pediam, e às vezes aplicava tratamentos de hidratação profunda com toalhas quentes e folhas de papel alumínio. Eu fazia as unhas e massageava as mãos de algumas clientes que esperavam por Zenko. A parte mais engraçada era fazer os pés de mulheres que faziam spa juntas. Enquanto elas conversavam, a outra pedicura e eu trabalhávamos seus pés em silêncio, e ouvíamos as melhores e mais novas fofocas. Conversavam primeiro sobre quem tinha feito quais procedimentos recentemente, e o que elas mesmas precisavam fazer, e se valia a pena ficar sem poder sorrir depois de injetar Botox. Elas conversavam um pouco sobre os maridos, depois falavam dos filhos – de suas escolas particulares, seus amigos, suas conquistas e seus problemas. Muitas das crianças eram mandadas a psicoterapeutas para que estes catalogassem todos os pequenos estragos que uma alma sofre quando se tem tudo o que quer, sempre que se quer. Essas coisas eram tão distantes da minha vida que parecia sermos de planetas diferentes. Mas também havia histórias mais normais, que me lembravam de Carrington, e às vezes eu tinha que me esforçar para não exclamar: "Sim, isso também aconteceu com a minha irmãzinha", ou "eu entendo muito bem o que você está falando".

Eu ficava de boca fechada, contudo, porque Zenko havia nos instruído, com rigor, que jamais, de modo algum, deveríamos dizer qualquer coisa sobre nossa vida pessoal. Os clientes não queriam ouvir nossas opiniões, ele avisou, e não queriam se tornar nossos amigos. Procuravam o Salon One para relaxar e ser atendidos com absoluto profissionalismo. Mas eu ouvia muita coisa. Eu sabia quais parentes estavam discutindo sobre quem monopolizava o jato da família, quem estava processando quem pelo controle dos fundos de investimento e das propriedades, quais maridos gostavam de atirar em animais exóticos em fazendas de caça e aonde ir para comprar as melhores cadeiras feitas sob medida. Eu ouvia falar de escândalos e sucessos, das melhores festas, das organizações beneficentes favoritas e de todas as complicações de se viver na alta sociedade em tempo integral.

Eu gostava das mulheres de Houston, que eram engraçadas e francas, sempre interessadas no que era novo e estava na moda. É claro que havia algumas vovós ricas que insistiam em fazer permanente, cortar e pentear o cabelo formando uma bola enorme, um estilo que Zenko detestava e ao qual se referia, em particular, como "entupidor de ralo". Contudo, nem mesmo Zenko se daria ao luxo de não fazer a vontade dessas esposas de multimilionários, que usavam diamantes do tamanho de cinzeiros em seus dedos e assim podiam ter o cabelo do jeito que bem entendessem.

O salão também era frequentado por homens de todos os tamanhos e formatos. A maioria era bem-vestida, com cabelo, pele e unhas evidenciando uma manutenção esmerada. Imagens de caubóis à parte, os homens texanos são bastante meticulosos com sua aparência, com tudo limpo, cortado e sob controle. Não demorou muito para eu conquistar uma clientela constante que aparecia na hora do almoço para aparar os pelos do pescoço e as sobrancelhas ou para fazer as mãos. Houve algumas tentativas de flerte, principalmente dos mais novos, mas Zenko tinha regras quanto a isso. O que eu achava ótimo. Àquela altura da minha vida, eu não tinha interesse em flerte nem romance. Eu queria um trabalho estável e dinheiro de gorjeta. Algumas das garotas, incluindo Angie, também conseguiam entreter uns "protetores". Os *arranjos* eram discretos o bastante para Zenko não perceber ou então fingir que não via. O acordo entre um homem mais velho e rico, o *protetor*, e uma mulher jovem não me atraía, mas ao mesmo tempo aquilo me fascinava.

Existe uma subcultura de protetores e suas protegidas na maioria das grandes cidades. Esses acordos são, por sua própria natureza, temporários. Mas os dois lados parecem gostar daquela situação volúvel, e existe certa segurança em suas regras tácitas. O relacionamento começa com algo casual, como sair para beber ou jantar, mas se a garota souber jogar bem, ela pode fazer o protetor pagar por coisas como faculdade e cursos, férias, roupas e até cirurgia plástica. De acordo com Angie, esse tipo de relação raramente envolvia dinheiro vivo, o que arranha o verniz romântico do relacionamento. Os protetores preferem pensar nisso como uma amizade especial, na qual ajudam e dão presentes para uma jovem que faça por merecer. E as protegidas se convencem de que um bom namorado deveria mesmo querer ajudar sua namorada, e em troca ela gosta de mostrar sua gratidão ao passar tempo com ele.

"Mas e se você não quiser dormir com ele uma noite, e ele acabou de lhe comprar um carro?", perguntei, cética, para Angie. "Ainda assim você tem que dormir, certo? Como isso é diferente de ser uma..."

Eu me segurei quando vi o sinal de alerta: a boca de Angie se retorcendo.

"Nem tudo é sexo", disse ela, tensa. "Envolve amizade. Se você não consegue entender isso, não vou gastar meu tempo tentando explicar."

Eu pedi desculpas na mesma hora e disse que era de uma cidade pequena e que nem sempre compreendia as coisas mais sofisticadas. Mais calma, Angie me perdoou. E acrescentou que, se eu fosse esperta, também arrumaria um namorado generoso, e ele me ajudaria a alcançar meus objetivos com mais rapidez.

Mas eu não queria viagens para Cabo ou para o Rio de Janeiro, nem roupas de grife ou as armadilhas de uma vida luxuosa. Tudo que eu queria era honrar as promessas que havia feito a mim mesma e à Carrington. Minhas ambições modestas incluíam uma boa casa e os meios para manter nós duas bem-vestidas e alimentadas, com um plano de saúde que incluísse tratamento dentário. Eu não queria que nada disso viesse de um protetor. As obrigações, os presentes e o sexo disfarçado de amizade... era uma estrada que eu sabia que não seria capaz de trilhar. Tinha buracos demais.

Entre as pessoas importantes que frequentavam o Salon One estava o Sr. Churchill Travis. Quem já leu a revista *Fortune*, ou a *Forbes*, ou alguma publicação semelhante, sabe algo a respeito dele. Infelizmente, eu não tinha ideia de quem ele era, já que não tenho nenhum interesse em finanças e só peguei uma *Forbes* quando precisei matar um mosquito. Uma das primeiras coisas que se nota ao conhecer Churchill é sua voz, tão baixa e grave que é quase possível senti-la vibrando no chão. Ele não era um homem grande, sua altura era mediana, no máximo, e quando relaxava a postura, era possível chamá-lo de baixo. Só que, quando Churchill Travis relaxava, todo mundo por perto fazia o mesmo. Sua constituição era esguia, a não ser por um peito forte e braços que pareciam capazes de endireitar uma ferradura. Churchill era um homem de verdade; sabia beber, atirar bem e negociar como um cavalheiro. Ele trabalhou duro para ganhar seu dinheiro e pagou todo tipo de obrigação que havia.

Churchill ficava mais à vontade na companhia de gente antiquada como ele. Ele sabia quais áreas da casa eram território masculino e quais áreas eram femininas. O único momento em que entrava na cozinha era para se servir de café. Ele ficava genuinamente perplexo com homens que se interessavam por desenhos na porcelana, comiam brotos de alfafa ou, às vezes, contemplavam seu lado feminino. Churchill não tinha lado feminino, e socaria com gosto quem ousasse sugerir o contrário.

A primeira visita de Churchill ao Salon One aconteceu na mesma época em que eu comecei a trabalhar lá. Um dia, a serenidade do salão foi interrompida por uma agitação diferente, com os cabeleireiros murmurando, os clientes virando a cabeça para olhar. Eu o vi de relance – o cabelo grisalho grosso, terno cinza-escuro – enquanto era levado para uma das salas VIP do Zenko. Ele parou na entrada e seu olhar cruzou o salão principal. Seus olhos eram escuros, o tipo de castanho que torna a íris difícil de distinguir da pupila. Era um velho bonito, mas havia algo de não convencional nele. Certa excentricidade.

Nossos olhares se encontraram. Ele ficou imóvel, estreitando os olhos enquanto me encarava com intensidade. E então eu tive uma sensação estranha, quase impossível de descrever... um tipo de vibração agradável no fundo do meu peito, em um lugar que palavras não conseguiam alcançar. Eu me senti reconfortada, relaxada e na expectativa. Senti, de verdade, os músculos pequenos na minha testa e na minha mandíbula amolecerem. Eu quis sorrir para ele, mas antes que conseguisse, ele entrou na sala VIP com Zenko.

"Quem é aquele?", eu perguntei para Angie, que estava parada ao meu lado.

"Protetor de nível avançado", ela respondeu em tom reverente. "Não me diga que nunca ouviu falar de Churchill Travis."

"Eu ouvi falar da família Travis", respondi. "Eles são os tubarões de Fort Worth, certo? Ricaços?"

"Querida, no mundo das finanças, Churchill Travis é Elvis. Ele está o tempo todo na CNN. Já escreveu livros, é dono de metade de Houston e possui iates, jatos, mansões..."

Mesmo conhecendo a tendência de Angie à hipérbole, fiquei impressionada.

"...e o melhor de tudo é que ele é viúvo", Angie concluiu. "Não faz muito tempo que a mulher morreu. Ah, eu vou dar um jeito de entrar naquela sala com ele e Zenko. Eu tenho que conhecer Churchill Travis! Você viu o jeito que ele me olhou?"

Isso provocou uma risada constrangida em mim. Pensei que ele estivesse olhando para mim, mas era para Angie, tinha que ser, porque ela era loira, sexy e os homens a adoravam.

"Vi", eu disse. "Mas você iria mesmo atrás dele? Pensei que estivesse feliz com o George." Esse era o protetor atual da Angie, que tinha acabado de lhe dar um Cadillac Escalade. Era um empréstimo, mas ele disse que ela podia dirigir o carro o quanto quisesse.

"Liberty, uma protegida esperta nunca perde a oportunidade de fazer um upgrade." Angie correu até a estação de maquiagem para reaplicar delineador e batom, preparando seu rosto para conhecer Churchill Travis.

Eu fui até o armário de limpeza e peguei uma vassoura para varrer alguns cachos cortados que jaziam no chão. Bem quando comecei, um estilista chamado Alan chegou apressado perto de mim. Ele tentava parecer calmo, mas seus olhos estavam arregalados, do tamanho de moedas de prata.

"Liberty", ele disse, com uma voz controlada, mas urgente. "Zenko quer que você leve um copo de chá gelado para o Sr. Travis. Chá forte, muito gelo, sem limão, dois envelopes de adoçante. Os envelopes azuis. Leve em uma bandeja. Não faça confusão, senão o Zenko acaba com a gente."

Fiquei assustada no mesmo instante.

"Por que eu? A Angie devia levar o chá para ele. Era para ela que ele estava olhando. E tenho certeza de que ela quer fazer isso. Ela..."

"Ele pediu você. 'A jovem de cabelo escuro', ele disse. *Depressa*, Liberty. Envelope azul. *Azul*."

Fui preparar o chá conforme as instruções, e mexi com cuidado para garantir que até o último grão de adoçante se dissolvesse. Enchi o copo até a boca com os cubos de gelo mais simétricos disponíveis. Quando me aproximei da sala VIP, tive que equilibrar a bandeja em uma das mãos enquanto abria a porta com a outra. O gelo tilintou com perigo no copo. Fiquei desesperada com a possiblidade de algumas gotas terem derramado.

Armando um sorriso inflexível, entrei na sala VIP. O Sr. Travis estava sentado na cadeira de frente para um espelho com moldura dourada. Zenko descrevia possíveis variações no corte de cabelo que o Sr. Travis usava, o padrão para homens de negócios. Deduzi que Zenko tentava sugerir, com muita sutileza, que o Sr. Travis deveria experimentar algo um pouco diferente, talvez lhe permitir que usasse textura e gel no alto para atualizar sua aparência para algo um pouco mais ousado.

Tentei entregar o chá da forma mais discreta possível, mas aqueles olhos escuros sagazes travaram em mim, e Travis se virou na cadeira para me encarar enquanto pegava o copo na bandeja.

"O que você acha?", ele me perguntou. "Você concorda que eu preciso parecer mais ousado?"

Pensando na minha resposta, reparei que seus dentes de baixo eram ligeiramente encavalados. Quando ele sorria, isso lhe dava a aparência de um leão velho e feroz chamando um filhote para brincar. Seus olhos eram calorosos no meio do rosto enrugado; um esmalte ocre aplicado de modo permanente na camada mais externa da pele. Sustentando seu olhar, eu senti um pequeno nó se formar na minha garganta, mas o engoli.

Eu disse a verdade. Não consegui evitar.

"Acho que o senhor já é bem ousado assim", eu disse. "Mais do que isso vai assustar as pessoas."

O rosto do Zenko ficou pálido, e eu tive certeza que ele ia me demitir ali mesmo.

A risada de Travis parecia um saco cheio de pedras sendo chacoalhado.

"Vou seguir a opinião desta jovem", ele disse para Zenko. "Tire um centímetro e meio do alto e um pouco dos lados e de trás." Continuou olhando para mim. "Qual o seu nome?"

"Liberty Jones."

"De onde você tirou esse nome? De que parte do Texas você é? Você é uma das garotas da lavagem?"

Depois eu ficaria sabendo que Churchill tinha o costume de fazer duas ou três perguntas de uma vez, e se você perdesse alguma, ele a repetia.

"Eu nasci no Condado de Liberty, vivi em Houston por algum tempo e cresci em Welcome. Ainda não tenho permissão de fazer lavagens. Acabei de começar aqui e sou uma aprendiz."

"Não tem permissão de fazer lavagens", Travis repetiu, erguendo as sobrancelhas espessas como se isso fosse um absurdo. "O que diabos uma aprendiz faz?"

"Eu levo chá gelado para os clientes." Eu lhe dei meu sorriso mais bonito e comecei a sair.

"Fique aí mesmo", veio a ordem. "Você pode praticar a lavagem em mim."

Zenko resolveu intervir. Sua expressão era de calma absoluta. Seu sotaque estava mais carregado que o normal, como se ele tivesse acabado de almoçar com o príncipe Charles e Camilla.

"Sr. Travis, esta garota ainda não concluiu o treinamento. Ela ainda não está qualificada para lavar o cabelo de ninguém. Contudo, temos estilistas muito bem treinados que o ajudarão hoje, e..."

"Quanto treinamento é necessário para lavar um cabelo?", Travis perguntou, incrédulo. Dava para dizer que ele não estava acostumado a ter seus pedidos recusados por ninguém, qualquer que fosse a razão. "Faça seu melhor, Srta. Jones, que eu não irei reclamar."

"Pode me chamar de Liberty", eu disse, voltando-me para ele. "E eu não posso."

"Por que não?"

"Por que se eu lavar e o senhor não voltar mais ao Salon One, todo mundo vai deduzir que eu fiz alguma besteira, e não quero isso na minha ficha."

Travis fez uma careta. Eu devia ter o bom senso de ter medo dele. Mas entre nós havia um ar agitado, de brincadeira. E um sorriso insistia em aparecer nos meus lábios, não importava o quanto eu tentasse segurá-lo.

"O que mais você faz além de trazer o chá?", Travis perguntou.

"Eu poderia fazer sua mão."

Ele escarneceu da ideia.

"Nunca fiz as mãos, em toda minha vida. Por que um homem precisaria disso, eu não sei dizer. Coisa mais feminina de se fazer."

"Eu faço as mãos de muitos homens." Comecei a estender o braço para segurar-lhe a mão, mas hesitei. No instante seguinte sua mão estava sobre a minha, sua palma para baixo, a minha para cima. Era forte, larga, que se podia imaginar facilmente segurando as rédeas de um cavalo ou o cabo de uma pá. As unhas estavam aparadas quase até o sabugo, e a pele dos dedos estava ressecada e cheia de pequenos cortes. A unha de um dos polegares tinha a marca permanente de um machucado antigo. Virando com delicadeza sua mão na minha, vi que a palma tinha tantas linhas que faria uma cartomante gaguejar. "Suas mãos podem se beneficiar de um tratamento, Sr. Travis. Principalmente as cutículas."

"Pode me chamar de Churchill." Ele pronunciava o próprio nome sem o *i*, de modo que soava como *Church'll*. "Liberty, vá pegar suas coisas."

Já que manter Churchill Travis contente havia se tornado o objetivo de todos naquele dia, tive que pedir à Angie que assumisse minhas tarefas, que incluíam varrer o chão e fazer os pés de um cliente às dez e meia. Angie deve ter sentido vontade de me espetar com as tesouras mais próximas, mas, ao mesmo tempo, não conseguiu evitar me dar conselhos enquanto eu reunia meu material de manicure.

"*Não* fale demais. Na verdade, fale o mínimo possível. Sorria, mas não esse sorriso enorme que você dá às vezes. Faça com que ele fale de si mesmo. Os homens adoram isso. Tente pegar um cartão de visita. E não importa o que aconteça, *não* mencione sua irmãzinha. Os homens não gostam de mulheres com responsabilidades."

"Angie", eu murmurei em resposta, "eu não estou procurando um protetor. E mesmo que estivesse, ele é velho demais."

Angie sacudiu a cabeça.

"Querida, não existe isso de velho demais. Só de olhar eu posso lhe dizer que esse homem ainda dá no couro."

"Não estou interessada no couro dele", eu disse. "Ou no dinheiro."

Depois que o cabelo de Churchill Travis foi cortado e penteado, eu fui encontrá-lo em outra sala reservada. Nós ficamos sentados de frente um para o outro com a mesa de manicure entre nós, sob a luz branca de uma grande luminária.

"Seu corte ficou bom", eu comentei, pegando uma de suas mãos e a colocando delicadamente em uma tigela com solução amaciante.

"Tem que ficar mesmo, pelo que Zenko me cobra." Travis olhou desconfiado para a série de ferramentas e frascos de líquido colorido na mesa. "Você gosta de trabalhar para ele?"

"Sim, senhor, eu gosto. Estou aprendendo muito com o Zenko. Tive sorte de conseguir este emprego."

Nós conversamos enquanto eu cuidava das mãos dele, lixando a pele morta, aparando e empurrando as cutículas, lixando suas unhas e lhes dando um brilho vítreo. Travis observou os procedimentos com grande interesse, por nunca ter se submetido àquilo em sua vida.

"O que fez você querer trabalhar em um salão de beleza?", ele perguntou.

"Quando eu era mais nova, costumava fazer o cabelo e a maquiagem das minhas amigas. Sempre gostei de fazer as pessoas ficarem bonitas. E eu gosto quando termino e elas se sentem melhor consigo mesmas." Destampei um frasquinho que Travis encarou com uma expressão próxima do medo.

"Eu não preciso disso", ele falou com firmeza. "Você pode fazer todo o resto, mas esmalte está além do meu limite."

"Isto não é esmalte, é óleo para cutícula. E o senhor precisa muito disto aqui." Ignorando sua hesitação, empreguei um pincel pequeno para aplicar o óleo nas cutículas. "Engraçado", eu comentei, "o senhor não tem mãos de empresário. Deve fazer algo além de assinar papéis em uma escrivaninha."

Ele deu de ombros.

"Um pouco de trabalho no rancho, de vez em quando. Muita montaria. E trabalho no jardim de tempos em tempos, embora não tanto como fazia antes da minha esposa morrer. Aquela mulher era apaixonada por fazer as coisas crescer."

Coloquei um pouco de creme nas minhas palmas e comecei uma massagem de mão e punho. Foi difícil fazer com que ele relaxasse. Seus dedos não estavam dispostos a se desfazer da tensão.

"Ouvi dizer que ela morreu recentemente", eu disse, olhando para seu rosto duro, onde o luto havia deixado sinais óbvios de desgaste. "Meus sentimentos."

Travis fez um breve movimento com a cabeça.

"Ava era uma mulher boa", ele disse, abrupto. "A melhor mulher que eu conheci. Ela teve câncer de mama – nós descobrimos tarde demais."

Apesar da intransigência de Zenko quanto aos empregados falarem da vida pessoal, eu quase fui dominada pelo impulso de contar para Churchill que eu também havia perdido uma pessoa muito querida. Em vez disso, fiz um comentário.

"Dizem que é mais fácil quando se tem tempo para se preparar para a morte da pessoa. Mas eu não acredito nisso."

"Eu também não." A mão de Churchill apertou a minha por um momento tão curto que eu mal tive tempo de registrar a pressão. Surpresa, eu olhei para seu rosto, onde vi bondade e uma tristeza reprimida. De algum modo eu sabia que, não importava o que eu quisesse dizer ou manter em segredo, ele entenderia.

Acontece que meu relacionamento com Churchill se tornou algo muito mais complexo que uma relação romântica. Ela teria sido muito mais compreensível ou direta se envolvesse romance ou sexo, mas Churchill nunca teve esse tipo de interesse em mim. Sendo um viúvo atraente e insanamente rico, com pouco mais de 60 anos, ele podia escolher suas mulheres. Adquiri o hábito de procurar menções a ele nos jornais e revistas. Eu me divertia muito com fotos suas ao lado de mulheres glamorosas da sociedade e atrizes de filmes B, além de membros da realeza internacional. Churchill andava nas altas rodas.

Quando estava ocupado demais para ir até o Salon One cortar o cabelo, ele chamava Zenko em sua mansão. Às vezes, vinha aparar os pelos do pescoço e as sobrancelhas, ou para fazer as mãos comigo. Churchill sempre ficava um pouco envergonhado com isso. Mas depois da primeira vez em que lixei, aparei, raspei e hidratei suas mãos, e poli suas unhas, dando-lhes um brilho sutil, ele gostou tanto da aparência e da sensação que confessou ter encontrado um novo modo de perder tempo. E admitiu, depois de um pouco de provocação da minha parte, que suas amigas também apreciaram os resultados das manicures em suas mãos.

A amizade de Churchill, nossas conversas à mesa de manicure, tornaram-me alvo tanto de inveja quanto de admiração no salão. Eu entendia a natureza das especulações quanto à nossa amizade, o consenso geral de que ele, com certeza, não procurava minha companhia para pedir minhas opiniões sobre o mercado de ações. Eu acredito que todo mundo supôs que algo tinha acontecido entre nós, ou que acontecia com frequência, ou que era inevitável que acontecesse. Zenko deve ter suposto o mesmo, pois passou a me tratar com uma cortesia que não demonstrava para nenhum outro empregado do meu nível. Acho que ele pensava que, ainda que eu não fosse a única razão pela qual Churchill frequentava o Salon One, minha presença também não atrapalhava.

Afinal, um dia eu perguntei:

"Você está planejando tentar alguma coisa comigo, Churchill?"

Ele pareceu surpreso.

"Diabo, não. Você é nova demais para mim. Eu gosto das minhas mulheres maduras." Ele fez uma pausa, e então uma expressão quase cômica de desalento. "Você não quer que eu tente, quer?"

"Não."

Se ele tivesse tentado, não sei como eu teria reagido. Eu não fazia ideia de como definir meus sentimentos por Churchill – eu não tive relacionamentos suficientes com homens para contextualizar aquele.

"Mas não entendo por que você tem me dado tanta atenção", continuei, "se não planeja... você sabe."

"Algum dia você vai saber por quê", ele disse. "Mas agora não."

Eu admirava Churchill mais do que qualquer pessoa que tinha conhecido. Ele não era sempre fácil de lidar, claro. Seu humor podia azedar num instante. Ele não era um homem tranquilo. Não acredito que Churchill tenha tido em sua vida muitos momentos em que estivesse cem por cento feliz. Isso se devia, em grande parte, a ter perdido duas esposas, a primeira, Joanna, logo depois do nascimento do filho... e Ava, sua companheira por 26 anos. Churchill não era de aceitar passivamente os caprichos do destino, e as perdas de pessoas que amava o marcaram muito. E eu entendia isso.

Dois anos se passaram para que eu pudesse falar da minha mãe com Churchill, ou de qualquer coisa sobre minha vida além dos fatos básicos. De algum modo, Churchill descobriu quando era meu aniversário e mandou uma de suas secretárias me ligar de manhã dizendo que nós iríamos sair para almoçar. Eu vesti uma bela saia preta com a barra na altura do joelho e uma blusa branca. Usei, também, meu colar com o tatu de prata. Churchill chegou ao meio-dia vestindo um elegante terno inglês, que lhe dava a aparência de um velho e próspero assassino europeu. Ele me acompanhou até um Bentley branco que aguardava no meio-fio, com um motorista que abriu a porta de trás.

Fomos ao restaurante mais chique que eu já tinha visto, com decoração francesa, toalhas de mesa brancas e lindas pinturas nas paredes. Os menus eram manuscritos em papel creme com textura, e a comida era descrita em termos tão intrincados – *roulades* e rissoles e molhos complexos – que eu não soube o que pedir. Os preços quase me deram um ataque do coração. O item mais barato do menu era uma entrada de dez dólares, e consistia de um único camarão preparado de uma forma que eu nem imaginava como pronunciar. Perto do fim do menu, vi a descrição de um hambúrguer servido com batatas-doces fritas, e quase espirrei um gole de Coca Diet quando vi o preço.

"Churchill", eu disse, atônita, "tem um hambúrguer de cem dólares no menu."

Ele franziu a testa, não porque compartilhasse da minha incredulidade, mas porque meu menu tinha preços. Com um estalo dos dedos ele chamou o garçom, que se desculpou muito. O menu foi tirado das minhas mãos e substituído por outro, quase idêntico, só que esse não indicava os preços.

"Por que o meu não deve ter os preços?", eu perguntei.

"Porque você é a mulher", disse Churchill, ainda aborrecido pelo erro do garçom. "Eu a convidei para almoçar, e você não deveria ter que se preocupar com o preço das coisas."

"O hambúrguer custa *cem dólares.*" Aquilo não parava de me perturbar. "O que eles podem fazer com esse hambúrguer para valer cem dólares?"

Ele pareceu se divertir com a minha expressão.

"Vamos perguntar."

Um garçom foi chamado para responder perguntas sobre o menu. Em resposta à pergunta de como o hambúrguer era preparado e o que o tornava tão especial, ele explicou que todos os ingredientes eram orgânicos, incluindo os do pão caseiro de parmesão, e ainda continha muçarela de búfala defumada, alface hidropônica, tomates amadurecidos na planta e compota de pimenta sobre um hambúrguer feito de carne orgânica de boi e emu. A palavra "emu" acabou comigo. Senti uma risada escapar dos meus lábios, depois outra, e então não tive como segurar o riso que me fez chorar e chacoalhar os ombros. Cobri a boca com a mão para segurar as risadas, mas isso só piorou as coisas. Comecei a ficar preocupada que não fosse conseguir parar. Eu estava dando um espetáculo no restaurante mais chique em que já tinha estado.

Delicadamente, o garçom desapareceu. Tentei formular um pedido de desculpas para o Churchill, que me observava preocupado e balançou a cabeça de leve, como se dissesse, *Não, não se desculpe.* Ele pôs sua mão sobre meu punho, tentando me tranquilizar. De algum modo, a pressão no meu pulso acalmou o riso desenfreado. Eu consegui inspirar fundo e meu peito relaxou.

Contei-lhe sobre a mudança para o trailer em Welcome e sobre Flip, o namorado da mamãe que atirou no emu. Falei muito rápido, atropelando as palavras, de tantos detalhes que se derramavam da minha boca. Churchill ficou preso a cada palavra, olhos franzidos nos cantos, e quando eu finalmente cheguei à parte sobre dar a carcaça do emu para os Cates, ele estava rindo.

Embora eu não lembrasse de ter pedido vinho, o garçom trouxe uma garrafa de *pinot noir.* O líquido reluziu nas taças de cristal de pés altos.

"Eu não posso", falei. "Vou voltar para o trabalho depois do almoço."

"Você não vai voltar para o trabalho."

"É claro que vou. Minha tarde está toda agendada." Mas eu fiquei cansada de pensar naquilo, não só no trabalho, mas na perspectiva de ter que demonstrar o encanto e a alegria que meus clientes esperavam.

Churchill enfiou a mão dentro do paletó, de onde tirou um telefone do tamanho de uma pedra de dominó e ligou para o Salon One. Enquanto eu olhava, de boca aberta, ele pediu para falar com Zenko e o informou que eu iria tirar a tarde de folga, e perguntou se estava bem. De acordo com Churchill, Zenko respondeu que estava tudo bem, claro, e que ele distribuiria meus clientes. Sem problema.

"Depois eu vou pagar caro por isso", eu disse, enquanto Churchill fechava, satisfeito, seu telefone celular. "E se qualquer outra pessoa, que não você, fizesse essa ligação, Zenko iria lhe dizer para cair na real."

Churchill sorriu. Um de seus defeitos era que ele gostava da incapacidade que as pessoas tinham de lhe negar qualquer coisa.

Eu falei durante todo o almoço, estimulada pelas perguntas de Churchill, seu interesse cordial, a taça de vinho que por algum motivo nunca esvaziava, não importando o quanto eu bebesse. A liberdade de poder dizer qualquer coisa para ele, de dizer tudo, aliviou um fardo que eu não sabia estar carregando. Em meu esforço inexorável para continuar seguindo em frente, houve muitas emoções que eu não me deixei vivenciar por completo, muitas coisas das quais eu nunca tinha falado. Naquele momento, eu não estava conseguindo me segurar. Remexi na minha bolsa, à procura da carteira, e peguei a fotografia de Carrington da escola. Ela estava com um sorriso banguela, e uma das marias-chiquinhas estava maior que a outra.

Churchill observou a foto por um longo tempo, e até mesmo pegou um par de óculos de leitura no bolso para que pudesse ver todos os detalhes. Ele bebeu um pouco de vinho antes de comentar:

"Parece que é uma criança feliz."

"Ela é sim." Eu guardei a foto de volta na carteira com cuidado.

"Você agiu bem, Liberty", ele disse. "Era a coisa certa a fazer, ficar com ela."

"Eu tinha que ficar. Ela é tudo que eu tenho. E eu sabia que ninguém mais cuidaria dela como eu." Fiquei surpresa com a facilidade com que as palavras saíram, a necessidade de confessar tudo.

Era assim que teria sido, eu pensei com um arrepio pequeno e dolorido. Aquele era um gostinho do que eu poderia ter tido com meu pai. Um homem mais velho e sábio, que parecia compreender tudo, até as coisas que eu não disse. Fiquei incomodada durante anos pelo fato de Carrington não ter pai. O que eu não percebi foi o quanto eu mesma precisava de um. Ainda animada pelo vinho, contei a Churchill sobre o espetáculo de Ação de Graças de Carrington na escola. A classe dela, que apresentaria duas músicas, foi dividida entre peregrinos e nativos, mas Carrington se recusava a fazer parte de qualquer um dos grupos. Ela queria ser uma vaqueira. Estava tão obstinada que a professora, Srta. Hansen, telefonou para mim. Expliquei para Carrington que não existiam vaqueiras em 1621. Eu disse para ela que não existiam nem mesmo no Texas, naquela época. Como acabamos percebendo, minha irmã não ligava para rigor histórico. O impasse foi resolvido, afinal, pela sugestão da Srta. Hansen, de que Carrington pudesse vestir sua fantasia de vaqueira e saísse do palco logo no início da apresentação. Ela estaria carregando um cartaz com o formato do nosso estado, com as palavras impressas UMA AÇÃO DE GRAÇAS TEXANA.

Churchill gargalhou com a história, parecendo acreditar que a teimosia da minha irmã era uma virtude.

"Você não está entendendo", eu lhe disse. "Se isso é um sinal do que está por acontecer, vou sofrer muito quando ela chegar à adolescência."

"Ava tinha duas regras para lidar com adolescentes", disse Churchill. "Primeiro, quanto mais você tentar controlá-los, mais eles vão se rebelar. Segundo, é sempre possível chegar a um acordo enquanto eles precisarem de uma carona até o shopping center."

Eu sorri.

"Vou tentar me lembrar dessas regras. Ava deve ter sido uma boa mãe."

"Em todos os sentidos", ele disse, enfático. "Nunca reclamou quando estava em desvantagem. Ao contrário da maioria das pessoas, ela sabia como ser feliz."

Fui tentada a comentar que a maioria das pessoas ficaria feliz se tivesse uma bela família, uma mansão enorme e todo dinheiro de que precisasse. Porém, mantive a boca fechada. Mesmo assim, Churchill pareceu ler meus pensamentos.

"Com tudo que você ouve no trabalho", ele disse, "já deveria ter percebido, a esta altura, que os ricos sofrem tanto quanto os pobres. Mais, na verdade."

"Estou tentando criar um pouco de compaixão", eu disse, irônica. "Mas acho que existe uma diferença entre problemas reais e inventados."

"Nisso você é igual à Ava", ele disse. "Ela também sabia a diferença."

Capítulo 15

Após quatro anos, eu finalmente me tornei uma estilista plena no Salon One. Na maior parte do tempo, eu era colorista – tinha talento para luzes e correções. Eu adorava misturar líquidos e pastas em um monte de tigelas, como uma cientista maluca. E gostava dos milhares de cálculos simples, mas críticos, de calor, tempo e aplicação, e da satisfação de combinar tudo isso da maneira certa.

Churchill continuava indo ao Zenko cortar o cabelo, e eu fazia os retoques no pescoço e nas sobrancelhas, e também fazia suas mãos sempre que ele pedia. Os almoços continuaram raros, apenas quando um de nós tinha algo a comemorar. Quando estávamos juntos, falávamos de tudo. Fiquei sabendo muita coisa da família dele, principalmente a respeito de seus quatro filhos. Havia Gage, o mais velho, com 30 anos, filho de Churchill com Joanna, sua primeira mulher. E os outros três, com a esposa Ava: Jack, 25 anos, Joe, dois anos mais novo, e a única filha, Haven, que ainda estava na faculdade. Eu sabia que Gage havia se tornado reservado após perder a mãe com apenas 3 anos de idade, que tinha muita dificuldade para confiar nas pessoas, e que uma de suas ex-namoradas disse que ele tinha fobia de compromisso. Como não conhecia psicologismos, Churchill não sabia o que isso significava.

"Quer dizer que ele não fala dos próprios sentimentos", eu expliquei, "nem se permite ficar vulnerável. E também tem medo de se prender a um relacionamento."

Churchill pareceu perplexo.

"Isso não é fobia de compromisso. Isso é ser homem."

Nós também falamos de seus outros filhos. Jack era atleta e mulherengo. Joe era viciado em informações e gostava de aventuras. A mais nova, Haven, tinha insistido em fazer faculdade na Nova Inglaterra, embora Churchill tivesse lhe implorado para que fizesse a Rice, a Universidade do Texas, ou a A&M – Faculdade de Agricultura e Mecânica do Texas.

Eu contava para Churchill as novidades sobre Carrington, e às vezes sobre minha vida amorosa. Eu havia lhe confidenciado meus sentimentos por Hardy e como ele me assombrava. Hardy estava em todo caubói usando jeans surrado, em cada par de olhos azuis, cada picape velha, cada dia quente de céu claro.

Churchill disse que talvez eu devesse parar de tentar tanto *não* amar o Hardy, e aceitar que parte de mim pudesse sempre querê-lo.

"Há certas coisas", ele disse, "que a gente tem que aprender a conviver."

"Mas não se pode amar uma nova pessoa sem superar a anterior."

"Por que não?"

"Porque isso compromete o novo relacionamento."

Parecendo achar engraçado o que eu disse, Churchill comentou que cada novo relacionamento, de um jeito ou de outro, é um compromisso, e é melhor não ficar se apegando a certos detalhes. Eu discordei. Sentia que precisava esquecer por completo o Hardy, mas só não sabia como. Esperava que algum dia pudesse conhecer alguém tão envolvente que me fizesse aceitar o risco de amar outra vez. Mas eu tinha sérias dúvidas de que existisse um homem assim.

E esse homem com certeza não era Tom Hudson, que eu conheci enquanto aguardava uma reunião de pais e mestres em um corredor da escola da Carrington. Ele era divorciado, pai de dois alunos. Um homem que parecia um grande urso de pelúcia, com cabelo castanho e barba da mesma cor, bem aparada. Eu estava saindo com ele havia pouco mais de um ano, desfrutando da natureza confortável do nosso relacionamento. Como Tom era o proprietário de uma mercearia gourmet, minha geladeira estava sempre cheia de iguarias. Carrington e eu nos deliciávamos com fatias de queijos franceses e belgas, potes de molho de tomate com pera, *pesto* genovês, creme Devon, pranchas de salmão defumado do Alasca, garrafas de sopa de creme de aspargo, potes de pimentas marinadas e azeitonas verdes da Tunísia.

Eu gostava muito do Tom. E me esforcei bastante para me apaixonar por ele. Era óbvio que ele era um bom pai para seus filhos e eu tinha certeza de que seria bom também para Carrington. Tantas coisas em Tom eram boas, havia tantos motivos para que eu o amasse... Uma das frustrações de namorar é que às vezes você pode estar com uma pessoa boa, que vale a pena ser amada, mas não existe calor suficiente entre vocês dois para acender uma mísera vela perfumada.

Nós fazíamos amor nos fins de semana em que a ex-mulher dele ficava com as crianças e eu arrumava uma babá para Carrington. Infelizmente, o sexo era morno. Como eu nunca chegava lá com Tom dentro de mim – tudo que eu sentia era aquela pressão interna moderada como a do espéculo no consultório do ginecologista –, ele começou a usar os dedos para me massagear e me fazer chegar ao clímax. Nem sempre funcionava, mas às vezes eu sentia alguns espasmos gratificantes. Quando eu não conseguia e começava a me sentir irritada e assada, eu fingia. Então ele empurrava delicadamente minha cabeça para baixo, até eu o pegar na boca, ou ele deitava sobre mim e nós terminávamos num papai-mamãe. A rotina nunca mudava.

Comprei alguns livros de sexo e tentei descobrir como melhorar as coisas. Tom se divertiu com meus pedidos constrangidos para experimentarmos algumas posições sobre as quais tinha lido, e me disse que tudo continuava sendo uma questão de colocar a ponta A na abertura B. Mas se eu quisesse tentar alguma coisa nova, ele era totalmente a favor. Fiquei decepcionada ao descobrir que Tom tinha razão. Eu me sentia desajeitada e boba, e não importava o quanto eu tentasse, não conseguia gozar enquanto estávamos embaralhados em posições que lembravam ioga. A única novidade que Tom não estava disposto a experimentar era cair de boca em mim. Gaguejei e fiquei vermelha quando lhe pedi isso. Eu diria que foi o momento mais embaraçoso de toda a minha vida, só que foi ainda pior quando ele se desculpou dizendo que nunca gostou de fazer aquilo. Não era higiênico, disse Tom, e ele nunca apreciou o gosto das mulheres. Se eu não me importasse, ele preferia não fazer. Eu disse que não, é claro que eu não me importava. Não queria que ele fizesse algo de que não gostava.

Mas depois disso, toda vez que ficávamos juntos e eu sentia a mão dele forçando minha cabeça para baixo, comecei a me sentir ressentida. E então eu me sentia culpada, porque Tom era um homem muito generoso. Isso não importava, eu dizia para mim mesma. Havia outras coisas que nós podíamos fazer na cama. Mas a situação me incomodou tanto – parecia que me faltava alguma informação essencial – que eu conversei a respeito com Angie uma manhã antes de o salão abrir. Todos os dias, depois de verificarmos que estava tudo pronto para abrir o salão, com os carrinhos abastecidos e as ferramentas limpas, nós tirávamos alguns minutos para nos arrumar.

Eu estava passando spray de volume no meu cabelo, enquanto Angie reaplicava seu brilho labial. Não lembro exatamente o que perguntei a ela, mas foi na linha de indagar se alguma vez ela teve um namorado que não queria fazer certas coisas na cama.

Angie encontrou meu olhar no espelho.

“Ele não quer que você o chupe?” Alguns dos outros estilistas olharam na nossa direção.

“Não, ele gosta disso”, eu sussurrei. “É que... bom, ele não quer fazer o mesmo comigo.”

Ela ergueu as sobrancelhas bem desenhadas com lápis.

"Ele não gosta de comer tortilha?"

"Não. Ele diz..." – eu pude sentir as manchas vermelhas se formando no alto das minhas bochechas – "...que não é higiênico."

Ela pareceu indignada.

"Não é menos higiênico que o do homem! Que babaca egoísta... Liberty, a maioria dos homens *adora* fazer isso em uma mulher."

"Eles adoram?"

"Eles ficam excitados."

"É mesmo?" Aquela foi uma novidade bem-vinda. Fez eu me sentir menos mortificada de ter pedido aquilo ao Tom.

"Ah, garota", disse Angie, sacudindo a cabeça. "Você tem que se livrar dele."

"Mas... mas..." Eu não tinha certeza de que queria tomar uma medida drástica como aquela. Meu namoro com Tom era meu relacionamento mais longo, e eu gostava da segurança que sentia. Eu me lembrei de todos os relacionamentos passageiros que minha mãe teve. E então entendi o porquê.

Namorar é como tentar fazer uma refeição com restos. Alguns restos, como bolo de carne ou pudim de banana, ficam melhores quando têm algum tempo para maturar o sabor. Mas outros, como rosquinhas ou pizza, devem ser jogados fora logo. Não importa como você tente esquentá-los, eles nunca serão tão bons como quando eram novos. Eu estava esperando que Tom se revelasse um bolo de carne em vez de uma pizza.

"*Dê o fora nele*", Angie insistiu.

Heather, uma loira miúda da Califórnia, não resistiu a dar seu palpite. Tudo o que ela dizia soava como uma pergunta, mesmo quando não era.

"Tendo problemas com o namorado, Liberty?"

Angie respondeu antes de mim:

"Ela está saindo com um 68."

Alguns dos outros estilistas soltaram resmungos de apoio.

"O que é um 68?", eu perguntei.

"Ele quer que você o chupe", respondeu Heather, "mas não quer retribuir o favor. Então é assim, seria um 69, mas ele lhe deve uma."

Alan, que entendia mais de homem que todas nós juntas, apontou para mim com uma escova redonda enquanto falava.

"Livre-se dele, Liberty. Não dá para mudar um 68."

"Mas ele é legal de outras maneiras", argumentei. "Ele é um bom namorado."

"Não é, não", disse Alan. "Você só acha que ele é. Mas cedo ou tarde um 68 vai revelar sua verdadeira personalidade fora da cama, deixando você em casa enquanto sai com os amigos, comprando um carro novo para ele enquanto você fica com o usado. Um 68 sempre fica com o maior pedaço do bolo, querida. Não perca seu tempo com ele. Confie em mim, eu falo por experiência própria."

"Alan tem razão", disse Heather. "Eu namorei um 68 alguns anos atrás, e no começo ele era, tipo, um gato total. Mas acabou mostrando ser o maior babaca de todos. Maior decepção."

Até aquele momento, eu não havia pensado a sério em terminar com Tom, mas essa ideia foi um alívio inesperado. Eu percebi que o que me incomodava não tinha nada a ver com os boquetes. O problema era que nossa intimidade emocional, assim como nossa vida sexual, tinha seus limites. Tom não demonstrava interesse nos lugares secretos do meu coração, do mesmo modo que eu me sentia em relação aos dele. Nós nos aventurávamos mais quando pesquisávamos comida gourmet do que nos territórios perigosos de um relacionamento verdadeiro. Eu começava a me dar conta de como era raro que duas pessoas encontrassem o tipo de ligação que Hardy e eu tínhamos. E Hardy havia desistido disso, desistido de mim, pelos motivos errados. Eu esperava que não estivesse sendo mais fácil para ele construir um relacionamento com alguém do que era para mim.

Angie deu tapinhas gentis nas minhas costas.

"Diga para ele que o relacionamento não está indo na direção em que você gostaria. Diga que não é culpa de ninguém, só não está dando certo para você."

"E *não* jogue essa bomba no seu apartamento", acrescentou Alan, "porque fica muito difícil fazer a pessoa ir embora. Termine na casa dele, depois vá embora."

Pouco depois disso, eu reuni a coragem para terminar com Tom em seu apartamento. Eu lhe contei o quanto tinha apreciado nosso tempo juntos, mas aquilo não estava funcionando, e a culpa não era dele, era minha. Tom ouviu com atenção, impassível, exceto pelo movimento de pequenos músculos faciais ocultos por sua barba. Ele não fez perguntas. Não ofereceu nenhum argumento. Talvez tenha sido um alívio para ele também, eu pensei. Talvez ele estivesse tão incomodado quanto eu por aquele algo que faltava entre nós.

Tom me acompanhou até a porta, onde eu parei, segurando minha bolsa. Ainda bem que não teve beijo de despedida.

"Eu... eu desejo tudo de bom para você", eu falei. Foi uma frase estranha, antiquada, mas não encontrei mais nada que parecesse demonstrar tão bem meus sentimentos.

"Obrigado", ele disse. "Para você também, Liberty. Espero que você tenha tempo de pensar no seu problema."

"Meu problema?"

"Sua fobia de compromisso", ele disse, com preocupação genuína. "Medo de intimidade. Você precisa tentar resolver isso. Boa sorte."

A porta foi fechada com delicadeza na minha cara.

Eu me atrasei para o trabalho no dia seguinte, então tive que esperar até mais tarde para contar o acontecido. Uma das coisas que se aprende trabalhando em um salão é que a maioria dos cabeleireiros adora dissecar relacionamentos. Nossos intervalos para café ou cigarro pareciam, com frequência, sessões de terapia em grupo. Eu quase me sentia mais leve por ter rompido com Tom, a não ser pelo golpe que ele disparou no final. Eu não o culpava por ter dito aquilo, ainda mais porque tinha acabado de ser dispensado. O que me preocupava era a suspeita, lá no fundo, de que ele talvez estivesse certo. Talvez eu tivesse medo de intimidade. Nunca amei outro homem além de Hardy, que estava protegido, com arame farpado, no meu coração. Eu ainda sonhava com ele e acordava com o sangue fervendo, cada centímetro da minha pele úmida e viva. Receei que talvez devesse ter me conformado com Tom. Carrington logo teria 10 anos e havia passado tantos anos sem uma referência paterna. Nós precisávamos de um homem em nossa vida.

Assim que entrei no salão, que tinha acabado de abrir, Alan se aproximou para me dizer que Zenko queria falar comigo imediatamente.

"Eu só me atrasei alguns minutos...", comecei a dizer.

"Não, não é nada disso. É sobre o Sr. Travis."

"Ele vem hoje?"

Foi impossível interpretar a expressão dele.

"Eu acho que não."

Fui até os fundos do salão, onde Zenko estava com uma xícara de porcelana com chá quente. Ele ergueu os olhos da agenda encadernada em couro.

"Liberty. Eu verifiquei sua programação desta tarde." Ele falou com forte sotaque britânico. "Parece que você está livre a partir das três e meia."

"Sim, senhor", eu disse, cautelosa.

"O Sr. Travis quer fazer um corte em casa. Você sabe o endereço?"

Eu sacudi a cabeça, aturdida.

"Quer que eu vá? Por que você não vai? É sempre você que faz os cortes dele."

Zenko explicou que uma atriz conhecida estava vindo de Nova York e ele não podia cancelar o horário dela.

"Além disso", ele continuou em um tom de voz cuidadoso, "o Sr. Travis pediu especificamente você. Ele tem sentido dificuldades desde o acidente, e sugeriu que pode lhe fazer bem se..."

"Que acidente?" Senti um surto de adrenalina em todo corpo, semelhante à quando a gente consegue evitar cair da escada. Mesmo que evite a queda, o corpo ainda assim se apronta para a catástrofe.

"Eu pensei que você já soubesse", disse Zenko. "O Sr. Travis foi jogado de um cavalo há duas semanas."

Para um homem da idade de Churchill, acidentes a cavalo nunca eram sem importância. Ossos se quebravam, eram deslocados, esmagados, e colunas se partiam. Senti minha boca se mover para formar um "oh" silencioso. Minhas mãos se agitaram em um mosaico de movimentos, primeiro subindo até os lábios, depois se cruzando para segurar o braço oposto.

"Foi feio?", consegui dizer.

"Não sei dos detalhes, mas acredito que ele quebrou uma perna e passou por alguma cirurgia..." Zenko fez uma pausa e olhou para mim. "Você está pálida. Quer se sentar?"

"Não. Estou bem. É só que..." Eu não conseguia acreditar no medo que senti, no tanto que fiquei preocupada. Eu queria ver o Churchill naquele mesmo instante. Meu coração martelava dolorosamente no peito. Uni as mãos e enlacei os dedos como uma criança que reza. Pisquei para afastar as imagens que pipocaram na minha cabeça, imagens que não tinham nada a ver com Churchill Travis.

Minha mãe usando um vestido branco salpicado de margaridas. Meu pai, acessível apenas em uma camada bidimensional de halogeneto de prata em preto e branco. A iluminação espalhafatosa de uma feira rural brilhando no rosto firme do Hardy. Sombras dentro de sombras. Tive dificuldade para respirar, mas então pensei em Carrington e me apeguei a essa imagem. Minha irmã, meu bebê, e o pânico amainou e foi embora.

Ouvi Zenko perguntar se eu estava disposta a ir até River Oaks para fazer o corte.

"Claro", respondi, tentando parecer normal. Profissional. "É claro que eu vou."

Depois do meu último atendimento, Zenko me deu o endereço e dois códigos de segurança diferentes.

"Às vezes tem um guarda no portão", ele disse.

"Ele tem um portão?", eu perguntei. "Ele tem um guarda?"

"Isso se chama segurança", disse Zenko, seu tom impessoal muito mais contundente que simples sarcasmo. "Pessoas ricas precisam disso."

Peguei o pedaço de papel de sua mão.

Meu Honda tinha que passar por uma lavagem, mas eu não quis perder tempo. Precisava ver Churchill o quanto antes. Só levei quinze minutos para ir do Salon One até lá. Em Houston, as distâncias são medidas em minutos em vez de quilômetros, já que o tráfego pode transformar uma viagem curta em uma jornada anda-e-para através dos infernos, em que o ódio ao volante é só uma técnica de direção. Já ouvi gente comparando River Oaks a Highland Park em Dallas, mas é maior e mais caro. Podemos chamar essa região de a Beverly Hills do Texas.

River Oaks consistia em quatro quilômetros quadrados localizados a meio caminho entre o centro e a zona norte, com duas escolas, um clube de campo, lojas e restaurantes finos, e esplanadas com flores impressionantes. Quando River Oaks foi estabelecida, na década de 1920, havia o que foi chamado de acordo de cavalheiros para manter negros e latinos fora, com exceção daqueles que moravam nos aposentos de empregados. Mas agora esses "cavalheiros" haviam sumido e existia maior diversidade em River Oaks. Não era mais um bairro só de brancos, mas com certeza era só de ricos, com as casas mais baratas começando em um milhão de dólares e daí para cima.

Conduzi meu velho Honda pelas ruas com mansões de dois andares, passando por Mercedes e BMWs. Algumas das casas foram construídas em estilo neocolonial espanhol, com terraços de pedra, torres e grades de ferro forjado. Outras seguiram o estilo das casas de fazenda de Nova Orleans, ou o colonial da Nova Inglaterra, com colunas brancas, frontões e chaminés. Todas eram grandes, com jardins lindos e jaziam à sombra dos carvalhos que guarneciam as calçadas como sentinelas gigantes.

Embora eu soubesse que a casa do Churchill seria impressionante, não tinha como estar preparada para aquilo. Era uma propriedade imensa, com uma casa de pedra construída como um castelo europeu nos fundos de um lote de doze mil metros quadrados. Eu parei diante dos pesados portões de ferro e digitei o código. Para meu alívio, eles se abriram com uma lentidão majestosa. Uma rua larga e pavimentada levava até a residência e depois se dividia em duas, uma que circulava a casa, outra que conduzia a uma garagem separada, grande o bastante para dez carros.

Eu fui até a garagem e estacionei ao lado, tentando encontrar o lugar menos visível. Meu pobre Honda parecia algo deixado fora para o lixeiro levar. As portas da garagem eram de vidro, exibindo um sedã Mercedes prateado, o Bentley branco e um Shelby Cobra amarelo com faixas. Havia mais carros do outro lado, mas eu estava aturdida e ansiosa demais para prestar atenção. Era um dia até certo ponto frio de outono, e me senti grata pela brisa tímida que resfriava minha testa suada. Carregando uma mala cheia de produtos e instrumentos, eu me aproximei da porta da frente.

As plantas e cercas-vivas do gramado em volta da casa pareciam ter sido irrigadas com água Evian e aparadas com alicates de cutícula. Eu podia jurar que a grama mexicana longa e sedosa que margeava o caminho da frente havia sido arrumada com um pente de bolso Mason Pearson. Estiquei a mão até o botão da campainha, localizado embaixo de uma câmera de vídeo embutida, como aquelas que se vê nos caixas eletrônicos. Quando toquei a campainha, a câmera de vídeo chiou e focou em mim, fazendo com que eu tivesse o instinto de recuar. Eu me dei conta que não havia escovado o cabelo nem retocado a maquiagem antes de sair do salão. Era tarde demais, percebi, pois eu me encontrava em frente a uma campainha de gente rica que olhava diretamente para mim.

Em menos de um minuto, a porta foi aberta. Fui recebida por uma mulher mais velha esguia e elegante vestindo calça verde, sapatilhas com miçangas e uma blusa estampada de *chiffon*. Ela parecia ter 60 anos, mas era tão bem-cuidada que eu pensei que a sua idade real devia ser mais próxima de 70. O cabelo grisalho estava cortado e penteado em estilo desentupidor de ralo, e não era possível encontrar um furo naquela massa fofa e perfeita. Nós tínhamos quase a mesma altura, mas o cabelo dela lhe dava pelo menos oito centímetros de vantagem. Brincos de diamantes do tamanho de bolas de Natal chegavam quase aos seus ombros.

Ela abriu um sorriso genuíno que fez seus olhos se fecharem em familiares fendas escuras. No mesmo instante eu soube que ela era Gretchen, irmã mais velha de Churchill, que ficou noiva três vezes mas nunca se casou. Ele havia me contado que todos os noivos da Gretchen morreram em circunstâncias trágicas: o primeiro na Guerra da Coreia, o segundo em um acidente de carro, e o terceiro de um problema no coração que ninguém sabia, até que aquilo o matou sem aviso. Depois do último noivo, Gretchen disse que era óbvio que o casamento não era seu destino, e assim permaneceu solteira. Eu fiquei tão comovida com a história que quase chorei, e imaginei a irmã de Churchill como uma solteirona que só vestia preto.

"Ela não se sente muito sozinha?", eu perguntei, hesitante, "Sem nunca ter..." Eu fiz uma pausa enquanto refletia sobre o melhor modo de dizer aquilo. Relações carnais? Intimidade física? "Um homem na vida dela?"

"Diacho, não, ela não fica sozinha", Churchill disse, bufando. "A Gretchen se diverte sempre que pode. Ela tem lá seus namorados. Só não se casa com nenhum deles."

Olhando para aquela mulher de rosto doce e vendo o brilho em seus olhos, eu pensei, *Você está com tudo, Srta. Gretchen Travis.*

"Liberty. Eu sou Gretchen Travis." Ela me encarava como se fôssemos velhas amigas e esticou as mãos para segurar as minhas. Apoiei minha mala no chão e retribuí, desajeitada. Seus dedos eram quentes e finos, cheios de anéis que tilintavam. "Churchill me falou de você, mas não mencionou que coisinha linda você é. Está com sede, querida? Essa mala está pesada? Deixe-a aí que eu peço para alguém levar lá para cima. Sabe quem você me lembra?"

Da mesma forma que Churchill, ela fazia várias perguntas de uma vez. Eu me apressei a respondê-las.

"Obrigada, senhora, mas não estou com sede. E eu posso carregar isto." Eu peguei a mala.

Gretchen me fez entrar e continuou segurando minha outra mão, como se eu fosse nova demais para andar sozinha pela casa. A sensação foi estranha, mas gostosa, de segurar a mão de uma mulher adulta. Entramos em um saguão com chão de mármore e pé-direito duplo. Havia nichos embutidos em todas as paredes, abrigando esculturas de bronze. A voz de Gretchen ecoava ligeiramente enquanto nos dirigíamos à porta de um elevador enfiado debaixo de um dos lados de uma escadaria em formato de ferradura.

"Rita Hayworth", ela disse, respondendo à sua própria pergunta. "Como ela estava no filme *Gilda*, com aquele cabelo ondulado e os cílios longos. Você viu esse filme?"

"Não, senhora."

"Melhor assim. O filme não acaba bem." Ela soltou minha mão e apertou o botão do elevador. "Poderíamos subir de escada, mas assim é tão mais fácil. Nunca fique em pé quando puder sentar e nunca ande quando puder ir de carro."

"Sim, senhora." Endireitei minha roupa com o máximo de discrição possível, puxando a bainha da minha camiseta preta com gola em V por cima da calça branca. As unhas pintadas de vermelho do meu pé apareciam nas sandálias de salto baixo. Desejei ter escolhido uma roupa mais bonita naquela manhã, mas não fazia ideia do que iria acontecer. "Srta. Travis", eu disse, "por favor, diga-me como..."

"Gretchen", ela disse. "Só Gretchen."

"Gretchen, como ele está? Eu não soube desse acidente até hoje, ou teria enviado flores, um cartão..."

"Ah, querida, nós não precisamos de flores. Já recebemos tantas que não sabemos o que fazer com elas. E tentamos manter a discrição com relação ao acidente. Churchill disse que não quer muita agitação em torno dele. Acho que ele fica constrangido demais, por causa do gesso e da cadeira de rodas..."

"Ele engessou a perna?"

"É um tipo de gesso mole, por enquanto. Em duas semanas vai pôr o duro. Ele teve o que o médico disse que era..." Ela apertou os olhos, concentrada. "Uma fratura múltipla da tíbia, e a fíbula sofreu uma fratura simples. Um dos ossos do tornozelo também foi afetado. Puseram oito parafusos compridos na perna dele, uma haste do lado de fora que mais tarde irão tirar e uma placa de metal que vai ficar para sempre." Ela riu. "Ele nunca mais vai passar pela segurança do aeroporto. Ainda bem que ele tem o avião dele."

Eu anuí, mas não consegui falar. Tentei um truque velho para evitar o choro, algo que o marido da Srta. Marva, o Sr. Ferguson, me ensinou certa vez. Quando você achar que vai chorar, esfregue a ponta da língua no céu da boca, lá atrás, no palato mole. Enquanto você fizer isso, ele disse, as lágrimas não correm. Funcionava, mas não muito bem.

"Oh, Churchill é durão como ele só", disse Gretchen, estalando a língua ao ver minha expressão. "Não precisa se preocupar com ele, querida. É com o resto de nós que você tem que se preocupar. Ele vai ficar cinco meses de cama. Nós vamos enlouquecer antes disso."

A casa parecia um museu, com corredores amplos, tetos muito altos e cada pintura iluminada por uma luz individual. A atmosfera era serena, mas percebi que coisas aconteciam em salas distantes; telefones tocando, um tipo de batidas ou marteladas, o som inconfundível de panelas. Pessoas ocupadas que não eram vistas, mas faziam seu trabalho.

Entramos no maior quarto que eu já vi. Dava para colocar meu apartamento inteiro ali e ainda sobraria espaço. Uma fileira de janelas altas com venezianas ocupava uma parede. O chão, feito de nogueira aplainada à mão, estava coberto, em alguns lugares, por tapetes kilim artísticos que deviam ter custado, cada um, o equivalente a um Pontiac zero quilômetro. Uma cama *king-size* com postes em espiral estava posicionada diagonalmente em um dos cantos do quarto. Outra área continha um sofá de dois lugares e uma cadeira reclinável, com uma TV de plasma na parede.

Meu olhar logo encontrou Churchill, em uma cadeira de rodas e com a perna elevada. Ele, que sempre se vestia tão bem, usava calça de moletom e um suéter amarelo de algodão. Parecia um leão ferido. Cheguei até ele com poucos passos e enrolei meus braços ao seu redor. Encostei os lábios no alto de sua cabeça, sentindo a curva dura de seu crânio debaixo do cabelo grisalho macio. Inalei seu aroma familiar de couro com um toque da colônia cara. Uma de suas mãos chegou ao meu ombro, com batidinhas firmes.

"Ora, ora", veio a voz grossa. "Não precisa disso. Vou ficar bem. Pode parar com isso, agora."

Passei a mão pelas bochechas molhadas e me endireitei, depois pigarreei para limpar a garganta entupida de lágrimas.

"Então... você estava tentando bancar o Cavaleiro Solitário ou o quê?"

Ele fez uma careta.

"Eu estava cavalgando com um amigo na propriedade dele. Uma lebre pulou de uma moita de algarobeira e o cavalo assustou. Eu saí voando antes que conseguisse piscar."

"Suas costas estão bem? E o pescoço?"

"Está tudo bem. Foi só a perna." Churchill suspirou e resmungou. "Vou ficar preso nesta cadeira durante meses. A TV não tem nada além de porcaria. Tenho que tomar banho sentado em uma cadeira de plástico. Tudo tem que ser trazido para mim, não posso fazer nada sozinho. Estou cansado de ser tratado como um inválido."

"Você está inválido", eu disse. "Não consegue relaxar e aproveitar o mimo?"

"*Mimo?*", Churchill repetiu, indignado. "Estou sendo ignorado, negligenciado e desidratado. Ninguém traz minhas refeições na hora certa. Ninguém aparece quando eu grito. Ninguém enche minha jarra de água. Um rato de laboratório vive melhor que isso."

"Ora, Churchill", Gretchen falou com a voz doce. "Estamos fazendo o melhor que podemos. É uma rotina nova para todo mundo. Nós vamos nos acertar."

Ele a ignorou, ávido para manifestar suas queixas a uma ouvinte compreensiva. Estava na hora de tomar sua hidrocodona, disse Churchill, e alguém tinha deixado o frasco no fundo do balcão do banheiro, que ele não conseguia alcançar.

"Eu pego", falei no mesmo instante e fui até o banheiro.

Aquele espaço enorme era revestido de ladrilhos de terracota e mármore com veios de cobre, com uma banheira oval meio embutida no centro. O box do chuveiro e a janela eram de tijolos de vidro. Era uma sorte o banheiro ser tão grande, eu pensei, já que Churchill estava preso à cadeira de rodas. Encontrei um grupo de frascos marrons de remédio em um balcão, junto a um dispensador de copos de plástico que parecia deslocado naquele ambiente de revista.

"Um ou dois?", perguntei alto, abrindo o frasco de hidrocodona.

"Dois."

Enchi um copo de água e levei dois comprimidos para o Churchill. Ele os ingeriu fazendo careta; os cantos de sua boca estavam cinzentos de dor. Eu não conseguia imaginar o quanto sua perna devia estar doendo, com os ossos reclamando da intromissão dos parafusos e das hastes de metal. Seu organismo devia estar sobrecarregado com a tarefa de curar um dano tão grande. Perguntei se ele queria descansar. Eu poderia esperar por ele, ou voltar mais tarde. Churchill respondeu, enfático, que já tinha descansado demais. Ele queria um pouco de boa companhia, coisa que andava em falta ultimamente. Isso foi dito com um olhar dirigido a Gretchen, que respondeu com serenidade, dizendo que se uma pessoa desejava atrair boa companhia, ela tinha que ser boa companhia. Depois de um minuto de uma briga afetuosa, Gretchen saiu, lembrando Churchill de apertar o botão do intercomunicador se precisasse de algo. Eu empurrei a cadeira de rodas até o banheiro e o coloquei perto da pia.

"Ninguém responde quando eu aperto essa coisa", Churchill me contou, irritado, enquanto eu pegava meu material de trabalho.

Abri uma capa preta de corte e arrumei uma toalha ao redor do pescoço de Churchill.

"Vocês precisam de rádios. Aí você vai poder entrar em contato com alguém quando precisar de alguma coisa."

"Gretchen nunca nem sabe onde deixa o telefone celular", ele disse. "Nunca vou conseguir que ela carregue um rádio."

"Você não tem um assistente pessoal ou uma secretária?"

"Eu tinha", ele disse. "Mas eu o demiti semana passada."

"Por quê?"

"Não aguentava que eu gritasse com ele. E estava sempre com a cabeça enfiada no rabo."

Eu sorri.

"Bem, você devia ter esperado até contratar alguém, antes de se livrar dele." Enchi um borrifador com água da torneira.

"Eu tenho alguém em mente."

"Quem?"

Churchill fez um gesto breve, de impaciência, para indicar que isso não era importante, e se recostou na cadeira. Eu umedeci seu cabelo e o penteei com cuidado. Enquanto cortava cuidadosamente o cabelo em camadas, eu vi o momento em que o remédio fez efeito. As linhas duras de seu rosto relaxaram e os olhos perderam seu brilho vítreo.

"Este é, na verdade, o primeiro corte de cabelo que eu faço em você", observei. "Posso colocar você no meu currículo, afinal."

Ele riu.

"Há quanto tempo você está trabalhando com o Zenko? Quatro anos?"

"Quase cinco."

"Quanto ele está lhe pagando?"

Um pouco surpresa com a pergunta, eu pensei em lhe dizer que não era da sua conta. Mas não havia nenhum motivo para não lhe contar.

"Vinte e quatro mil por ano", eu disse, "sem incluir as gorjetas."

"Meu assistente ganhava cinquenta mil por ano."

"É bastante dinheiro. Aposto que ele tinha que ralar para ganhar tudo isso."

"Nem tanto. Ele fazia algumas coisas para mim, organizava minha agenda, dava telefonemas, digitava meu livro. Esse tipo de coisa."

"Você está escrevendo outro livro?"

Ele anuiu.

"É de estratégias de investimento. Mas parte dele é autobiográfica. Eu escrevo algumas páginas à mão, outras eu dito em um gravador. Meu assistente digita tudo isso no computador."

"Seria mais eficiente se você mesmo digitasse." Eu penteei seu cabelo para trás de novo, procurando a risca natural.

"Sou velho demais para aprender certas coisas. Digitar é uma delas."

"Então contrate um temporário."

"Não quero um temporário. Quero alguém que eu conheça. Alguém em quem eu confie."

Nossos olhares se encontraram no espelho e eu percebi aonde ele queria chegar. *Bom Deus*, eu pensei. Um franzido de concentração vincou minha testa. Eu me agachei, procurando o ângulo certo, fazendo cortes precisos com a tesoura ao redor da cabeça dele.

"Eu sou uma cabeleireira", falei sem olhar para ele, "não uma secretária. E se eu deixar o Zenko, aquela porta estará fechada para sempre. Não vou poder voltar."

"Não é uma oferta de curto prazo", Churchill rebateu de um modo relaxado que me deu uma dica do negociador hábil que ele devia ter sido. "Há muito trabalho para fazer aqui, Liberty. E a maior parte vai ser muito mais estimulante do que brincar com as cutículas dos outros. Agora procure se acalmar. Não há nada de errado com seu trabalho, e você o faz muito bem..."

"Puxa, obrigada."

"...mas você poderia aprender muito comigo. Eu ainda estou longe da aposentadoria e tenho muita coisa para fazer. Preciso da ajuda de alguém em quem eu possa confiar."

Eu ri, incrédula, e peguei o cortador elétrico.

"O que faz você pensar que pode confiar em mim?"

"Você não desiste", ele disse. "Pega as coisas para si. Enfrenta a vida de peito aberto. Isso conta muito mais que sua habilidade como digitadora."

"Você está dizendo isso agora. Mas não me viu digitando."

"Você aprende."

Balancei a cabeça lentamente.

"Então você está velho demais para aprender a usar um teclado, mas eu não?"

"Isso mesmo."

Eu lhe dei um olhar exasperado e liguei a máquina. O zumbido insistente impossibilitou qualquer conversa. Era óbvio que Churchill precisava de alguém mais qualificado que eu. Pequenas tarefas eu poderia fazer. Mas ligações em seu nome, ajudar com o livro, interagir mesmo que de forma limitada com as pessoas do seu círculo... eu me sentiria um peixe fora d'água. Ao mesmo tempo eu me surpreendi ao descobrir a ambição se movimentar em mim. Quantos formados em faculdade, com suas becas bordadas e diplomas novinhos em folha não matariam por uma chance como essa? Aquela era uma oportunidade que não apareceria duas vezes.

Trabalhei no cabelo de Churchill, inclinando sua cabeça, cortando com cuidado, até que desliguei a máquina e comecei a limpar os fios cortados de seu pescoço.

"E se não der certo?", eu me ouvi perguntar. "Recebo duas semanas de aviso prévio?"

"Bastante aviso prévio", ele disse, "e um bom bônus pela demissão. Mas vai dar certo."

"E quanto ao plano de saúde?"

"Vou colocar você e a Carrington no mesmo plano que a minha família."

Minha nossa! A não ser pelas vacinas que o governo dava, eu precisava pagar por todas as despesas médicas que eu e Carrington tínhamos. Nós tivemos sorte, com relação à saúde. Mas cada tosse, resfriado ou infecção no ouvido, cada problema menor que podia se transformar em algo sério, era uma preocupação que quase acabava comigo. Eu queria um cartão plástico com um número de seguro na minha carteira. Queria tanto que apertei meus pulsos até doerem.

"Escreva uma lista de tudo o que você quer", disse Churchill. "Não vou me ater a picuinhas. Você me conhece. Sabe que sou justo. Só existe uma coisa não negociável."

"O que é?" Eu continuava achando difícil de acreditar que aquela conversa estava acontecendo.

"Eu quero que você e a Carrington morem aqui."

Não havia nada que eu pudesse dizer. Só fiquei olhando para ele.

"Gretchen e eu precisamos de alguém em casa", ele explicou. "Eu estou na cadeira de rodas, e mesmo depois que sair, não vou estar cem por cento. E a Gretchen tem apresentado alguns problemas, inclusive perda de memória. Diz que um dia vai voltar para a casa dela, mas a verdade é que não vai mais sair daqui. Eu quero alguém que fique de olho nos compromissos dela também. Não quero que seja algum estranho." Seus olhos estavam vivos, sua voz, tranquila. "Você pode entrar e sair quando quiser. Pode administrar a casa. Tratá-la como seu próprio lar. Ponha Carrington na Escola Fundamental de River Oaks. O andar de cima tem oito quartos de visita livres – cada uma pode escolher o seu."

"Mas eu não posso mudar a vida da Carrington assim... mudar a casa dela, a escola... não sem eu saber se isso vai funcionar ou não."

"Se você está pedindo garantia, eu não posso lhe dar. Só posso prometer fazer o meu melhor."

"Ela não tem nem 10 anos ainda. Você entende o que seria ter a menina na casa? Garotinhas são barulhentas. Bagunceiras. Elas..."

"Eu tive quatro filhos", ele disse, "incluindo uma filha. Eu sei como são crianças com 8 anos." Ele fez uma pausa calculada. "Vou lhe dizer uma coisa. Vamos contratar um professor de língua para vir aqui duas vezes por semana. E talvez Carrington queira aulas de piano. Tem um Steinway lá embaixo em que ninguém encosta. Ela gosta de nadar? Vou colocar um escorregador na piscina. Quando chegar o aniversário dela nós daremos uma grande festa na piscina."

"Churchill", eu murmurei, "que diabo você está fazendo?"

"Estou tentando fazer uma oferta que você não consiga recusar."

Eu receei que ele tivesse feito exatamente isso.

"Diga sim", ele insistiu, "e todo mundo sai ganhando."

"E se eu disser não?"

"Nós continuamos amigos. E a oferta continua." Ele deu de ombros e indicou a cadeira de rodas com as mãos. "É bem óbvio que eu não vou sair daqui."

"Eu..." Passei os dedos pelo cabelo. "Eu preciso pensar um pouco nisso."

"Leve o tempo que precisar." Ele me deu um sorriso amigável. "Antes de decidir qualquer coisa, por que você não traz a Carrington aqui, para conhecer o lugar?"

"Quando?", perguntei, perplexa.

"Hoje à noite, para o jantar. Vá pegar a menina na escola e a traga aqui. Gage e Jack vão vir. Você vai gostar de conhecer os dois."

Nunca tinha me ocorrido conhecer os filhos do Churchill. A vida dele e a minha sempre foram estritamente separadas, e misturar esses elementos me deixou apreensiva. Em algum momento, durante a vida, eu absorvi a noção de que o lugar de algumas pessoas era em estacionamentos de trailers e o de outras era em mansões. Meu conceito de mobilidade social tinha seus limites, mas eu queria impor esses mesmos limites a Carrington? O que aconteceria se eu a expusesse a uma vida tão diferente da que ela sempre conheceu? Seria o mesmo que levar Cinderela para o baile em uma carruagem e mandá-la para casa em uma abóbora. Cinderela tinha encarado isso com espírito esportivo, mas eu não tinha certeza de que Carrington seria tão compreensiva. E, na verdade, eu não queria que ela fosse.

Capítulo 16

Como era de se esperar, Carrington tinha se sujado além da conta naquele dia. Os joelhos da sua calça jeans tinham marcas de grama e havia manchas de tinta guache na frente de sua camiseta. Eu a peguei na porta da sala de aula e a levei para o banheiro feminino mais próximo. Rapidamente limpei seu rosto e suas orelhas com toalhas de papel e desembaracei seu rabo de cavalo. Quando ela perguntou por que eu estava tentando melhorar sua aparência, eu expliquei que nós iríamos jantar na casa de um amigo, e era melhor ela se comportar bem ou "*ia ver uma coisa*".

"Que 'coisa' eu vou ver?", ela perguntou, como sempre, e eu fingi não ouvir.

Carrington explodiu de alegria quando viu a grande propriedade cercada. Insistiu em sair do seu banco para apertar os botões do código de segurança através da janela do motorista, enquanto eu ditava para ela. Por algum motivo, gostei de ver que Carrington era nova demais para se sentir intimidada por aquele ambiente luxuoso. Ela tocou a campainha cinco vezes antes que eu conseguisse detê-la, fez pose para a câmera de segurança, e pulou até as luzes dos seus tênis piscarem como sinaleiros de emergência.

Dessa vez foi uma governanta idosa que atendeu a porta. Ela fazia Churchill e Gretchen parecerem adolescentes. Seu rosto era tão amarrotado e vincado que ela me lembrou uma daquelas bonecas de maçã seca com tufos de algodão branco no lugar do cabelo. Os botões pretos e brilhantes de seus olhos estavam atrás de óculos fundo de garrafa. Seu sotaque do sul do Texas engolia as palavras assim que ela as pronunciava. Nós nos apresentamos e ela disse que seu nome era Cecily ou Cissy, não consegui entender direito.

Então Gretchen apareceu. Disse que Churchill havia descido pelo elevador, e nos aguardava na sala íntima. Olhou para Carrington e segurou seu rostinho nas mãos.

"Que garota linda, que tesouro", ela exclamou. "Pode me chamar de tia Gretchen, querida."

Carrington riu e mexeu na barra da sua camiseta manchada de tinta.

"Eu gostei dos seus anéis", ela disse, olhando para os dedos cintilantes de Gretchen. "Posso experimentar um?"

"Carrington...", eu comecei a repreendê-la.

"É claro que pode", Gretchen exclamou. "Mas primeiro vamos ver o tio Churchill."

As duas foram de mãos dadas pelo corredor, seguidas de perto por mim.

"Churchill lhe disse sobre o que nós conversamos?", eu perguntei à Gretchen.

"Sim, ele comentou", respondeu por sobre o ombro.

"O que você acha disso?"

"Acho que pode ser muito bom para todos nós. Depois que Ava faleceu e as crianças cresceram, a casa ficou quieta demais."

Passamos por uma sala com tetos altos e janelas enormes com cortinas de seda, veludo e rendas. O chão de nogueira tinha alguns pedaços cobertos por tapetes orientais e móveis antigos, tudo em tons discretos de vermelho, dourado e creme. Alguém naquela casa adorava livros – havia estantes embutidas em toda parte, preenchidas de alto a baixo. A casa cheirava bem, com traços de óleo de limão, cera e velino antigo. A sala íntima era grande o bastante para abrigar uma exposição de automóveis, com lareiras enormes em paredes opostas. Uma mesa redonda ocupava o centro, com um arranjo imenso de flores naturais composto de hortênsias brancas, rosas amarelas e vermelhas e algumas frésias amarelas. Churchill estava perto de um conjunto de sofás, em uma lateral da sala, debaixo de um grande quadro de um navio à vela em tons de sépia. Dois homens se levantaram de suas poltronas quando nos aproximamos, demonstrando uma cortesia antiquada. Eu não olhei para nenhum deles. Minha atenção estava focada em Carrington, que se aproximou da cadeira de rodas.

Ela e Churchill apertaram as mãos solenemente. Eu não podia ver o rosto da minha irmã, mas vi o dele. Churchill a encarou com olhar fixo, sem pestanejar. Fiquei intrigada pelas emoções que passaram por seu rosto: encanto, alegria, tristeza. Ele desviou o olhar e pigarreou com força, mas quando voltou o olhar para ela, sua expressão era tranquila, e eu pensei ter imaginado coisas. Eles começaram a conversar como velhos amigos. Carrington, que normalmente era tímida, descrevia a velocidade com que atravessaria de patins os corredores da casa, se isso fosse permitido. Depois perguntou o nome do cavalo de que ele tinha caído, e contou sobre sua aula de artes e de como sua melhor amiga, Susan, por acidente derrubou tinta guache azul na carteira.

Enquanto conversavam, prestei atenção no par de homens que estava em pé ao lado das poltronas. Após ouvir histórias sobre os filhos de Churchill ao longo dos anos, senti um choque moderado quando os vi se materializar na minha frente. Apesar do meu carinho por Churchill, eu tinha consciência de que ele havia sido um pai exigente. Ele admitiu que havia exagerado em seus esforços para que os três filhos e a filha não se tornassem os herdeiros privilegiados, preguiçosos e mimados que ele tinha visto em outras famílias ricas. Eles foram criados para trabalhar duro, alcançar os objetivos determinados e assumir suas obrigações. Como pai, Churchill foi escasso em recompensas e pródigo em castigos. Havia lutado contra a vida, da qual levou golpes duros, e esperava que os filhos fizessem o mesmo. Eles foram criados para se destacar nos estudos e nos esportes, para se desafiar em cada aspecto da vida. Como Churchill tinha horror à preguiça ou a privilégios, qualquer sinal disso era esmagado debaixo de sua bota pesada. Ele foi mais ameno com Haven, a única menina e caçula da família. E foi mais duro com o mais velho, Gage, único filho que teve com a primeira mulher.

Ao ouvir as histórias de Churchill a respeito de seus filhos, ficou fácil perceber que a maior admiração e as mais elevadas expectativas eram reservadas a Gage. Com 12 anos e frequentando um internato de elite, Gage arriscou a vida para ajudar a salvar outros alunos em seu dormitório. Certa noite, um incêndio começou na sala de estar do terceiro andar, e não havia mangueiras contra incêndio no prédio. De acordo com Churchill, Gage ficou para trás para ter certeza de que todos os alunos tinham acordado e saído. Ele foi o último a sair, escapando por pouco. Sofreu inalação de fumaça e queimaduras de segundo grau. Achei a história reveladora, e o comentário de Churchill a respeito, ainda mais.

"Ele só fez o que eu esperava que fizesse", disse Churchill quando me contou. "O que qualquer um na minha família teria feito." Em outras palavras, salvar pessoas de um prédio em chamas não era grande coisa para Churchill Travis e quase não era mérito nenhum.

Gage havia se formado na Universidade do Texas e na Harvard Business School, e trabalhava em dois empregos, na firma de investimentos do pai e na sua própria empresa. Os outros filhos de Churchill tinham seguido seu próprio caminho. Eu me perguntei se Gage escolheu trabalhar com o pai ou se apenas ocupou o lugar que o pai esperava que ele ocupasse. E se nutria alguma mágoa por ter que viver sob o fardo considerável das expectativas de Churchill.

O mais novo dos dois irmãos veio em minha direção e se apresentou como Jack. Tinha um aperto de mão firme e um sorriso fácil. Seus olhos eram da cor de café puro, e cintilavam no rosto bronzeado de uma pessoa que devia gostar muito de atividades ao ar livre.

E então eu cumprimentei Gage. Ele era magro, uma cabeça mais alto do que o pai, com cabelos pretos. Gage tinha cerca de 30 anos, mas a experiência transmitida em seu olhar fazia com que parecesse mais velho. Ele abriu um sorriso superficial e rápido, como se não tivesse muito disso para distribuir. Havia duas coisas que as pessoas compreendiam logo a respeito de Gage Travis. Primeiro, ele não era do tipo que ria à toa. E segundo, apesar de sua educação privilegiada, era um filho da mãe duro de roer. Um pitbull com *pedigree* criado em canil. Ele se apresentou estendendo a mão para apertar a minha. Seus olhos eram um cinza-claro incomum, brilhantes e cravejados de preto. Aqueles olhos transmitiam um relâmpago de volatilidade contida debaixo de uma fachada sossegada, uma sensação de energia contida que eu só tinha visto em outra pessoa: Hardy. Só que o carisma de Hardy era um convite para que os outros se aproximassem, enquanto aquele homem emitia um alerta para você manter distância. Fiquei tão abalada que tive dificuldade de apertar sua mão.

"Liberty", eu disse, com a voz fraca. Meus dedos foram engolidos pelos dele. Um aperto leve, ardente, e ele me soltou o mais rápido possível.

Virei para o lado, querendo olhar para qualquer coisa que não aqueles olhos enervantes, e descobri uma mulher sentada em um sofá ao lado. Ela era linda, alta e magérrima, com um rosto delicado e lábios cheios, mais um rio de cabelos louros com luzes que escorriam por seus ombros e pelo braço do sofá. Churchill tinha me contado que Gage namorava uma modelo, e eu não tive dúvida de que era ela. Seus braços, que não eram mais espessos que a haste de um cotonete, pareciam pendurados nos ombros, e os ossos do seu quadril pareciam a lâmina de um abridor de latas. Se ela fosse qualquer coisa que não uma modelo, teria sido levada às pressas para uma clínica de distúrbios alimentares.

Nunca me preocupei com meu peso, que sempre foi normal. Tenho um bom corpo, uma silhueta bem feminina, com seios e quadris de mulher, e com um traseiro provavelmente maior do que eu gostaria. Eu ficava bem com as roupas certas, e não muito bem com as erradas. De modo geral, eu estava satisfeita com meu corpo. Mas, perto daquela criatura espigada, eu me sentia uma vaca de raça premiada.

"Oi", eu disse, forçando um sorriso enquanto ela me examinava de alto a baixo. "Meu nome é Liberty Jones. Eu sou... amiga do Churchill."

Ela me olhou com desdém e não se deu ao trabalho de se apresentar. Pensei nos anos de privação e fome que seriam necessários para manter aquela magreza. Nada de sorvete ou de churrasco, nenhuma fatia de torta de limão, nenhum pimentão frito recheado de carne e queijo derretido. Isso deixaria qualquer pessoa má.

Jack interveio, rápido.

"De onde você é, Liberty?"

"Eu..." Lancei um olhar rápido para Carrington, que examinava o painel de botões na cadeira de rodas de Churchill. "Não aperte nenhum deles, Carrington." Veio a imagem de um desenho animado em que ela ativava uma catapulta no assento da cadeira.

"Não vou apertar", argumentou minha irmã. "Só estou olhando."

Voltei minha atenção para Jack.

"Nós moramos em Houston, perto do salão."

"Que salão?", Jack perguntou com um sorriso encorajador.

"Salon One. Onde eu trabalho." Um silêncio breve, mas constrangedor, se seguiu, como se ninguém soubesse o que pensar ou dizer a respeito de um emprego em salão de beleza. Senti a necessidade de falar para preencher o vazio. "Antes de Houston, nós moramos em Welcome."

"Acho que já ouvi falar de Welcome", disse Jack. "Embora eu não me lembre do contexto."

"É só uma cidadezinha normal", eu disse. "Tem um de cada."

"Como assim?"

Eu dei de ombros.

"Uma sapataria, um restaurante mexicano, uma lavanderia..."

Aquelas pessoas estavam acostumadas a conversar com seus iguais, sobre lugares, pessoas e coisas de que eu não tinha nenhum conhecimento. Eu me senti uma ninguém. De repente, fiquei aborrecida com Churchill por me colocar naquela situação, entre pessoas que iriam debochar de mim no minuto em que eu saísse dali. Tentei manter a boca fechada, mas outro silêncio pesado se instalou, e eu não consegui evitar preenchê-lo. Olhei de novo para Gage Travis.

"Você trabalha com seu pai, certo?" Tentei lembrar o que Churchill havia dito, que, embora Gage ajudasse na firma de investimentos da família, ele também tinha começado sua própria empresa, que desenvolvia tecnologias alternativas de energia.

"Parece que eu vou ter que assumir as viagens do meu pai durante algum tempo", disse Gage. "Ele deveria fazer uma palestra em Tóquio na semana que vem. Eu vou no lugar dele." Todo um verniz de educação, mas nenhum sinal de sorriso.

"Quando você faz uma palestra por Churchill", eu perguntei, "fala exatamente o que ele falaria?"

"Nós nem sempre temos as mesmas opiniões."

"Quer dizer que não, então?"

"Quer dizer que não", ele confirmou. Enquanto continuava a me encarar, fui surpreendida por uma sensação de aperto moderada, não desagradável, no meu abdome. Meu rosto ficou quente.

"Você gosta de viajar?", perguntei.

"Na verdade, estou cansado disso. E quanto a você?"

"Eu não sei. Nunca saí do estado."

Eu não achava que aquilo era algo estranho de se dizer, mas os três olharam para mim como se eu tivesse duas cabeças.

"Churchill nunca levou você para viajar?", perguntou a mulher sentada no sofá, enquanto brincava com o próprio cabelo. "Ele não quer ser visto com você?" Ela sorriu como se estivesse fazendo uma piada. Seu tom de voz poderia ter arrancado as penas de uma ave.

"Gage é caseiro", disse Jack. "O resto dos Travis adora viajar."

"Mas Gage gosta de Paris", comentou a mulher, com um olhar significativo para ele. "Foi lá que nos conhecemos. Eu estava fazendo a capa da *Vogue* francesa."

Eu tentei parecer impressionada.

"Desculpe, não entendi seu nome."

"Dawnelle."

"Dawnelle...", repeti, esperando o sobrenome.

"*Só* Dawnelle."

"Ela acabou de ser escolhida para uma campanha publicitária nacional", Jack disse para mim. "Uma grande empresa de cosméticos está lançando um novo perfume."

"Uma nova fragrância", Dawnelle o corrigiu. "Ela se chama Taunt."

"Tenho certeza de que você vai fazer um ótimo trabalho", eu disse.

Depois dos drinques, jantamos em uma sala oval com pé-direito duplo e um lustre de cristal que pairava como fileiras de gotas de chuva. A porta em arco de um lado da sala de jantar levava à cozinha, e a outra extremidade tinha uma espécie de portão de ferro trabalhado. Churchill falou que havia uma adega de vinhos ali, com uma coleção de dez mil garrafas. Cadeiras pesadas com estofamento em veludo verde-oliva foram puxadas para perto da mesa de mogno. A governanta e uma jovem latina serviram vinho tinto em taças grandes, e trouxeram uma taça com refrigerante para Carrington. Minha irmã sentou-se à esquerda de Churchill, e eu fiquei do outro lado. Eu a lembrei, com um sussurro, de colocar o guardanapo no colo e de não deixar o copo muito perto da beirada da mesa. Ela se comportou maravilhosamente, lembrando de dizer sempre "por favor" e "muito obrigada".

Só houve um momento de preocupação quando os pratos foram trazidos e eu não consegui identificar o conteúdo. Minha irmã, embora não fosse difícil para comer, não tinha o que se poderia chamar de paladar aventureiro.

"O que é esta coisa?", sussurrou Carrington, olhando em dúvida para uma coleção de tiras, bolas e pedaços em seu prato.

"É carne", eu disse pelo canto da minha boca.

"Que tipo de carne?", ela insistiu, cutucando uma das bolas com os dentes do garfo.

"Eu não sei. Apenas coma."

A essa altura Churchill tinha reparado na careta de Carrington.

"Qual o problema?", ele perguntou.

Carrington apontou com o garfo para seu prato.

"Eu não vou comer uma coisa que eu não sei o que é."

Churchill, Gretchen e Jack riram, enquanto Gage nos observou sem expressão. Dawnelle estava no meio do processo de explicar à governanta que ela queria que sua comida fosse levada de volta para a cozinha e pesada com cuidado. Cem gramas de carne era tudo que ela queria.

"Essa é uma boa regra", Churchill disse para Carrington. Ele lhe disse para aproximar o prato do dele. "Essa coisa toda é o que chamam de churrasco misto. Veja, estas tiras são carne de veado. Isto aqui é alce, e aqui são almôndegas e esta é uma linguiça de peru selvagem." Olhando para mim, ele acrescentou: "Nada de emu". E piscou.

"É o mesmo que comer um episódio inteiro de *Reino selvagem*", eu disse, entretida pela visão de Churchill tentando convencer uma garotinha relutante de oito anos a fazer alguma coisa.

"Eu não gosto de alce", Carrington lhe disse.

"Você não pode ter certeza disso até experimentar. Vamos, experimente um pedaço."

Obediente, Carrington comeu um pouco da carne estranha, acompanhada de vegetais e batatas assadas. Cestos com pãezinhos e pão de fubá foram passados pela mesa. Para meu pavor, vi Carrington vasculhando um deles.

"Querida, não faça assim", eu murmurei. "Pegue a fatia de cima."

"Eu quero o normal", ela reclamou.

Eu olhei para Churchill me desculpando:

"Eu normalmente faço nosso pão de fubá na frigideira."

"Veja isso." Ele sorriu para Jack. "Era assim que sua mãe fazia, não?"

"Sim, senhor", disse Jack com um sorriso saudoso. "Eu esfarelava um pedaço ainda quente no copo de leite... nossa, como era gostoso."

"A Liberty faz o melhor pão de fubá", Carrington disse com sinceridade. "Você deveria pedir para ela fazer para você um dia, tio Churchill."

Com o canto do olho, vi Gage ficar rígido ao ouvir a palavra "tio".

"Pois eu acho que vou pedir", disse Churchill, me dando um sorriso carinhoso.

Depois do jantar, Churchill nos levou para um passeio pela mansão, apesar dos meus protestos de que ele devia estar cansado. Os outros foram tomar café na sala de estar, enquanto Churchill, Carrington e eu fomos dar uma volta pela casa. Nosso anfitrião manobrou a cadeira de rodas para entrar e sair do elevador, pelos corredores, parando à entrada de certos quartos que ele queria que nós víssemos. Ava tinha decorado sozinha a casa toda, ele disse, com orgulho. Ela gostava de estilos europeus e coisas francesas, escolhendo peças antigas com desgaste visível para equilibrar conforto e elegância. Vimos quartos com varandas e janelas com vidros lapidados. Alguns dos quartos tinham decoração rústica, com paredes envelhecidas com técnicas de pintura e tetos com vigas de madeira à mostra. Havia biblioteca, academia com sauna, quadra de squash, uma sala de música com a mobília forrada em veludo creme, um *home theater* com uma tela de TV que cobria toda a parede. A casa ainda tinha duas piscinas, uma interna e outra externa, sendo que esta ficava no centro de uma área ajardinada com quiosque, uma cozinha de verão, deques cobertos e uma lareira externa.

Churchill aumentou seu charme para potência máxima. Várias vezes o velho malandro me deu um olhar carregado de significado, por exemplo quando Carrington correu para o piano e dedilhou algumas notas, ou quando ela ficou empolgada com a piscina de borda infinita. *Ela poderia ter tudo isto o tempo todo*, era o subtexto não falado. É você que a está mantendo longe disso. E ele riu quando fiz uma careta. Ele tinha conseguido dar seu recado. Mas eu notei algo mais, algo que ele talvez não tivesse percebido. Fiquei pasma com o modo como os dois interagiam, como ficavam à vontade um com o outro. A garotinha sem pai nem avô. O velho que não havia passado tempo suficiente com seus próprios filhos quando eram mais novos. Churchill havia me dito que lamentava isso. Sendo quem era, ele não teria feito diferente, mas naquele momento da vida em que tinha chegado aonde queria, ele podia olhar para trás e ver os momentos distantes dos quais sentia falta. Fiquei preocupada pelos dois. Eu tinha muita coisa em que pensar.

Depois que estávamos bastante deslumbradas e Churchill começou a dar sinais de cansaço, fomos nos juntar aos outros. Vendo o tom cinzento de seu rosto, eu consultei o relógio.

"Está na hora da hidrocodona", murmurei. "Vou até seu quarto pegar."

Ele anuiu, o maxilar travado contra a dor que se aproximava. Alguns tipos de dor têm que ser combatidos antes que se instalem, porque depois fica difícil conseguir acabar com eles.

"Eu vou com você", disse Gage, levantando da poltrona em que estava. "Você pode não lembrar do caminho."

Ainda que seu tom de voz fosse agradável, as palavras feriram a sensação confortável que eu tive por estar com Churchill.

"Obrigada", eu disse, desconfiada, "mas eu consigo encontrar."

Ele não recuou.

"Eu acompanho você. É fácil se perder neste lugar."

"Obrigada", eu disse. "É muita gentileza sua."

Mas quando saímos da sala de estar, eu percebi o que viria a seguir. Ele tinha algo para me dizer, algo que não seria nem um pouco agradável. Quando chegamos ao pé da escadaria, longe o bastante dos outros, Gage parou e me virou para que eu o encarasse. Seu toque me fez congelar.

"Olhe", ele disse, brusco. "Eu não dou a mínima se você está trepando com o velho. Isso não é da minha conta."

"Tem razão", eu disse.

"Mas trazer isso para esta casa, já passa dos limites."

"A casa não é sua."

"Ele a construiu para minha mãe. É aqui que a família se reúne, onde nós passamos os feriados." Ele olhou para mim com desprezo. "Você está em terreno perigoso. Se colocar os pés aqui de novo, eu mesmo vou botar você para fora. Entendeu?"

Eu entendi. Mas não recuei nem estremeci. Fazia muito tempo que eu havia aprendido a não correr de pitbulls. De vermelha que estava, eu fiquei branca como papel. O fluxo do meu sangue parecia escaldar minhas veias. Ele não sabia nada a meu respeito, aquele vagabundo arrogante, não sabia nada das escolhas que fiz nem das coisas de que eu desisti e de todos os caminhos fáceis que, embora pudesse ter tomado, eu não tomei. *Eu não tomei.* Gage estava sendo um babaca tão completo e imperdoável que, se ele pegasse fogo de repente, eu não me daria ao trabalho de cuspir nele.

"Seu pai precisa do remédio", eu disse, o rosto sério.

Ele apertou os olhos. Tentei sustentar seu olhar, mas não consegui. Os eventos daquele dia tinham deixado minhas emoções à flor da pele. Então eu fixei a vista em um ponto distante e me concentrei em não demonstrar nada, não sentir nada.

"É melhor que esta seja a última vez que eu veja você", eu o ouvi dizer depois de um tempo insuportavelmente longo.

"Vá para o inferno", eu disse e subi a escadaria em um ritmo controlado, ainda que meus instintos me mandassem sair em disparada como um coelho.

Tive outra conversa em particular com Churchill naquela noite. Fazia tempo que Jack tinha ido embora e, ainda bem, Gage fez o mesmo, para levar sua namorada tamanho zero para casa. Gretchen mostrava para Carrington sua coleção de cofrinhos antigos de ferro fundido: um com o formato de Humpty-Dumpty, outro parecido com uma vaca, que dava um coice no fazendeiro quando se colocava uma moeda nele. Enquanto elas brincavam de um lado da sala, eu me sentei em um divã perto da cadeira de rodas do Churchill.

"E aí, está pensando?", ele perguntou.

Eu anuí.

"Churchill... algumas pessoas não vão ficar satisfeitas se nós formos em frente com isso."

Ele não fingiu que não entendia.

"Ninguém vai lhe causar problemas, Liberty", ele disse. "Eu sou o líder desta matilha."

"Eu preciso de um ou dois dias para pensar melhor."

"Tudo bem." Ele sabia quando insistir e quando recuar.

Juntos nós olhamos para Carrington, do outro lado da sala, que ria, encantada, enquanto um macaquinho de ferro fundido colocava, com seu rabo, uma moeda em uma caixa.

No fim de semana seguinte, fomos jantar com a Srta. Marva. A casa estava tomada pelo cheiro da carne assada na cerveja e do purê de batatas. Dava para pensar que a Srta. Marva e o Sr. Ferguson estavam casados havia cinquenta anos, tal era a intimidade entre eles.

Quando a Srta. Marva levou Carrington para seu quarto de costura nos fundos, eu fiquei na biblioteca com o Sr. Ferguson e expus meu dilema. Ele escutou em silêncio, com expressão tranquila e as mãos juntas sobre o abdome.

"Eu sei qual é a escolha segura", eu disse para ele. "Quando se analisa a situação, não há motivo para eu assumir esse tipo de risco. Estou indo muito bem no salão do Zenko, Carrington gosta da escola e receio que seria difícil para ela abandonar as amiguinhas para tentar se encaixar em um lugar novo, para onde as outras crianças são levadas de Mercedes. Eu só... eu só queria..."

Um pequeno sorriso brincou nos olhos gentis do Sr. Ferguson.

"Eu tenho a sensação, Liberty, de que você espera que alguém lhe dê a permissão para que você faça o que quer fazer."

Relaxei minha cabeça no encosto da espreguiçadeira.

"Eu sou tão diferente daquelas pessoas", eu disse olhando para o teto. "Ah, se tivesse visto aquela casa, Sr. Ferguson. Ela me faz sentir tão... ah, eu não sei. Como um hambúrguer de cem dólares."

"Não estou entendendo."

"Mesmo que seja servido em prato de porcelana, em um restaurante chique, continua sendo apenas um hambúrguer."

"Liberty", disse o Sr. Ferguson, "não existe razão para você se sentir inferior a eles. Ou a ninguém. Quando chegar à minha idade, você vai perceber que todas as pessoas são iguais."

É claro que um agente funerário diria isso. Apesar de status econômico, da raça e de todas as coisas que distinguem as pessoas umas das outras, todas terminam nuas em uma mesa no porão da agência dele.

"Eu sei como as coisas são do seu ponto de vista, Sr. Ferguson", eu disse. "Mas onde eu estava, noite passada em River Oaks, aquelas pessoas eram bem diferente de nós."

"Você lembra do garoto mais velho dos Hopson, o Willie? O que foi para a Faculdade Cristã do Texas?"

Eu me perguntei o que Willie Hopson tinha a ver com o meu dilema. Mas as histórias do Sr. Ferguson geralmente tinham sentido, se você tivesse paciência para ouvi-las até o fim.

"Quando estava no terceiro ano", continuou ele, "Willie foi para a Espanha em um programa de intercâmbio estudantil, para ter uma ideia de como as outras pessoas vivem, aprender sobre como elas pensam e quais são seus valores. Isso lhe fez muito bem. Eu acho que você podia pensar em fazer o mesmo."

"Quer que eu vá para a Espanha?"

Ele riu.

"Você sabe do que eu estou falando, Liberty. Você poderia pensar na família Travis como seu programa de intercâmbio. Não acho que vá fazer mal a você ou à Carrington passar algum tempo em um lugar que não é o seu. Isso pode beneficiar as duas de um modo que você nem imagina."

"Ou não", eu disse.

Ele sorriu.

"Só existe um jeito de descobrir, não é mesmo?"

Capítulo 17

Toda vez que Gage Travis olhava para mim, dava para perceber que ele queria arrancar meus braços e pernas. Não com fúria, mas em um processo lento e metódico. Jack e Joe passavam pela casa uma vez por semana, mas era Gage quem aparecia todos os dias. Ele ajudava Churchill em coisas como entrar e sair do chuveiro e se vestir, além de levá-lo às consultas médicas. Não importava o quanto eu não gostasse dele, eu tinha que admitir que era um bom filho. Ele poderia ter feito Churchill contratar um enfermeiro, mas não... ele aparecia para cuidar do pai pessoalmente. Oito horas todas as manhãs, nunca um minuto atrasado nem adiantado. Ele era bom para o Churchill, que estava ranzinza devido à combinação de tédio, dor e dificuldades constantes. Mas não importava o quanto o pai resmungasse ou brigasse, nunca vi um sinal de impaciência sequer de Gage. Ele era sempre calmo, tolerante e capaz. Até ficar perto de mim, quando então se transformava em um babaca de primeira grandeza. Gage deixava claro que, na sua opinião, eu era uma parasita, aventureira e coisa pior. Ele não tomava conhecimento de Carrington, a não ser para demonstrar uma consciência limitada de que havia uma pessoa mais baixa na casa.

No dia em que nos mudamos, com nossos bens entulhados em caixas de papelão, pensei que Gage iria me jogar para fora pessoalmente. Eu tinha começado a desempacotar minhas coisas no quarto que escolhi, um espaço lindo com janelas amplas, paredes em verde-musgo claro e caixilhos cor de creme. O que me fez decidir por aquele quarto foi um grupo de fotografias em preto e branco na parede. Eram todas imagens do Texas: um cacto, uma cerca de arame farpado, um cavalo e, para minha alegria, um retrato frontal de um tatu olhando diretamente para a câmera. Eu tomei isso como um sinal auspicioso. Carrington iria dormir duas portas adiante, em um quarto pequeno, mas bonito, com papel de parede listrado de amarelo e branco.

Quando abri minha mala sobre a cama *king-size*, Gage apareceu à porta. Meus dedos agarraram a borda da mala e minhas juntas endureceram tanto que seria possível ralar cenouras nelas. Mesmo sabendo que eu estava a salvo – claro que Churchill não o deixaria me matar –, ainda assim fiquei assustada. Ele ocupava todo o vão da porta, parecendo grande, malvado e impiedoso.

"Que diabo você está fazendo aqui?" Sua voz baixa me perturbou mais do que se tivesse gritado.

Respondi através dos meus lábios secos:

"Churchill disse que eu podia escolher qualquer quarto que quisesse."

"Você pode sair por vontade própria, ou eu posso jogar você na rua. Acredite em mim, você vai preferir sair sozinha."

Eu não me mexi.

"Se você tem algum problema, pode conversar com seu pai. Ele me quer aqui."

"Não dou a mínima. Caia fora."

Uma gota de suor escorreu no meio das minhas costas. Eu não me mexi. Ele chegou até mim em três passos compridos e agarrou meu braço de um modo que doeu. Uma exclamação de surpresa foi arrancada da minha garganta.

"Tire suas mãos de mim!" Eu puxei o braço e o empurrei, mas o peito dele era tão firme quanto o tronco de um carvalho vivo.

"Eu tinha dito que iria jo..." Ele se interrompeu. Fui solta com uma violência que me fez recuar um passo. Nossas respirações fortes quebravam o silêncio. Ele olhava fixamente para a cômoda, onde eu tinha colocado fotografias em porta-retratos. Tremendo, levei a mão até a parte do braço que ele agarrou. Massageei o lugar como se para apagar seu toque. Mas eu ainda podia sentir a mão invisível cravada na minha pele. Ele foi até a cômoda e pegou uma das fotos.

"Quem é essa?"

Era um retrato da minha mãe, tirada não muito tempo depois que ela se casou com meu pai. Uma jovem loira e linda.

"Não toque nisso!", eu exclamei, correndo na direção dele para tirar a foto de suas mãos.

"Quem é?", ele repetiu.

"Minha mãe."

Ele curvou a cabeça enquanto fitava meu rosto com um olhar especulativo. Fiquei tão desorientada com a interrupção abrupta do nosso conflito que não consegui encontrar as palavras para perguntar o que, em nome de Deus, se passava na cabeça dele. Era absurdo como eu estava consciente do som da minha respiração e da dele, e do modo como fomos igualando o ritmo dos nossos pulmões até que ficaram idênticos. A luz que entrava pelas venezianas pintou listras brilhantes em nós dois, projetando sombras pontudas no alto das maçãs do rosto de Gage a partir de seus cílios. Eu pude ver os detalhes do seu rosto liso, a sombra que indicava o tempo passado desde o momento em que ele havia se barbeado.

Umedeci meus lábios secos com a língua, e seu olhar seguiu o movimento. Estávamos muito próximos. Eu pude sentir o cheiro de goma em seu colarinho e o sopro de sua pele máscula e quente, e fiquei chocada com a minha reação. Apesar de tudo, eu queria me aproximar mais. Eu queria inspirá-lo profundamente.

Um vinco surgiu entre suas sobrancelhas.

"Isso ainda não acabou", ele murmurou e saiu do quarto sem dizer mais nada.

Não tive dúvida de que ele saiu dali para falar com Churchill, mas demoraria um longo tempo até eu descobrir o que foi dito entre eles, ou por que Gage decidiu abandonar aquela batalha. Tudo o que eu observei foi que ele não interferiu mais após nos instalarmos. Foi embora antes do jantar, enquanto Churchill, Gretchen, Carrington e eu comemoramos nossa primeira noite juntos. Comemos peixe cozido no vapor em pequenos sacos de papel branco, e também arroz misturado com pimentões e legumes picados finos, de modo que pareciam confete.

Quando Gretchen perguntou se estava tudo bem com nossos quartos e se tínhamos tudo de que precisávamos, minha irmã e eu respondemos ao mesmo tempo com entusiasmo. Carrington disse que sua cama com dossel a fazia se sentir uma princesa. Eu disse que também tinha adorado meu quarto, que as paredes verde-claras eram calmantes, e que as fotografias em preto e branco eram especiais.

"Você precisa contar isso para o Gage", disse Gretchen, orgulhosa. "Foi ele que tirou as fotos, quando estava na faculdade, para um trabalho do curso de fotografia. Ele teve que esperar durante duas horas até o tatu sair da toca."

Uma suspeita horrível passou pela minha cabeça.

"Oh", eu disse e engoli em seco. "Gretchen, por acaso... será que aquele é..." Eu mal consegui falar o nome dele. "O quarto do Gage?"

"De fato, é sim", foi sua calma resposta.

Oh, Deus! De todos os quartos de hóspedes daquele andar, eu tinha escolhido o seu. Para que ele entrasse e me visse ali, ocupando seu território... fiquei espantada que não tivesse me atacado como um touro que investe contra um palhaço dentro do barril.

"Eu não sabia", falei, tímida. "Alguém deveria ter me dito. Vou me mudar para um quarto diferente..."

"Não, não, ele nunca fica aqui", disse Gretchen. "Ele mora a menos de dez minutos daqui. O quarto está vazio há anos, Liberty. Tenho certeza de que Gage vai ficar feliz que alguém esteja usando o quarto."

Com certeza vai, eu pensei e peguei minha taça de vinho.

Mais tarde, naquela noite, esvaziei minha bolsa de cosméticos na bancada da pia do banheiro. Quando puxei a gaveta de cima, ouvi alguma coisa rolando e fazendo barulho. Ao investigar, descobri alguns itens pessoais que pareciam estar ali havia algum tempo. Uma escova de dentes usada, um pente de bolso, um tubo antigo de gel para cabelo... e uma caixa de preservativos. Eu me virei e fechei a porta do banheiro antes de examinar com mais atenção aquela caixa. Restavam três envelopes de um total de doze. Era uma marca que eu não conhecia, produzida na Inglaterra. E havia uma frase curiosa na lateral da caixa, "com o selo *kitemark* para sua tranquilidade". *Kitemark*? Que diabo isso queria dizer? Parecia uma versão europeia do selo de aprovação da revista *Good Housekeeping*. Não pude deixar de reparar no sol amarelo no canto da caixa, onde estavam impressas as palavras "Extra grande". Isso era adequado, eu refleti com amargura, pois eu já achava que Gage Travis era um imenso babaca. Pensei o que eu deveria fazer com aquelas coisas. De modo algum eu iria devolver para Gage seus preservativos há muito esquecidos, mas eu não podia jogar as coisas dele fora, devido à escassa chance de que algum dia ele pudesse se lembrar e perguntar o que eu tinha feito com elas. Então eu empurrei tudo para o fundo da gaveta e pus as minhas coisas na frente. Tentei não pensar muito no fato de que eu e Gage Travis estávamos dividindo uma gaveta.

Durante as primeiras semanas, estive mais ocupada do que em qualquer outra fase da minha vida, e mais feliz do que jamais estive desde que minha mãe morreu. Carrington fez novas amigas num instante e ia muito bem na nova escola, que tinha um centro de história natural, uma sala de informática, uma biblioteca boa e todos os tipos de aulas de aprimoramento. Eu havia me preparado para problemas de adaptação que até então Carrington não parecia ter. Talvez na idade dela fosse mais fácil se ajustar ao estranho mundo novo que ela se viu habitando. As pessoas estavam sendo gentis comigo, concedendo-me a cortesia distante, reservada aos empregados. Meu status de assistente pessoal de Churchill garantia que eu fosse bem tratada. Eu percebi quando um antigo cliente do Salon One me reconheceu, mas sem conseguir lembrar de onde havíamos nos conhecido. Os círculos que os Travis ocupavam eram cheios de pessoas abonadas; algumas com *pedigree* e fortuna, outras apenas com fortuna. Mas quer tivessem conquistado ou herdado seu lugar no topo, estavam determinadas a aproveitar a vida.

A alta sociedade de Houston é loira, bronzeada e bem-vestida. Também é sarada e magra, apesar do lugar que a cidade ocupa anualmente na lista dos Dez Lugares Mais Gordos. Os ricos estão em ótima forma. É o resto de nós, amantes de burritos, refrigerantes e frango frito, que engorda a média. Se você não pode pagar a mensalidade de uma academia em Houston, vai ficar gordo. Não é possível correr ao ar livre com tantos dias em que a temperatura fica acima dos 35 graus e os níveis de hidrocarbonetos no ar são letais. E mesmo que a qualidade do ar não fosse ruim, lugares públicos como o Memorial Park são muito cheios e podem ser perigosos. Como os habitantes de Houston não têm vergonha de escolher o caminho mais fácil, cirurgias plásticas aqui são mais populares do que em qualquer outro lugar, exceto a Califórnia. Parece que todo mundo já fez algum tipo de correção. E se no Texas for muito caro para você, basta pular a fronteira e fazer implantes ou lipoaspiração por uma pechinha. E, se pagar pelos procedimentos com o cartão de crédito, pode ganhar pontos de milhagem suficientes para pagar a passagem aérea.

Uma vez eu acompanhei Gretchen a uma Festa do Botox, onde ela e as amigas conversaram, comeram e se revezaram tomando injeções. Gretchen me pediu para dirigir, pois costumava ter dor de cabeça depois do Botox. Foi uma festa toda branca, e com isso não estou falando da cor dos convidados, mas da comida. Começou com sopa branca – couve-flor e Gruyère –, seguida por salada de jicama branca com aspargos brancos e molho de manjericão. O prato principal foi carne branca de frango e peras cozidas em um delicioso caldo claro. Como sobremesa, foram servidas trufas de chocolate branco com coco. Fiquei mais do que feliz de comer na cozinha e poder observar o pessoal do bufê. Os três trabalhavam juntos com a precisão das peças de um relógio. Era quase uma dança o modo como se moviam e se viravam, sem nunca bater um no outro. Na hora de ir embora, cada convidada recebeu um lenço de seda Hermès como lembrancinha da festa. Gretchen me deu o seu assim que entramos no carro.

"Aqui, querida. Isto é por você dirigir para mim."

"Ah, não", eu protestei. Eu não sabia exatamente quanto custava o lenço, mas sabia que qualquer coisa Hermès devia ser insanamente cara. "Você não precisa me dar isso, Gretchen."

"Pode pegar", ela insistiu. "Já tenho muitos desse."

Foi difícil, para mim, aceitar o presente com elegância. Não porque eu fosse mal-agradecida, mas porque, depois de tantos anos contando os centavos, eu ficava perplexa com tanta extravagância.

Comprei um par de rádios comunicadores para mim e Churchill, e usava o meu preso no cinto o tempo todo. Ele deve ter me chamado a cada quinze minutos nos primeiros dois dias. Não apenas porque estava maravilhado com a conveniência do rádio, mas porque era um alívio não se sentir tão isolado no quarto.

Carrington me atormentava o tempo todo para que eu lhe emprestasse o walkie-talkie. Quando eu cedia e a deixava ficar com o aparelho por dez minutos, ela vagava pela casa conversando com Churchill, e nos corredores ecoavam os "câmbio", "copia" e "estou perdendo você, amigo". Não demorou para que eles concordassem que Carrington seria a mensageira de Churchill uma hora antes do jantar, e que ela teria seu próprio aparelho. Se ele não arrumava tarefas suficientes para ela, Carrington reclamava até que Churchill se sentisse obrigado a inventar coisas para mantê-la ocupada. Uma vez, eu o peguei jogando o controle remoto no chão, só para chamar Carrington e lhe pedir que pegasse o aparelho.

Logo no início, fiz muitas compras para o Churchill, na tentativa de encontrar soluções para os problemas causados pelo gesso duro. Ele se ressentia da indignidade de ser obrigado a usar calças de moletom o tempo todo, mas não havia como usar calças normais com o volume do gesso. Eu encontrei uma solução que ele aceitou: alguns pares de calças de caminhada com zíperes, que permitiam que ele tirasse uma perna para expor o gesso, deixando a outra coberta. Ainda assim, eram muito informais para o gosto dele, mas Churchill admitiu que eram melhores do que calças de moletom. Também comprei metros de tecido de algodão para cobrir o gesso de Churchill todas as noites, e assim evitar que os reforços em fibra de vidro abrissem furos nos lençóis de oitocentos fios de sua cama. E meu melhor achado foi em uma loja de ferramentas: uma haste longa de alumínio com um manete em uma ponta e uma garra na outra, permitindo que ele pegasse coisas que de outra forma não conseguiria alcançar.

Nós logo entramos em uma rotina. Gage aparecia de manhã cedo e depois voltava para o número 1.800 da rua Principal, onde ele trabalhava e morava. Os Travis eram donos do edifício inteiro, que ficava perto do Bank of America Center e das torres de vidro azul que já foram os Enron Centers Norte e Sul. O prédio dos Travis tinha sido o edifício mais sem personalidade de Houston, uma caixa cinzenta sem graça. Mas Churchill o comprou por uma pechincha e fez um novo projeto para sua reforma. O revestimento foi retirado, e no lugar foi aplicada uma camada fina azul de vidro coberto com um segmento de pirâmide, que me lembrava uma alcachofra. O edifício foi ocupado por luxuosos escritórios, alguns restaurantes refinados e quatro coberturas ao preço de vinte milhões de dólares cada. Havia também meia dúzia de apartamentos, relativamente baratos, vendidos por cinco milhões a unidade. Gage morava em um desses e Jack, em outro. O filho mais novo de Churchill, Joe, que não gostava de morar em apartamento, havia optado por uma casa.

Quando Gage aparecia para ajudar Churchill a tomar banho e a se vestir, ele costumava trazer materiais de pesquisa para o livro do pai. Eles discutiam os relatórios, os artigos e as estimativas por alguns minutos, e debatiam uma questão ou outra. Os dois pareciam se divertir muito com essas discussões. Eu tentava me mover de forma invisível pelo quarto, tirando a bandeja do café da manhã de Churchill e buscando mais café para ele, e depois arrumando seu bloco de notas e o gravador. Gage fazia questão de me ignorar. Como eu sabia que até minha respiração era irritante para ele, eu tentava me manter longe. Não nos falávamos nem ao passar um pelo outro na escada. Quando Gage deixou suas chaves no quarto do Churchill, certa manhã, e eu tive que correr atrás dele para entregá-las, ele mal conseguiu abrir a boca para me agradecer.

"Ele é assim com todo mundo", Churchill me falou. Ainda que eu nunca tivesse dito nada sobre a frieza do Gage, ela era óbvia. "Sempre foi retraído. Demora um pouco para se abrir com as pessoas."

Nós dois sabíamos que isso não era verdade. Eu era o alvo de um desgosto direcionado. Eu tranquilizava Churchill dizendo que aquilo não me incomodava nem um pouco. O que também não era verdade. Minha maldição sempre foi querer agradar os outros. Isso já era ruim por si só, mas quando a gente quer agradar e está perto de alguém determinado a pensar o pior de nós, o sofrimento é inevitável. Minha única defesa era exibir uma contrariedade tão grande quanto a de Gage, algo que ele facilitava muito.

Depois que ele ia embora, a melhor parte do dia começava. Eu ficava sentada no canto com um notebook, onde digitava as notas e páginas manuscritas de Churchill, ou transcrevia suas gravações. Ele me encorajava a perguntar qualquer coisa que eu não entendesse, e possuía o dom de explicar as coisas em termos que eu conseguia compreender com facilidade. Eu fazia telefonemas e escrevia e-mails para ele, organizava sua agenda, fazia anotações quando as pessoas vinham para reuniões. Churchill geralmente presenteava os visitantes estrangeiros com gravatas *western* ou garrafas de Jack Daniel's. Para o Sr. Ichiro Tokegawa, um empresário japonês de quem Churchill era amigo havia anos, nós demos um chapéu Stetson de chinchila e castor que custou quatro mil dólares. Enquanto me mantinha em silêncio durante essas reuniões, eu ficava fascinada com as ideias que eles compartilhavam e com as conclusões diferentes que tiravam da mesma informação. Mas mesmo quando discordavam, era evidente que as pessoas respeitavam as opiniões de Churchill.

Todo mundo dizia que ele parecia estar muito bem apesar do que havia passado, que era óbvio que nada conseguia mantê-lo para baixo. Mas custava muito a Churchill manter essa aparência. Depois que os convidados saíam, ele parecia esvaziar, ficava cansado e ranzinza. Os longos períodos de inatividade o deixavam com frio, e eu com frequência enchia bolsas de água quente e colocava cobertores sobre ele. Quando Churchill tinha cãibras, eu massageava seus pés e sua perna boa, e o ajudava com exercícios para os dedos e o pé, para evitar aderências.

“Você precisa de uma esposa”, eu lhe disse uma manhã enquanto retirava a bandeja do café.

“Eu tive uma mulher”, ele disse. “Duas, na verdade, e ótimas. Tentar com outra seria o mesmo que pedir ao destino um chute no traseiro. Além disso, eu me viro bem com minhas amigas.”

Eu conseguia entender seu ponto de vista. Não havia razão prática para Churchill se casar. Ele não tinha dificuldade para encontrar companhia feminina. Recebia ligações e cartas de uma variedade de mulheres. Uma delas era uma viúva atraente, chamada Vivian, que às vezes passava a noite. Eu tinha certeza de que eles tinham relações, apesar da logística envolvida em manobrar aquela perna quebrada. Depois de uma noite acompanhado, Churchill estava sempre de bom humor.

“Por que você não arruma um marido?”, rebateu Churchill. “Não devia esperar muito, ou vai acabar se acostumando assim.”

“Até agora não encontrei ninguém que valesse a pena”, eu disse, o que fez Churchill rir.

“Fique com um dos meus garotos”, ele disse. “Jovens animais saudáveis. Todos dariam um marido de primeira.”

Revirei os olhos.

“Eu não ficaria com um dos seus filhos nem numa bandeja de prata.”

“Por que não?”

“Joe é muito novo. Jack é mulherengo e não está pronto para esse tipo de responsabilidade. E Gage... bem, tirando as questões de personalidade, ele só sai com mulheres cujo índice de gordura corporal é de um dígito.”

Outra voz entrou na conversa:

“Isso não é um pré-requisito, na verdade.”

Olhando por sobre o ombro, vi Gage entrando no quarto. Eu estremeci, desejando com fervor ter mantido a boca fechada. Eu me perguntava por que Gage namorava alguém como Dawnelle, que era linda, mas parecia não ter outros interesses além de fazer compras ou ler revistas de fofocas de Hollywood. Jack foi quem melhor a descreveu: "Dawnelle é gata, mas bastam dez minutos ao lado dela para você sentir seu QI baixar".

A única conclusão possível era que Dawnelle estava saindo com Gage por causa de dinheiro e status, enquanto ele a usava como um troféu, e sua relação não era nada além de sexo sem sentido. Deus, como eu os invejava. Eu sentia falta de sexo, até mesmo do sexo medíocre que eu fazia com Tom. Eu era uma mulher saudável de 24 anos e tinha sentimentos que não podia satisfazer. Sexo solitário não conta. É como a diferença entre pensar sozinho e conversar com alguém – o prazer está na troca. E parecia que todo mundo, menos eu, tinha uma vida amorosa. Até Gretchen.

Uma noite, tomei uma xícara de chá calmante que costumava fazer para ajudar Churchill a dormir. Não teve efeito nenhum em mim, mas meu sono foi agitado, e eu acordei com os lençóis enrolados como cordas nas minhas pernas, e com a cabeça cheia de imagens eróticas que, pela primeira vez, não tinham relação com Hardy. Fiquei sentada imediatamente após um sonho em que as mãos de um homem brincavam delicadamente entre as minhas coxas, com a boca no meu seio, e, enquanto eu me contorcia e pedia mais, vi seus olhos cinzentos brilharem no escuro. Ter um sonho erótico com Gage Travis era a coisa mais estúpida, constrangedora e confusa que poderia acontecer comigo. Mas a impressão do sonho, o calor, a escuridão e o pega-pega ficaram na minha cabeça. Foi a primeira vez em que me senti sexualmente atraída por um homem que eu não suportava. Como isso era possível? Era uma traição a todas as minhas lembranças do Hardy. Mas lá estava eu, sentindo desejo por um estranho frio que não poderia se importar menos comigo. *Superficial*, eu ralhei comigo mesma. Mortificada pelo rumo dos meus próprios pensamentos, eu mal conseguia olhar na direção de Gage quando ele entrou no quarto do Churchill.

"É bom saber disso", Churchill disse em referência ao comentário do filho. "Porque eu não vejo como uma mulher com as curvas de um palito de picolé possa me dar netos saudáveis."

"Se eu fosse o senhor", respondeu Gage, "não me preocuparia com netos por enquanto." Ele se aproximou da cama. "Seu banho vai ter que ser rápido hoje, pai. Eu tenho uma reunião às nove com Ashland."

"Você está péssimo", disse Churchill depois de examinar Gage. "O que aconteceu?"

Com isso eu superei meu constrangimento o suficiente para olhar para Gage. Churchill tinha razão. A aparência do filho era péssima. Ele estava pálido, apesar do bronzeado, com a boca contraída formando linhas duras. Ele sempre parecia tão inesgotável que era assustador vê-lo assim, drenado de sua vitalidade costumeira.

Suspirando, Gage passou a mão pelo cabelo, deixando alguns fios espetados.

"Estou com uma dor de cabeça que não passa." Ele massageou com cuidado as têmporas. "Eu não dormi essa noite. Eu sinto como se tivesse sido atropelado por uma carreta."

"Você já tomou alguma coisa para a dor?", eu perguntei. Era raro eu me dirigir a ele.

"Já." Ele se virou para mim e vi que seus olhos estavam vermelhos.

"Porque se não..."

"Eu estou bem."

Eu sabia que ele estava com muita dor. Um homem texano irá lhe dizer que está bem mesmo com um braço ou perna recém-amputados e sangrando até a morte na sua frente.

"Eu posso pegar uma compressa gelada e analgésicos para você", eu disse, cautelosa. "Se você..."

"Eu disse que estou bem", Gage estrilou e se virou para o pai. "Vamos lá, precisamos começar. Estou começando a ficar atrasado."

Babaca, eu pensei e tirei a bandeja do Churchill do quarto.

Depois disso, ficamos sem ver o Gage por dois dias. Jack ficou de vir no lugar do irmão. Como Jack tinha o que ele chamava de "sono inercial", eu fiquei preocupada de verdade com a segurança do Churchill no chuveiro. Ainda que Jack se mexesse, falasse e tivesse a aparência de um ser humano funcional, ele não estava lá por inteiro até meio-dia. Na verdade, sono inercial parecia muito, para mim, com uma bela ressaca. Praguejando, tropeçando e só escutando metade do que os outros falavam, Jack mais atrapalhava do que ajudava. Churchill comentou, irritado, que o sono inercial de Jack melhoraria bastante se ele não ficasse correndo atrás de mulheres a noite toda.

Gage, por sua vez, estava de cama, gripado. Como ninguém se lembrava da última vez em que ele esteve doente o bastante para tirar um dia de folga, nós todos concordamos que a gripe devia tê-lo atingido em cheio. Ninguém teve notícias, e depois que 48 horas se passaram e Gage continuava sem atender o telefone, Churchill começou a ficar aflito.

"Tenho certeza de que ele só está descansando", eu disse.

Churchill respondeu com um grunhido de dúvida.

"Dawnelle deve estar cuidando dele", eu sugeri.

Isso me fez receber um olhar de ceticismo amargo. Fiquei tentada a dizer que um dos irmãos deveria ir visitá-lo. Então lembrei que Joe tinha ido passar alguns dias na Ilha de St. Simon com a namorada. E a habilidade de cuidador do Jack havia sido levada ao limite após ajudar o pai a tomar banho por duas manhãs seguidas. Eu tive certeza de que ele iria simplesmente se recusar a ter mais trabalho por causa de familiares doentes.

"Você quer que eu vá ver se ele está bem?", perguntei, relutante. Era minha noite de folga, e eu havia planejado assistir a um filme com Angie e algumas garotas do Salon One. Eu não as via há algum tempo e estava animada com a perspectiva de colocar a conversa em dia. "Acho que posso passar no prédio dele quando for sair para ver minhas amigas..."

"Quero", disse Churchill.

Eu me arrependi no instante em que fiz a oferta.

"Duvido que ele vá me deixar entrar."

"Eu lhe dou uma chave", disse Churchill. "Não é do feitio dele se esconder desse jeito. Eu quero saber se ele está bem."

Para chegar aos elevadores residenciais do prédio em que ele morava, era necessário passar por um pequeno saguão com chão de mármore e uma escultura de bronze que parecia uma pera amassada. Havia um porteiro vestido de preto com detalhes em dourado, e duas pessoas atrás de um balcão de recepção. Eu tentei fazer cara de que estava à vontade em um prédio de apartamentos multimilionários.

"Eu estou com a chave", eu disse, parando para mostrá-la a eles. "Vim visitar o Sr. Travis."

"Tudo bem", disse a mulher atrás da escrivaninha. "Pode subir, Srta..."

"Jones", eu disse. "O pai dele me mandou para ver como ele está."

"Tudo bem." Ela apontou para um conjunto de portas automáticas deslizantes com painéis de vidro fosco. "Os elevadores ficam ali adiante."

Senti que precisava convencê-la de alguma coisa.

"O Sr. Travis está doente há alguns dias", eu disse.

Ela pareceu preocupada de verdade.

"Ah, que chato."

"Então vou subir e ver como ele está. Só vou demorar alguns minutos."

"Tudo bem, Srta. Jones."

"Certo, obrigada." Mostrei a chave de novo, para o caso de ela não ter visto da primeira vez.

Ela respondeu com um sorriso paciente e acenou outra vez na direção dos elevadores. Passei pelas portas deslizantes de vidro e entrei em um elevador com revestimento de madeira, chão com ladrilhos brancos e pretos e um espelho com moldura de bronze. O elevador disparou com tanta rapidez que eu mal tive tempo de piscar antes de ele chegar ao décimo-oitavo andar. Os corredores estreitos e sem janelas formavam um grande H. O ambiente era enervante de tão silencioso. Meus passos foram abafados por um carpete claro de lã, espesso e macio. Peguei o corredor da direita e fui passando pelas portas até encontra o 18A. Bati firme na porta. Sem resposta. Uma batida mais forte não teve resultado.

Eu estava começando a ficar preocupada. E se Gage estivesse inconsciente? E se ele tivesse contraído dengue, doença da vaca louca ou gripe aviária? E se fosse contagioso? Eu não estava muito animada com a ideia de pegar alguma doença exótica. Por outro lado, havia prometido a Churchill que daria uma olhada nele. Vasculhei minha bolsa e encontrei a chave. Mas um pouco antes de eu a inserir na fechadura, a porta foi aberta. Fiquei de frente com uma visão de Gage Travis parecendo um morto requentado. Ele estava descalço e vestia uma camiseta cinza e calça xadrez de flanela. Seu cabelo não era penteado havia dias. Ele olhou para mim com olhos vermelhos e sem brilho e enrolou os braços ao redor do corpo. Tremia como um grande animal no matadouro.

"O que você quer?" A voz soou como folhas secas sendo esmagadas.

"Seu pai me mandou..." Parei de falar quando o vi tremer outra vez. Contra o bom senso, estiquei a mão até sua testa. A pele estava queimando.

O fato de me deixar tocá-lo era um sinal de como Gage estava doente. Ele fechou os olhos ao sentir a frieza dos meus dedos.

"Deus, isso é bom", ele disse.

Não importava o quanto eu tivesse fantasiado ver meu inimigo acabado, não tinha como gostar de vê-lo reduzido àquele estado lastimável.

"Por que você não está atendendo o telefone?"

O som da minha voz pareceu ter feito Gage lembrar de onde estava, e ele sacudiu a cabeça para trás.

"Não ouvi", disse fazendo uma careta. "Eu estava dormindo."

"Churchill está morto de preocupação com você." Vasculhei minha bolsa de novo. "Vou ligar para ele e dizer que você está vivo."

"O telefone não vai funcionar no corredor." Ele se virou e entrou no apartamento, deixando a porta aberta.

Eu o segui e a fechei.

O apartamento era lindamente decorado, com luminárias ultramodernas de iluminação indireta, e dois quadros de círculos e quadrados que até meus olhos não treinados conseguiam perceber que eram valiosíssimos. Havia paredes constituídas apenas de janelas, revelando uma vista panorâmica de Houston com o sol se pondo em um leito de cores vibrantes no horizonte distante. A mobília era contemporânea, feita de madeiras preciosas e tecidos de cores naturais, sem qualquer outra decoração. Tudo era imaculado demais, ordeiro demais, sem nenhuma almofada ou qualquer outra sugestão de maciez. E havia um cheiro de plástico no ar, como se ninguém morasse ali havia algum tempo. A cozinha americana tinha bancadas de quartzo cinza, armários laqueados de preto e equipamentos de aço inoxidável. Era estéril, sem uso, um lugar em que raramente se cozinhava algo. Fiquei ao lado de um balcão e telefonei para Churchill com meu celular.

"Como ele está?", Churchill vociferou quando atendeu.

"Não muito bem." Meu olhar acompanhou a figura alta de Gage, que cambaleava até um sofá geometricamente perfeito, onde desabou. "Ele está com febre, e não tem força nem para puxar um gato pelo rabo."

"Por que diabo", veio do sofá a voz contrariada de Gage, "eu ia querer puxar um gato pelo rabo?"

Eu estava ocupada demais escutando Churchill para responder. Apenas relatei:

"Seu pai quer saber se você está tomando algum remédio antiviral."

Gage sacudiu a cabeça.

"Tarde demais. O médico disse que se você não tomar nas primeiras 48 horas, não faz efeito."

Eu repeti a informação para Churchill, que ficou muito contrariado e disse que se Gage tinha sido um idiota tão teimoso para esperar tanto tempo, ele merecia mesmo apodrecer. E então desligou. Um silêncio breve e pesado.

"O que ele disse?", Gage perguntou sem muito interesse.

"Disse que espera que você fique bom logo, e que se lembre de tomar bastante líquido."

"Conversa mole." Ele rolou a cabeça no encosto do sofá, como se fosse pesada demais para ser erguida. "Você cumpriu seu dever. Pode ir agora."

A ideia me pareceu boa. Era noite de sábado, minhas amigas me aguardavam e eu mal podia esperar para ir embora daquele lugar elegante e árido. Mas estava tão silencioso. Quando me virei para a porta, eu soube que minha noite já estava arruinada. Pensar em Gage doente e sozinho em um apartamento escuro iria me incomodar a noite toda. Eu me virei de novo e me aventurei na área de estar: a lareira com frente de vidro e a televisão silenciosa. Gage permanecia largado no sofá. Não pude deixar de reparar em como a camiseta agarrava em seus braços e peito. Seu corpo era longilíneo, disciplinado como o de um atleta. Então era isso que ele andava escondendo debaixo daqueles ternos escuros e camisas Armani. Eu devia saber que Gage se dedicava ao exercício físico como fazia com tudo: com dedicação total. Mesmo às portas da morte, ele era impressionantemente belo. Suas feições formavam uma austeridade angulosa que não tinha nada de juvenil. Ele era o Prada dos solteiros. Relutante, admiti que se Gage tivesse uma pitada de charme, eu o consideraria o homem mais sexy que já tinha conhecido.

Ele entreabriu os olhos quando parei em sua frente. Alguns fios de cabelo preto tinham caído sobre sua testa, o que não combinava com seu modo de ser, tão arrumado. Quis ajeitar seu cabelo. Eu queria tocá-lo outra vez.

"O que foi?", ele perguntou, em tom brusco.

"Você tomou alguma coisa para febre?"

"Tylenol."

"Alguém vem ajudar você?"

"Ajudar com o quê?" Ele fechou os olhos. "Eu não preciso de nada. Posso domar isso sozinho."

"Domar isso sozinho", eu repeti, debochando com delicadeza. "Diga-me, caubói, quando foi a última vez que você comeu?"

Nada de resposta. Ele permaneceu imóvel, com os cílios compridos repousando sobre as bochechas pálidas. Ou havia desmaiado ou esperava que eu fosse um sonho ruim que iria embora se ele mantivesse os olhos fechados. Fui até a cozinha e abri cada um dos armários, encontrando bebidas caras, copos modernos e pratos pretos quadrados em vez de redondos. Ao localizar a despensa, descobri uma caixa de cereais com idade indeterminada, uma lata de *consommé* de lagosta, alguns potes de temperos exóticos. O conteúdo da geladeira era igualmente deplorável: uma garrafa de suco de laranja quase vazia, uma caixa branca de pão com duas tortinhas austríacas secas, uma caixa de leite semidesnatado e um solitário ovo marrom em uma caixa de espuma.

"Nada que dê para comer", eu disse. "Passei por um mercadinho a alguns quarteirões. Vou até lá buscar..."

"Não, eu estou bem. Não consigo comer nada. Eu..." Ele conseguiu levantar a cabeça. Era óbvio que estava desesperado para encontrar a combinação mágica de palavras que me fizesse ir embora. "Agradeço, Liberty, mas eu só..." – sua cabeça caiu para trás – "...preciso dormir."

"Tudo bem." Eu peguei minha bolsa e hesitei, pensando com pesar em Angie, em minhas amigas e no filme para garotas que nós havíamos planejado assistir. Mas Gage parecia tão desamparado, com seu corpanzil jogado naquele sofá duro, o cabelo bagunçado como o de um garotinho. Como é que o herdeiro de uma fortuna enorme, homem de negócios bem-sucedido, para não mencionar que era um solteiro muito bem-cotado, ficava doente e sozinho em seu apartamento de cinco milhões de dólares? Eu sabia que ele tinha mil amigos. Para não mencionar a namorada.

"Onde está Dawnelle?" Não consegui resistir e perguntei.

"Tem um editorial para a *Cosmopolitan* na semana que vem", ele murmurou. "Não quer se arriscar a pegar esta coisa."

"Não a culpo. Seja lá o que você tem, não parece muito divertido."

A sombra de um sorriso passou por seus lábios secos.

"Acredite em mim, não é mesmo."

Aquela breve sugestão de sorriso pareceu se alojar em alguma fissura do meu coração que começou a expandir. De repente, meu peito parecia apertado e muito quente.

"Você precisa comer alguma coisa", eu disse, decidida. "Nem que seja um pedaço de torrada. Antes que o *rigor mortis* comece." Ergui meu indicador como uma professora rigorosa quando ele começou a dizer algo. "Vou voltar dentro de quinze ou vinte minutos."

Ele ficou carrancudo.

"Vou trancar a porta."

"Eu tenho a chave, lembra? Você não vai conseguir me trancar para fora." Pendurei a bolsa no meu ombro com uma indiferença que eu sabia que o aborreceria. "E enquanto eu estiver fora – estou tentando dizer isso da maneira mais diplomática possível, Gage –, não seria má ideia se você tomasse um banho."

CAPÍTULO 18

Liguei para Angie do carro e pedi desculpa por furar com ela.

"Eu estava querendo muito fazer isso", eu disse. "Mas o filho do Churchill está doente, e eu preciso fazer algumas coisas para ele."

"Qual filho?"

"O mais velho. Gage. Ele é um cretino, mas está com a pior gripe que eu já vi. E ele é o favorito do Churchill, então não tenho escolha. Sinto muito. Eu..."

"Mandou bem, Liberty!"

"Quê?"

"Você está pensando como uma protegida."

"Estou?"

"Agora você tem um plano B para o caso de seu protetor dispensar você. Mas tenha cuidado... você não quer perder o *papai* enquanto está laçando o filho."

"Eu não estou laçando ninguém", protestei. "Isso é apenas compaixão por outro ser humano. Acredite em mim, ele não é um plano B."

"Claro que não. Mantenha contato, querida, e me conte o que aconteceu."

"Não vai acontecer nada", eu disse. "Nós não nos aturamos."

"Garota de sorte. Esse é o melhor tipo de sexo."

"Ele está quase morto, Angie."

"Depois você me liga", ela insistiu e nós desligamos.

Em cerca de 45 minutos, eu voltei ao apartamento com duas sacolas de compras. Gage não estava à vista. Segui a trilha de lenços de papel usados até o quarto, onde ouvi som de chuveiro ligado, e sorri ao perceber que ele havia aceitado minha sugestão. Voltei para a cozinha, recolhendo os lenços pelo caminho, e os joguei em uma lixeira que parecia nunca ter sido usada. Isso estava para mudar. Tirei as compras das sacolas, pus metade de lado e lavei um frango de um quilo e meio na pia antes de colocá-lo em uma panela para cozinhar. Encontrei um canal de notícias na TV a cabo e aumentei o volume para conseguir ouvir enquanto cozinhava. Eu ia preparar caldo de galinha com tiras de massa, o melhor remédio que conhecia. Minha versão era muito boa, embora não chegasse perto da versão da Srta. Marva.

Fiz um monte com farinha branca sobre uma tábua de corte. Senti a farinha como seda nas minhas mãos. Parecia fazer séculos desde a última vez que cozinhei. Até então, eu não tinha percebido como isso me fazia falta. Incorporei manteiga à farinha até formar pelotas macias. Então fiz um buraco no alto do monte, quebrei um ovo e despejei seu conteúdo gelatinoso na depressão. Trabalhei rapidamente com os dedos, misturando do modo que a Srta. Marva havia me ensinado. A *maioria das pessoas usa um garfo*, ela disse, *mas tem alguma coisa no calor das mãos que produz uma massa melhor.* A única dificuldade veio quando eu procurei por toda a cozinha um rolo de massa e não encontrei. Improvisei com um copo alto cilíndrico, que revesti com farinha. Funcionou com perfeição, criando uma folha fina e homogênea, que eu cortei em tiras.

Ao ver movimento com minha visão periférica, olhei para o corredor. Gage estava ali, parecendo pasmo. Vestia uma camiseta branca limpa e calças de moletom antiquíssimas. Seus pés compridos continuavam descalços. O cabelo, brilhante como cetim, estava úmido do banho recente. Estava tão diferente do Gage engomado, lustrado e fechado a que eu estava acostumada, que provavelmente pareci tão perplexa quanto ele. Pela primeira vez, eu o vi como um ser humano acessível, e não como um tipo de arquivilão.

"Eu não achei que você fosse voltar", ele disse.

"E eu ia perder a chance de ficar dando ordens para você?"

Gage continuou a me encarar quando se sentou com cuidado no sofá. Parecia fraco e trêmulo.

Enchi um copo com água, que levei para ele acompanhado de dois comprimidos de ibuprofeno.

"Tome isto aqui."

"Já tomei Tylenol."

"Se você alternar com ibuprofeno a cada quatro horas, a febre vai baixar mais rápido."

Ele pegou os comprimidos e os tomou com um grande gole de água.

"Como você sabe disso?"

"Pediatras. É o que me dizem toda vez que a Carrington tem febre." Reparando em sua pele arrepiada, eu fui acender a lareira. Apertei o interruptor e chamas reais surgiram em meio à lenha esculpida em cerâmica. "Os calafrios continuam?", perguntei, preocupada. "Você tem uma manta?"

"Tem uma no quarto. Mas eu não preciso..."

Eu já estava na metade do corredor antes que ele terminasse de falar. Seu quarto estava decorado no mesmo estilo minimalista que o resto do apartamento, a cama baixa com cobertas creme e azul-marinho, com dois travesseiros perfeitos apoiados na cabeceira de madeira brilhante. Havia apenas um quadro, uma pintura a óleo de uma cena marinha. Eu encontrei uma manta de caxemira marfim no chão e a levei, com um travesseiro, para a sala de estar.

"Aqui está", eu disse, animada, cobrindo-o. Fiz um sinal para ele se endireitar e enfiei um travesseiro em suas costas. Quando me debrucei sobre Gage, ouvi a dificuldade em sua respiração. Hesitei antes de me afastar. Seu cheiro era tão bom, limpo e másculo, e tinha o mesmo aroma fugaz que eu havia notado antes, parecido com âmbar, algo quente que lembrava o verão. Aquilo me atraiu tanto que eu senti dificuldade para me afastar. Mas a proximidade era perigosa, estava fazendo algo se desenrolar dentro de mim, algo para o qual eu não estava pronta. E então a coisa mais estranha aconteceu... ele virou o rosto e uma mecha solta do meu cabelo deslizou em sua face quando eu recuei.

"Desculpe", eu disse, sem fôlego, embora não soubesse por que me desculpava.

Ele sacudiu de leve a cabeça. Fui pega por seu olhar, aqueles olhos claros hipnóticos com anéis de carvão ao redor das íris. Toquei sua testa com a mão, para verificar sua temperatura. Continuava muito quente, um fogo contínuo por baixo da pele.

"Então... você tem alguma coisa contra umas almofadas?", perguntei enquanto retirava a mão.

"Não gosto de bagunça."

"Acredite em mim, este é o lugar menos bagunçado em que eu já estive."

Ele olhou por cima do meu ombro para a panela no fogão.

"O que você está fazendo?"

"Caldo de galinha com tiras de massa."

"Você é a primeira pessoa que cozinha neste apartamento. Além de mim."

"Sério?" Levei as mãos ao cabelo e refiz o rabo de cavalo, puxando os fios que tinham caído no rosto. "Eu não tinha ideia que você sabia se virar na cozinha."

Ele levantou um dos ombros com um movimento mínimo.

"Eu fiz um curso com uma namorada há uns dois anos. Um tipo de terapia de casal."

"Vocês estavam noivos?"

"Não, só namorando. Mas quando eu quis terminar, ela quis primeiro tentar terapia, e eu pensei, por que não?"

"E o que o terapeuta falou?", perguntei, interessada.

"Ela sugeriu que nós encontrássemos alguma coisa para aprendermos juntos, como dança de salão ou fotografia. Nós decidimos cozinha de fusão."

"O que é isso? Parece alguma experiência científica."

"Uma mistura de estilos de culinária... japonesa, francesa e mexicana. Algo como um molho de salada de saquê e coentro."

"E ajudou?", eu perguntei. "Com a namorada, eu quero dizer."

Gage sacudiu a cabeça.

"Nós terminamos no meio do curso. Acontece que ela detestava cozinhar, e decidiu que eu tinha um medo incurável de intimidade."

"E você tem?"

"Não sei." Seu sorriso lento, o primeiro sorriso verdadeiro que recebi dele, fez meu coração bater mais forte. "Mas eu sei fazer uma vieira na chapa como ninguém."

"Você terminou o curso sem ela?"

"Claro que sim... Eu paguei pelo curso."

Eu ri.

"Eu também tenho medo de intimidade, de acordo com meu último namorado."

"E ele tem razão?"

"Talvez. Mas acho que, com a pessoa certa, a gente não precisa se esforçar muito para a intimidade surgir. Eu acho – espero – que isso aconteça naturalmente. Porque, do contrário, ao se abrir com a pessoa errada..." Eu fiz uma careta.

"É o mesmo que dar armas para ela."

"Isso mesmo." Peguei o controle remoto e o estendi para ele. "ESPN?", sugeri, e voltei para a cozinha.

"Não." Gage deixou no canal de notícias e diminuiu o volume. "Estou fraco demais para ficar agitado com um jogo. A agitação iria me matar."

Lavei as mãos e comecei a colocar as tiras de massa no caldo fervente de galinha. O apartamento ficou com cheiro de lar. Gage se mexeu no sofá para me observar.

"Beba sua água, você está desidratado", eu murmurei, consciente de estar sendo encarada.

Ele obedeceu e pegou o copo.

"Você não deveria estar aqui", ele disse. "Não está com medo de pegar a gripe?"

"Eu nunca fico doente. Além disso, tenho essa compulsão de cuidar dos Travis doentes."

"Você deve ser a única. Nós, Travis, ficamos com um mau humor dos diabos quando estamos doentes."

"Você também não é grande coisa quando está bem."

Gage afogou seu sorriso no copo de água.

"Você podia abrir um vinho", ele disse, depois.

"Você não pode beber, está doente."

"Isso não quer dizer que você não possa." Ele pôs o copo na mesa de centro e recostou a cabeça no sofá.

"Tem razão. Com tudo que estou fazendo por você, bem que você me deve uma taça de vinho. O que vai bem com caldo de galinha?"

"Um branco neutro. Procure na adega um *pinot blanc* ou um *chardonnay*."

Como eu não entendia nada de vinho, normalmente escolhia de acordo com o desenho do rótulo. Encontrei uma garrafa de vinho branco com flores vermelhas delicadas e palavras em francês, e me servi uma taça. Usando uma colher grande, empurrei as tiras de massa para o fundo da panela e acrescentei outra camada.

"Você namorou durante muito tempo?", ouvi Gage perguntar. "Seu último namorado."

"Não." Quando todas as tiras estavam na panela, e elas precisavam cozinhar um pouco, voltei para a sala de estar, levando meu vinho. "Eu nunca namorei ninguém por muito tempo. Todos os meus relacionamentos são agradáveis e curtos. Bem... curtos, pelo menos."

"Os meus também."

Sentei em uma poltrona de couro perto do sofá. Era chique, mas desconfortável, em formato de cubo dentro de uma estrutura cromada.

"Isso parece ruim, não?"

Ele sacudiu a cabeça.

"Não tem que demorar muito tempo para você perceber se alguém combina com você. Se demorar, você é cego ou burro."

"Ou talvez esteja namorando um tatu."

Gage me deu um olhar de perplexidade.

"Perdão?"

"Quero dizer alguém difícil de conhecer. Tímido e fortemente blindado."

"E feio?"

"Tatus não são feios", protestei, rindo.

"Eles são lagartos à prova de balas."

"Eu acho que você é um tatu."

"Não sou tímido."

"Mas é fortemente blindado."

Gage refletiu sobre isso. Ele concordou com um breve movimento de cabeça.

"Tendo aprendido a respeito de projeção em terapia de casais, eu me arriscaria a dizer que você também é um tatu."

"O que é projeção?"

"Significa que você me acusa das mesmas coisas de que é culpada."

"Bom Deus", eu disse, levando a taça de vinho à boca. "Não é de admirar que todos os seus relacionamentos sejam curtos."

Seu sorriso lento eriçou os pelos dos meus braços.

"Conte por que você terminou com seu último namorado."

Eu não era tão fortemente blindada como gostaria, porque a verdade imediatamente pipocou na minha cabeça – *ele era um 68* –, mas de jeito nenhum eu iria contar isso para o Gage. Senti minhas bochechas esquentando. O problema de ficar corada era que quanto mais se tentava não ficar, era pior. Então eu fiquei sentada ali, meu rosto adquirindo um tom de vermelho-vivo, enquanto eu pensava em uma resposta casual.

E Gage, maldito seja, parecia conseguir espiar dentro da minha cabeça e ler meus pensamentos.

"Interessante", ele disse em voz baixa.

Eu fiz uma careta e me levantei, gesticulando com minha taça.

"Beba sua água."

"Sim, senhora."

Limpei e arrumei a cozinha, desejando que ele mudasse de canal e pusesse em um seriado. Mas Gage continuou me observando como se estivesse fascinado com minha técnica de limpar os balcões.

"A propósito", ele comentou, descontraído, "eu percebi que você não está dormindo com meu pai."

"Bom menino", eu disse. "Como você descobriu?"

"O fato de ele querer que eu vá toda manhã para ajudá-lo a tomar banho. Se você fosse namorada dele, estaria lá com ele."

As tiras de massa estavam prontas. Sem encontrar uma concha, usei uma xícara de medida para servir a sopa nas tigelas quadradas. Não parecia correto, aquele caldo caseiro com massa servido em recipientes ultramodernos. Mas o cheiro era delicioso, e eu sabia que aquela era uma das melhores sopas que eu havia feito. Deduzi que Gage, provavelmente, estava cansado demais para se sentar à mesa de jantar e coloquei a tigela dele na mesa de café de vidro chanfrado.

"É uma chateação para você ir lá todas as manhãs, não é?", eu perguntei. "Mas você nunca reclama."

"Minha chateação não é nada comparada ao que meu pai está sofrendo", Gage disse. "Além do mais, eu devo isso a ele. Mais novo, eu era uma grande chateação para ele."

"Aposto que sim." Coloquei um pano de prato seco sobre seu peito e o prendi na gola da camiseta, como se ele tivesse 8 anos. Meu toque foi impessoal, mas quando meus dedos roçaram sua pele, senti pontadas de calor pulsando como vaga-lumes na minha barriga. Eu lhe entreguei a tigela com caldo e uma colher, junto com um conselho:

"Não queime a língua."

Ele pegou uma tira fumegante e soprou com cuidado.

"Você também nunca reclama", ele disse. "De ter que ser a mãe da sua irmãzinha. E eu imagino que ela deve ter sido o motivo para pelo menos alguns de seus relacionamentos terem terminado logo."

"É." Peguei uma tigela de sopa para mim. "Isso é bom, na verdade, pois me ajuda a não perder tempo com os homens errados. Se o sujeito tem medo da responsabilidade, não serve para nós."

"Mas você nunca soube como é ser solteira e sem filhos."

"Nunca me importei com isso."

"Sério?"

"Sério. Carrington é... a melhor coisa de mim."

Eu teria falado mais, mas Gage engoliu uma colher de massa e fechou os olhos com uma expressão que podia ser de dor ou êxtase.

"Que foi?", eu perguntei. "Está bom?"

Ele brincou com a colher.

"Acho que vou sobreviver", ele disse, "nem que seja só para tomar outra tigela desta coisa."

Duas porções de caldo com massa pareceram trazer Gage de volta à vida, substituindo sua palidez fúnebre por um pouco de cor.

"Meu Deus", ele disse, "isto é impressionante. Você não acredita como estou me sentindo melhor."

"Não abuse. Você ainda precisa descansar." Coloquei todos os pratos na máquina de lavar e despejei o restante da sopa em um recipiente que guardei na geladeira.

"Eu vou precisar mais disso", ele falou. "Tenho que estocar alguns litros no freezer."

Fiquei tentada a lhe dizer que, sempre que ele quisesse me comprar com outra taça de vinho branco neutro, eu ficaria feliz de lhe fazer mais sopa.

Mas aquilo pareceria demais uma cantada, que era a última coisa em que eu estava pensando. Como Gage não parecia mais apático e moribundo, eu sabia que logo iria recuperar sua personalidade original. Não havia garantia de que a trégua entre nós iria durar. Então eu lhe dei um sorriso evasivo.

"Está tarde", eu disse. "Tenho que voltar."

Um vinco marcou-lhe a testa.

"É meia-noite. Não é seguro para você sair a esta hora. Não em Houston. Ainda mais com aquela lata-velha que você dirige."

"Meu carro está ótimo."

"Fique aqui. Tem um quarto de hóspedes."

Eu soltei uma risada de surpresa.

"Você está brincando, né?"

Gage pareceu aborrecido.

"Não, não estou brincando."

"Agradeço a sua preocupação, mas já dirigi minha lata-velha em Houston muitas vezes, e muito mais tarde que isso. E estou com meu celular." Fui até ele e pus a mão em sua testa. Estava fria e um pouco úmida. "A febre cedeu", eu disse, satisfeita. "Está na hora de outra dose de Tylenol. É melhor você tomar, só para garantir." Fiz um gesto para que ele ficasse no sofá, quando começou a se levantar. "Descanse", eu disse. "Eu saio sozinha."

Gage ignorou minha observação e foi comigo até a porta, alcançando-a no mesmo instante que eu. Vi sua mão ser apoiada no painel de madeira. O antebraço era musculoso e salpicado de pelos. Foi um gesto agressivo, mas quando me virei para encará-lo, a súplica sutil em seus olhos me tranquilizou.

"Caubói", eu disse, "você não está em condições de me impedir de fazer nada. Eu poderia jogar você no chão em menos de dez segundos."

Ele continuou debruçado sobre mim, mas sua voz foi muito delicada:

"Experimente."

Soltei uma risada nervosa.

"Eu não quero machucar você. Me deixe sair, Gage."

Um momento de silêncio carregado de tensão. Eu vi uma ondulação em sua garganta.

"Você não conseguiria me machucar", ele disse.

Ele não me tocava, mas eu estava dolorosamente ciente de seu corpo, de seu calor e de sua solidez. E, de repente, soube como seria se nós dormíssemos juntos... a elevação dos meus quadris sob o peso dele, a dureza de suas costas debaixo das minhas mãos. Corei quando senti uma reação entre as minhas coxas, nervos secretos ganhando vida, um surto de calor na medula.

"Por favor", eu sussurrei e meu alívio foi imenso quando ele tirou a mão da porta e recuou para me deixar passar.

Gage ficou esperando tempo demais à porta quando eu saí. Pode ter sido minha imaginação, mas quando cheguei ao elevador e olhei para trás, ele parecia desamparado, como se eu lhe tivesse tirado alguma coisa.

Foi um alívio para todo mundo, em especial para Jack, quando Gage pôde retomar sua agenda. Ele apareceu segunda-feira de manhã na casa, com uma aparência tão boa que Churchill, bem-humorado, o acusou de fingir a gripe. Eu não tinha contado para Churchill que havia ficado com Gage a maior parte da noite de sábado. Era melhor, decidi, deixar todo mundo pensar que eu tinha saído com minhas amigas conforme o planejado. Percebi que Gage também não mencionou nada a respeito – se tivesse mencionado, Churchill comentaria. Fiquei um pouco apreensiva com aquele segredo entre nós, ainda que nada tivesse acontecido. Mas algo tinha mudado. Em vez de me tratar com sua habitual frieza, Gage começou a querer ajudar, arrumando meu notebook quando este travou, levando a bandeja do café da manhã de Churchill para a cozinha antes que eu pudesse fazê-lo. E tive a impressão de que ele aparecia na casa com mais frequência, em momentos inesperados, sempre com o pretexto de dar uma olhada em Churchill.

Tentei encarar suas visitas com naturalidade, mas não posso negar que o tempo passava com mais rapidez quando Gage estava por perto, e tudo parecia um pouco mais interessante. Ele não era um homem que se pudesse classificar em uma categoria bem definida. A família, com a típica desconfiança texana de atividades intelectuais, debochava afetuosamente dele por ter uma inclinação intelectual maior que o restante. Mas o nome Gage vinha do sobrenome da família da mãe, o que parecia adequado, pois era composta por pioneiros escoceses-irlandeses. De acordo com Gretchen, que tinha como hobby a pesquisa da genealogia familiar, a autossuficiência obstinada e a tenacidade dos Gage os tornou candidatos perfeitos à colonização da fronteira texana. Isolação, provações, perigo – eles enfrentavam bem tudo isso, como se sua natureza exigisse dificuldades. Às vezes, era possível ver traços desses imigrantes agressivos em Gage.

Jack e Joe eram muito mais sossegados e charmosos. Os dois possuíam um jeito juvenil que era ausente por completo no irmão mais velho. E havia Haven, a filha, que conheci quando ela voltou para casa em um feriado escolar. Era uma garota magra de cabelos pretos com os olhos escuros de

Churchill e toda a sutileza de fogos de artifício. Ela anunciou para o pai, e para quem mais quisesse ouvir, que havia se tornado uma feminista da segunda onda e trocado sua graduação para estudos femininos, e não iria mais tolerar a cultura texana de repressão patriarcal. Ela falava tão rápido que tive dificuldade para acompanhá-la, principalmente quando ela me puxou de lado para expressar sua simpatia pela causa contra a exploração e a falta de direitos do meu povo, e me garantiu seu apoio entusiasmado pela reforma das políticas de imigração e dos programas de trabalhador estrangeiro. Antes que eu conseguisse pensar em como responder, ela já tinha se afastado e começado uma discussão acalorada com Churchill.

"Não dê atenção à Haven", Gage disse, seco, observando a irmã com um leve sorriso. "Ela nunca encontrou uma causa de que não goste. A maior decepção de sua vida é não ser desprivilegiada."

Gage era diferente dos irmãos. Ele trabalhava duro e buscava desafios compulsivamente. Ele parecia manter à distância todos os que não eram da família. Mas começou a me tratar com uma afabilidade impossível de não corresponder. E tinha a gentileza, cada vez maior, que ele demonstrava para com minha irmã. Começou com pequenos detalhes. Consertou a corrente da bicicleta rosa de Carrington e a levou à escola uma manhã em que me atrasei.

Depois veio o trabalho escolar do inseto. A turma de Carrington estava estudando insetos, e cada criança tinha que escrever um relatório e fazer um modelo em três dimensões de um inseto em particular. Carrington decidiu fazer um vaga-lume. Levei-a à Loja do Hobby, onde gastamos quarenta dólares em tinta, isopor, gesso e limpadores de cachimbo. Eu não falei nada do custo daquilo – minha irmã competitiva estava decidida a fazer o melhor inseto da classe, e eu tinha resolvido fazer todo o necessário para ajudar. Fizemos o corpo do inseto e o cobrimos com tiras de gesso molhado e pintamos de preto, vermelho e amarelo quando secou. A cozinha toda virou uma zona de guerra durante esse processo. O bichinho ficou lindo, mas, para decepção de Carrington, a tinta que brilhava no escuro, que nós usamos na barriga do inseto, não era tão eficiente como nós esperávamos. Não brilhava nada, disse Carrington de mau humor, e eu prometi tentar encontrar uma tinta de melhor qualidade para aplicarmos mais uma camada.

Depois de passar uma tarde digitando um capítulo do manuscrito de Churchill, fiquei surpresa ao descobrir Gage sentado com minha irmã na cozinha, e a mesa atulhada de ferramentas, fios, pedaços de madeira, pilhas, cola, uma régua. Segurando o vaga-lume com uma das mãos, ele fez cortes profundos com um estilete.

"O que vocês estão fazendo?"

Duas cabeças se levantaram, uma escura e outra platinada.

"Uma pequena cirurgia", disse Gage, extraindo um pedaço retangular de isopor.

Os olhos de Carrington estavam acesos de alegria.

"Ele está colocando uma luz *de verdade* dentro do nosso vaga-lume, Liberty! Nós fizemos um circuito elétrico com fios e interruptor, e quando você liga, a luz do inseto começa a piscar."

"Oh." Desconcertada, eu me sentei à mesa. Eu sempre prezava ajuda, sempre que era oferecida. Mas não pensei que Gage, dentre todas as pessoas, fosse se envolver no nosso projeto. Eu não sabia se ele tinha sido recrutado por Carrington ou se havia se oferecido por vontade própria. Eu também não soube por que ver os dois trabalhando juntos, de forma tão camarada, fez eu me sentir desconfortável.

Com paciência, Gage mostrou para Carrington como fazer o circuito com os fios, como segurar e girar a chave de fenda. Ele sustentou as partes de um pequeno interruptor enquanto ela colava tudo. Carrington brilhou de satisfação com um pequeno elogio dele, e seu rostinho revelava animação enquanto eles trabalhavam juntos. Infelizmente, o peso adicional da lâmpada e dos componentes elétricos fez as pernas de limpadores de cachimbo arriarem debaixo do inseto. Tive que segurar um sorriso espontâneo enquanto Gage e Carrington contemplavam o inseto prostrado.

"É um vaga-lume com sono inercial", disse minha irmã, e nós três caímos na risada.

Gage precisou de mais meia hora para reforçar as pernas do bicho com cabides de arame. Depois de colocar o projeto terminado no meio da mesa, ele apagou as luzes da cozinha.

"Muito bem, Carrington", ele disse. "Vamos fazer um teste."

Animada, ela pegou a caixinha elétrica e ligou o interruptor. Exultou, triunfante, quando o vagalume começou a piscar em um padrão contínuo.

"Oh, é tão *maneiro*, olhe, olhe o meu bicho, Liberty!"

"É demais", eu disse, sorrindo ao ver como ela estava alegre.

"Toca aqui", Gage disse para Carrington e ergueu a mão.

Mas para o espanto dele, e meu, a menina ignorou a mão erguida. Em vez de bater a mão espalmada na de Gage, ela se jogou nele e passou os braços em redor de sua cintura.

"Você é o melhor", ela disse encostada na camisa dele. "Obrigada, Gage."

Ele ficou sem ação por um segundo, depois olhou para a cabecinha loira de Carrington. E então passou os braços ao redor dela. Enquanto ela sorria, ainda pendurada em sua cintura, ele acariciou-lhe com delicadeza o cabelo.

"Você fez a maior parte do trabalho, baixinha. Eu só ajudei um pouco."

Fiquei observando aquele momento, encantada com a facilidade com que os dois haviam estabelecido uma ligação. Carrington sempre se deu bem com homens do tipo vovô, como o Sr. Ferguson ou Churchill, mas mantinha distância dos meus namorados. Eu não consegui imaginar por que se abriu com Gage. Ela não podia se apegar a ele, pois não havia possibilidade de ele se tornar uma referência permanente em sua vida. Isso só levaria à decepção e à frustração, e seus sentimentos eram preciosos demais para mim para que eu deixasse isso acontecer.

Quando Gage se lembrou de olhar para mim com um sorriso divertido, não consegui retribuir. Eu me virei sob o pretexto de limpar a cozinha e recolhi os pedaços de fio, com dedos que apertei até as pontas ficarem brancas.

Capítulo 19

Churchill me falou dos pontos de inflexão estratégicos enquanto escrevia o capítulo "Por que paranoia faz bem" de seu livro. Um ponto de inflexão estratégico, ele explicou, é um imenso ponto de virada na vida de uma empresa, um avanço tecnológico ou uma oportunidade que altera o modo como tudo é feito. Como a divisão da Bell em 1984, ou o lançamento do iPod pela Apple. Isso pode lançar a empresa nas alturas ou afundá-la sem chance de recuperação, mas não importa quais sejam os resultados, as regras do jogo são alteradas para sempre.

O ponto de inflexão estratégico no meu relacionamento com Gage aconteceu no fim de semana após Carrington entregar o projeto do vaga-lume. Estávamos no final da manhã de domingo, e Carrington tinha saído para brincar enquanto eu tomava um banho demorado. Era um dia frio com rajadas cortantes de vento. As planícies perto de Houston não apresentavam obstáculos, a não ser por algumas algarobeiras solitárias que pareciam se agarrar à borda do céu, e assim a grande extensão aberta dava ao vento bastante espaço para ganhar força.

Vesti uma camiseta de mangas compridas e calça jeans, e um cardigã de lã com capuz. Embora eu normalmente passasse chapinha no cabelo, para deixá-lo brilhante e liso, naquele dia não me preocupei com isso, deixando-o cair encaracolado por meus ombros e costas. Atravessei a sala de visitas com seu teto alto, onde Gretchen se ocupava em instruir uma equipe de decoradores profissionais de Natal. Anjos era o tema que ela havia escolhido naquele ano, obrigando os decoradores a se empoleirarem em escadas altas para pendurar querubins, serafins e faixas de tecido dourado. Música de Natal tocava ao fundo, com Dean Martin cantando "Baby, It's Cold Outside" e estalando os dedos em grande estilo.

Meus pés acompanharam a música enquanto eu saía para o quintal. Ouvi a risada arrastada de Churchill e os gritos de alegria de Carrington. Colocando o capuz na cabeça, andei na direção dos sons. A cadeira de rodas de Churchill estava no canto do quintal, de frente para uma elevação no lado norte do jardim. Parei quando vi minha irmã parada na extremidade de uma tirolesa, um cabo que tinha sido montado na elevação com uma polia que deslizava da extremidade mais alta até a ponta mais baixa. Gage, vestindo calça jeans e um suéter azul velho, apertava a extremidade do cabo, enquanto Carrington o apressava.

"Segure a onda", ele falou, rindo da impaciência da minha irmã. "Espere até eu ver se o cabo vai aguentar você."

"Eu vou pular agora", ela disse, determinada, segurando na alça da polia.

"Espere", Gage avisou, dando um puxão para testar o cabo.

"Não consigo esperar!"

Ele começou a rir.

"Tudo bem, então. Não me culpe se você cair."

Eu vi, com um estremecimento de pavor, que o cabo estava alto demais. Se partisse, ou se Carrington não conseguisse se segurar, ela iria quebrar o pescoço.

"Não", eu gritei, começando a correr. "Carrington, não!"

Ela olhou para mim com um sorriso.

"Ei, Liberty, olhe para mim! Eu vou voar!"

"Espere!"

Mas ela me ignorou, aquela mula obstinada, agarrou a polia e se lançou no vazio. Seu corpinho ganhou velocidade acima do solo, rápido demais, alto demais, as pernas da sua calça agitadas ao vento. Ela soltou um guincho de alegria. Minha visão ficou borrada por um instante, meus dentes rilhando com um som dolorido. Eu meio cambaleei, meio corri, alcançando Gage quase ao mesmo tempo que ela. Ele a pegou com facilidade, tirando-a da polia e baixando-a até o chão. Os dois riram, gritaram, ignorando minha aproximação.

Ouvi Churchill chamando meu nome de onde estava, mas não lhe respondi.

"Eu falei para você esperar!", gritei para Carrington, atordoada de alívio e raiva, com os restos do medo ainda rangendo na minha garganta. Ela ficou pálida, em silêncio, e me encarou com os olhos azuis arregalados.

"Eu não ouvi você", ela disse. Era mentira, nós duas sabíamos disso. Fiquei furiosa com a forma como ela ficou ao lado de Gage, como se buscasse sua proteção. Contra mim.

"Ouviu sim! E não pense que vai se safar dessa, Carrington. Eu vou deixar você de castigo pela vida toda." Eu virei para Gage. "Essa... essa *coisa* idiota está alta demais! E você não tem direito de deixar minha irmã fazer algo tão perigoso sem me perguntar primeiro."

"Não é perigoso", disse Gage com calma, seu olhar fixo no meu. "Nós tínhamos uma tirolesa assim quando éramos crianças."

"Aposto que vocês caíram daí", eu disparei. "Aposto que se machucaram bastante."

"Claro que sim. E nós sobrevivemos para contar a história."

Meu sentimento de ultraje, salgado e primitivo, engrossava a cada segundo.

"Seu *babaca* arrogante, você não sabe nada de garotas de 8 anos! Ela é frágil, podia quebrar o pescoço..."

"Eu não sou frágil!", disse Carrington, indignada, aproximando-se mais de Gage até ele pôr a mão em seu ombro.

"Você nem mesmo está usando seu capacete. Você sabe que não deve fazer algo assim sem equipamento."

O rosto de Gage não tinha expressão.

"Você quer que eu tire o cabo?", ele perguntou.

"*Não!*", Carrington gritou comigo, lágrimas aflorando nos seus olhos. "Você nunca me deixa fazer nada divertido. Não é justo. Eu vou brincar na tirolesa e você não pode me impedir. Você não é minha mãe!"

"Ei, ei... baixinha." A voz de Gage ficou mais suave. "Não fale com sua irmã assim."

"Ótimo", eu estrilei. "Agora eu sou a vilã. Vá se danar, Gage. Não preciso que você me defenda, seu..." Eu levantei as mãos em um gesto defensivo, os punhos crispados. O vento frio me pegou no rosto, irritando os cantos internos dos meus olhos, e eu percebi que estava a ponto de chorar. Olhei para os dois, parados juntos olhando para mim, e ouvi Churchill chamar meu nome.

Eu contra os três. Eu me virei num movimento brusco, quase sem conseguir enxergar através da camada amarga de lágrimas. Era hora da retirada. Eu andei com passos largos, rápidos e decididos.

"Você também está encrencado, Churchill", disse quando passei pelo homem na cadeira de rodas, sem diminuir a marcha.

Quando alcancei o santuário quente da cozinha, estava gelada até os ossos. Eu procurei o lugar mais escuro e abrigado, um nicho estreito e recuado da copa. O espaço era tomado por cristaleiras. Eu não parei até me esconder nos fundos dessa sala. Passei os braços ao meu redor, encolhendo, tentando ocupar o mínimo possível de espaço físico.

Cada instinto meu gritava que Carrington era minha, e que ninguém tinha o direito de discutir minhas decisões. Eu havia cuidado dela, sacrificado minha vida por ela. *Você não é minha mãe.* Ingrata! Traidora! Eu quis ir lá fora pisando duro e dizer a ela como teria sido fácil, para mim, entregá-la para adoção depois que mamãe morreu, como eu teria ficado muito melhor.

Mamãe... oh, eu quis poder retirar todas as coisas odiosas que minha versão adolescente havia dito para ela. Eu entendi, então, a injustiça inerente a ser mãe. Você tenta manter os filhos com saúde e em segurança, e em vez de gratidão recebe acusações; em vez de cooperação ganha rebeldia.

Alguém entrou na cozinha. Eu ouvi a porta fechando. Fiquei imóvel, rezando para que não precisasse conversar com ninguém. Mas uma sombra se moveu pela cozinha escura, grande demais para pertencer a qualquer um que não Gage.

"Liberty?"

Depois disso eu não podia continuar me escondendo em silêncio.

"Eu não quero conversar", falei, mal-humorada.

Gage preencheu a entrada estreita da copa e eu fiquei encurralada. As sombras eram pesadas, eu não conseguia ver seu rosto. E então ele disse a única coisa que eu não esperava.

"Desculpe."

Qualquer outra teria inflamado minha raiva. Mas essa palavra singela fez as lágrimas transbordarem meus olhos ainda irritados pelo vento. Abaixei a cabeça e soltei um soluço.

"Tudo bem. Onde está Carrington?"

"Meu pai está falando com ela." Gage chegou até mim com dois passos grandes calculados. "Você tem razão. Em tudo. Eu disse à Carrington que ela vai ter que usar um capacete a partir de agora. E baixei um pouco o cabo." Uma breve pausa. "Eu deveria ter conversado com você antes de armar a tirolesa. Não vai acontecer de novo."

Ele mostrou um verdadeiro dom para me surpreender. Pensei que ele viria furioso, pronto para discutir. O aperto deixou minha garganta. Eu levantei a cabeça, a escuridão diminuiu e eu pude ver o contorno de sua cabeça. O aroma do jardim continuava nele, vento com pitadas de ozônio, grama seca, algo doce como madeira recém-cortada.

"Sou superprotetora", eu disse.

"É claro que é", Gage concordou. "É a sua função. Se você não fosse..." Ele se interrompeu e inspirou fundo quando viu o brilho da umidade no meu rosto. "Droga. Não, não faça isso." Ele se virou para um gaveteiro na copa, onde remexeu até encontrar um guardanapo dobrado. "Droga, Liberty, não chore. Me desculpe. Me desculpe por colocar essa merda de tirolesa. Eu vou tirar agora mesmo." Gage, que sempre era tão hábil, foi inexplicavelmente desajeitado ao enxugar meu rosto com aquele tecido macio.

"Não", eu disse, fungando. "Eu quero que você deixe a tirolesa lá."

"Tudo bem. Tudo bem. O que você quiser. Qualquer coisa. Mas não chore."

Peguei o lenço, assoei o nariz e suspirei, trêmula.

"Me desculpe por explodir lá fora. Eu não deveria ter exagerado assim."

Ele me observou e se remexeu como um animal agitado dentro de uma jaula.

"Você passou metade da sua vida tomando conta dela, protegendo a menina, e então um dia um babaca a solta em disparada por um cabo a um metro e meio do chão, e sem capacete. É claro que você tem que ficar furiosa."

"É só que... ela é tudo que eu tenho. E se alguma coisa acontecesse com ela..." Minha garganta apertou, mas eu me obriguei a continuar. "Eu sei há muito tempo que Carrington precisa da influência de um homem na vida dela, mas eu não quero que se envolva muito com você e Churchill, porque isso aqui não vai durar para sempre, e é por isso que..."

"Você não quer que Carrington se envolva", ele repetiu devagar.

"Que se envolva emocionalmente, sim. Vai ser muito duro para ela quando tivermos que ir embora. Eu... eu acho que isso foi um erro."

"O quê?"

"Tudo. Tudo isso. Eu não deveria ter aceitado a oferta do Churchill. Nós nunca deveríamos ter vindo morar aqui."

Gage ficou em silêncio. Um fio de luz fazia seus olhos brilharem como se tivessem luz própria.

"O que foi?", eu perguntei na defensiva. "Por que você não diz nada?"

"Vamos conversar depois."

"Nós podemos conversar agora. O que você está pensando?", eu insisti.

"Que você está projetando de novo."

"Projetando o quê?"

Fiquei rígida quando ele estendeu as mãos para mim. Meus pensamentos ficaram confusos quando senti suas mãos, o calor da pele máscula. Suas pernas encostaram nas minhas, os músculos duros por baixo do jeans gasto. Soltei um pequeno suspiro quando sua mão deslizou pelo meu pescoço. Nesse movimento, o polegar roçou de leve minha pele, e o toque me excitou vergonhosamente.

Gage falou com a boca no meu cabelo, as palavras afundando na minha cabeça.

"Não finja que só está pensando em Carrington. Você está preocupada com seu próprio envolvimento emocional."

"Não estou", eu protestei por entre meus lábios secos.

Ele deitou minha cabeça para trás e se debruçou sobre mim. Um sussurro irônico coçou minha orelha.

"Você está se enganando, querida."

Ele tinha razão. Eu tinha sido muito ingênua de pensar que, de algum modo, nós iríamos visitar o mundo dos Travis como duas turistas, participando sem nos envolver. Mas as ligações foram estabelecidas, meu coração encontrou abrigo em lugares inesperados. Eu estava mais envolvida do que sonhava ser possível. Eu me afastei até meus ombros baterem nos armários, provocando um tilintar delicado de porcelana e cristal. O braço de Gage me envolveu. Cada vez que eu inspirava, meu peito se erguia de encontro ao dele.

"Liberty... me deixe. Me deixe..."

Eu não consegui falar nem me mexer, só esperei, entregue, enquanto sua boca descia sobre a minha. Fechei os olhos e me abri para ele, para os beijos lentos que exploravam sem exigir, enquanto sua mão deslizava para segurar meu rosto. Desarmada por sua delicadeza, deixei meu corpo relaxar de encontro ao seu. Gage foi mais fundo, acariciando, ainda com aquele controle enlouquecedor, até meu coração estar acelerado como se eu estivesse correndo uma maratona. Fechando sua mão em uma mecha grossa do meu cabelo, ele a afastou e beijou meu pescoço, demorando uma eternidade para subir até a depressão atrás da orelha. Quando chegou ali, eu me contorcia para ficar mais perto dele, meus dedos agarrando a superfície firme de seus braços. Com um murmúrio, ele pegou meus pulsos e os colocou sobre seus ombros. Estremeci na ponta dos pés, contraindo todos os músculos.

Ele me segurou com firmeza, prendendo-me na estrutura dura do seu corpo, e tomou minha boca outra vez. Os beijos então foram mais longos, mais exigentes, molhados, devastadores, e eu não conseguia recuperar o fôlego. Moldei toda minha altura em seu corpo, até que não houvesse um milímetro de espaço entre nós. Ele me beijou como se já estivesse dentro de mim, beijos ávidos com dentes, língua, lábios; beijos de doçura insuportável que me fizeram querer desmaiar, mas eu me segurei em seu corpo e gemi dentro de sua boca. Suas mãos deslizaram até meu traseiro e me seguraram com firmeza de encontro a uma pressão dura e pulsante, diferente de tudo nesse mundo, e o desejo virou loucura. Eu queria que ele me jogasse no chão, queria que fizesse qualquer coisa, que fizesse tudo. Sua boca devorou a minha, lambeu fundo, e cada pensamento e impulso se dissolvia em um zumbido indefinido, o prazer puro atingindo o alto do meu crânio.

Sua mão passou por baixo da minha camisa, encontrando a pele das minhas costas, que estava quente e dolorida como se tivesse sido queimada. O toque frio dos dedos foi um alívio indizível. Eu arqueei o corpo com uma ânsia frenética, enquanto suas mãos se abriam como um leque, subindo pela minha coluna.

E então, a porta da cozinha foi aberta...

Nós nos separamos, e eu cambaleei, colocando alguns passos de distância entre mim e Gage, sentindo cada parte do meu corpo pulsar. Eu mexi na camisa, tentando colocá-la no lugar. Gage continuou nos fundos da copa, os braços apoiados nos armários, a cabeça baixa. Vi os músculos contraídos por baixo de suas roupas. O corpo estava rígido de frustração, que emanava em ondas. Fiquei chocada com minha reação a ele, um erotismo puro e ardente.

Ouvi a voz insegura de Carrington.

"Liberty, você está aí?"

Saí das sombras rapidamente.

"Estou, eu só estava... eu precisava de um pouco de privacidade..."

Fui até a outra ponta da cozinha, até minha irmã. Seu rostinho revelava tensão e ansiedade. Seu cabelo revolto tinha um efeito cômico, fazendo-a parecer um boneco Duende Mágico. Sua aparência era de quem ia chorar.

"Liberty..."

Quando se ama uma criança, você a perdoa antes mesmo de ela pedir. Basicamente, você já a perdoou por coisas que ela ainda nem fez.

"Está tudo bem", eu murmurei, estendendo as mãos para ela. "Está tudo bem, querida."

Carrington correu para mim, passando os bracinhos magros ao meu redor.

"Me desculpe", ela pediu, chorosa. "Eu não falei a sério as coisas que eu falei, nada daquilo..."

"Eu sei."

"Eu só queria me divertir."

"Claro que sim." Eu a envolvi no abraço mais forte e caloroso que pude lhe dar, apertando minha bochecha no alto de sua cabeça. "Mas meu dever é garantir que você se divirta o mínimo possível." Nós duas rimos e nos abraçamos por um bom tempo. "Carrington... eu vou tentar não ser uma estraga-prazeres o tempo todo. É que você está chegando a uma idade em que a maioria das coisas que quer fazer para se divertir também são as coisas que me fazem morrer de preocupação com você."

"Eu vou fazer tudo que você mandar", disse Carrington, um pouco rápido demais.

Eu sorri.

"Deus. Não estou pedindo obediência cega, mas nós temos que encontrar um modo de chegarmos a um acordo quando discordarmos de algo. Você sabe o que é isso, certo?

"Rã-rã. É quando você não consegue tudo do jeito que quer, e eu não consigo tudo do jeito que eu quero, e ninguém fica feliz. Como aconteceu quando o Gage baixou o cabo."

Eu ri.

"É isso mesmo." Ao lembrar da tirolesa, olhei na direção da copa. Pelo que eu conseguia ver, estava vazia. Gage havia saído da cozinha em silêncio. Eu não fazia ideia do que ia dizer para ele na próxima vez em que o visse. O modo como nos beijamos, minha reação... Algumas coisas era melhor não saber.

"Sobre o que você e o Churchill conversaram?", eu perguntei.

"Como você sabe que o Churchill e *mim* conversamos?"

"Churchill e eu", eu a corrigi e pensei rápido. "Bem, eu pensei que ele tinha algo a dizer para você, já que sempre tem uma opinião. E como você demorou para entrar, eu deduzi que vocês dois conversaram."

"Nós conversamos. Ele disse que eu deveria saber que ser mãe não é tão fácil quanto parece, e embora você não seja minha mãe de verdade, é a melhor substituta que ele já viu."

"Ele disse isso?" Eu me senti lisonjeada e satisfeita.

"E", Carrington continuou, "ele disse que eu não devia achar que você não fez mais nada que sua obrigação, porque muitas garotas da sua idade teriam me colocado para adoção quando a mamãe morreu." Ela deitou a cabeça no meu peito. "Você pensou em fazer isso, Liberty?"

"Nunca", eu disse com firmeza. "Nem por um segundo. Eu te amo demais para desistir de você. Quero você na minha vida para sempre." Eu me curvei e a apertei mais.

"Liberty?", ela perguntou, a voz abafada.

"O que foi, querida?"

"O que você e o Gage estavam fazendo na copa?"

Eu estiquei a cabeça para trás com cara de culpada, eu tenho certeza. "Você o viu?"

Carrington anuiu, inocente.

"Ele saiu da cozinha agora há pouco. Parecia que ele estava fugindo."

"Eu... eu acho que ele quis nos dar um pouco de privacidade", eu disse, hesitante.

"Você brigou com ele por causa da tirolesa?"

"Ah, nós só estávamos conversando. Só isso. Uma conversa." Sem pensar, eu fui na direção da geladeira. "Estou com fome. Vamos fazer um lanche."

Gage desapareceu pelo resto do dia, lembrando-se de repente de algumas obrigações urgentes que o ocupariam por tempo indeterminado. Eu fiquei aliviada. Precisava de algum tempo para pensar no que tinha acontecido e em como eu iria reagir. De acordo com o livro de Churchill, o melhor modo de lidar com um ponto de inflexão estratégico era deixar para trás logo o estágio de negação e aceitar a mudança, planejando sua estratégia para o futuro. Depois de refletir com cuidado sobre tudo, eu decidi que o beijo com Gage tinha sido um momento de insanidade, do qual era provável que ele estivesse arrependido. Portanto, a melhor estratégia era fingir que nada tinha acontecido. Eu permaneceria calma, relaxada e impessoal. Estava tão decidida a mostrar para Gage como aquela coisa toda não tinha me afetado, a surpreendê-lo com meu distanciamento sofisticado, que fiquei decepcionada quando Jack apareceu pela manhã. De má vontade, ele disse que Gage nem mesmo o avisou com antecedência, apenas telefonou ao raiar do dia e disse para se mexer e ajudar o pai, porque ele não poderia.

"O que é assim tão importante que ele não pode se dar o trabalho de vir até aqui?", Churchill perguntou, irritado. Da mesma forma que Jack não queria estar lá ajudando, Churchill não o queria por perto.

"Ele pegou um avião para Nova York. Vai visitar a Dawnelle", disse Jack. "Ele quer sair com ela depois das fotos com o Demarchelier."

"Foi embora sem avisar?" Churchill fez uma carranca que fez aparecer pequenos vincos na sua testa. "Por que diabo ele fez isso? Hoje ele tinha uma reunião com os canadenses da Syncrude." Churchill apertou os olhos de modo ameaçador. "É melhor ele não ter pegado meu jato Gulfstream sem avisar, ou vou fritar seus..."

"Ele não pegou o Gulfstream."

Essa informação acalmou Churchill.

"Ótimo. Por que da última vez eu disse para ele que..."

"Ele pegou o Citation", disse Jack.

Enquanto Churchill rugia e pegava o telefone celular, eu levei a bandeja do café da manhã para baixo. Era ridículo, mas a notícia de que Gage tinha ido para Nova York encontrar a namorada me acertou como um soco no estômago. Um torpor sufocante tomou conta de mim enquanto eu pensava em Gage com a linda Dawnelle e seu corpo de cachorro de corrida. Ela, com seu cabelo loiro liso e o grande contrato com a marca de perfume. Claro que ele iria atrás dela. Eu não fui nada além de um impulso momentâneo. Um capricho. Um erro. Eu estava espumando de ciúmes, doente, por causa da pior pessoa que eu poderia ter escolhido para ter ciúmes. Eu não podia acreditar. *Idiota,* falei para mim mesma, raivosa. *Idiota, idiota.* Mas saber disso não ajudou a melhorar meu sentimento.

Durante o resto do dia, eu tomei resoluções violentas e fiz promessas para mim mesma. Tentei expulsar os pensamentos sobre Gage da minha cabeça com a lembrança de Hardy, o amor da minha vida, que tinha mais importância para mim do que Gage Travis jamais teria... Hardy, que era sexy, encantador, expansivo, o oposto de Gage, um babaca arrogante e irritante. Mas mesmo pensar em Hardy não adiantou. Então eu me concentrei em alimentar as chamas da irritação de Churchill fazendo menções a Gage e ao Citation sempre que possível. Eu queria que Churchill caísse sobre o filho mais velho como uma das pragas do Egito. Para minha decepção, a irritação de Churchill sumiu depois que ele conversou com Gage pelo telefone.

"Novos desdobramentos acontecendo com Dawnelle", relatou Churchill, indulgente. Eu não acreditava que seria possível, mas meu humor piorou ainda mais. Isso só podia significar uma coisa – Gage iria lhe pedir que fosse morar com ele. Talvez até a pedisse em casamento.

Depois de trabalhar o dia todo e ainda ajudar Carrington a treinar futebol no jardim, eu estava exausta. Mais que isso, eu estava deprimida. Eu nunca ia encontrar ninguém. Eu ia passar o resto da vida dormindo sozinha em uma cama de casal, até me tornar uma velha ranzinza que não fazia nada além de regar as plantas, falar dos vizinhos e cuidar de dez gatos.

Tomei um longo banho de imersão, que Carrington temperou com espuma de banho da Barbie, com cheiro de chiclete. Depois eu me arrastei para a cama e fiquei deitada lá com os olhos abertos. No dia seguinte eu acordei emburrada, como se o sono tivesse catalisado minha depressão em um estado de irritação geral. Churchill ergueu as sobrancelhas quando eu o informei que não estava com vontade de ficar correndo para cima e para baixo o dia todo, então eu agradeceria se ele consolidasse seus pedidos em uma lista. Entre os vários itens estava uma observação para ligar para um restaurante recém-aberto e reservar mesa para oito.

"Um dos meus amigos fez um grande investimento naquele lugar", disse Churchill. "Vou levar a família para comer lá esta noite. Vistam algo bonito, você e a Carrington."

"Eu e a Carrington não vamos."

"Vão sim." Ele contou os convidados nos dedos. "Vão ser vocês duas, Gretchen, Jack e a nova namorada, Vivian e eu, e o Gage."

Então Gage estaria de volta de Nova York à noite. Eu senti como se minhas vísceras estivessem revestidas de chumbo. "E a Dawnelle?", perguntei, seca. "Ela não vai?"

"Não sei. É melhor reservar nove lugares, em todo caso."

Se Dawnelle também fosse... se os dois estivessem noivos... eu não sabia se iria aguentar.

"Vão ser nove lugares", eu disse. "Carrington e eu não somos da família, então não vamos."

"Vocês vão, sim", Churchill disse, categórico.

"Ela tem aula amanhã. Não pode ficar acordada até tarde."

"Faça reserva para um horário cedo, então."

"Você está exigindo demais", estrilei.

"Para que diabos eu pago você, Liberty?", Churchill perguntou, sem raiva.

"Você me paga para eu trabalhar para você, não para jantar com a família."

Ele sustentou meu olhar sem piscar.

"Eu pretendo falar sobre trabalho durante o jantar. Leve seu bloco de notas."

Capítulo 20

Raras vezes eu tive tanto medo de algo como daquele jantar. Aquilo me afligiu o dia todo. Às cinco horas, eu sentia meu estômago cheio de cimento, e tinha certeza de que não conseguiria comer nada. O orgulho, contudo, me fez escolher meu melhor vestido, um tricô de lã vermelha com mangas longas e decote que revelava um pouco. Ele ficava justo da altura dos seios aos quadris e se abria delicadamente na saia. Passei pelo menos 45 minutos alisando meu cabelo com a chapinha, até ficar liso com perfeição. A aplicação cuidadosa de sombra cinza esfumada nos olhos e de brilho neutro nos lábios me deixou pronta para sair. Apesar da rabugice, eu sabia que nunca estive mais bonita em toda minha vida. Fui até o quarto da minha irmã e descobri que a porta estava trancada.

"Carrington", eu chamei. "São seis horas. Temos que ir. Saia daí."

Sua voz estava abafada.

"Preciso de mais dez minutos."

"Carrington, depressa", eu disse, com um toque de exasperação. "Se você me deixar entrar, eu a ajudo..."

"Eu posso me arrumar sozinha."

"Eu quero você lá embaixo, na sala íntima, em cinco minutos."

Suspirei alto e fui até o elevador. Normalmente eu usava a escada, mas não quando calçava saltos de sete centímetros. O silêncio da casa era estranho, quebrado apenas pelas batidas dos meus saltos no chão de mármore, que ficaram mais suaves na madeira e desapareceram no carpete.

A sala íntima estava vazia, com o fogo cintilando e crepitando na lareira. Perplexa, eu fui até o bar e examinei as garrafas e os frascos. Pensei que, como eu não iria dirigir, e Churchill estava me obrigando a ir com a família, ele me devia um drinque. Servi um pouco de Coca em um copo, acrescentei uma dose de rum Zaya e mexi com o dedo. Quando tomei o gole medicinal, o líquido frio escorregou queimando pela minha garganta. Talvez eu tivesse exagerado no Zaya. Foi uma infelicidade virar e ver Gage entrando na sala enquanto eu ainda engolia. Lutei por um segundo para não devolver a bebida. Depois que consegui fazê-la descer, comecei a tossir forte e pus o copo de lado.

Gage chegou ao meu lado num instante.

"Desceu errado?", ele perguntou, compreensivo, enquanto passava a mão em círculos nas minhas costas.

Eu anuí e continuei a tossir, com os olhos enchendo de água. Ao mesmo tempo que demonstrou preocupação, ele pareceu se divertir.

"Culpa minha. Eu não pretendia assustar você." Sua mão continuou nas minhas costas, o que não me ajudou a recuperar o fôlego.

Reparei em duas coisas de imediato – primeiro, Gage estava sozinho, e segundo, ele estava incrivelmente sexy com um pulôver de caxemira preta e gola rolê, calça cinza e mocassins Prada pretos. A última tossida foi um desastre, e eu me encontrei encarando, desamparada, olhos cristalinos.

"Oi", foi só o que consegui dizer.

"Oi." Um sorriso tocou seus lábios.

Um calor perigoso tomou conta de mim por estar ali com Gage. Eu me senti feliz só de estar perto dele, e arrasada por várias outras razões, e humilhada pelo desejo de me jogar nele, e o turbilhão de sentir todas essas coisas de uma só vez foi mais do que eu podia aguentar.

"A... a Dawnelle veio com você?"

"Não." Gage pareceu que tinha algo mais para dizer, mas olhou para si mesmo e examinou a sala vazia. "Onde está todo mundo?"

"Não sei. Pensei que Churchill tinha dito seis horas."

Seu sorriso se tornou irônico.

"Não faço ideia por que ele estava tão impaciente para reunir todo mundo esta noite. O único motivo pelo qual eu vim foi porque eu esperava que nós dois pudéssemos encontrar alguns minutos para conversar depois." Uma pausa breve e ele acrescentou: "A sós."

Um arrepio nervoso desceu pela minha coluna.

"Tudo bem."

"Você está linda", disse Gage. "Mas também, está sempre." Ele continuou antes que eu pudesse responder. "Recebi uma ligação do Jack quando estava a caminho. Ele não vai poder ir conosco."

"Espero que não esteja doente." Tentei parecer preocupada, quando naquele momento não podia me importar menos com Jack.

"Não, ele está bem. A namorada fez uma surpresa com ingressos para o show do Coldplay."

"Jack odeia o Coldplay", eu disse, pois tinha ouvido comentários a esse respeito.

"É. Mas ele gosta de dormir com a namorada."

Nós dois nos viramos quando Gretchen e Carrington entraram na sala. Gretchen vestia uma saia de buclê lavanda, uma blusa de seda combinando e um lenço Hermès em volta do pescoço. Para meu desânimo, Carrington usava calça jeans e um suéter rosa.

"Carrington", eu falei, "ainda não se vestiu? Eu deixei sua saia azul e a..."

"Não posso ir", disse toda alegre minha irmã. "Tenho muita lição de casa. Então eu vou com a Tia Gretchen para sua reunião do clube do livro, e vou fazer a lição lá."

Gretchen parecia pesarosa.

"Acabei de lembrar da reunião do clube do livro. Não posso perder. As garotas são muito exigentes quanto à frequência. Duas ausências injustificadas e..." Ela passou o dedo com unhas cor de coral pela garganta.

"Isso parece um exagero", eu disse.

"Ah, querida, você não imagina. Uma vez fora, é para sempre. E depois eu teria que arrumar outra coisa para fazer nas noites de terça. E a única outra coisa para fazer seria o Grupo de Bunco." Ela olhou para Gage, desculpando-se. "Você sabe como eu odeio Bunco."

"Não, eu não sei."

"Bunco engorda", ela o informou. "Aqueles lanchinhos... E na minha idade..."

"Onde está meu pai?", Gage a interrompeu.

Carrington respondeu com inocência.

"Tio Churchill pediu para dizer a vocês que a perna está incomodando, então ele vai ficar em casa esta noite e assistir a um filme com sua amiga Vivian quando ela chegar."

"Mas como vocês dois estão tão bem-vestidos", disse Gretchen, "podem ir sem nós e se divertir."

Elas desapareceram como se estivessem em uma cena de comédia, deixando nós dois ali, perplexos. Era uma conspiração. Aturdida e mortificada, eu me virei para Gage.

"Eu não tive nada a ver com isso, eu juro..."

"Eu sei, eu sei." Ele pareceu exasperado, mas depois riu. "Como você está vendo, minha família não dá a mínima para sutileza."

Ver um de seus raros sorrisos produziu um surto de prazer em mim.

"Você não precisa me levar para jantar", eu disse. "Deve estar cansado depois da viagem a Nova York. E eu imagino que Dawnelle não iria gostar da ideia de nós dois sairmos sozinhos."

Seu ar de divertimento se apagou.

"Na verdade... eu e a Dawnelle terminamos ontem."

Eu pensei não ter ouvido bem. Tive medo de tirar qualquer conclusão daquelas poucas palavras. Senti meu pulso pulando debaixo da pele, nas minhas bochechas, na garganta e no interior dos meus braços. Sem dúvida eu devia ter parecido tristemente confusa, mas Gage não disse nada, só esperou que eu respondesse.

"Sinto muito", eu consegui dizer. "Foi por isso que você foi para Nova York? Para... para terminar com ela?"

Gage aquiesceu e prendeu um fio de cabelo solto atrás da minha orelha, deixando seu polegar tocar a ponta do meu queixo. Meu rosto ardeu. Fiquei tensa, sabendo que se relaxasse um único músculo, eu perderia toda a força.

"Eu percebi", ele disse, "que se estava tão obcecado por uma mulher, a ponto de não conseguir dormir à noite, pensando nela... não fazia sentido sair com outra, não é?"

Eu não seria capaz de dizer nada, nem se fosse para salvar minha vida. Meu olhar desceu para seu ombro, e fui tomada por um desejo intenso de repousar minha cabeça ali. Sua mão brincou no meu cabelo com uma leveza eletrizante.

"Então... nós damos andamento à armação?", eu o ouvi perguntar depois de um instante.

Eu me obriguei a olhar para ele. Gage estava lindo. O fogo jogava cores quentes em sua pele e acendia luzinhas em seus olhos. Os ângulos de seu rosto adquiriram um relevo agudo. Ele precisava cortar o cabelo. Os grossos fios pretos começavam a se curvar sobre as orelhas e sobre o pescoço. Eu me lembrei da sensação nos meus dedos, de seda áspera, e ansiei com o desejo de tocar sua cabeça, de puxá-la para mim. Qual era a pergunta? Ah, sim... a armação.

"Eu detestaria dar essa satisfação a eles", eu disse e sorri.

"Você tem razão. Por outro lado... nós precisamos comer." Seu olhar percorreu meu corpo. "E você está bonita demais para ficar em casa esta noite." Ele pôs a mão na base das minhas costas e pressionou com delicadeza. "Vamos sair daqui."

O carro estava parado na frente da casa. Era típico de Gage dirigir um Maybach. É um carro de ricos que não gostam de ostentar, e é por isso que não se vê muitos Maybach em Houston. Por cerca de trezentos mil dólares você recebe um carro de aparência tão discreta que é raro os manobristas dos estacionamentos o colocarem na frente, ao lado dos BMW e dos Lexus. O interior é revestido de pelica e madeira amboyna brilhante, tirada das selvas indonésias em lombo de elefante. Para não falar das duas telas, dos dois suportes de taça de champanhe e do minirrefrigerador projetado para abrigar uma garrafa pequena de Cristal. E tudo isso podia ir de zero a cem em menos de cinco segundos.

Gage me ajudou a entrar no carro baixo e a afivelar o cinto de segurança. Eu relaxei no assento e inalei o aroma de couro encerado enquanto observava o painel, que lembrava o interior de um avião pequeno. O Maybach ronronou enquanto Gage o manobrava. Dirigindo com uma só mão, Gage pegou algo no console central. Ele mostrou um celular e deu um olhar rápido para mim.

"Tudo bem se eu fizer uma ligação rápida?"

"É claro."

Nós passamos pelo portão da frente. Olhei para as mansões por que passávamos, os retângulos amarelos das janelas, um casal passeando com um cachorro pela rua tranquila. Apenas uma noite comum para algumas pessoas... enquanto para outras, coisas inimagináveis estavam acontecendo.

Gage ligou para um número e alguém atendeu do outro lado. Ele começou a falar sem nem mesmo dizer "oi".

"Sabe, pai, eu voltei de Nova York há menos de duas horas. Ainda não tive tempo de desfazer minha mala. Isso vai ser um choque para você, mas não é sempre que eu faço as coisas seguindo a sua agenda."

Churchill respondeu alguma coisa.

"Sei", disse Gage. "Eu entendo. Mas estou lhe avisando – de agora em diante cuide da sua própria vida amorosa e não se meta na minha." Ele desligou o celular com violência. "Velhote enxerido", murmurou.

"Ele se intromete com todo mundo", falei, com o fôlego curto ao ouvir a insinuação de que eu era parte de sua vida amorosa. "É o modo que ele tem de mostrar afeto."

Gage me deu um olhar irônico.

"Não brinca."

Um pensamento me ocorreu.

"Ele sabia que você ia terminar com a Dawnelle?"

"Sabia, eu contei para ele."

Churchill sabia e não me disse nada. Tive vontade de matá-lo.

"Então é por isso que ele se acalmou depois de falar com você", eu disse. "Acho que ele não era muito fã da Dawnelle."

"Eu acho que ele não gostava nem um pouco dela, mas gosta muito de você."

Uma satisfação pareceu se derramar dentro de mim como uma braçada de frutas que fica pesada demais para carregar.

"Churchill gosta de muita gente", eu disse com um tom de voz indiferente.

"Não é verdade. Ele é bastante reservado com a maioria das pessoas. Eu puxei a ele nesse sentido."

Era perigosa essa tentação de lhe contar tudo, de relaxar por completo em sua presença. Mas o carro era um casulo luxuoso e escuro, e eu havia criado uma sensação de intimidade com aquele homem que mal conhecia.

"Ele tem me falado de você há anos", eu disse. "E também dos seus irmãos e da sua irmã. Sempre que ia ao salão, ele me contava as novidades da família, e parecia que você e ele estavam constantemente no meio de algum tipo de discussão. Mas dava para ver que ele tinha mais orgulho de você. Mesmo quando ele reclamava, parecia estar se gabando."

Gage sorriu ligeiramente.

"Ele não costuma ser tão falante."

"Você ficaria surpreso com o que as pessoas falam na mesa da manicure."

Ele balançou a cabeça, os olhos na rua.

"Meu pai é o último homem do mundo que eu esperava ver na manicure. Na primeira vez que fiquei sabendo, eu imaginei que tipo de mulher teria conseguido que ele fizesse algo assim. Como você pode imaginar, isso provocou mais do que mera especulação na família."

Eu sabia que importava muito o que Gage pensava de mim.

"Eu nunca pedi nada para ele", eu disse, minha voz oprimida pela ansiedade. "Eu nunca pensei nele como... você sabe, um protetor... nunca recebi presentes nem..."

"Liberty", ele interrompeu com delicadeza. "Está tudo bem. Eu sei."

"Oh." Eu soltei um suspiro comprido. "Bem, eu sei o que isso tudo deve ter parecido."

"Eu percebi logo que não estava acontecendo nada. Eu pensei que qualquer homem que dormisse com você não a deixaria sair da cama."

Silêncio... Aquele comentário propositalmente provocativo dividiu meus pensamentos em duas vertentes; uma de desejo, a outra de profunda insegurança. Raras vezes, se é que aconteceu, eu quis tanto um homem como queria Gage. Mas eu não estava à sua altura. Eu não tinha experiência, nenhuma habilidade. E durante o sexo eu me distraía com facilidade. Eu não conseguia bloquear os caprichos de uma mente que, bem no meio da ação, invocava preocupações do tipo: *Será que eu assinei a autorização para a excursão da Carrington?*, ou *Será que a lavanderia vai conseguir tirar a mancha de café da minha blusa branca?* Resumindo, eu era ruim de cama. E não queria que aquele homem descobrisse.

"Nós vamos falar a respeito?", perguntou Gage, e eu sabia que ele se referia ao beijo.

"A respeito de quê?", eu rebati.

Ele soltou uma risada suave.

"Acho que não."

Compreensivo, ele perguntou como Carrington estava se saindo na escola. Aliviada, eu lhe contei dos problemas que minha irmã tinha em matemática, e a conversa passou a ser sobre nossas lembranças de escola, e logo ele começou a me contar de todos os problemas que ele e seus irmãos arrumaram quando eram mais novos.

Não demorou muito e chegamos ao restaurante. Um manobrista uniformizado me ajudou a sair do carro enquanto outro pegou a chave com Gage.

"Nós podemos ir a outro lugar", disse ele pegando no meu braço. "Se você não gostar da aparência daqui, é só me dizer."

"Acredito que deve ser lindo."

Era um restaurante contemporâneo francês com paredes de cores claras, mesas cobertas de toalhas brancas e música de piano. Após Gage explicar à hostess que o grupo dos Travis tinha diminuído de nove para dois, ela nos levou a uma das mesas pequenas no canto, que ficava parcialmente protegida por um tipo de biombo que permitia um pouco de privacidade. Enquanto Gage consultava uma carta de vinhos do tamanho de uma lista telefônica, um garçom solícito encheu nossos copos de água e esticou um guardanapo no meu colo. Depois que Gage escolheu o vinho, pedimos sopa de alcachofra salpicada com lascas de lagosta do Maine caramelizada, pratos de abalone da Califórnia e linguado de Dover na chapa, acompanhado de salada quente de pimentões e berinjela da Nova Zelândia.

"Meu jantar é mais viajado do que eu", falei.

Gage sorriu.

"Aonde você iria, se pudesse escolher qualquer lugar?"

A pergunta me deixou animada. Eu sempre fantasiei viajar para lugares que só conhecia de filmes e revistas.

"Ah, eu não sei... para começar, Paris, acho. Ou Londres, ou Florença. Quando Carrington ficar um pouco mais velha eu vou economizar dinheiro para que possamos fazer uma dessas turnês de ônibus pela Europa..."

"Você não gostaria de ver a Europa pela janela de um ônibus", ele disse.

"Eu não gostaria?"

"Não. Você preferiria ir com alguém que conhece os lugares certos." Ele tirou o celular do bolso e o abriu. "Aonde?"

Eu sorri e balancei a cabeça, confusa.

"O que você quer dizer com 'aonde'?"

"Paris ou Londres? Posso ter o avião pronto em duas horas."

Decidi participar da brincadeira.

"Estamos falando do Gulfstream ou do Citation?"

"Para a Europa, com certeza o Gulfstream."

Então eu percebi que ele estava falando a sério.

"Eu nem tenho mala", disse, perplexa.

"Eu compro o que for preciso quando chegarmos lá."

"Você disse que estava cansado de viajar."

"Eu estava falando de viagens de negócios. Além do mais, eu gostaria de ver Paris com alguém que nunca esteve lá antes", sua voz se abrandou. "Seria como ver a cidade pela primeira vez."

"Não, não, não... as pessoas não vão para a Europa no primeiro encontro."

"Vão sim."

"Não o meu tipo de pessoa. Além do mais, Carrington ficaria assustada se eu fizesse algo tão espontâneo como..."

"Projeção", ele murmurou.

"Tudo bem, isso me assustaria. Eu não conheço você bem o bastante para embarcar numa viagem."

"Isso vai mudar."

Fiquei olhando para ele, assombrada. Ele estava tranquilo como eu nunca o tinha visto, com uma risada dançando em seus olhos.

"O que deu em você?", perguntei, atordoada.

Ele balançou a cabeça, sorrindo.

"Não sei. Mas estou gostando."

Conversamos durante todo o jantar. Havia tanta coisa que eu queria contar para ele, e mais ainda que eu queria perguntar. Três horas de conversa não deu nem para começar. Gage era bom ouvinte, parecendo ter interesse genuíno nas histórias do meu passado, com todos os detalhes que deveriam tê-lo aborrecido. Eu lhe contei sobre minha mãe, o quanto eu sentia falta dela e todos os problemas que tivemos uma com a outra. Até contei para ele da culpa que eu carregava há anos, por achar que era responsável por minha mãe nunca ficar realmente íntima de Carrington.

"Na época, eu pensava estar preenchendo um vazio", eu disse. "Mas depois que ela morreu, eu fiquei me perguntando se não tinha... bem, eu amei Carrington tanto desde o início, que eu meio que tomei conta. E eu me pergunto, com frequência, se não fui culpada de... não sei a palavra para isso..."

"Marginalizá-la?"

"O que isso significa?"

"Deixá-la de lado."

"Isso, foi isso mesmo que eu fiz."

"Bobagem", disse Gage, delicado. "Não funciona assim, querida. Você não tirou nada da sua mãe ao amar a Carrington." Ele pegou minha mão, envolvendo-a com seus dedos. "Parece que Diana estava ocupada com seus próprios problemas. Ela provavelmente se sentiu grata por você ter dado à Carrington o afeto que ela não podia dar."

"Eu espero que sim", falei, não muito convencida. "Eu... como você sabe o nome dela?"

Ele deu de ombros.

"Meu pai deve ter mencionado."

No silêncio caloroso que se seguiu, lembrei que Gage havia perdido a mãe quando tinha apenas 3 anos de idade.

"Você se lembra de alguma coisa da sua mãe?"

Gage sacudiu a cabeça.

"Foi Ava quem cuidou de mim quando eu ficava doente, que lia para mim, que me remendava quando eu saía de uma briga e depois acabava comigo por isso." Um suspiro doído. "Deus, como eu sinto falta dela."

"Seu pai também." Eu fiz uma pausa antes de conseguir perguntar: "Você se incomoda que seu pai tenha namoradas?".

"Claro que não." Ele sorriu. "Desde que você não seja uma delas."

Voltamos para River Oaks por volta da meia-noite. Eu estava um pouco tonta devido às duas taças de vinho e aos poucos goles de vinho do porto que serviram com a sobremesa, que consistiu de queijo francês e fatias finas como papel de pão de tâmaras com nozes. Eu me sentia melhor do que tinha me sentido em toda a vida, talvez melhor até do que naqueles dias felizes com Hardy, tanto tempo atrás. Isso quase me deixou preocupada, ficar assim tão feliz. Eu tinha milhares de maneiras de garantir que um homem nunca se tornasse assim tão íntimo. Sexo não era nem de perto tão difícil, ou perigoso, como intimidade. Mas a preocupação vaga não conseguiu se estabelecer, porque alguma coisa em Gage me fazia confiar nele, apesar de todo o esforço que eu fazia para não confiar. Eu me perguntei quantas vezes na vida eu tinha feito algo só porque queria, sem pesar as consequências.

Nós dois ficamos em silêncio quando Gage parou junto à casa e desligou o carro. O ar estalava com perguntas não feitas. Eu fiquei imóvel no meu assento, sem enfrentar seu olhar. Alguns segundos rápidos, e eu comecei a procurar com os dedos a fivela do cinto de segurança. Sem pressa, Gage saiu do carro e deu a volta até o meu lado.

"Está tarde", eu comentei casualmente enquanto ele me ajudava a descer do carro.

"Cansada?"

Nós caminhamos até a porta da frente. O ar noturno estava frio e doce, com nuvens passando na frente da lua em camadas transparentes. Eu anuí para indicar que sim, eu estava cansada, embora não fosse verdade. Eu estava nervosa. Depois que voltamos a um território familiar, eu achei difícil não voltar aos meus antigos cuidados. Paramos junto à porta e eu me virei para encará-lo. Meu equilíbrio não era grande coisa nos saltos altos. Devo ter oscilado um pouco, porque ele estendeu as mãos e me segurou pela cintura, com os dedos descansando na curva dos meus quadris. Minhas mãos fechadas formaram uma pequena barricada entre nós. As palavras transbordaram da minha boca – eu agradeci pelo jantar, tentei expressar o quanto tinha gostado... Minha voz sumiu quando Gage me puxou para perto e encostou seus lábios na minha testa.

"Eu não estou com pressa, Liberty. Eu posso ser paciente."

Ele me segurou com cuidado, como se eu fosse frágil e precisasse de abrigo. Hesitante, eu relaxei nele, abraçando-o, minhas mãos subindo até seus ombros. Onde quer que nos encostássemos, eu sentia a promessa física de como seria bom, e algo começou a se desenrolar em todos os lugares vulneráveis do meu corpo.

Sua boca ampla e firme desceu até o meu rosto, deixando uma marca suave.

"Vejo você pela manhã."

E assim ele se afastou. Atordoada, eu o vi começar a descer os degraus.

"Espere", eu disse, insegura. "Gage..."

Ele se virou e ergueu as sobrancelhas em uma pergunta silenciosa.

"Você não vai me dar um beijo de boa noite?", eu murmurei, constrangida.

Sua risada baixa se expandiu no ar. Ele veio lentamente até mim, apoiando a mão na porta.

"Liberty, querida..." Seu sotaque estava mais forte que o normal. "Eu posso ter paciência, mas não sou santo. Um beijo é tudo que posso aguentar esta noite."

"Tudo bem", eu sussurrei.

Meu ritmo cardíaco se descontrolou quando ele inclinou a cabeça sobre a minha. Ele não me tocou com nada além de sua boca, provando-me com leveza até meus lábios se abrirem. Lá estava o mesmo sabor esquivo que me assombrou nas duas últimas noites; estava em seu hálito, em sua língua, algo doce e entorpecente. Eu tentei sorver o máximo possível, passando meus braços pelo pescoço de Gage para mantê-lo ali. Um som suave e sombrio veio de sua garganta. Sua respiração teve um impulso desigual e ele passou um braço por sobre a parte baixa dos meus quadris e me prendeu contra ele.

O beijo então foi mais longo, mais exigente, até que estávamos encostados na porta. Uma de suas mãos subiu pela minha cintura e pairou sobre meu seio antes de ser recolhida. Eu pus minha mão sobre a dele e, desajeitada, coloquei-a onde eu a queria, com seus dedos envolvendo o monte arredondado. Seu polegar circulou e massageou lentamente, até a carne se retesar em um bico dolorido. Ele a pegou na ponta dos dedos e puxou com uma delicadeza única. Eu queria sua boca na minha, suas mãos, toda a sua pele. Eu precisava tanto, demais, e o modo como ele me tocava, beijava, fazia ansiar por coisas impossíveis.

"Gage..."

Ele apertou os braços ao meu redor em uma tentativa de conter a forma desamparada com que eu me contorcia. Sua boca estava no meu cabelo.

"Sim?"

"Por favor... me leve até meu quarto."

Compreendendo o que eu oferecia, Gage esperou antes de responder.

"Eu posso esperar."

"Não..." Eu o abracei como se estivesse me afogando. "Eu não quero esperar."

Capítulo 21

Em algum ponto entre a porta da frente e o quarto, o calor da paixão foi abafado por dúvidas. Não que eu fosse recuar àquela altura – eu queria Gage demais. E mesmo que nós conseguíssemos adiar, eu tinha certeza de que não demoraria até que fôssemos para cama. Mas minha cabeça ficou dando voltas em torno das minhas insuficiências no sexo e de como compensá-las. Eu tentei imaginar o que Gage iria querer, as coisas que poderiam lhe dar prazer. Quando chegamos ao meu quarto, minha cabeça estava cheia de imagens que pareciam tiradas de um livro de táticas de futebol, com setas apontando para diagramas de passes, estratégias de defesa, formações ofensivas para chegar ao gol.

Quando vi a mão de Gage na maçaneta e ouvi o clique da trava, senti meu estômago revirar. Liguei a luz de cabeceira bem fraca, que revestiu o quarto com uma atmosfera amarela tênue. O rosto de Gage se suavizou quando ele olhou para mim.

"Ei..." Ele gesticulou para que eu me aproximasse. "Você tem permissão para pensar melhor."

Eu senti seus braços ao meu redor e me aninhei.

"Não, nada de pensar melhor." Encostei o rosto na maciez escura da caxemira de seu suéter. "Mas..."

"Mas o quê?" Sua mão subia e descia pelas minhas costas. Briguei comigo mesma por alguns segundos – se eu ia confiar em um homem o bastante para ir para cama com ele, eu deveria confiar o suficiente para dizer o que eu quisesse.

"A coisa é...", falei com dificuldade. Não importava o quanto eu inspirasse fundo eu inspirasse, parecia que só conseguia metade do ar de que precisava. A mão de Gage continuou com seu movimento lento e reconfortante. "Tem uma coisa que você precisa saber..."

"O quê?"

"Bem, sabe..." Eu fechei os olhos e me obriguei a dizer. "A coisa é, eu sou ruim de cama."

Ele parou a mão. Tirou minha cabeça de seu ombro e me sujeitou a um olhar zombeteiro.

"Não é, não."

"Sou sim, eu sou ruim de cama." Foi um alívio tão grande admitir isso, que as palavras se atropelaram quando eu continuei falando. "Eu não tenho experiência. É tão constrangedor na minha idade. Eu só tive dois – e o último, ah, era tão *medíocre*. Toda vez. Eu não tenho habilidade. Nem concentração. Demoro a vida toda para ficar no clima, mas não consigo me manter e tenho que fingir. Sou uma fingida, e ruim, ainda por cima. Eu sou..."

"Espere. Pare um pouco. Liberty..." Gage me puxou para perto, abafando minha confissão. Senti o tremor de uma risada passando por ele. Fiquei rígida, e ele me apertou mais forte. "Não", disse, a voz carregada de diversão. "Não estou rindo de você, querida. Eu só... não. Estou levando você a sério. Estou sim."

"Não parece que está."

"Querida." Ele passou a mão pelo meu cabelo e encostou o nariz na minha testa. "Você não tem nada de medíocre. Seu único problema é a vida de mãe solteira trabalhadora que vem levando desde que tinha... o quê, 18, 19 anos? Eu já sabia que você não tinha experiência, porque, para ser honesto, você dá todo tipo de sinal confuso."

"Dou?"

"Dá. E é por isso que não me incomodo de ir devagar. Melhor do que você fazer algo para o qual não esteja pronta."

"Eu estou pronta", falei com franqueza. "Eu só quero ter certeza de que suas expectativas sejam baixas."

Gage olhou para o lado e eu fiquei com a impressão que ele estava segurando outra risada.

"Tudo bem. Elas são baixas."

"Você está dizendo por dizer."

Ele não disse nada. Seus olhos brilharam, divertidos. Nós nos estudamos e eu me perguntei se o próximo passo seria dele ou meu. Eu me aproximei da cama com as pernas em ruínas e me sentei na borda, chutando longe os sapatos. Flexionei os dedos do pé contra a dor agradável de não ter mais que suportar meu próprio peso jogado para frente. Gage olhou para mim, para o movimento dos meus pés nus, e seus olhos perderam aquele brilho divertido, ficando baços, quase embriagados. Encorajada, peguei a barra do vestido.

"Espere", Gage murmurou, sentando ao meu lado no colchão. "Duas regras básicas."

Eu anuí, observando o modo como o tecido de suas calças se estendia sobre as coxas, reparando que seus pés alcançavam o chão enquanto minhas pernas ficavam penduradas. Senti uma de suas mãos tocar a ponta do meu queixo e Gage me fez olhar para ele.

"Primeiro, nada de fingir. Você tem que ser honesta comigo."

Isso fez eu me arrepender de ter mencionado o fingimento. Sempre odiei ser o tipo de pessoa que falava demais quando estava nervosa.

"Não me importa se durar a noite toda. Isso não é um teste."

"E se eu não conseguir..." Pela primeira vez eu percebi como era muito mais difícil falar de sexo do que fazer.

"Nós vamos trabalhar nisso", disse Gage. "Acredite em mim, não é um problema ajudar você a praticar."

Ousei lhe tocar a coxa, que pareceu concreto debaixo da minha mão. "Qual a outra regra?"

"Eu estou no controle."

Eu pisquei, imaginando o que ele queria dizer com isso. Sua mão se fechou na minha nuca, com um aperto leve que fez um choque erótico descer pela minha coluna.

"Só esta noite", ele continuou, sereno. "Confie em mim para decidir quando, onde e por quanto tempo. Você não tem que fazer nada a não ser relaxar. Deixe que eu tomo conta de você." Sua boca desceu até minha orelha e ele sussurrou: "Você pode fazer isso por mim, querida?".

Meus dedos se curvaram. Ninguém nunca havia me pedido isso. Eu não sabia se conseguiria. Mas concordei, e minha barriga deu voltas quando sua boca passou pela minha face até chegar ao canto dos meus lábios. Ele me deu um beijo, primeiro superficial, depois profundo, até eu ficar fraca e meu corpo todo estar jogado em seu colo. Gage tirou os sapatos e deitou atravessado na cama comigo, nós dois ainda vestidos. Colocou uma coxa nas dobras do vestido vermelho, prendendo-me no colchão. Sua boca possuiu a minha com beijos longos, mordidas e beliscos com os lábios até formar vapor entre minha pele e o tecido de lã tricotada. Eu enfiei meus dedos em seu cabelo espesso, frio na superfície e quente perto do crânio, tentando agarrá-lo.

Gage resistiu à minha urgência e se afastou. Com um movimento fácil, ele se ergueu e montou meus quadris com um joelho de cada lado. Eu inspirei, trêmula, quando senti a pressão íntima exercida por ele, duro como pedra e exaltado. Ágil, ele tirou o suéter preto e o jogou de lado, revelando um tronco mais poderoso do que eu imaginava, magro e definido, o peito com uma leve cobertura de pelos pretos. Eu queria sentir aquele peito nos meus seios nus. Eu queria beijá-lo, descobri-lo, não para seu prazer, mas para o meu; ele era tão excitante, tão intensamente masculino.

Descendo sobre mim, Gage procurou minha boca outra vez, e eu peguei fogo, desesperada para me livrar do vestido, que começou a pinicar e apertar como um cilício medieval. Levei as mãos à bainha e puxei o tecido torturante para cima.

Mas de súbito, a boca de Gage deixou a minha, e sua mão se fechou sobre meu pulso. Eu olhei para ele, confusa.

"Liberty." Sua voz tinha tom de repreensão e seus olhos eram malvados. "Apenas duas regras... e você já desrespeitou uma."

Precisei de um momento para compreender. Fiz um esforço para me obrigar a largar o vestido. Tentei permanecer imóvel, mas meus quadris se arqueavam em um movimento de súplica. Gage puxou o vestido de novo até meus joelhos, o sádico, e passou uma eternidade me acariciando através da camada de lã. Eu me apertei ainda mais contra ele, mais firme, ficando sem fôlego ao sentir seu corpo excitado. O calor subiu até que Gage, afinal, puxou o vestido para cima, afastando-o de uma pele tão corada e sensível que o sopro de ar do ventilador sobre a cama me fez estremecer. Ele soltou o fecho frontal do meu sutiã, liberando meus seios dos bojos armados. A passagem provocadora de seus dedos foi tão intensa que eu mal consegui suportar.

"Liberty... você é linda... tão linda..." Senti esse murmúrio entrecortado na minha garganta, no meu peito; ele me dizia o quanto me queria, como eu o deixava duro, e como era doce o sabor da minha pele.

Seus lábios se arrastaram delicadamente pela elevação macia do meu seio e se abriram no bico, puxando-o para dentro do fogo líquido de sua boca. Meus quadris deram um salto quando ele deslizou os dedos para dentro da minha calcinha de algodão. O lugar entre as minhas coxas estava doendo, mas ele não pareceu entender que eu precisava. Ele tocou tudo ao redor sem chegar no ponto que eu empurrava para cima em uma súplica muda e rítmica, *eu quero... eu quero... eu quero...* e, como ainda assim ele não reagiu, eu percebi que estava fazendo aquilo de propósito. Abri meus olhos e lábios... mas Gage encarava meu rosto com um ar desafiador divertido, estimulando-me a reclamar. De algum modo, eu consegui manter a boca fechada.

"Boa garota", ele murmurou, tirando minha calcinha.

Ele me ajeitou com firmeza no colchão. Eu fiquei na posição exata em que ele me colocou, meu corpo pesado como se as sensações tivessem adquirido o peso da água salgada. Estava transbordando e perdida. Ele se moveu sobre mim, ao meu redor, até eu ficar louca com o estímulo, o calor e o atrito provocador. Ele deslizou para baixo. Eu não conseguia nem mesmo levantar a cabeça, de tão pesada que estava. Sua boca saiu em uma busca cega, irrefletida, cruzando o pequeno porto entre minhas coxas. Eu me contorci e senti sua língua em passadas que me derretiam, que separavam e penetravam até que minha carne se abriu, encharcada. Ele agarrou meus quadris, segurando-me para sua boca, para beijos ávidos, para um ataque lento. Meus músculos se contraíram quando tudo começou a acontecer para mim, eu estava para gozar, quase chorando de alívio, quando ele se afastou.

Tremendo, eu implorei *não pare*, mas Gage disse *ainda não* e baixou seu corpo sobre o meu. Ele enfiou dois dedos dentro de mim e os manteve lá enquanto me beijava. A paixão havia tornado suas feições severas sob o brilho da luminária. Meu corpo se comprimiu em volta das estocadas gentis dos dedos. Eu me arqueei para mantê-los, necessitada de qualquer parte dele dentro de qualquer parte minha. Seu nome veio aos meus lábios uma vez após a outra. Eu não tinha como lhe dizer que teria feito qualquer coisa por ele, que ele era tudo o que eu queria, que era demais para eu aguentar.

Gage esticou a mão até a mesa de cabeceira e mexeu em sua carteira. Eu agarrei o pacotinho de plástico que brilhou, tão ansiosa para ajudar que acabei atrapalhando e ouvindo sua risada abafada. Eu não entendi qual foi a graça, eu estava febril e havia sido levada à loucura. Senti a temperatura do corpo de Gage, mais frio, mais duro e mais pesado do que o meu, subindo para igualar meu fogo interno. Ele respondeu a cada tremor e som, seus lábios roubando segredos da minha carne, suas mãos vasculhando gentilmente até não haver parte de mim que ele não conhecesse. Ele abriu minhas pernas e entrou em mim em uma estocada profunda, tomando meus soluços em sua boca, sussurrando *está tudo bem, minha doce garota, tudo bem*, e eu o recebi todo, o prazer grosso e doce, e toda estocada com a dureza úmida e sedosa me levava mais perto do precipício. *Oh, aí, isso, por favor*, eu precisava que fosse mais rápido, mas sua disciplina era absoluta, e ele entrou mais em mim sem alterar a lentidão terrível do seu ritmo. Seu rosto se abrigou na curva do meu pescoço, e o roçar da barba foi tão bom que eu gemi, como se sentisse dor. Às cegas, eu levei as mãos às suas costas tensas, descendo até seu traseiro, e meus dedos agarraram aqueles músculos duros. Sem modificar o ritmo, ele puxou meus pulsos para cima, um após o outro, e de propósito os prendeu ao colchão e cobriu minha boca com a sua.

Apenas um pensamento racional tremeluziu no limite da minha consciência – que alguma coisa não estava certa na entrega que ele exigia –, mas o alívio que isso propiciava era indescritível. E então eu me submeti, e minha mente ficou apagada e quieta. No momento em que me abandonei, os surtos de prazer começaram, cada um mais devastador que o anterior. Meus quadris quase o levantaram da cama. Ele contra-atacou com investidas mais pesadas, empurrando-me para baixo, deixando que a tensão voluptuosa da minha carne produzisse seu próprio alívio. Eu gozei, gozei e gozei. Parecia impossível que uma pessoa pudesse sobreviver àquilo.

Normalmente, quando o sexo acaba, a dissociação é completa em todos os sentidos. Os homens rolam de lado e adormecem, enquanto as mulheres correm para o banheiro para se lavar e se livrar das evidências. Mas Gage me abraçou por muito tempo, brincando com meu cabelo, sussurrando, dando beijinhos nos meus seios e rosto. Ele me lavou com uma toalha úmida e morna. Eu devia me sentir esgotada, mas pelo contrário, era como um fio eletrificado; um circuito de energia corria pelo meu corpo. Eu fiquei na cama o máximo que pude, e depois levantei e vesti meu robe.

"Então você é uma dessas", disse Gage, parecendo se divertir enquanto eu recolhia e dobrava nossas roupas jogadas.

"Uma dessas o quê?" Eu parei para admirar a visão daquele corpo longilíneo mal coberto pelo lençol branco, os músculos se movendo debaixo da pele enquanto ele se apoiava em um cotovelo. Eu adorei a bagunça que minhas mãos tinham feito em seu cabelo, a curva relaxada da sua boca.

"Uma dessas mulheres que ficam aceleradas depois do sexo."

"Eu nunca fiquei acelerada antes", eu disse, colocando as roupas dobradas sobre uma cadeira. Uma rápida autoavaliação fez com que eu admitisse, envergonhada: "Mas neste momento eu sinto que poderia correr vinte quilômetros".

Gage sorriu.

"Eu tenho algumas ideias sobre como fazer para cansar você. Infelizmente, como eu não sabia o que ia acontecer esta noite, eu só tinha um preservativo para usar em-caso-de-emergência."

Eu me sentei na beirada da cama.

"Eu fui uma emergência?"

Ele me puxou para perto, e eu rolei até ficar esparramada sobre ele.

"Desde o primeiro momento em que a vi", ele disse.

Eu sorri e o beijei.

"Você tem mais preservativos", eu disse. "Eu encontrei alguns no banheiro quando me mudei para cá. Eu não pensava em devolver para você, teria sido muito constrangedor. Então eu os deixei onde estavam. Nós estamos dividindo a gaveta."

"Nós estamos dividindo uma gaveta e eu nem sabia?"

"Você pode pegar seus preservativos agora", eu disse, generosa.

Seus olhos brilharam.

"Eu agradeço."

Conforme a noite se desenrolou, nós deixamos claro que eu *não* era ruim de cama. Não só isso, eu era fenomenal. Um prodígio, afirmou Gage. Nós bebemos uma garrafa de vinho, tomamos banho juntos e voltamos para a cama. Nós nos beijamos com voracidade, como se já não tivéssemos nos beijado milhares de vezes. Quando a manhã chegou, eu tinha feito coisas com Gage Travis que eram ilegais em pelo menos nove estados. Parecia não existir nada que ele não gostasse, nada que não estivesse disposto a fazer. Ele foi terrivelmente paciente e tão meticuloso que eu sentia como se tivesse sido desmontada e remontada de um modo diferente. Exausta e saciada, eu dormi aninhada nele. Acordei quando a luz fraca do sol da manhã passou pela janela. Senti Gage bocejar acima da minha cabeça, e seu corpo ficou tenso em uma espreguiçada trêmula. Tudo parecia maravilhoso demais para ser real, a pesada forma masculina ao meu lado, as dores e pontadas sutis que me lembravam dos prazeres da noite. A mão que repousava delicadamente no meu quadril nu. Eu fiquei com receio de que ele pudesse desaparecer, aquele amante que havia me possuído e explorado com tanta gentileza, e fosse substituído pelo homem distante, de olhar frio, que eu conheci antes.

"Não vá embora", eu sussurrei, esticando minha mão para cobrir a sua, apertando-a firmemente contra a minha pele.

Senti o formato do sorriso de Gage na curva do meu pescoço aquecida pelo sono.

"Não vou a lugar algum", ele disse e me acomodou junto a seu corpo.

Os habitantes de Houston gostam de fazer as coisas com grandiosidade, e a inauguração de uma mansão em River Oaks não é exceção. Havia muitos eventos acontecendo na noite de sábado, mas a lista de convidados em que todos queriam estar era o grande jantar de caridade na casa de Peter e Sascha Legrand. O executivo da empresa petrolífera e sua esposa, vereadora da cidade, aproveitavam a ocasião para apresentar sua novíssima mansão, um palácio em estilo ítalo-mediterrâneo com dez pórticos antigos importados da Europa e um salão de festas de 340 metros quadrados que abrangia todo o segundo andar. Os Travis foram convidados, é claro, e Gage me pediu para ir com ele. Não era o típico segundo encontro.

A coluna social do *Chronicle* havia mostrado fotografias da mansão, inclusive do lustre Chihuly de mais de quatro metros que pairava sobre o grande saguão de entrada. A espantosa peça de vidro parecia um buquê de gigantescas flores semiabertas azuis, âmbar e laranja. Com a intenção de beneficiar uma fundação dedicada às artes, a festa tinha como tema a ópera, o que significava que cantores da Ópera de Houston estariam presentes. Com meu conhecimento limitado do assunto, eu imaginei os cantores com capacetes vikings e tranças longas, e que esvoaçariam nossos cabelos com suas vozes. As quatro alcovas do saguão tinham sido decoradas de modo a representar teatros de óperas famosas em Veneza e Milão. No jardim em vários níveis nos fundos da mansão, foram construídas praças em plataformas exclusivamente para a festa, com bufês oferecendo especialidades de diferentes regiões da Itália. Exércitos de garçons com luvas brancas estavam a postos para atender a todas as necessidades dos convidados.

Eu gastei o equivalente a duas semanas de salário em um vestido branco Nicole Miller sem mangas cuja parte de cima se retorcia sobre os quadris e depois caía em dobras até o chão. Era um vestido sexy, mas refinado, com decote em V. Meus sapatos eram Stuart Weitzman, um par de sandálias claras Lucite com cristais nos saltos e nas tiras. Sapatinhos de Cinderela, disse Carrington quando os viu. Eu havia prendido meu cabelo para trás, de modo a ficar baixo e brilhante, e o torci em um complicado nó artístico na nuca. Depois de aplicar com cuidado maquiagem esfumada nos olhos, brilho labial rosa e um blush sutil, eu observei criteriosamente meu reflexo. Eu não tinha brincos que combinassem com o vestido. Mas precisava de algo um pouco diferente. Depois de pensar por alguns segundos, fui até o quarto da minha irmã e remexi sua caixa de materiais artísticos, onde encontrei uma folha de cristais autoadesivos. Peguei um dos menores, que não era maior que a cabeça de um alfinete, e o apliquei perto do canto externo do meu olho, como se fosse uma marca de nascença.

"Fica muito vulgar?", eu perguntei à Carrington, que não conseguia parar de pular na cama. Perguntar a uma garota de 8 anos se alguma coisa é um pouco exagerada é o mesmo que perguntar a um texano se o molho picante tem pimenta demais. A resposta é sempre não.

"Está perfeito!" Carrington estava pronta para se lançar em órbita.

"Nada de pular", eu a lembrei, e ela caiu de barriga com um sorriso.

"Você vai voltar para cá esta noite", ela perguntou, "ou vai dormir no apartamento do Gage?"

"Não sei ainda." Eu fui sentar na beirada da cama, ao lado de Carrington. "Querida, você ficaria chateada se eu dormisse no apartamento dele esta noite?"

"Ah, não", ela disse, alegre. "A tia Gretchen me falou que, se você dormir lá, nós vamos ficar acordadas até tarde e fazer biscoitos. E se você quer que seu namorado a peça em casamento, você *tem* que dormir na casa dele. Para que ele veja se você é bonita de manhã."

"O quê? Carrington, quem falou isso para você?"

"Eu imaginei isso sozinha."

Meu queixo tremeu quando eu segurei a risada.

"Gage não é meu namorado. E eu não estou tentando fazer com que ele me peça em casamento."

"Eu acho que você deveria", ela disse. "Você não gosta dele, Liberty? Ele é melhor do que qualquer outro que você namorou. Melhor até do que aquele que *trouxia* todos aqueles picles e queijos que cheiravam engraçado."

"Trazia." Eu a corrigi e observei com atenção aquele rostinho sincero. "Parece que você gosta muito do Gage."

"Ah, gosto! Eu acho que ele seria um bom pai para mim – depois que eu ensinar para ele umas coisas de criança."

Os comentários de uma criança podem nocautear você antes de se dar conta do que está por vir. Meu coração se contorceu com culpa, dor e, pior de tudo, esperança. Eu me debrucei sobre ela e a beijei com muito carinho.

"Não espere nada, querida", eu sussurrei. "Vamos ter paciência e ver o que acontece."

Churchill, Vivian, Gretchen e seu acompanhante estavam tomando drinques na sala íntima antes de sair. Tivemos que mandar o smoking do Churchill para o alfaiate, para ele colocar fechos de velcro na perna engessada. Vivian gostou da ideia de calças fáceis de tirar, e disse que sentia como se estivesse namorando um stripper.

Quando eu desci e saí do elevador, encontrei Gage esperando por mim. Um homem magnífico; elegância e testosterona contidas em um esquema impecável de preto e branco. Gage vestia um smoking assim como tudo o que fazia: parecendo tranquilo e seguro.

Ele me observou com um leve sorriso.

"Liberty Jones... você parece uma princesa." Pegando minha mão com cuidado, ele a levou aos lábios e colocou um beijo no centro da minha palma.

Eu não era aquilo... Estava distante de qualquer realidade que havia conhecido. Eu me sentia a garota que fui um dia, aquela com cabelo crespo e óculos enormes, observando uma mulher lindamente vestida, querendo viver aquele momento e desfrutá-lo, mas não conseguia. E então eu pensei, *Dane-se tudo, eu não preciso ser uma intrusa.*

De propósito, inclinei a frente do meu corpo na direção de Gage, e vi seus olhos ficarem sombrios.

"Você ainda está bravo comigo?", perguntei, fazendo com que ele sorrisse, pesaroso.

Nós tínhamos discutido mais cedo, naquele dia, sobre o Natal, que logo chegaria. Tudo começou quando Gage me perguntou que tipo de presente eu queria.

"Nada de joias", eu disse no mesmo instante. "Nada que seja caro."

"O que, então?"

"Você pode me levar para jantar."

"Tudo bem. Paris ou Londres?"

"Não estou pronta para viajar com você."

Isso produziu uma carranca.

"Qual a diferença entre dormir comigo aqui ou em um quarto de hotel em Paris?"

"Uma fortuna, para começar."

"Isso não tem nada a ver com dinheiro."

"Para mim, tem", eu disse, como quem se desculpa. "Não importa se você é uma dessas pessoas que nunca tem que pensar em dinheiro. Porque eu penso. Então, deixar você gastar tanto dinheiro comigo... isso desequilibraria tudo. Você não entende?"

Gage foi ficando cada vez mais irritado.

"Deixe-me ver se entendi. Você está dizendo que iria comigo para algum lugar se nós dois tivéssemos dinheiro, ou se nenhum dos dois tivesse."

"Isso mesmo."

"Bobagem."

"Você pode dizer isso porque é você quem tem o dinheiro."

"Então, se você estivesse namorando o entregador da UPS, ele poderia levar você para onde quisesse. Mas eu não posso."

"Bem... sim." Eu abri um sorriso fofo. "Mas eu nunca iria namorar o entregador da UPS. Aquela bermuda marrom é de matar."

Ele não devolveu o sorriso. Seu olhar calculista me deixou desconfortável e por um bom motivo. Eu o conhecia bem o bastante para saber que quando ele queria algo, encontrava um modo de passar por cima, ao redor ou através de todos os obstáculos. O que significava que ele não ficaria satisfeito até dar um jeito de tirar meus pés trabalhadores do solo americano.

"Se você pensar bem", eu disse, "na verdade é uma coisa boa, eu querer tirar o dinheiro do caminho do nosso... do nosso..."

"Relacionamento. E você não está tirando o dinheiro do caminho. Você o está transformando em um obstáculo."

Eu tentei soar o mais razoável possível:

"Olhe, faz pouco tempo que nós começamos a ficar juntos. Só estou pedindo que você não me compre presentes extravagantes nem tente programar viagens caras." Vendo sua expressão, acrescentei, relutante, "Ainda."

O "ainda" pareceu acalmar Gage um pouco. Mas sua boca guardou um sinal de contrariedade. Percebi que, quando viu que tinha conseguido um pequeno compromisso da minha parte, ele recuperou seu autocontrole habitual.

"Não, não estou ofendido", ele disse com calma. "Os Travis gostam de um desafio."

Eu não sei por que o toque de arrogância, que costumava me aborrecer, havia se tornado tão absurdamente sexy. Eu sorri para ele.

"Você não pode ter sempre as coisas do seu jeito, Gage."

Ele me puxou para mais perto, e a palma de sua mão roçou o lado do meu seio.

"Mas esta noite, sim", ele falou, um sussurro íntimo que fez meu coração disparar em um ritmo novo, urgente.

"Quem sabe", eu disse, a respiração ficando difícil.

Uma de suas mãos desceu pelas minhas costas em uma carícia agitada, como se ele estivesse pensando em arrancar meu vestido ali mesmo.

"Não vou aguentar até esta maldita festa acabar."

Eu ri.

"Ela nem começou ainda." Semicerrei os olhos quando senti sua boca procurando o lado do meu pescoço.

"Vamos fazer nossa própria festa na limusine."

"Nós não..." Eu perdi a fala quando ele encontrou um lugar sensível. "Nós não vamos com Churchill e o resto do pessoal?"

"Não, eles vão em outra limusine." Gage levantou a cabeça e eu vi uma centelha quente e maliciosa em seus olhos. "Só você e eu", ele murmurou. "Atrás de um vidro escuro. Com uma garrafa de Perrier Jouet gelada. Você acha que consegue encarar?"

"Manda ver", eu disse e peguei seu braço.

As limusines estavam estacionadas em fila tripla na rua da mansão Legrand. A construção era admirável em seu estilo e tamanho; parecia mais um lugar para se visitar do que para morar. Eu comecei a me divertir no momento em que entramos no enorme saguão, que parecia um requintado carnaval europeu. A multidão de homens vestindo trajes formais pretos formava o pano de fundo perfeito para as mulheres em seus vestidos coloridos. Joias brilhavam em pescoços, pulsos, dedos e orelhas, e a luz se espalhava como se caíssem cristais do grande lustre. Música ao vivo tocada pela orquestra preenchia toda a casa.

Sascha Legrand, uma mulher alta e esguia com luzes no cabelo cortado em ângulos ousados, insistiu em nos levar para uma turnê parcial pela casa. Ela parava com frequência para nos fazer conversar com um grupo e outro, mas então nos retirava antes que a conversa avançasse muito. Fiquei impressionada com a variedade de convidados... um pequeno grupo de jovens atores, produtores e diretores que havia se mudado para Hollywood e se intitulava "a máfia texana", uma ginasta medalhista de ouro olímpico, um armador do Houston Rockets, o pastor de uma megaigreja conhecida em todo país, alguns milionários do petróleo, outros do agronegócio e até mesmo uns aristocratas estrangeiros aqui e ali.

Gage ficava à vontade nesse tipo de situação, pois sabia o nome de todo mundo, lembrava de perguntar sobre seus jogos de golfe ou seus cães de caça, como tinha sido a temporada de pombos ou se ainda tinham aquela propriedade em Andorra ou Mazatlán. Mesmo as pessoas no topo da pirâmide ficavam animadas e lisonjeadas com seu interesse. Com seu carisma descolado e sorriso esquivo, sua aura de educação e seu berço, Gage era deslumbrante. E ele sabia disso. Eu poderia até ter me sentido intimidada, se não guardasse na memória as imagens de um Gage muito diferente, não tão cheio de si, que estremecia sob o meu toque. O contraste entre nossas circunstâncias formais e a lembrança dele na cama provocaram uma excitação dentro de mim. Ninguém mais podia perceber isso, mas fui ficando cada vez mais consciente toda vez que sentia seu braço roçando no meu, ou o calor de sua respiração quando ele murmurava na minha orelha.

Descobri que, de certa forma, era fácil manter aquela conversa de festa, basicamente porque eu não tinha conhecimento para fazer outra coisa que não perguntas, e isso parecia manter a conversa fluindo. Nós conseguimos atravessar o mar brilhante de convidados, seguindo uma corrente que levava ao exterior nos fundos da casa. Um trio de pavilhões de madeira cobertos oferecia culinárias de diferentes regiões da Itália. Depois de fazer o prato, as pessoas se sentavam em lugares cobertos por tecidos amarelos e iluminados por luminárias de vidro italianas, cheias de flores suspensas em parafina líquida.

Ficamos em uma mesa com Jack e sua namorada e alguns membros da máfia texana, que nos distraíram com histórias de um filme independente que estavam fazendo e que pretendiam apresentar no Festival de Sundance dentro de algumas semanas. Eram tão irreverentes e divertidos, e o vinho era tão bom, que eu me senti tonta. Era uma noite mágica. Em breve haveria apresentações de ópera, com dança e, depois disso, eu ficaria nos braços de Gage até de manhã.

"Meu Deus, você é deslumbrante", disse uma jovem de cabelo castanho chamada Sydney, membro da máfia texana. Ela era diretora. Aquilo foi dito mais como uma observação do que como elogio. "Você ficaria ótima em um filme – não acham, meninos? –, você tem um desses rostos transparentes."

"Transparente?" Eu levei as mãos ao rosto por reflexo.

"Que revela tudo o que está pensando", disse Sydney.

Meu rosto ficou em chamas.

"Deus. Eu não quero ser transparente."

Gage ria em silêncio e colocou o braço sobre as costas da minha cadeira.

"Está ótimo", ele me disse. "Você é perfeita do jeito que é." Ele estreitou os olhos para Sydney. "Se eu pegar você tentando colocar a Liberty na frente de uma câmera..."

"Tudo bem, tudo bem", Sydney se esquivou. "Não precisa ficar assim, Gage." Ela sorriu para mim. "Parece que vocês dois estão mesmo firmes, hein? Eu conheço o Gage desde o terceiro ano e nunca o vi assim tão..."

"Syd", ele a interrompeu, seu olhar prometendo morte. O sorriso dela só aumentou.

A namorada do Jack, uma loira animada chamada Heidi, mudou o rumo da conversa.

"Jaaaack", ela disse, brincando de fazer beicinho. "Você disse que ia comprar alguma coisa para mim no leilão silencioso, e eu ainda nem fui olhar as mesas." Ela deu um olhar significativo para mim. "Estão dizendo que tem algumas coisas legais para comprar... um par de brincos de diamantes, uma semana em St. Tropez..."

"Droga", disse Jack com um sorriso bem-humorado. "Qualquer coisa que ela escolher vai fazer um buraco na minha carteira."

"Eu não mereço um belo presente?", Heidi perguntou e o tirou da mesa sem esperar uma resposta.

Gage, que ficou em pé, como manda a educação, quando Heidi levantou de seu lugar, viu que eu tinha terminado a sobremesa.

"Vamos, querida", ele me falou. "Nós também podemos dar uma olhada."

Nós pedimos licença e seguimos Jack e Heidi até a mansão. Uma das salas havia sido preparada para o leilão silencioso, com filas de mesas compridas cheias de folhetos, cestas e descrições dos itens. Fascinada, eu dei uma olhada na primeira mesa. Para cada item numerado havia uma pasta de couro com a lista dos lances dentro. A pessoa escrevia o nome com o valor do lance e, se alguém quisesse oferecer mais, acrescentava o nome com um valor maior abaixo do anterior. À meia-noite, os lances seriam encerrados. Havia um cupom para uma aula particular de culinária dada por um chefe famoso da TV... uma lição de golfe com um profissional que já tinha vencido o Masters... uma coleção de vinhos raros... uma música escrita e gravada para você por um astro de rock inglês.

"O que parece interessante?", veio a voz de Gage por cima do meu ombro, e eu tive que lutar contra o impulso de me encostar nele e puxar suas mãos para os meus seios. Ali mesmo, em uma sala cheia de gente.

"Droga." Apoiei a ponta dos dedos na mesa, fechando os olhos por um segundo.

"O que foi?"

"Vou ficar feliz depois que nós passarmos desta fase e eu puder pensar direito de novo."

Ele continuou bem atrás de mim, parecendo achar algo divertido.

"Que fase?"

Meus nervos chiaram quando senti sua mão pousar nas minhas costas.

"O namoro tem cinco fases", eu disse. "A primeira é a atração... você sabe, com toda a química e os picos hormonais quando o casal está junto. A próxima é a exclusividade. E depois você se acomoda na realidade, quando a atração física diminui..."

A mão dele desceu para a curva mais alta do meu quadril.

"E você acha que isto" – um toque sutil que fez meus nervos pularem – "vai diminuir?"

"Bem", respondi, fraca, "é o que dizem."

"Por favor, diga quando nós chegarmos à fase da realidade." Sua voz era um veludo sombrio. "Então eu vejo o que posso fazer para que seus hormônios atinjam os picos de novo." Ele terminou a carícia com um tapinha no meu quadril. "Enquanto isso... você se importa se eu a deixar por alguns minutos?"

Virei para ele.

"Claro que não. Por quê?"

O rosto de Gage mostrava um pouco de tristeza.

"Preciso cumprimentar um amigo da família – eu o vi na outra sala. Fiz o ensino médio com o filho dele, que morreu há pouco tempo em um acidente de barco."

"Oh, que triste. Claro. Vou ficar aqui, esperando por você."

“Enquanto isso, escolha alguma coisa.”

“Que tipo de coisa?”

“Sei lá. Uma viagem. Um quadro. Algo que pareça interessante. Quem não participar do leilão vai ser crucificado no jornal, amanhã, por não se importar com as artes. Você precisa me salvar.”

“Gage, não vou ser a responsável por gastar todo esse dinheiro em... Gage, está me ouvindo?”

“Não.” Ele sorriu e começou a se afastar.

Olhei para o folheto mais perto de mim.

“Nós vamos para a Nigéria”, eu ameacei. “Espero que você goste de polo de elefante.”

Ele riu e me deixou em meio às fileiras de itens do leilão. Eu vi Heidi e Jack examinando alguns itens várias mesas adiante, até que mais gente entrou na sala e bloqueou minha visão. Eu estudei as mesas com cuidado. Não podia imaginar o que Gage iria querer. Uma motocicleta europeia em edição limitada... sem chance que eu iria me arriscar a deixá-lo perder uma perna. Uma experiência Nascar, em que a pessoa podia pilotar um carro de seiscentos cavalos em uma pista de corrida. Mesma coisa – o risco era muito grande. Viagens de iate particulares. Joias com nomes. Um almoço a sós com uma linda atriz de novelas... *até parece*, eu pensei, irônica. Depois de alguns minutos de uma busca dedicada, com árias melódicas de fundo, eu encontrei algo. Uma cadeira de massagem exclusiva, com um complicado painel de controle que prometia pelo menos quinze diferentes tipos de massagem. Decidi que Gage poderia dar aquilo para Churchill como presente de Natal. Pegando uma caneta, comecei a escrever o nome de Gage na folha de lances, mas a tinta não saiu. A caneta estava seca. Eu a chacoalhei e tentei de novo, com o mesmo resultado.

“Aqui”, disse um homem ao meu lado, colocando outra caneta sobre a mesa. Ele usou a palma da mão para empurrá-la para mim. “Tente com esta.”

Aquela mão... Fiquei olhando como uma boba, enquanto os pelos finos da minha nunca se eriçaram. A mão grande, com as unhas clareadas pelo sol, os dedos longos marcados por pequenas cicatrizes. Eu sabia de quem era aquela mão, eu a conhecia de um lugar que ia mais fundo que a lembrança. Mas eu não podia acreditar. *Não ali. Não naquele momento.*

Olhei para o par de olhos azuis que me assombrou durante anos. Olhos dos quais me lembraria até o último dia da minha vida.

“Hardy”, eu sussurrei.

CAPÍTULO 22

Fiquei paralisada enquanto tentava assimilar sua presença, aquele estranho que eu havia amado tanto. Hardy Cates cresceu e cumpriu a promessa de sua juventude. Ele era um homem grande, de aparência confiante. Aqueles olhos, azul sobre azul, e o cabelo castanho brilhante, e a sugestão de um sorriso que costumava fazer um arrepio de encantamento ondular pela minha alma... Tudo que eu consegui fazer foi encará-lo, submersa em um prazer assustador. Hardy ficou olhando para mim, imóvel, mas senti a vibração forte de sua emoção por baixo da aparência.

Ele pegou minha mão com delicadeza, como se eu fosse uma criancinha. "Vamos encontrar um lugar para conversar."

Agarrei sua mão, sem me importar que Jack pudesse nos ver saindo, sem me dar conta de nada que não o aperto daqueles dedos calejados. Hardy me puxou pela mão, afastando-me das mesas, para a escuridão do jardim. Nós evitamos a multidão, o barulho, as luzes e chegamos à lateral da casa. Parecia que a luz tentava nos seguir, estendendo seus raios atrás de nós, mas buscamos a escuridão de um pórtico vazio. Paramos à sombra de uma coluna tão grossa quanto o tronco de um carvalho. Eu estava sem ar e trêmula. Não sei quem se mexeu primeiro. A impressão é que nós dois procuramos o outro ao mesmo tempo. Fiquei com toda a extensão do corpo colada a ele, boca na boca, machucando os lábios um do outro com beijos fortes demais para dar algum prazer. Meu coração trovejou como se eu estivesse morrendo.

Após momentos de devastação silenciosa, Hardy desgrudou sua boca da minha, sussurrando que estava tudo bem, que ele não iria me soltar. Eu comecei a relaxar em seus braços, sentindo o calor de sua boca enquanto ele seguia a trilha de umidade no meu rosto. Ele me beijou de novo, devagar e com delicadeza, do jeito que havia me ensinado há tanto tempo, e eu me senti segura, jovem e inundada por um desejo tão direto que parecia quase saudável. Seus beijos faziam aflorar memórias antigas, e os anos que nos separavam sumiram como se não fossem nada.

Depois de um tempo Hardy me aninhou em meio ao paletó de seu smoking, com o peito duro debaixo da camisa muito bem presa.

"Eu tinha me esquecido desta sensação", eu disse em um sussurro dolorido.

"Eu nunca me esqueci." Hardy tocou a curva da minha cintura e dos meus quadris através das dobras do vestido de seda branca. "Liberty. Eu não deveria ter aparecido diante de você desse jeito. Eu disse para mim mesmo que deveria esperar." Uma risada breve. "Eu nem me lembro de atravessar a sala. Você sempre foi linda para mim, Liberty... mas agora... eu não consigo acreditar que você seja real."

"Como você entrou aqui? Você sabia que iria me ver? Você..."

"Eu tenho tanta coisa para lhe contar." Ele descansou o rosto no meu cabelo. "Eu pensei que você poderia estar aqui, mas não tinha certeza..."

Ele falou com aquela voz pela qual ansiei tanto tempo, mais grave agora do que na juventude. Estava na festa convidado por um amigo, disse Hardy, que também era da indústria petrolífera. Ele me contou de quando começou seu trabalho – difícil e perigoso – na plataforma de petróleo, e dos contatos que fez, das oportunidades que aguardou. Enfim, ele largou a plataforma e abriu uma empresa pequena com dois homens, um geólogo e um engenheiro, com o objetivo de encontrar novas zonas produtivas em campos de petróleo maduros. Pelo menos metade do petróleo e do gás no mundo era desprezado, disse Hardy, e havia uma fortuna esperando aqueles que fossem atrás disso. Eles haviam levantado um financiamento de um milhão de dólares e em sua primeira tentativa, em um campo abandonado no Texas, encontraram uma nova área com uma estimativa de 250 mil barris de óleo cru recuperável. Hardy explicou o bastante para eu entender que ele estava rico e ainda iria ficar muito mais rico. Havia comprado uma casa para sua mãe, e tinha um apartamento em Houston, que seria sua casa por algum tempo. Sabendo de sua vontade ardente de ter sucesso, de se elevar acima das condições em que cresceu, eu disse que estava feliz por ele.

"Mas isso não basta", disse Hardy, pegando meu rosto em suas mãos. "A maior surpresa nisso tudo é que, depois que a gente a consegue, a riqueza não significa muita coisa. Pela primeira vez em anos eu finalmente tive um tempo para pensar, para respirar fundo, e eu..." Ele expirou fundo. "Eu nunca parei de querer você. Eu tinha que encontrá-la. Comecei procurando a Marva. Ela me disse onde você estava, e que..."

"E que estava com alguém", eu disse com dificuldade.

Hardy anuiu.

"Eu queria saber se..."

Se eu estava feliz. Se ainda precisava dele. Se não era tarde demais para nós. Se e se... Às vezes a vida tem um senso de humor cruel, entregando-lhe aquilo que você sempre quis no pior momento possível. A ironia disso escancarou meu coração, fazendo-o soltar mais mágoas amargas do que eu podia suportar.

"Hardy", eu disse, trêmula. "Se apenas você tivesse me encontrado um pouco antes."

Ele ficou quieto, segurando-me junto ao peito. Uma de suas mãos desceu pelo meu braço nu até alcançar a curva dos meus dedos. Em silêncio, ele ergueu minha mão esquerda e passou o polegar pelo vazio do dedo anelar.

"Você tem certeza de que é tarde demais, querida?"

Pensei em Gage e fui inundada pela incerteza.

"Eu não sei. Não sei."

"Liberty... vamos nos ver amanhã."

Eu sacudi a cabeça.

"Eu prometi à Carrington que passaria o dia com ela. Nós vamos a um espetáculo de patinação no gelo no Reliant."

"Carrington", ele disse e balançou a cabeça. "Meu Deus, ela deve ter uns 8, 9 anos agora."

"O tempo passa", eu sussurrei.

Hardy levou meus dedos até seu rosto e encostou a boca neles brevemente.

"Que tal depois de amanhã?"

"Sim. Sim." Eu queria sair com Hardy naquele momento. Eu não queria deixar que fosse embora para depois pensar se o havia imaginado. Eu lhe disse meu número de celular. "Hardy, por favor... volte para a festa primeiro. Eu preciso de alguns minutos sozinha."

"Tudo bem." Seus braços me apertaram por alguns instantes antes de ele me soltar.

Nós nos separamos e entreolhamos. Eu estava desconcertada por sua presença, aquele homem que era tão parecido com o garoto que eu havia conhecido e ainda assim tão diferente. Eu não sabia se a ligação entre nós ainda estava lá. Mas estava... Nós éramos os mesmos, Hardy e eu, nós nos comunicávamos pelo mesmo canal, vínhamos do mesmo mundo. Mas Gage... pensar nele contorceu meu coração. O que quer que Hardy tinha visto no meu rosto, fez com que ele falasse com muita delicadeza.

"Liberty. Eu não vou fazer nada para magoar você."

Eu anuí e fiquei encarando a escuridão em que ele desapareceu. Mas ele havia me magoado no passado... Eu havia entendido seus motivos para ir embora de Welcome. Eu entendi porque ele sentia que não tinha escolha.

Eu não o culpava. O problema era que eu tinha seguido com a minha vida. E após anos de luta e solidão considerável, finalmente havia encontrado alguém. Meus pés doíam nos sapatos de Cinderela. Apoiei meu peso no outro pé e remexi os dedos debaixo das tiras de Lucite. Meu Príncipe Encantado havia finalmente aparecido, eu pensei, arrasada, e ele chegou tarde demais. *Não necessariamente*, minha cabeça insistiu. Ainda havia uma possibilidade para Hardy e eu. Os antigos obstáculos tinham sumido, e os novos... Sempre havia uma escolha. Essa era uma coisa muito confortável de se saber.

Eu me arrisquei a entrar na luz, pegando minha pequena bolsa com uma alça de seda que estava pendurada no braço. Eu não sabia o que fazer para consertar o estrago feito na minha maquiagem. A fricção de pele, boca e dedos havia apagado a camada de cor aplicada com tanto cuidado. Passei base no rosto e usei a ponta do dedo anelar para limpar manchas do delineador dos meus olhos. Reapliquei o brilho labial. O cristal colado no canto do olho havia sumido. Talvez as pessoas não notassem. Todo mundo estava dançando, bebendo e comendo. Com certeza eu não era a única, àquela altura, com a maquiagem borrada. Assim que cheguei ao jardim dos fundos, vi a silhueta do Gage, alta e precisa como a lâmina de uma faca. Ele veio até mim com passos despreocupados e tomou meu braço frio em sua mão.

"Ei", ele disse. "Eu estava procurando você."

Forcei um sorriso rápido.

"Eu só precisava de um pouco de ar. Desculpe. Você esperou muito?"

O rosto de Gage estava sombrio.

"Jack disse que viu você saindo com alguém."

"Foi. Eu encontrei um velho amigo. Uma pessoa de Welcome, dá para acreditar?" Pensei ter feito um bom trabalho na minha tentativa de soar casual, mas Gage, como sempre, era assustador de tão perceptivo. Ele me virou para a luz, revelando meu rosto.

"Querida... eu sei como você fica quando é beijada."

Eu não consegui falar nada. Os pequenos músculos do meu rosto se contraíram de culpa, e meus olhos ficaram úmidos com um brilho suplicante. Gage me avaliou sem emoção. Um instante depois ele puxou o celular do bolso interno do paletó e disse algumas palavras para o motorista da limusine, pedindo para que nos encontrasse na frente da casa.

"Nós vamos embora?", perguntei, apesar do bolo que sentia na garganta.

"Vamos."

Demos a volta na casa, em vez de passar por dentro dela. Meus saltos de Lucite tamborilaram no pavimento. Gage fez outra ligação enquanto nós caminhávamos.

"Jack. É, sou eu. Liberty está com dor de cabeça. Champanhe demais. Nós vamos para casa, então se você puder avisar o... Certo. Obrigado. E fique de olho no papai." Jack fez algum comentário, e Gage soltou uma risada curta. "Faz sentido. Até mais." Ele fechou o telefone e o guardou no bolso do paletó.

"Churchill está bem?", perguntei.

"Ele está ótimo. Mas a Vivian está irritada por causa das mulheres que dão em cima dele."

Isso quase me fez sorrir. Sem pensar, eu estendi a mão para Gage quando meu salto tocou um trecho irregular no pavimento. Ele me segurou de imediato, passando o braço pelas minhas costas enquanto continuávamos a andar. Mesmo estando furioso, Gage não iria me deixar cair. Entramos na limusine, e aquele casulo escuro nos isolou do barulho e da atividade da festa. Fiquei um pouco preocupada de estar fechada ali com Gage. Não fazia tanto tempo que estive exposta à sua fúria, no dia em que me mudei para a mansão. Embora eu tivesse conseguido enfrentá-lo, não era algo pelo qual eu queria passar de novo.

Gage falou despreocupado com o motorista.

"Phil, só dirija pela cidade por enquanto. Eu aviso você quando quiser ir para casa."

"Sim, senhor."

Gage mexeu em alguns botões e travou o vidro que nos separava do motorista, dando-nos privacidade, e abriu o minibar. Se ele estava bravo, não dava para dizer. Parecia relaxado, tipo assustadoramente calmo, o que começava a parecer pior do que se ele estivesse gritando. Ele pegou um copo alto e serviu um dedo de uísque que virou sem parecer nem sentir o gosto. Em silêncio, ele serviu outra dose, que ofereceu para mim. Eu aceitei, agradecida, esperando que o álcool me descongelasse. Eu estava gelada. Tentei beber com a mesma rapidez que Gage, mas aquilo me queimou a garganta e me fez cuspir parte da bebida.

"Calma", murmurou ele, colocando a mão com jeito impessoal nas minhas costas. Sentindo minha pele arrepiada, ele tirou o paletó e o colocou ao meu redor. Fui envolvida pelo tecido macio forrado de seda, quente por causa de seu corpo.

"Obrigada", eu chiei.

"Tudo bem." Uma pausa comprida. O repentino impacto gelado de seu olhar fez com que eu me contraísse. "Quem é ele?"

Nas histórias que contei da minha infância, de todos os detalhes sobre mamãe e meus amigos, tudo e todos de Welcome, eu nunca tinha mencionado Hardy. Eu havia contado sobre ele para Churchill, mas ainda não tinha conseguido contar para Gage. Tentando manter minha voz equilibrada, eu lhe falei de Hardy, que eu o conhecia desde que tinha 14 anos... que além da minha irmã e mãe, ele foi a pessoa mais importante no mundo para mim. Que eu o amei. Foi tão estranho, contar para Gage sobre Hardy. Meu passado colidindo com meu presente. E isso me fez perceber como a Liberty Jones do estacionamento de trailers era diferente da mulher em que eu havia me transformado. Eu precisava pensar nisso. Eu precisava pensar em muitas coisas.

"Você dormiu com ele?", Gage perguntou.

"Eu quis", admiti. "Teria dormido. Mas ele não. Ele disse que tornaria impossível me abandonar. Ele tinha ambições."

"Ambições que não incluíam você."

"Nós dois éramos muito jovens. Nenhum de nós tinha nada. Foi melhor assim, pelo jeito. Hardy não teria conseguido lutar por seus objetivos comigo pendurada como uma âncora no pescoço dele. E eu nunca teria deixado a Carrington."

Eu não fazia ideia do que Gage estava lendo nas minhas expressões, nos meus gestos e espaços entre as palavras. Tudo o que eu sabia era que, enquanto eu falava, senti algo quebrando, do mesmo jeito que o gelo quebra sobre a água, e Gage pisoteou tudo sem piedade.

"Então você o amava, ele a abandonou e agora quer outra chance."

"Ele não falou isso."

"Ele não precisou falar", Gage disse, sem emoção. "Porque é óbvio que você quer outra chance."

Eu me sentia esgotada e irritadiça. Minha cabeça era um carrossel.

"Eu não sei se é isso que eu quero."

Fiapos de luz do minibar recortaram o rosto dele.

"Você acha que ainda o ama."

"Eu não sei." Meus olhos se encheram de água.

"Não faça isso", disse Gage, sua calma desaparecida. "Eu faria qualquer coisa por você. Acho que eu mataria por você, mas não vou confortá-la enquanto chora nos meus braços por outro homem."

Passei os dedos pelos cantos dos meus olhos, engolindo as lágrimas que queimaram como ácido na minha garganta.

"Você vai vê-lo de novo", disse Gage depois de algum tempo.

Eu aquiesci.

"Nós... eu... preciso esclarecer tudo."

"Você vai trepar com ele?"

A palavra rude, usada de propósito, foi como um tapa no meu rosto.

"Não estou planejando, não", respondi, firme.

"Não perguntei se você está planejando. Eu perguntei se você vai."

Eu também começava a ficar irritada.

"*Não!* Eu não me deito com alguém assim tão facilmente. Você sabe disso."

"É, eu sei disso. Eu também sei que você não é do tipo que vai para uma festa com um cara e termina dando uns malhos em outro, mas foi o que você fez."

Fiquei vermelha de vergonha.

"Não era minha intenção. Foi um choque vê-lo de novo. Isso só... aconteceu."

Gage bufou.

"No que diz respeito a desculpas, querida, essa é das piores."

"Eu sei. Me desculpe. Eu não sei o que dizer. É só que eu amei Hardy por um longo tempo antes de conhecer você. E você e eu... nós só começamos um relacionamento. Eu quero ser justa com você, mas ao mesmo tempo... eu preciso descobrir se o que eu sentia por Hardy continua aqui. O que significa que... nós precisamos dar um tempo até eu conseguir entender isso."

Gage não estava acostumado a ficar na reserva. Ele não aceitou muito bem. Na verdade, aquilo o deixou maluco. Dei um pulo quando ele estendeu as mãos e me puxou para perto.

"Nós dormimos juntos, Liberty. Não tem como desfazer isso. Ele não tem o direito de aparecer e acabar com a gente assim tão fácil."

"Nós só dormimos juntos uma vez", eu tive a ousadia de dizer.

Ele ergueu uma sobrancelha, parecendo irônico.

"Tudo bem, várias vezes", eu disse. "Mas foi só uma noite."

"Foi o bastante. Você é minha, agora. E eu quero você mais do que ele jamais quis ou vai querer. Lembre-se disso enquanto estiver analisando seus sentimentos. Enquanto ele estiver dizendo seja qual for a bobagem que você quer ouvir, lembre-se..." Gage parou de repente. Ele não estava respirando bem. Seus olhos estavam tão quentes que dava para acender uma lareira com eles. "Lembre-se disto", ele falou com uma voz gutural e me pegou.

Seus braços me apertaram muito, e sua boca me puniu. Ele nunca tinha me beijado assim antes, com paixão temperada pelo ciúme. Gage havia sido empurrado para além de seus limites. Sua respiração era difícil enquanto ele me deitava no banco de couro macio, nossos corpos em total contato, seus lábios nunca abandonando os meus. Eu me contorcia debaixo dele, sem saber se queria me livrar ou senti-lo mais. Com cada movimento que eu fazia, Gage se afundava mais entre minhas coxas, exigindo que eu o tomasse, que o sentisse. O contato com seu corpo duro me lembrou das coisas que ele fez comigo antes, do prazer alucinante, e cada pensamento e emoção foi afogada num turbilhão de desejo. Eu o queria tanto que fiquei cega de desejo e comecei a tremer da cabeça aos pés. Eu me contorci contra a pressão de sua carne, que se projetava grossa e dura por baixo da fina lã preta. Com um gemido baixo, eu deslizei as mãos por seus quadris.

Os poucos minutos seguintes foram como um sonho febril em que nos agarrávamos freneticamente. A renda fina da minha calcinha prendeu na fivela delicada do meu sapato, resistindo ao esforço de Gage para se livrar dela, até que ele, afinal, rasgou o tecido com os dedos. Levantou meu vestido até minha cintura, e minha pele grudou no couro frio embaixo de mim, com uma das minhas pernas abertas pendurada sensualmente no banco, e eu não liguei, porque o desejo pulsava em tudo. Seus dedos agarraram a parte de cima do meu vestido, puxando-o para baixo até meus seios serem libertados com um balançar delicado. Eu gemi com o calor de sua boca em meu seio, o roçar de seus dentes, a língua agitada. Levando uma mão para baixo, ele puxou os fechos da calça. Meus olhos se arregalaram ao senti-lo, quente e pronto, exigindo entrada... então tudo ficou borrado quando meu corpo cedeu à investida úmida, à esplêndida invasão da maciez pela dureza. Minha cabeça caiu para trás, por cima da barra inflexível que era seu braço e então sua boca devastou, faminta, meu pescoço exposto. Ele começou as estocadas em um ritmo pesado que me fez contorcer e gemer.

O carro parou diante da luz vermelha do semáforo e tudo parou, exceto as investidas dentro de mim, e então o veículo virou, deslizando para frente com aceleração crescente, como se estivéssemos na rodovia. Eu o recebi de novo e de novo, esforçando-me para puxá-lo o mais perto possível. Eu tentei rasgar-lhe as roupas, pois precisava de sua pele, mas não conseguia alcançá-la... eu tentei e tentei, e seus lábios voltaram para os meus, sua língua mergulhando na minha boca. Ele me preenchia em todas as partes, indo mais fundo até que os espasmos doces e baixos começaram, fazendo meu corpo ricochetear em direção ao dele. Estremeci, interrompendo o beijo para puxar o ar. Gage prendeu a respiração e a soltou como o chiado de uma floresta em chamas. Embriagada de endorfina, eu estava mole como uma fronha vazia quando Gage me levantou do banco. Ele praguejou, apoiando minha cabeça em seu braço. Eu nunca o vi tão bravo. As pupilas pretas de seus olhos tinham quase engolido as íris cinzentas.

"Eu fui bruto com você." Sua voz saiu entrecortada. "Droga. Me desculpe, é que eu..."

"Tudo bem", eu sussurrei, enquanto os últimos tremores de prazer ainda ecoavam pelo meu corpo.

"Não está tudo bem. Eu..."

Ele foi silenciado, de repente, quando me aproximei o bastante para beijá-lo. Ele deixou minha boca se mover contra a sua, mas não reagiu, só me segurou e puxou o vestido sobre meus seios e minhas pernas nuas, voltando a me envolver com o paletó do smoking. Nenhum de nós falou depois disso. Eu continuava sobrecarregada de sensações, mas percebi quando Gage apertou um botão e falou com o motorista. Ainda me segurando com um braço, ele serviu outro drinque, que consumiu lentamente. Seu rosto não expressava nada, mas eu sentia a tensão feroz em seu corpo.

Apertada junto a ele, eu cochilei um pouco, embalada pelo balanço do carro e pelo calor do seu corpo. Foi um despertar brusco quando a limusine parou e a porta foi aberta. Eu pisquei quando Gage me sacudiu e me ajudou a sair. Sabendo o quanto eu devia estar desarrumada, e como era óbvia a razão para nosso desalinho, eu olhei constrangida para Phil, o motorista. Ele fez questão de não olhar para nenhum de nós, mantendo a expressão devidamente controlada. Estávamos no número 1.800 da Rua Principal. Gage olhou para mim como se esperasse que eu fizesse alguma objeção quanto a passar a noite no apartamento. Tentei pesar as consequências de ficar ou ir embora, mas minha cabeça estava muito entorpecida. Na desordem dos meus pensamentos, só uma coisa era clara: o que quer que eu decidisse com relação a Hardy, aquele homem não iria ficar assistindo com educação.

Vestindo o paletó do Gage por cima do meu vestido, eu atravessei o saguão e entrei no elevador com ele. A subida rápida fez com que eu oscilasse sobre os saltos altos. Gage me pegou e beijou até eu ficar com o rosto vermelho e sem fôlego. Eu cambaleei um pouco quando ele me puxou do elevador. Com um movimento tranquilo, ele me pegou e carregou – literalmente carregou – pelo corredor até seu apartamento. Fomos diretamente para o silêncio do quarto, onde fui despida na escuridão. Então, depois do amor apressado no carro, a urgência se transformou em carinho. Gage se movia sobre mim como uma sombra, encontrando os lugares mais macios, os nervos mais agudos. Quanto mais ele procurava me acalmar, mais tensa eu ficava. Respirando com suspiros longos, eu estiquei as mãos para ele, sedenta dos músculos rígidos, da carne resiliente, da seda noturna de seus cabelos. Ele fez com que eu me abrisse, usando com delicadeza a boca e os dedos até todos os meus membros estarem esparramados e meu corpo se levantar em uma súplica trêmula para recebê-lo. E eu gemi cada vez que ele deslizou para dentro de mim. De novo e de novo, até ele ultrapassar todos os limites, dentro de mim, imerso, me possuindo e possuído.

Como diz o ditado caubói, um cavalo não deve ser exigido na cavalgada e depois guardado molhado. Isso também se aplica a namoradas, principalmente aquelas que passaram certo período sem sexo e precisam de algum tempo para retomar o hábito. Não sei dizer quantas vezes Gage me procurou naquela noite. Quando acordei de manhã, doíam músculos que eu nem sabia que tinha, e meus membros estavam fatigados e tensos. E Gage estava sendo *muito* atencioso, começando por me levar café na cama.

"Não se incomode em fazer cara de remorso", eu disse ao me inclinar para frente, enquanto ele colocava mais um travesseiro nas minhas costas. "É óbvio que não se trata de uma expressão natural para você."

"Não estou com remorso." Vestindo jeans e uma camiseta preta, Gage sentou na beirada do colchão. "Estou é agradecido."

Puxei o lençol por cima dos meus seios nus e tomei um gole cauteloso do café fumegante.

"Deveria estar", eu disse. "Ainda mais depois da última vez."

Nossos olhares se sustentaram e Gage pousou a mão sobre meu joelho. O calor de sua palma atravessou o tecido fino do lençol.

"Você está bem?", ele perguntou, gentil.

Maldito! Ele possuía a habilidade certeira de me desarmar, mostrando preocupação quando eu esperava que fosse arrogante ou mandão. Os nervos da minha barriga foram retesados até eu sentir que meu interior tinha virado um trampolim. Eu me perguntei se conseguiria desistir de tudo que era tão bom com ele pelo homem que sempre quis.

Comecei a falar que estava bem, mas me peguei lhe dizendo a verdade.

"Estou com medo de cometer o maior erro da minha vida. Só estou tentando entender qual é esse erro."

"Você quer dizer *quem* é o erro."

Isso me fez estremecer.

"Eu sei que você vai ficar bravo se eu o vir, mas..."

"Não vou não. Eu quero que você o veja."

Meus dedos se contraíram nas laterais quentes da xícara.

"Você quer?"

"É óbvio que eu não vou conseguir o que quero de você até que a situação esteja resolvida. Você precisa ver como ele mudou. Você precisa ver se os antigos sentimentos ainda estão aí."

"É..." Achei que era muito evoluído da parte dele mostrar toda essa compreensão.

"Tudo bem por mim", Gage continuou, "desde que você não vá para a cama com ele."

Evoluído, mas ainda um texano. Eu lhe mostrei um sorriso zombeteiro.

"Isso significa que você não se importa com o que eu sinto por ele, desde que seja você com quem eu faça sexo?"

"Isso significa", disse Gage, tranquilo, "que eu aceito o sexo por enquanto e vou trabalhar para conseguir o resto depois."

CAPÍTULO 23

Pelo que fiquei sabendo, a noite do Churchill não tinha sido muito melhor que a minha. Ele e Vivian terminaram a festa com uma briga. Ela era do tipo ciumenta, disse Churchill, e não era sua culpa que outras mulheres fossem simpáticas com ele.

"E você foi simpático com elas?", eu perguntei.

Churchill fez uma careta de deboche enquanto usava o controle remoto para mudar de canal, deitado na cama.

"Vamos dizer que não importa onde eu desenvolva meu apetite, desde que volte para casa para jantar."

"Meu Deus, espero que você não tenha dito isso para a Vivian."

Silêncio.

Recolhi a bandeja do café da manhã.

"Não é de admirar que ela não tenha ficado aqui essa noite." Estava na hora do banho – Churchill tinha chegado ao ponto em que conseguia se lavar sozinho. "Se você tiver algum problema para tomar banho e se vestir, me avise pelo rádio. Peço para o jardineiro ajudar você." Eu comecei a sair.

"Liberty..."

"Pois não?"

"Não sou de me meter nos assuntos dos outros..." Churchill sorriu diante do olhar que eu lhe dei. "Mas existe alguma coisa sobre a qual você queira conversar comigo? Algum acontecimento novo na sua vida?"

"Nadinha. O de sempre. Só o de sempre."

"Você começou alguma coisa com meu filho."

"Não vou discutir minha vida amorosa com você, Churchill."

"Por que não? Antes você discutia."

"Mas você não era meu chefe. E minha vida amorosa não incluía seu filho."

"Está bem, não vamos conversar sobre meu filho", ele disse no mesmo tom. "Vamos conversar sobre um velho conhecido que começou uma bela empresa de recuperação de campos esgotados."

Eu quase derrubei a bandeja.

"Você sabia que Hardy estava lá, noite passada?"

"Não até alguém nos apresentar. Assim que ouvi o nome, eu soube quem ele era." Churchill me deu um olhar de tanta compreensão que eu quase comecei a chorar.

Em vez disso larguei a bandeja sobre a mesa e fui me sentar em uma cadeira próxima.

"O que aconteceu, querida?", eu o ouvi perguntar.

Eu me sentei, o olhar preso ao chão.

"Nós só conversamos durante alguns minutos. Eu vou falar com ele amanhã." Uma longa pausa. "Gage não está nem um pouco feliz com essa situação."

Churchill soltou uma risada seca.

"Imagino que não."

Eu olhei para ele e não consegui resistir a lhe perguntar:

"O que você achou do Hardy?"

"Tem muita coisa boa nele. Inteligente, bem-educado. Ele vai pegar um bom pedaço do mundo antes que acabe. Você o convidou para vir aqui em casa?"

"Deus, não. Com certeza nós vamos a algum outro lugar para conversar."

"Fique, se você quiser. É sua casa, também."

"Obrigada, mas..." Eu sacudi a cabeça.

"Está arrependida de ter começado com o Gage, querida?"

Essa pergunta acabou comigo.

"Não", eu respondi de imediato, piscando com força. "Eu não tenho do que me arrepender. É só que... Hardy foi sempre aquele com quem eu deveria ficar. Ele era tudo que eu sonhava e queria. Mas, *droga*, por que ele tinha que aparecer quando eu pensava que o tinha superado?"

"Com algumas pessoas não existe isso de superar", disse Churchill.

Olhei para ele através do borrão salgado nos meus olhos.

"Está falando de Ava?"

"Eu vou sentir falta dela pelo resto da minha vida. Mas não, não estou falando de Ava."

"Sua primeira mulher, então?"

"Não, outra pessoa."

Enxuguei os cantos dos meus olhos com minha manga. Parecia que havia algo que Churchill queria que eu soubesse. Mas eu tinha ouvido todas as revelações que podia suportar naquele momento. Levantei e pigarreei.

"Preciso ir para a cozinha fazer o café da manhã da Carrington." Eu me virei para sair.

"Liberty..."
"Oi?"
Churchill parecia estar pensando muito em algo, um vinco apareceu em seu rosto.
"Mais tarde eu quero conversar com você sobre isso. Não como pai do Gage. Não como seu chefe. Mas como seu velho amigo."
"Obrigada", eu disse com dificuldade. "Alguma coisa me diz que vou precisar do meu velho amigo."

Hardy me ligou mais tarde naquela manhã e convidou a mim e à Carrington para andar a cavalo no domingo. Fiquei encantada com a ideia, pois fazia anos que não cavalgava, mas eu disse para ele que Carrington só tinha andado em pôneis de feiras, e não sabia cavalgar.
"Não tem problema", disse Hardy, tranquilo. "Ela vai aprender rapidinho."
Pela manhã ele chegou à mansão Travis em uma enorme SUV branca. Carrington e eu o encontramos na porta, as duas vestindo jeans, botas e jaquetas pesadas. Eu havia contado para Carrington que Hardy era um antigo amigo da família, que ele a conheceu bebê, e na verdade levou a mamãe para o hospital no dia em que ela nasceu. Gretchen, bastante curiosa sobre o homem misterioso do meu passado, esperava na entrada conosco quando a campainha tocou. Eu fui abrir a porta e achei engraçado quando ouvi Gretchen murmurar "Minha nossa" quando viu Hardy parado à luz do sol.
Com o corpanzil esguio e esculpido de um trabalhador braçal, aqueles olhos azuis penetrantes e o sorriso irresistível, Hardy tinha um jeito épico que qualquer mulher consideraria atraente. Ele passou os olhos rapidamente por mim, murmurou um cumprimento e me beijou no rosto antes de se virar para Gretchen. Eu os apresentei, e Hardy pegou-lhe a mão com cuidado óbvio, como se tivesse medo de a esmagar. Ela sorriu, mostrou animação e interpretou o papel de amável anfitriã sulista com perfeição. Assim que a atenção de Hardy foi desviada, Gretchen me deu um olhar significativo, como se perguntasse, *Onde você estava escondendo esse homem?*
Enquanto isso, Hardy havia agachado na frente da minha irmã.
"Carrington, você é mais bonita até do que sua mãe, mas acho que não se lembra de mim."
"Você nos levou para o hospital no dia em que eu nasci", Carrington disse, tímida.

"Isso mesmo. Em uma velha caminhonete azul, através de uma tempestade que inundou meia Welcome."

"É lá que a Srta. Marva mora!", exclamou Carrington. "Você a conhece?"

"Se eu conheço a Srta. Marva?", Hardy sorriu. "Sim, senhora, eu conheço. Eu comi mais do que alguns pedaços de Bolo Veludo Vermelho no balcão da cozinha da Srta. Marva."

Completamente encantada, Carrington pegou a mão de Hardy quando ele levantou.

"Liberty, você não disse que ele conhecia a Srta. Marva!"

Ver os dois de mãos dadas provocou um tremor profundo de emoção dentro de mim.

"Eu nunca falei muito de você", eu disse para Hardy. Minha voz soou estranha para mim mesma.

Hardy me encarou e anuiu, entendendo que algumas coisas eram muito intensas para serem ditas com naturalidade.

"Bem", Gretchen disse, animada, "então vão e se divirtam. Tenha cuidado com os cavalos, Carrington. Lembre-se do que eu disse sobre não passar atrás deles."

"Vou lembrar!"

Fomos para o Centro Equestre Silver Bridle, onde os cavalos viviam melhor que a maioria das pessoas. Eles eram mantidos em um galpão com um sistema digital de controle de mosquitos e moscas, música clássica, cocheiras com iluminação e torneiras individuais. Do lado de fora havia uma arena coberta, uma pista de saltos, pastos, lagos, paddocks e duzentos mil metros quadrados de terra para cavalgar. Hardy havia providenciado cavalos que pertenciam a um amigo para nós cavalgarmos. Como alojar um cavalo em Silver Bridle custava o mesmo que uma mensalidade de faculdade, era óbvio que o amigo tinha dinheiro para torrar. Trouxeram-nos dois cavalos quarto de milha, um baio e um ruão azul, os dois brilhantes, macios e bem-comportados. Quarto de milha é uma raça grande, musculosa, conhecida por seu temperamento calmo e pela habilidade com as vacas.

Antes de sairmos cavalgando, Hardy colocou Carrington em um pônei preto robusto e a levou para dar uma volta no curral, puxando o animal pelas rédeas. Como eu imaginava, ele encantou minha irmã por completo, fazendo elogios e a provocando até ela começar a rir. O dia estava maravilhoso para cavalgar, frio, mas ensolarado, o ar carregando cheiro de pasto, de animais e a leve fragrância terrosa que não se consegue isolar, mas que é o próprio cheiro do Texas. Hardy e eu conseguimos conversar enquanto cavalgávamos lado a lado, Carrington um pouco à nossa frente em seu pônei.

"Você está muito bem, querida", ele me disse. "Sua mãe ficaria orgulhosa."

"Espero que sim." Olhei para minha irmã, seu cabelo preso em uma bela trança loira amarrada com um laço branco. "Ela é maravilhosa, não é?"

"Maravilhosa." Mas Hardy estava fixo em mim. "Marva me contou um pouco de tudo o que você enfrentou. Você carregou um bocado de peso nessas costas, não é?"

Dei de ombros. Foi difícil em alguns momentos, mas olhando para trás, minhas lutas e meus fardos foram comuns. Muitas mulheres tinham que aguentar muito mais.

"A parte mais difícil foi logo depois que mamãe morreu. Eu acho que não dormi uma noite inteira em dois anos. Eu estava trabalhando, estudando e tentando fazer o melhor por Carrington. Parecia que tudo ficava pela metade, que nunca cumpríamos um horário e que eu não fazia nada certo. Mas depois tudo ficou mais fácil."

"Conte para mim como foi que você se envolveu com os Travis."

"Qual dos dois?", eu perguntei sem pensar, e minhas bochechas ficaram vermelhas.

Hardy sorriu.

"Vamos começar com o velho."

Enquanto nós falávamos, eu tive a sensação de estar descobrindo algo muito precioso há muito enterrado e completamente solidificado. Nossa conversa foi um processo de remoção de camadas e algumas foram varridas com facilidade. Outras, que precisavam de formões e picaretas, foram deixadas de lado por ora. Revelamos o quanto tivemos coragem sobre o que aconteceu durante os anos que nos separavam. Mas estar de novo com Hardy não foi o que eu esperava... Havia algo em mim que permanecia insistentemente guardado, como se eu estivesse com medo de deixar escapar a emoção que protegia havia tanto tempo.

A tarde chegou e Carrington ficou cansada e com fome. Voltamos para os estábulos e desmontamos. Eu dei algumas moedas a Carrington, para que ela pegasse uma bebida na máquina localizada no edifício-sede. Ela saiu correndo, deixando-me sozinha com Hardy.

Ele só ficou me olhando por um momento.

"Venha cá", ele murmurou, puxando-me para a sala de arreios vazia. Ele me beijou com delicadeza e eu saboreei pó, sol, sal da pele e os anos dissolvidos em um surto de calor lento e consistente. Eu havia esperado por ele e por isso, e era tão encantador como eu me lembrava. Mas quando Hardy aprofundou o beijo, tentando conseguir mais, eu me afastei com uma risada nervosa.

"Desculpe", eu disse, sem fôlego. "Desculpe."

"Está tudo bem." Seus olhos fulguravam de desejo, mas sua voz era tranquilizadora. Ele me deu um sorriso rápido. "Eu me deixei levar."

Apesar do prazer que sentia em sua companhia, fiquei aliviada quando ele nos levou de volta a River Oaks. Eu precisava me recolher para pensar, para deixar tudo aquilo se acomodar. Carrington tagarelava feliz no banco de trás, falando que queria cavalgar de novo, ter seu próprio cavalo um dia, e especulava quais seriam os melhores nomes.

"Você nos jogou em uma fase nova", eu disse para Hardy. "Nós fomos de Barbie para amazonas."

Ele sorriu e falou com Carrington.

"Diga para sua irmã me ligar sempre que quiser andar a cavalo, querida."

"Eu quero ir de novo amanhã!"

"Você tem escola amanhã", eu disse, o que fez Carrington armar um bico até que eu a lembrei de que ela poderia contar para as amigas sobre o pônei em que andou.

Hardy parou na frente da casa e nos ajudou a sair. Olhando para a garagem, eu vi o carro do Gage. Ele quase nunca aparecia por lá nas tardes de domingo. Meu estômago deu um daqueles pulos de quando se está numa montanha-russa, rumo à primeira queda grande.

"Gage está aqui", eu disse.

Hardy não pareceu se abalar.

"É claro que está."

Pegando a mão de Hardy, Carrington acompanhou seu novo amigo até a porta, falando sem parar...

"...e esta é nossa casa, e eu tenho um quarto lá em cima, com papel de parede listrado de amarelo, e essa coisa aqui é uma câmera de vídeo, para que a gente possa ver a pessoa e decidir se quer deixar ela entrar na nossa..."

"Nada disso é nosso, querida", eu disse, constrangida. "A casa é dos Travis."

Sem dificuldade para me ignorar, Carrington apertou a campainha e fez pose para a câmera, o que fez Hardy rir. A porta abriu e lá estava Gage, vestindo jeans e camisa polo branca. Meu pulso disparou quando seu olhar parou primeiro em mim, depois no meu acompanhante.

"Gage!", Carrington guinchou como se nós não o víssemos havia meses. Ela voou para ele e o abraçou pela cintura. "Este é o nosso velho amigo Hardy – ele nos levou para cavalgar, e eu fui num pônei preto chamado Príncipe, e andei como uma vaqueira de verdade!"

Gage sorriu para ela, passando o braço pelos seus ombrinhos estreitos. Com o canto do olho, vi uma centelha de especulação nos olhos de Hardy. Era algo que ele não esperava: a ligação entre minha irmã e Gage. Ele estendeu sua mão com um sorriso fácil.

"Hardy Cates."

"Gage Travis."

Os dois apertaram as mãos com firmeza, em uma competição breve, quase imperceptível, que terminou empatado. Gage continuava com Carrington pendurada em sua cintura, o rosto sem expressão. Enfiei as mãos nos bolsos. Os pequenos espaços entre meus dedos estavam úmidos. Os dois homens pareciam relaxados, mas o ar estava cravejado de conflito. Era chocante ver os dois juntos. Hardy foi tão gigantesco, por tanto tempo, na minha memória, que fiquei surpresa de perceber que Gage tinha a mesma altura, embora fosse mais magro. Os dois eram diferentes de todas as maneiras, educação, família, experiência... Gage, que jogava de acordo com as regras que ele mesmo havia ajudado a fazer, e Hardy, que jogava as regras para cima como se não valessem nada, quando não lhe convinham. Gage, sempre o mais inteligente onde estava, e Hardy, que havia me dito, com um sorriso enganadoramente preguiçoso, que só precisava ser mais inteligente do que o sujeito com quem estava negociando.

"Parabéns pela empresa de prospecção", Gage disse para Hardy. "Você fez descobertas impressionantes em pouco tempo. Reservas de alta qualidade, pelo que eu soube."

Hardy sorriu e encolheu um pouco os ombros.

"Nós tivemos sorte."

"É preciso mais que sorte."

Conversaram sobre geoquímica e análise de amostras de poços, e a dificuldade de se estimar intervalos produtivos no campo, e então a conversa se voltou para a empresa de tecnologia alternativa de Gage.

"Fala-se por aí que você está trabalhando em um novo biodiesel", disse Hardy.

A expressão agradável de Gage não mudou.

"Ainda não é nada de que valha a pena falar."

"Não foi o que eu ouvi. O boato é que você conseguiu diminuir as emissões de óxidos de nitrogênio... mas o biocombustível em si ainda é muito caro." Hardy sorriu para ele. "Petróleo é mais barato."

"Por enquanto."

Eu conhecia um pouco do entendimento particular de Gage quanto a esse assunto. Ele e Churchill concordavam que os dias de petróleo barato tinham terminado e que, quando o mundo chegasse ao ponto em que a demanda fosse maior que a oferta, os biocombustíveis ajudariam a evitar uma crise econômica. Muitos empresários petroleiros, amigos dos Travis, diziam que isso demoraria décadas para acontecer, e que ainda havia muito petróleo no mundo. Eles brincavam com Gage e diziam que esperavam que ele não estivesse planejando aparecer com alguma coisa que substituísse o petróleo, ou então o responsabilizariam pelo dinheiro que perdessem. Gage me disse que isso não era só brincadeira.

Depois de uns dois minutos de uma conversa dolorosamente controlada, Hardy se virou para mim.

"Eu vou embora, agora." Ele acenou para Gage. "Prazer em conhecê-lo."

Gage anuiu e voltou sua atenção para Carrington, que tentava lhe contar mais a respeito dos cavalos.

"Eu acompanho você", eu disse para Hardy, sentindo um alívio profundo pelo fim do encontro.

Enquanto caminhávamos, Hardy pôs um braço ao redor dos meus ombros.

"Eu quero ver você de novo", ele disse em voz baixa.

"Talvez em alguns dias."

"Eu ligo amanhã."

"Tudo bem." Nós paramos à porta. Hardy me beijou na testa e eu encarei seus calorosos olhos azuis. "Bem", eu disse, "vocês dois foram bem civilizados."

Hardy riu.

"Ele queria arrancar minha cabeça." Ele apoiou a mão no batente da porta e logo ficou sério. "Não consigo ver você com alguém como ele. É um filho da mãe gelado."

"Não quando você o conhece bem."

Esticando a mão, Hardy pegou uma mecha do meu cabelo, que esfregou com delicadeza entre os dedos.

"Eu acho que você conseguiria derreter uma geleira, querida." Ele sorriu e me soltou.

Sentindo-me cansada e confusa, fui à procura de Carrington e Gage. Eu os encontrei na cozinha, saqueando a geladeira e a despensa.

"Com fome?", Gage perguntou.

"Faminta."

Ele tirou um recipiente com salada de macarrão e outro de morangos. Encontrei uma baguete, da qual cortei algumas fatias, enquanto Carrington pegava três pratos.

"Só dois", Gage falou. "Eu já comi."

"Está bem. Posso comer um biscoito?"

"Depois do almoço."

Enquanto Carrington pegava os guardanapos, olhei para Gage franzindo a testa.

"Você não vai ficar?"

Ele balançou a cabeça.

"Já descobri o que precisava saber."

Preocupada com a proximidade de Carrington, eu contive minhas perguntas até os pratos estarem colocados na mesa. Gage serviu um copo de leite para Carrington e colocou dois biscoitos pequenos na borda do prato.

"Coma os biscoitos por último, querida", ele murmurou. Ela se esticou para abraçá-lo e começou a comer a salada de macarrão.

Gage me deu um sorriso impessoal.

"Tchau, Liberty."

"Espere..." Eu o segui até a saída, parando apenas para dizer a Carrington que eu iria voltar. Corri para alcançar Gage. "Você acha que entendeu Hardy Cates depois de vê-lo por cinco minutos?"

"Acho."

"E o que achou dele?"

"Não adianta lhe contar. Você vai dizer que estou sendo parcial."

"E não está?"

"Diabo, claro que estou sendo parcial, mas acontece que também estou certo."

Eu o parei na porta da frente com um toque no braço. Gage olhou para o lugar em que meus dedos o tocaram e, aos poucos, seu olhar chegou ao meu rosto.

"Diga para mim", eu falei.

Gage respondeu como se estivesse apenas expondo os fatos.

"Eu acho que ele é ambicioso até a medula, trabalha duro e joga ainda mais duro. Ele tem fome de todos os sinais visíveis de sucesso – os carros, as mulheres, a casa, o camarote do proprietário no estádio. Eu acho que ele vai se desfazer de todos os princípios que tem para subir na escada do sucesso. Ele vai ganhar e perder algumas fortunas, e terá três ou quatro mulheres. E ele quer você porque é a última esperança que tem de continuar lembrando de quem ele é. Mas nem mesmo você será suficiente."

Piscando diante daquela avaliação rigorosa, eu me abracei.

"Você não o conhece. Hardy não é assim."

"Vamos ver." Seu sorriso não chegou aos olhos. "É melhor você voltar para a cozinha. Carrington está esperando."

"Gage... você está bravo comigo, não está? Eu estou tão..."

"Não, Liberty." Seu rosto ficou um pouco mais suave. "Só estou tentando entender tudo isso. Assim como você."

Vi Hardy mais algumas vezes ao longo das semanas seguintes – um almoço, um jantar, uma longa caminhada. Por baixo das conversas, dos silêncios e da intimidade sendo restabelecida, eu tentei conciliar o adulto em que Hardy se transformou com o garoto que eu conhecia e queria. Eu ficava incomodada com o fato de que eles não eram iguais... mas é claro que eu também não era a mesma. Parecia importante entender quanto da atração que eu sentia por Hardy vinha daquele momento e quanto vinha do passado. Se tivéssemos acabado de nos conhecer, como estranhos, eu teria sentido o mesmo por ele? Eu não sabia dizer com certeza, mas Deus, como ele era charmoso. Ele tinha uma coisa... que sempre teve. Sabia me deixar à vontade e nós podíamos conversar sobre qualquer coisa, até mesmo Gage.

"Conte para mim como ele é", disse Hardy, segurando minha mão e brincando com meus dedos. "O quanto do que dizem sobre ele é verdade?"

Conhecendo a reputação de Gage, eu dei de ombros e sorri.

"Gage é... talentoso. Mas sabe como intimidar. O problema é que parece que ele sempre faz tudo com perfeição. As pessoas pensam que ele é invulnerável. E ele é muito reservado. Não é fácil chegar perto de um homem como esse."

"Mas você chegou, é o que parece."

Eu dei de ombros e sorri.

"Mais ou menos. Nós começamos a nos aproximar... mas então..."

Então Hardy apareceu.

"O que você sabe da empresa dele?", Hardy perguntou, despreocupado. "Eu não consigo entender por que um homem de uma família texana com ligações com as grandes empresas petrolíferas fica brincando com células de combustível e biodiesel."

Eu sorri.

"Esse é o Gage." E, depois que ele especulou um pouco, eu lhe contei o que sabia da tecnologia em que a empresa de Gage estava trabalhando. "Existe uma transação enorme sendo costurada com biocombustível. Ele quer construir uma instalação em uma refinaria imensa de Dallas, onde vão começar a misturar biodiesel ao combustível, para distribuir por todo o Texas. Pelo que eu sei, as negociações estão bem avançadas." Percebi uma nota de orgulho na minha própria voz quando acrescentei, "Churchill diz que só o Gage mesmo para conseguir realizar um negócio desses."

"Ele deve ter superado obstáculos imensos", Hardy comentou. "Em alguns lugares de Houston, basta dizer a palavra 'biodiesel' para levar um tiro. Em qual refinaria ele vai implantar isso?"

"Medina."

"Essa é das grandes, com certeza. Para o bem dele, espero que tudo dê certo." E, pegando minha mão, ele mudou de assunto.

Perto do fim da segunda semana, Hardy me levou para um bar supermoderno que me pareceu uma nave espacial, com a decoração estéril retroiluminada em azul e verde. As mesas eram do tamanho de pratos, e os pés pareciam canudinhos de refrigerante. Era o lugar do momento para ser visto, e todo mundo ali parecia extremamente moderno, ainda que não à vontade. Embalando um coquetel com gelo, passei os olhos pelo lugar e não pude deixar de reparar que Hardy atraía a atenção de algumas mulheres. O que não era surpresa, considerando sua aparência, sua presença e seu charme. Com o passar do tempo, Hardy ficaria ainda mais disputado, conforme seu sucesso se tornasse mais visível. Terminei minha bebida e pedi outra. Eu não estava conseguindo relaxar. Enquanto Hardy e eu tentávamos conversar por cima da estridente música ao vivo, tudo em que eu conseguia pensar era que sentia falta de Gage. Eu não o via há alguns dias. Sentindo-me culpada, eu pensei que tinha exigido muito dele, talvez demais, ao lhe pedir que tivesse paciência enquanto eu tentava entender meus sentimentos por outro homem.

Hardy massageava com delicadeza os nós dos meus dedos com seu polegar. Sua voz era suave sob as pancadas irritantes da música.

"Liberty." Meu olhar buscou o seu. Seus olhos cintilavam um azul extraterrestre da iluminação artificial. "Vamos, querida. Está na hora de acertarmos algumas coisas."

"Para onde?", eu perguntei, a voz baixa.

"Para o meu apartamento. Nós precisamos conversar."

Eu hesitei, engoli em seco e consegui anuir com a cabeça. Hardy havia me mostrado seu apartamento no começo daquela noite – eu optei por encontrá-lo lá em vez de ele me pegar em River Oaks. Não falamos muito enquanto Hardy dirigia. Mas ele manteve minha mão na dele. Meu coração batia como as asas de um beija-flor. Eu não tinha certeza do que ia acontecer, ou do que eu queria que acontecesse. Nós chegamos ao edifício luxuoso e Hardy me levou para seu apartamento, um imóvel grande e decorado em couro, peles e finos tecidos artesanais. Luminárias em ferro forjado com cúpula de pergaminho espalhavam uma luz difusa pela sala principal.

"Você quer uma bebida?", ele perguntou.

Eu neguei com a cabeça, entrelaçando meus dedos, em pé junto à porta. "Não, obrigada. Eu já bebi muito no bar."

Demonstrando seu estranhamento com um sorriso, Hardy veio até mim e encostou os lábios na minha testa.

"Está nervosa, querida? Sou só eu. Seu velho amigo Hardy."

Eu soltei um suspiro trêmulo e me aproximei dele.

"Eu sei. Eu lembro de você."

Ele passou os braços ao meu redor e nós ficamos assim um longo tempo, juntos em pé, respirando no mesmo compasso.

"Liberty", ele sussurrou. "Eu lhe disse uma vez que, na minha vida toda, você sempre seria o que eu mais queria. Lembra?"

Fiz que sim em seu ombro.

"Na noite em que você foi embora."

"Eu nunca mais vou deixar você." Seus lábios roçaram a borda sensível da minha orelha. "Eu ainda sinto o mesmo, Liberty. Eu sei que estou pedindo para você abrir mão – mas eu juro que nunca irá se arrepender. Eu vou lhe dar tudo o que você sempre quis." Ele tocou meu queixo com os dedos, levantando meu rosto, e sua boca chegou à minha.

Meu equilíbrio se desintegrou e eu o agarrei. Seu corpo era duro de anos de trabalho braçal, e seus braços fortes e seguros. Ele me beijava diferente de Gage, mais direto, agressivo, sem o modo brincalhão e cauteloso do outro. Ele abriu meus lábios e explorou minha boca lentamente, e eu correspondi ao beijo com uma mistura de prazer e culpa. Sua mão quente chegou ao meu seio, os dedos circundando com leveza os contornos arredondados, parando na ponta sensível. Afastei minha boca da sua com um som agitado.

"Hardy, não", eu consegui dizer, e o desejo ficou pesado e quente na minha barriga. "Não posso."

Sua boca buscou a pele trêmula do meu pescoço.

"Por que não?"

"Eu prometi ao Gage – eu e ele concordamos – que eu não faria isso com você. Não até..."

"O quê?" Hardy recuou a cabeça e apertou os olhos. "Você não lhe deve isso. Ele não é seu dono."

"Não é isso, não tem nada a ver com ser dono, é só que..."

"O diabo que não."

"Eu não posso quebrar minha promessa", insisti. "Gage confia em mim."

Hardy não disse nada, só me olhou de um modo intrigante. Alguma coisa em seu silêncio provocou tremores por baixo da minha pele. Passando a mão pelo cabelo, Hardy foi até uma das janelas e olhou para a cidade que se estendia abaixo de nós.

"Você tem certeza disso?", ele perguntou afinal.

"O que você quer dizer?"

Ele se virou para me encarar, apoiando o corpo na parede e cruzando as pernas nos tornozelos.

"Nas últimas vezes em que eu vi você, reparei num Crown Victoria prateado nos seguindo. Eu anotei o número da placa e mandei verificar. O carro pertence a um sujeito que trabalha para uma empresa de investigação."

Um calafrio me percorreu.

"Você acha que Gage está mandando me seguir?"

"O carro está agora mesmo parado no fim desta rua." Ele gesticulou para que eu me aproximasse da janela. "Veja você mesma."

Eu não me mexi.

"Ele não faria isso."

"Liberty", ele disse em voz baixa, "você não conhece o vagabundo bem o bastante para saber o que ele faria ou não."

Esfreguei meus braços, que formigavam, com as mãos, em uma tentativa fútil de me aquecer. Eu estava perplexa demais para falar.

"Eu sei que você pensa nos Travis como amigos", ouvi Hardy continuar com a voz equilibrada. "Mas eles não são, Liberty. Você acha que eles lhe fizeram um favor, acolhendo você e a Carrington? Não foi porra nenhuma de favor. Eles lhe devem muito mais."

"Por que você diz isso?"

Ele atravessou a sala e me pegou pelos ombros, encarando meus olhos desorientados.

"Você realmente não sabe, não é? Eu pensei que você ao menos suspeitasse de algo."

"Do que você está falando?"

A boca de Hardy estava ameaçadora. Ele me puxou até o sofá, e nós ficamos sentados enquanto ele tomava minhas mãos sem força nas suas.

"Sua mãe teve um caso com Churchill Travis. Durou anos."

Eu tentei engolir em seco. A saliva não conseguia descer.

"Isso não é verdade", eu sussurrei.

"Marva me contou. Pergunte a ela você mesma. Sua mãe contou tudo para ela."

"Por que a Marva não me contou nada?"

"Tinha medo de que você soubesse. Medo que se enroscasse com os Travis. Ela achava que eles poderiam decidir tirar Carrington de você, que não poderia fazer nada para impedi-los. Depois, quando soube que você trabalhava para o Churchill, ela imaginou que ele estava tentando compensar você. Marva achou melhor não interferir."

"Isso não faz sentido. Por que você acha que eles iriam querer tirar a Carrington de mim? O que Churchill poderia..." O sangue fugiu do meu rosto. Eu parei e cobri minha boca com dedos trêmulos quando compreendi.

Ouvi a voz de Hardy como se viesse de muito longe.

"Liberty... quem você acha que é o pai da Carrington?"

Capítulo 24

Eu saí do apartamento de Hardy com a intenção de ir direto a River Oaks e exigir explicações do Churchill. Eu estava mais agitada do que em qualquer momento depois da morte da minha mãe. Se por fora estava estranhamente calma, por dentro minha cabeça e meu coração viviam uma anarquia. *Não pode ser verdade*, eu pensava sem parar. Eu não queria que fosse verdade. Se Churchill fosse pai da Carrington... eu pensei em todas as vezes que tivemos fome, nas dificuldades, nas vezes em que ela me perguntou por que não tinha um pai, quando suas amigas tinham. Eu mostrava a fotografia do meu pai e dizia, "Este é nosso pai", e falava o quanto ele a amava mesmo morando no céu. Pensei nos aniversários e feriados, nos momentos em que ela esteve doente, em tudo que lhe faltou... Se Churchill fosse o pai da Carrington, ele não me devia nada. Mas devia muito a ela.

Antes de perceber o que estava fazendo, eu me peguei dirigindo para os portões de entrada do número 1.800 na rua Principal. O segurança pediu minha carteira de motorista e eu hesitei, pensando se deveria lhe dizer que havia cometido um erro, que eu não pretendia entrar ali. Mas eu lhe mostrei o documento e dirigi até o estacionamento dos moradores, onde parei o carro. Eu queria ver Gage, mas nem sabia se ele estava em casa. Meu dedo tremia quando apertei o botão do décimo-oitavo andar, com um pouco de medo, mas principalmente de raiva. Apesar da reputação de as mulheres mexicanas terem temperamento esquentado, eu era muito contida na maior parte do tempo. Não gostava de ficar brava. Odiava o surto doloroso de adrenalina que vinha com a raiva. Mas, naquele momento, eu estava pronta para explodir. Queria jogar coisas. Fui até o apartamento de Gage em passos longos e pesados, e martelei a porta com tanta força que machuquei a mão. Como não tive resposta, ergui o punho para martelar de novo, e quase caí para frente quando a porta foi aberta.

Gage estava ali, parecendo calmo e hábil, como sempre.

"Liberty..." Uma interrogação marcou a última sílaba do meu nome. Seu olhar me percorreu de baixo para cima, parando no meu rosto corado.

Ele estendeu a mão para me puxar para dentro. Eu repeli o toque assim que entrei. "O que está acontecendo, coração?"

Não consegui suportar o calor em sua voz, nem minha necessidade ardente, mesmo naquele momento, de me jogar nele.

"Não ouse fingir que está preocupado comigo", eu explodi, jogando minha bolsa no chão. "Não posso acreditar no que você fez, quando eu não fiz nada além de ser honesta com você!"

A expressão de Gage esfriou bastante.

"Ajudaria", ele disse com a voz contida, "se você me contasse do que está falando."

"Você sabe muito bem por que eu estou brava. Você contratou alguém para me seguir. Você tem me *espionado*. Eu não entendo isso. Não fiz nada para merecer esse tipo de tratamento..."

"Calma."

A maioria dos homens parece não entender que pedir calma a uma mulher furiosa é o mesmo que jogar pólvora no fogo.

"Eu não quero me acalmar, eu quero saber por que diabos você fez isso!"

"Se você manteve sua promessa", observou Gage, "não tem motivo para se preocupar com o fato de ter alguém observando você."

"Então admite que contratou alguém para me seguir? Oh, Deus, você fez isso, posso ver no seu rosto. Maldito, eu não transei com ele. Você devia ter confiado em mim."

"Eu sempre confiei no velho ditado, 'confie, mas verifique'."

"Isso pode funcionar muito bem nos negócios", eu disse, a voz mortífera. "Mas não funciona em relacionamentos. Eu quero que isso pare agora! Não quero mais ser seguida. Livre-se dele!"

"Tudo bem. Tudo bem."

Surpresa que Gage tivesse concordado de pronto, olhei-o desconfiada. Gage me encarava com estranheza, e eu percebi que tremia visivelmente. Minha raiva tinha passado, e eu fiquei com uma sensação de desespero. Eu não sabia dizer como tinha acabado no meio de um cabo-de-guerra entre dois homens implacáveis... para não falar de Churchill. Cansei daquilo, de tudo, principalmente da multidão de perguntas sem resposta. Eu não sabia aonde ir ou o que fazer comigo mesma.

"Liberty", ele disse, cuidadoso. "Eu sei que você não dormiu com ele. Eu confio em você. Droga, me desculpe. Eu não podia relaxar e esperar enquanto queria algo – você – tanto assim. Eu não posso vê-la ir embora sem lutar."

"Então isso tudo é para ver quem ganha? É algum tipo de competição para você?"

"Não, não é uma competição. Eu quero você. Eu quero coisas que não sei se você já está pronta para ouvir. Mais do que tudo, eu quero abraçá-la até que pare de tremer." Sua voz ficou rouca. "Me deixe abraçar você, Liberty."

Fiquei imóvel, refletindo se podia confiar nele, desejando poder pensar direito. Enquanto eu o encarava, vi a frustração em seus olhos. E a necessidade.

"Por favor", ele disse.

Eu dei um passo à frente e ele me abraçou, firme.

"Essa é minha garota", veio um murmúrio baixo. Enterrei meu rosto em seu ombro, inalando o aroma familiar de sua pele. Um alívio me percorreu e eu lutei para me aproximar mais, precisando mais dele do que meus braços conseguiam envolver.

Depois de um tempo, Gage me conduziu ao sofá, massageando minhas costas e meus quadris. Nossas pernas se enroscaram e minha cabeça deitou em seu ombro, e eu acharia que estava no céu se o sofá não fosse não duro.

"Você precisa de umas almofadas", eu disse com a voz abafada.

"Eu detesto bagunça." Ele se virou para me encarar. "Tem mais alguma coisa chateando você. Diga o que é, que eu vou arrumar."

"Você não pode."

"Experimente."

Eu ansiava confidenciar a ele a questão envolvendo Churchill e Carrington, mas tinha que manter segredo por enquanto. Eu não queria que Gage cuidasse disso por mim, e eu sabia que era o que ele faria se eu lhe contasse. Isso era entre mim e Churchill.

Então eu sacudi a cabeça, aninhando-me mais perto, e Gage acariciou meu cabelo.

"Fique comigo esta noite", ele disse.

Eu me sentia frágil e ferida. Eu me deleitei na superfície musculosa e dura do seu braço debaixo da minha nuca, o calor reconfortante de seu corpo.

"Tudo bem", eu sussurrei.

Gage olhou para mim intensamente, sua mão apoiando o lado do meu rosto com uma delicadeza infinita. Ele beijou a ponta do meu nariz.

"Eu tenho que sair antes do amanhecer. Tenho uma reunião em Dallas e outra em Research Triangle."

"Onde é isso?"

Ele sorriu e deslizou a ponta do dedo pelo alto da minha bochecha.

"Carolina do Norte. Vou ficar fora uns dois dias." Continuando a me encarar, ele começou a perguntar algo, então parou. Levantou do sofá com um movimento fluido, puxando-me com ele. "Vamos. Você precisa ir para a cama."

Fui com ele para o quarto, que estava escuro a não ser pelo brilho de uma pequena luminária focada na pintura marinha. Envergonhada, tirei a roupa e vesti uma camiseta branca que Gage me entregou. Sentindo-me grata, engatinhei entre os lençóis luxuosos. A luz foi apagada e eu senti o peso de Gage afundando o colchão. Rolando na direção dele, eu me aninhei e passei a perna por cima. Tão juntos como estávamos, não pude deixar de notar a pressão dura e quase escaldante na minha coxa.

"Ignore", disse Gage.

Isso me fez sorrir, apesar da minha exaustão. Rocei os lábios de leve em seu pescoço. Seu aroma quente foi o que precisava para fazer meu pulso começar a bater em um ritmo erótico. Com os dedos do pé, eu comecei a explorar a superfície peluda da sua perna.

"É uma pena desperdiçar isso."

"Você está cansada demais."

"Não para uma rapidinha."

"Eu não dou rapidinhas."

"Não estou nem aí." Subi nele com determinação ardente, arfando um pouco diante do poder dos músculos naquele corpo debaixo do meu.

Uma risada ecoou na escuridão, e Gage se moveu de repente, prendendo meu corpo debaixo do seu.

"Fique parada", ele sussurrou, "que eu cuido de você."

Eu obedeci, tremendo, enquanto ele empurrava a bainha da camiseta para cima, para além dos meus seios. O calor macio de sua boca cobriu um mamilo retesado. Eu me ergui para ele com um som de súplica. Seus lábios cruzaram meu peito em uma jornada de beijos entreabertos, enquanto ele agachava sobre mim como um gato. Ele mordiscou meu ombro e encontrou a depressão em que meu pulso vibrava, acalmando-o com a língua. Mais embaixo, onde os músculos do meu abdome tremiam sob o toque dele, e ainda mais baixo, onde cada beijo preguiçoso se transformava em fogo e fazia eu me contorcer para fugir do prazer indecente, enquanto ele me segurava, imóvel e apertada, com as sensações correndo e me despedaçando.

Acordei sozinha, envolta em lençóis que guardavam o aroma de sexo e pele. Aconchegando-me mais fundo sob as cobertas, observei os primeiros raios da manhã se insinuarem pela janela. A noite com Gage fez eu me sentir mais equilibrada, capaz de lidar com o que quer que estivesse à frente. Dormi encostada nele a noite toda, não me escondendo, mas buscando abrigo.

Sempre consegui encontrar força em mim mesma – mas tinha sido uma revelação poder receber a força de outra pessoa. Saindo da cama, atravessei o apartamento vazio para chegar à cozinha, onde peguei o telefone e liguei para a mansão Travis. Carrington atendeu no segundo toque.

"Alô?"

"Queridinha, sou eu. Eu dormi no apartamento do Gage esta noite. Desculpe não ter ligado para você – quando lembrei, era muito tarde."

"Ah, tudo bem", disse minha irmã. "A tia Gretchen fez pipoca, e ela, eu e Churchill assistimos a um filme antigo bobo, cheio de música e dança. Foi legal."

"Você está se arrumando para a escola?"

"Estou, o motorista vai me levar com o Bentley."

Eu sacudi a cabeça, pesarosa, ao ouvir seu tom casual.

"Você está falando como qualquer outra criança de River Oaks."

"Eu tenho que terminar o café da manhã. Meu cereal está ficando encharcado."

"Tudo bem. Carrington, você faz uma coisa para mim? Diga ao Churchill que vou chegar em cerca de meia hora, e que eu preciso conversar com ele sobre uma coisa importante."

"Sobre o quê?"

"Coisa de adulto. Eu amo você."

"Também amo você. Tchau!"

Churchill esperava por mim junto à lareira da sala íntima. Tão familiar e tão estranho. De todos os homens na minha vida, Churchill era o que eu conhecia por mais tempo e em quem eu mais confiava. Não havia como ignorar o fato de que ele era a coisa mais próxima de um pai que eu havia conhecido. Eu o amava. E ele teria que me revelar alguns segredos naquele dia ou então eu iria matá-lo.

"Bom dia", ele disse, o olhar inquisidor.

"Bom dia. Como está se sentindo?"

"Não posso reclamar. E você?"

"Não sei", eu disse, sincera. "Nervosa, eu acho. Um pouco brava. Muito confusa."

Com Churchill, nunca era necessário fazer rodeios para se chegar a um assunto delicado. Eu poderia despejar qualquer coisa que ele encararia o desafio. Saber disso facilitou, para mim, atravessar a sala, parar na frente dele e falar.

"Você conhecia minha mãe", eu disse.

O fogo na lareira soava como uma bandeira esvoaçante, tremulando em um dia de vento.

Churchill respondeu com espantoso autocontrole.

"Eu amei sua mãe." Ele me deixou absorver a informação por um instante, depois balançou a cabeça. "Me ajude a ir para o sofá, Liberty. O assento da cadeira está machucando a parte de trás das minhas pernas."

Nós dois nos refugiamos por algum tempo na logística de transferi-lo da cadeira de rodas para o sofá, que foi mais uma questão de equilíbrio do que de força. Eu empurrei um pufe para debaixo da perna engessada e dei a Churchill umas almofadas pequenas para ele apoiar a lateral do corpo. Depois que estava instalado com conforto, sentei ao seu lado e esperei com os braços envolvendo meu abdome. Churchill pegou uma pequena carteira do bolso da camisa, vasculhou o conteúdo e me entregou uma fotografia antiga em preto e branco com as bordas rasgadas. Era minha mãe, muito jovem, linda como uma deusa do cinema, com palavras escritas na letra dela. *"Para meu querido C, com amor, Diana."*

"O pai dela – seu avô – trabalhava para mim", disse Churchill, pegando a foto de volta e a segurando na palma da mão como se fosse um artefato religioso. "Eu já estava viúvo quando conheci Diana em um churrasco da empresa. Gage mal tinha saído das fraldas. Ele precisava de uma mãe e eu de uma mulher. Era óbvio, desde o começo, que Diana era errada de todas as formas. Jovem demais, bonita demais, impetuosa demais. Nada disso me importava." Ele balançou a cabeça, lembrando, e disse, melancólico: "Meu Deus, como eu amava aquela mulher".

Eu olhava para ele sem piscar. Não dava para acreditar que Churchill estava abrindo uma janela para a vida da minha mãe, para o passado do qual ela nunca falava.

"Fui atrás dela com tudo o que eu tinha", disse Churchill. "Qualquer coisa que eu acreditava que pudesse ser tentadora. Eu disse desde o início que queria me casar com ela. Sua mãe foi pressionada por todos os lados, principalmente pela própria família. Os Truitt eram de classe média, e sabiam que se Diana se casasse comigo não haveria limite para o que eu poderia proporcionar a eles." Sem sentir vergonha, ele acrescentou: "Eu fiz questão de que Diana também soubesse disso".

Tentei imaginar Churchill jovem, perseguindo uma mulher com todas as armas de seu arsenal.

"Jesus", eu disse, "deve ter sido um espetáculo."

"Eu a intimidei, subornei e convenci a me amar. Eu pus um anel de noivado no dedo dela." Ele soltou uma risada marota que eu achei cativante. "É só me dar tempo que eu faço qualquer um gostar de mim."

"Mamãe realmente amava você ou foi fingimento?", perguntei, sem querer magoá-lo, apenas precisando saber.

Como se tratava de Churchill, ele não levou para o lado errado.

"Acredito que houve momentos em que ela me amou. Mas no fim, isso não foi suficiente."

"O que aconteceu? Foi o Gage? Ela não queria ser a mãe do seu filho?"

"Não, não teve nada a ver com isso. Ela parecia gostar do garoto, e eu prometi que nós contrataríamos babás e empregadas, toda a ajuda de que ela precisasse."

"Então o que foi? Não consigo imaginar por que... *Oh*."

Meu pai entrou em cena. Senti uma compaixão instantânea por Churchill, e, ao mesmo tempo, uma pontada de orgulho pelo pai que eu nunca conheci, que havia conseguido roubar minha mãe de um homem mais velho, rico e poderoso.

"Isso mesmo", disse Churchill, como se pudesse ler meus pensamentos. "Seu pai era tudo o que eu não era. Jovem, bonito e, como diria minha filha Haven, desprivilegiado."

"E mexicano."

Churchill anuiu.

"Isso não pegou bem com seu avô. Naquele tempo, as pessoas viravam a cara para casamentos entre brancos e latinos."

"É uma forma gentil de dizer isso", eu falei, irônica, consciente de que, na verdade, a situação devia ter sido considerada uma desgraça. "Sabendo como era minha mãe, o enredo de Romeu e Julieta deve ter tornado a coisa toda ainda mais atraente."

"Ela era uma romântica", concordou Churchill, devolvendo a foto à carteira com extremo cuidado. "E ela era apaixonada por seu pai. Seu avô lhe disse que, se fugisse com seu pai, ela não precisaria se incomodar em voltar. Ela sabia que a família nunca a perdoaria."

"Porque se apaixonou por um homem pobre?", eu perguntei, exaltada.

"Não era justo", admitiu Churchill. "Mas os tempos eram diferentes."

"Isso não é desculpa."

"Diana me procurou na noite em que fugiu para se casar. Seu pai esperou no carro enquanto ela veio para se despedir e me devolver o anel. Eu não aceitei, e lhe disse para trocá-lo por um presente de casamento. E implorei que ela me procurasse se algum dia precisasse de alguma coisa."

Eu compreendi como aquelas palavras deviam ter sido difíceis para ele, um homem de orgulho imenso.

"E quando meu pai morreu", eu disse, "você já tinha se casado com Ava."

"Isso mesmo."

Eu fiquei em silêncio, então, remexendo nas minhas memórias. Pobre mamãe, lutando para se virar sozinha. Sem família a quem recorrer, ninguém para ajudar. Mas aqueles desaparecimentos misteriosos, quando ela sumia por um dia inteiro e então a geladeira ficava cheia de comida e os cobradores paravam de ligar...

"Ela procurava você", eu disse. "Mesmo você estando casado. Ela o visitava e você lhe dava dinheiro. Você a ajudou durante anos."

Churchill não precisou dizer nada. Eu enxerguei a verdade em seus olhos. Endireitei os ombros e me obriguei a fazer a pergunta mais importante.

"A Carrington é sua filha?"

O rosto cansado ganhou cor e ele me deu um olhar ofendido.

"Você acha que eu não assumiria a responsabilidade pela minha própria filha? Que a deixaria ser criada em um maldito estacionamento de trailers? Não, não existe chance de ela ser minha. Diana e eu nunca tivemos esse tipo de relacionamento."

"Pare com isso, Churchill. Eu não sou boba."

"Sua mãe e eu nunca dormimos juntos. Você acha que eu faria isso com Ava?"

"Desculpe, mas não acredito. Não se ela estava recebendo dinheiro de você."

"Querida, eu não dou a mínima se você acredita em mim ou não", ele disse, a voz tranquila. "Não estou dizendo que não me senti tentado, mas eu era fisicamente fiel à Ava. Eu lhe devia pelo menos isso. Se quiser que eu faça um teste de paternidade, vamos lá."

Isso me convenceu.

"Tudo bem. Desculpe. Me desculpe. Eu só... é difícil aceitar que minha mãe ia pegar dinheiro com você durante todos esses anos. Ela sempre fez tanta questão de nunca aceitar doações dos outros e que eu aprendesse a ser autossuficiente enquanto crescia. Isso a torna uma imensa hipócrita."

"Isso a torna uma mãe que queria o melhor para a filha. Ela fez o melhor que pôde. Eu queria fazer muito mais por ela, mas Diana não aceitou." Churchill suspirou, de repente parecendo esgotado. " Eu não a vi por um ano antes de ela morrer."

"Ela se enrolou com um cara com que estava namorando", eu disse. "Um traste da pior espécie."

"Louis Sadlek."

"Ela lhe falou dele?"

Churchill sacudiu a cabeça.

"Li sobre o acidente."

Fiquei olhando para ele, estudando-o, considerando seu gosto por gestos grandiosos.

"Você assistiu ao funeral em uma limusine preta", eu disse. "Sempre me perguntei quem era. E as rosas amarelas... você que as mandou todos esses anos, não foi?"

Ele ficou em silêncio enquanto eu encaixava as peças.

"Consegui um desconto no caixão", eu disse lentamente. "Foi você. Você que pagou. Você convenceu o diretor da funerária a fazer a encenação."

"Foi a última coisa que pude fazer por Diana", ele disse. "Isso e ficar de olho nas filhas dela."

"Ficar de olho em nós como?", perguntei, desconfiada.

Churchill manteve a boca fechada. Mas eu o conhecia bem. Parte do meu trabalho era organizar os rios de informação que chegavam até Churchill. Ele mantinha arquivos sobre empresas, questões políticas, pessoas... ele estava sempre recebendo relatórios de um tipo ou outro em envelopes pardos aparentemente inócuos.

"Você não estava me espionando, estava?", perguntei, enquanto pensava, *Jesus Cristo, esses homens Travis estão me deixando paranoica.*

Ele deu de ombros.

"Eu não chamaria assim. Só dava uma olhada de vez em quando, para ver como você estava se virando."

"Eu conheço você, Churchill. Não dá *só uma olhada* nas pessoas. Você gosta de interferir. Você..." Inspirei fundo e rápido. "A bolsa de estudos que eu consegui na Academia de Cosmetologia... você foi o responsável por isso também, não foi?"

"Eu queria ajudá-la."

Pulei do sofá.

"Eu não queria ajuda! Eu teria conseguido sozinha. Droga, Churchill! Primeiro você foi o protetor da minha mãe e depois o meu, só que eu não escolhi isso. Você sabe como essa situação faz eu me sentir idiota?"

Ele apertou os olhos.

"O que eu fiz não tira o mérito de tudo que você conquistou. Nem um pouco."

"Devia ter me deixado em paz, Churchill, eu juro. Você vai aceitar de volta cada centavo que gastou comigo, ou nunca mais vou falar com você."

"Tudo bem. Vou descontar o dinheiro da bolsa de estudos do seu salário. Mas não o dinheiro do caixão. Eu fiz isso por ela, não por você. Sente-se, nós não terminamos de conversar. Eu tenho mais para falar."

"Ótimo." Eu me sentei. Minha cabeça estava zunindo. "O Gage sabe?"

Churchill anuiu.

"Ele me seguiu um dia em que fui encontrar Diana para almoçar no St. Regis."

"Você a encontrava em um hotel e *nunca*..." Eu parei diante da careta que ele fez para mim. "Tudo bem, tudo bem. Eu acredito em você."

"Gage nos viu almoçando juntos", Churchill continuou, "e depois me questionou. Ele ficou louco da vida, mesmo depois de eu jurar que não tinha traído Ava. Mas ele concordou em manter segredo. Não queria que Ava ficasse magoada."

Minha cabeça voltou para o dia em que me mudei para River Oaks.

"Gage reconheceu minha mãe em uma fotografia no meu quarto", eu disse.

"Sim... Nós conversamos a respeito."

"Aposto que conversaram." Eu olhei para o fogo. "Por que você começou a frequentar o salão?"

"Eu queria conhecer você. Fiquei muito orgulhoso por você ficar com a Carrington e criá-la sozinha, enquanto se matava de trabalhar. Eu já amava as duas porque eram tudo que havia sobrado de Diana. Mas depois que as conheci, comecei a amá-las por vocês mesmas."

Eu mal conseguia enxergar Churchill através da umidade nos meus olhos.

"Eu também amo você, seu intrometido de uma figa."

Churchill estendeu o braço, gesticulando para eu me aproximar. E foi o que eu fiz. Eu me encostei nele, inspirando o reconfortante aroma paternal de loção pós-barba, de couro e algodão engomado.

"Minha mãe nunca conseguiu superar a perda do meu pai", eu disse, absorta. "E você nunca conseguiu superar perdê-la." Eu me recostei e olhei para ele. "Eu sempre pensei que se tratava de encontrar a pessoa certa, mas na verdade, a questão é escolher a pessoa certa, não é...? Fazer uma escolha verdadeira e entregar seu coração."

"Mais fácil falar do que fazer."

Não para mim. Não mais.

"Eu preciso ver o Gage", eu disse. "De todos os momentos para ele estar longe, este é o pior."

"Querida." Churchill começou a franzir o rosto. "Por acaso o Gage mencionou por que ia fazer essa viagem de última hora?"

Não gostei de para onde aquilo estava indo.

"Ele me falou que iria para Dallas e depois para o Research Triangle. Mas não, ele não disse por quê."

"Ele não queria que eu lhe contasse", disse Churchill. "Mas acho que você precisa saber. Houve problemas de última hora no negócio com a Refinaria Medina."

"Ah, não", eu disse, preocupada, sabendo como isso era importante para a empresa de Gage. "O que aconteceu?"

"Vazamento de informações durante o processo de negociação. Ninguém devia saber que a transação iria acontecer – na verdade, todos os envolvidos assinaram um acordo de confidencialidade. Mas, de algum modo, seu amigo Hardy Cates descobriu o que estava acontecendo. Ele levou a informação para o maior fornecedor da Medina, a Victory Petroleum, que agora está fazendo pressão na Medina para matar todo o negócio."

Todo o ar pareceu deixar meus pulmões de uma só vez. Eu não podia acreditar.

"Meu Deus, fui eu", falei, entorpecida. "Eu mencionei o negócio para o Hardy. Eu não sabia que era ultrassecreto. Eu não tinha ideia de que ele faria algo assim. Preciso ligar para o Gage e contar o que eu fiz, que eu não pretendia..."

"Ele já descobriu isso, querida."

"Gage sabe que eu fui responsável pelo vazamento? Mas..." Eu me interrompi, gelada de pânico. Gage já devia saber na noite anterior. E ainda assim não falou nada. Eu fiquei enjoada. Escondi o rosto nas mãos, e minha voz foi filtrada por meus dedos rígidos. "O que eu posso fazer? Como eu posso consertar isso?"

"Gage está cuidando dos estragos", disse Churchill. "Ele está acalmando as coisas na Medina esta manhã, e, mais tarde, vai reunir a equipe no Research Triangle para lidar com as questões que foram levantadas sobre o biocombustível. Não se preocupe, querida. Tudo vai dar certo."

"Eu preciso fazer algo. Eu... Churchill, você me ajuda?"

"Sempre", ele disse sem hesitar. "É só falar."

Capítulo 25

A coisa sensata a fazer teria sido esperar que Gage voltasse ao Texas, mas à luz do fato de que ele havia tolerado vários golpes em seu orgulho, e um golpe ainda mais forte em uma importante transação comercial, tudo pelo meu bem, eu sabia que não era o momento de ser sensata. Como Churchill diz, às vezes eram necessários grandes gestos. A caminho do aeroporto, fiz uma parada no escritório do Hardy na cidade. Ficava na rua Fannin, em uma torre de alumínio e vidro construído em duas metades que se encaixavam, como duas peças de um quebra-cabeça gigantesco. A recepcionista, como se podia esperar, era uma loira atraente com voz rouca e pernas lindas. Ela me acompanhou até o escritório do Hardy assim que eu cheguei. Ele vestia um terno escuro da Brooks Brothers e uma gravata azul do tom exato de seus olhos. Parecia confiante, inteligente, um homem em ascensão.

Contei para Hardy da minha conversa com Churchill, e que eu soube da tentativa dele de arruinar o negócio com a Medina.

"Eu não entendo como você pôde fazer algo assim", eu disse. "Eu nunca imaginaria que você pudesse fazer isso."

Ele não demonstrou arrependimento.

"São só negócios, querida. Às vezes você precisa sujar um pouco as mãos."

Existem sujeiras que não saem, eu pensei em dizer, mas eu sabia que algum dia ele descobriria.

"Você me usou para acertar o Gage. Você imaginou que isso nos separaria, e além de tudo faria a Victory Petroleum lhe dever um favor. Você vai fazer qualquer coisa para ter sucesso, não é?"

"Eu vou fazer o que precisa ser feito", ele disse, o rosto tranquilo. "Vou morrer antes de me desculpar por querer me dar bem."

Minha raiva foi sumindo, e eu o encarei com pena.

"Você não precisa se desculpar, Hardy. Eu compreendo. Eu me lembro de todas as coisas que nós precisávamos, queríamos e não podíamos ter. É só que... não vai funcionar, isso entre mim e você."

Sua voz estava muito suave.

"Você acha que eu não consigo amá-la, Liberty?"

Eu mordi o lábio e sacudi a cabeça.

"Eu acho que você me amou um dia. Mas, mesmo naquela época, não foi suficiente. Você quer saber de uma coisa? Gage não me contou o que você fez, mesmo tendo a oportunidade perfeita. Porque ele não quis deixar você colocar um problema entre nós. Ele me perdoou sem eu pedir, sem nem mesmo me deixar saber que eu o traí. Isso é amor, Hardy."

"Ah, querida..." Hardy pegou minha mão, ergueu e beijou o lado de dentro do meu pulso, as pequenas veias azuis debaixo da pele. "Perder um negócio não significa nada para ele. Gage tem de tudo desde o dia em que nasceu. Se estivesse no meu lugar, ele teria feito a mesma coisa."

"Não, não teria." Eu me afastei. "Gage não me usaria por nada neste mundo."

"Todo mundo tem um preço."

Nossos olhares se encontraram. A sensação foi de que uma conversa inteira aconteceu ali. Cada um de nós enxergou o que precisava saber.

"Eu preciso me despedir agora, Hardy."

Ele me encarou com amargura. Nós dois sabíamos que não havia espaço para amizade. Não havia sobrado nada além de histórias da infância.

"Diabo." Hardy pegou meu rosto em suas mãos e me beijou a testa, minhas pálpebras fechadas, e parou antes de chegar à minha boca. E então eu fui envolvida por um daqueles abraços fortes, seguros, que conhecia tão bem. Ainda me abraçando, Hardy sussurrou na minha orelha. "Seja feliz, querida. Ninguém merece isso mais do que você. Mas não se esqueça... vou guardar um pedacinho do seu coração para mim. Se um dia o quiser de volta... sabe onde encontrar."

Como eu nunca tinha viajado de avião, fui com as mãos crispadas nos braços da poltrona o voo todo até o aeroporto Raleigh Durham, na Carolina do Norte. Sentei na primeira classe ao lado de um sujeito muito legal vestindo terno, que conversou comigo da decolagem ao pouso e pediu um *uísque sour* para mim durante o voo. Quando desembarcamos, ele perguntou se eu podia lhe dar meu telefone.

"Desculpe, estou comprometida."

E eu esperava que fosse verdade... Havia planejado pegar um táxi até meu próximo destino, um pequeno aeroporto a cerca de dez quilômetros de distância, mas um motorista de limusine estava esperando por mim na esteira de bagagens. Ele segurava um cartaz com JONES escrito à mão. Eu me aproximei, hesitante.

"Por acaso você está esperando Liberty Jones?"

"Sim, senhora."

"Sou eu."

Imaginei que Churchill tivesse providenciado esse transporte por pura consideração ou por medo de que eu não conseguisse pegar um táxi sozinha. Os homens Travis são, com certeza, superprotetores.

O motorista me ajudou com a mala, uma Hartmann de tweed que Gretchen me emprestou e ajudou a fazer. Estava cheia de calças de lã leve, uma saia, algumas camisas brancas, meu lenço de seda e dois suéteres de caxemira que ela jurou não ter mais utilidade. Fui otimista o bastante para incluir na mala um vestido de noite e sapatos de salto alto. Havia um passaporte novo em folha na minha bolsa, junto com o do Gage, que sua secretária havia providenciado. Estava quase escuro quando fui deixada no aeroporto pequeno, que tinha duas pistas, uma lanchonete e nada que lembrasse uma torre de controle. Reparei em como o ar da Carolina do Norte cheirava diferente, salgado, suave e verde.

Havia sete aviões no solo, dois pequenos e cinco médios, um deles, o Gulfstream dos Travis. Depois de um iate, a forma mais evidente de se demonstrar riqueza extrema era um jato particular. Os super-ricos têm aviões com chuveiro, suíte particular e estações de trabalho com superfícies em madeira, além de coisas chiques como suportes de copos folheados a ouro. Mas os Travis, preocupados com os custos de manutenção, eram conservadores pelos padrões texanos. Isso chegava a ser uma piada para quem via o Gulfstream, uma aeronave luxuosa de longo alcance com acabamento em mogno e carpete macio. E também assentos ajustáveis de couro, uma TV de plasma e um sofá com biombo que se abria em uma cama *queen-size*.

Eu embarquei no avião e conheci o piloto e o copiloto. Enquanto eles aguardavam na cabine, tomei um refrigerante e esperei, nervosa, por Gage. Pratiquei um discurso, centenas de versões, procurando as palavras certas para fazê-lo entender como eu me sentia. Eu ouvi alguém embarcando no avião, meu pulso disparou e o discurso sumiu da minha cabeça. Gage não me viu logo que entrou. Ele parecia abatido e cansado, e colocou uma pasta preta brilhante no assento mais próximo, massageando a nuca como se estivesse dolorida.

"Ei", eu disse, a voz suave.

Ele virou a cabeça, e sua perplexidade transpareceu no rosto quando me viu.

"Liberty. O que você está fazendo aqui?"

Senti um surto avassalador de amor por ele, mais amor do que eu conseguia conter, emanando de mim como calor. Deus, ele era lindo. Eu lutei para encontrar as palavras.

"Eu... eu me decidi por Paris."

Um longo silêncio...

"Paris..."

"É. Lembra quando você me perguntou se eu... bem, eu liguei para o piloto ontem. Disse que queria fazer uma surpresa para você."

"Você ligou."

"Ele cuidou de tudo para que nós pudéssemos partir direto daqui. Agora mesmo. Se você quiser." Eu lhe ofereci um sorriso esperançoso. "Estou com seu passaporte."

Gage retirou lentamente o paletó. O modo como pareceu se atrapalhar um pouco enquanto ajeitava a peça de roupa sobre as costas de uma poltrona me tranquilizou.

"Então agora você está pronta para ir a algum lugar comigo."

Minha voz ficou embargada de emoção.

"Estou pronta para ir a qualquer lugar com você."

Ele me observou com seus brilhantes olhos cinzentos, e eu prendi a respiração quando um sorriso lento curvou seus lábios. Soltando a gravata, ele começou a se aproximar de mim.

"Espere", eu disparei. "Preciso lhe contar uma coisa."

Gage parou.

"Sim?"

"Churchill me contou sobre o negócio com a Medina. É culpa minha – fui eu que falei para o Hardy sobre isso. Eu não tinha ideia que ele iria... me desculpe." Minha voz falhou. "Por favor, me perdoe."

Gage chegou até mim em dois passos longos.

"Está tudo bem. Não, droga, não comece a chorar."

"Eu nunca faria nada para prejudicar você..."

"Eu sei que não faria. Chega. Chega." Ele me puxou para perto, limpando minhas lágrimas com os dedos.

"Eu fui tão boba, eu não percebi... por que você não me falou nada sobre isso?"

"Eu não queria que você se preocupasse. Eu sabia que não era sua culpa. Eu devia ter deixado claro que era confidencial."

Eu fiquei pasma com sua confiança em mim.

"Como você pode ter tanta certeza que eu não fiz de propósito?"

Ele pegou meu rosto em suas mãos e sorriu para meus olhos marejados.

“Porque eu a conheço, Liberty Jones. Não chore, querida. Você está acabando comigo.”

“Eu vou compensar você, eu juro...”

“Fique quieta”, Gage disse, carinhoso, e me beijou com uma paixão que fez meus joelhos dobrarem. Eu passei meus braços ao redor de seu pescoço, esquecendo o motivo das lágrimas, esquecendo de tudo menos dele. Ele me beijou de novo e de novo, mais fundo, até nós dois cambalearmos no corredor e ele ser obrigado a apoiar a mão em um dos assentos para evitar que caíssemos. E o avião não estava nem se mexendo. Sua respiração soprou rápida e quente na minha face enquanto ele recuava para sussurrar.

“E quanto ao outro cara?”

Eu quase fechei os olhos quando senti a palma de sua mão roçar o lado do meu seio.

“Ele é passado”, eu consegui dizer. “Você é o futuro.”

“Pode acreditar que sou.” Mais um beijo profundamente selvagem, cheio de fogo e carinho, prometendo mais do que eu podia começar a assimilar. Tudo em que eu conseguia pensar era que uma vida inteira com aquele homem não seria nem de perto suficiente. Ele se afastou com uma risada trêmula e disse: “Você não tem mais como fugir de mim, Liberty. Acabou”.

Eu sei, eu teria dito, mas antes que pudesse responder, ele estava me beijando de novo, e não parou por bastante tempo.

“Eu amo você.” Não lembro quem disse primeiro, só que nós dois dissemos isso muitas vezes durante o voo de sete horas e vinte e cinco minutos sobre o Atlântico. E Gage mostrou que tinha algumas ideias bem interessantes sobre como passar o tempo a quinze mil metros de altitude.

Vamos apenas dizer que voar é mais fácil de tolerar quando se tem distrações.

Epílogo

Não tenho certeza se o rancho foi um presente de noivado ou de casamento antes da hora. Tudo que eu sei é que hoje, Dia dos Namorados, Gage me deu um grande chaveiro amarrado com um laço vermelho. Ele disse que nós precisaremos de um lugar para fugir quando a cidade ficar muito lotada, e que Carrington precisa de um lugar para cavalgar. Foram necessários alguns minutos de explicação da parte dele antes que eu entendesse que se tratava pura e simplesmente de um presente. Sou a proprietária de um rancho de dois mil hectares. O lugar, que já foi conhecido por seus ótimos cavalos para rodeio, fica a 45 minutos de carro de Houston. Agora reduzido a uma fração de seu tamanho original, o rancho é pequeno pelos padrões do Texas – um *ranchinho*, é como Jack, debochando, o chama, quando um olhar de Gage faz com que se encolha, fingindo medo.

"Você nem tem um rancho", Carrington provoca Jack, brincalhona, correndo para a porta antes de acrescentar, "e isso faz de você um *mauricinho*."

"Quem você está chamando de mauricinho?", Jack pergunta fingindo estar ofendido e sai correndo atrás dela, cujos gritos de alegria ecoam pelos corredores.

No fim de semana, nós fazemos as malas e vamos ver o lugar, que Gage rebatizou Rancho Tatu.

"Você não devia ter feito isso", eu lhe digo pela décima vez enquanto ele dirige ao norte de Houston. "Você já me deu tanto."

Mantendo os olhos na estrada, Gage leva nossos dedos entrelaçados à boca e beija as juntas.

"Por que você fica tão pouco à vontade quando eu lhe dou alguma coisa?"

Percebo que aceitar presentes com elegância é uma arte que eu ainda não aprendi.

"Não estou acostumada a receber presentes", admiti. "Principalmente quando não é Natal nem meu aniversário e não há motivo para eles. E mesmo antes desse... desse..."

"Rancho."

"Isso, antes disso você já fez mais por mim do que eu jamais vou conseguir lhe pagar..."

"Querida." O tom é paciente, mas, ao mesmo tempo, percebo uma nota inflexível. "Você vai ter que se esforçar para se livrar dessa planilha invisível que carrega na sua cabeça. Relaxe. Deixe eu ter o prazer de lhe dar alguma coisa sem ter que depois falar disso até quase a morte." Ele olha por cima do ombro para ter certeza de que Carrington está com os fones de ouvido. "Da próxima vez que eu lhe der um presente, tudo que você precisa fazer é dizer um simples 'obrigada' e fazer amor comigo. Esse é todo o pagamento de que eu preciso."

Eu engulo um sorriso.

"Tudo bem."

Passamos por um par de imensos pilares de pedra que sustentam um arco de ferro de seis metros e continuamos por uma estrada pavimentada que eu, enfim, percebo se tratar da nossa entrada de carro. Passamos por campos de trigo manchados pelas sombras de gansos que voam acima de nós. À distância, podíamos ver agrupamentos de algarobeiras, cedros e figo-da-índia. O caminho nos leva a uma antiga casa vitoriana em pedra e madeira à sombra de carvalhos e nogueiras-pecãs. Meu olhar perplexo assimila um celeiro de pedra... um *paddock*... um galinheiro vazio, tudo rodeado por uma cerca de pedras. A casa é grande, robusta e charmosa. Eu sei, sem que precisem me dizer, que crianças nasceram e casais se formaram aqui, e famílias discutiram, amaram e riram sob o telhado. É um lugar para se sentir seguro. Um lar.

O carro para ao lado de uma garagem para três automóveis.

"Foi completamente reformada", diz Gage. "Cozinha moderna, chuveiros grandes, cabo e internet..."

"Tem cavalos?", Carrington o interrompe, animada, arrancando os fones de ouvido.

"Tem." Gage se vira e sorri para ela, que pula no assento traseiro. "Para não falar de uma piscina e uma hidromassagem."

"Uma vez eu sonhei com uma casa assim", diz Carrington.

"É mesmo?" Até para mim mesma, eu soei um pouco espantada. Soltando o cinto de segurança e saindo do carro, continuo a admirar a casa. Durante todo o tempo em que desejei uma família e uma casa, nunca me preocupei com a forma que devia ter. Mas aquela parecia ser tão certa, tão perfeita, a sensação é tão boa, que parece impossível que qualquer outro lugar seja tão adequado quanto esse. Ela tem varanda à volta toda, com um banco balanço, e está pintada de azul-claro sob o forro, como antigamente, para evitar que vespas façam casulos. Há tantas pecãs caídas ao lado da casa que daria para encher baldes.

Nós entramos na casa com ar-condicionado, cujo interior está pintado em tons de branco e creme, e o chão de mesquita envernizada brilha com a luz das janelas altas. A decoração é no estilo que as revistas chamam de "new country", o que significa que não é cheio de babados, mas que os sofás e cadeiras são acolchoadas, e o ambiente está cheio de almofadas. Carrington grita de empolgação e desaparece, correndo de quarto em quarto, voltando de vez em quando para relatar alguma nova descoberta.

Gage e eu fazemos uma turnê mais lenta pela casa. Ele observa minhas reações e diz que eu posso mudar o que quiser, que eu posso ter o que quiser. Eu estou emocionada demais para dizer qualquer coisa. Tive uma ligação instantânea com a casa, a vegetação teimosa enraizada na terra vermelha e seca, o bosque de arbustos abrigando catetos, linces e coiotes, tanta vida mais que nos apartamentos modernos e estéreis elevados acima das ruas de Houston. E eu me pergunto como Gage sabia que era por isso que minha alma ansiava.

Ele vira meu rosto para si, seus olhos inquisidores. Eu percebo que ninguém, em toda minha vida, foi tão preocupado com a minha felicidade.

"O que você está pensando?", ele pergunta.

Eu sei que Gage detesta que eu chore – ele fica completamente desarmado ao ver minhas lágrimas –, então eu pisco várias vezes para afastar a vontade.

"Estou pensando em como sou grata por tudo", eu digo, "até pelas coisas ruins. Pelas noites sem dormir, pelos segundos de solidão, por todas as vezes em que o carro quebrou, cada pedaço de chiclete no sapato, cada conta atrasada e cada bilhete de loteria não premiado, todos os machucados, pratos quebrados e torradas queimadas.

"Por que, meu amor?", sua voz é suave.

"Porque tudo isso me trouxe até aqui com você."

Gage solta um som baixo e me beija, tentando ser delicado, mas logo ele está me agarrando e murmurando palavras de amor, palavras de sexo, e começa a descer a curva do meu pescoço até eu o lembrar, sem fôlego, de que Carrington está por perto.

Preparamos o jantar juntos, nós três, e, depois de comer, nos sentamos na varanda e conversamos. Às vezes, fazemos uma pausa para escutar o canto lamurioso dos pombos, o eventual relinchar de um cavalo no celeiro, a brisa que agita os carvalhos e faz as pecãs caírem tamborilando no chão. Em certo momento, Carrington sobe para tomar banho na banheira restaurada com pés de garras, e ela vai dormir em um quarto com paredes azul-claras.

Ela pergunta, sonolenta, se nós podemos pintar nuvens no teto, e eu digo que sim, é claro que podemos.

Gage e eu dormimos no quarto principal, no andar de baixo. Nós fazemos amor em uma cama *king-size* com dossel, debaixo de uma colcha de retalhos costurada à mão. Sensível ao meu estado de espírito, Gage vai devagar, do modo que nunca falha em me deixar louca, provocando cada sensação até meu coração estar martelando na minha garganta. Ele é forte, firme e cuidadoso, cada movimento delicado que faz é uma afirmação de algo que vai além de palavras, algo mais profundo e doce do que mera paixão. Eu fico rígida em seus braços, abafando um grito em seu ombro enquanto ele extrai espasmos deliciosos do meu corpo. Então é minha vez de segurá-lo. Eu ponho meus braços e pernas ao seu redor, mantendo-o firme dentro de mim, e ele geme meu nome enquanto explode de amor.

Nós dois acordamos ao nascer do dia, enquanto gansos fugindo do inverno grasnam e batem suas asas sobre os campos, a caminho de seu café da manhã. Estou deitada junto ao peito de Gage, ouvindo os tordos cantando para nós no carvalho junto à janela. Eles não cansam.

"Onde está o rifle?", ouço Gage murmurar.

Escondo meu sorriso em seu peito.

"Calma, caubói. Estamos no meu rancho. Esses passarinhos podem cantar o quanto quiserem."

Só por causa disso, Gage responde, vai me fazer sair com ele em uma cavalgada matinal para verificar minha propriedade. Isso faz o sorriso sumir. Eu tenho algo para lhe contar, mas não sabia como nem quando. Fico quieta e brinco, nervosa, com os pelos de seu peito.

"Gage... acho que não vou cavalgar hoje."

Ele se ergue sobre um cotovelo e olha para mim, franzindo a testa.

"Por que não? Está se sentindo bem?"

"Não, quero dizer, sim, estou ótima." Minha inspiração é entrecortada. "Mas preciso perguntar para o médico se posso fazer algo tão vigoroso."

"Médico?", Gage senta na cama e pega meus ombros em suas mãos. "Que médico? Por que diabos você..." Sua voz vai diminuindo quando ele entende. "Meu Deus, Liberty, querida, você está..." Imediatamente, ele ameniza a força que suas mãos aplicam no meu ombro, como se estivesse com medo de me esmagar. "Tem certeza?" Eu confirmo e ele solta uma risada de alegria. "Não posso acreditar." Um rubor instantâneo faz seus olhos ficarem incrivelmente claros, pelo contraste. "Na verdade, eu posso. Foi na véspera do Ano-Novo, não foi?"

"Culpa sua", eu o lembro, e seu sorriso fica maior.

"Sim, eu assumo total responsabilidade por isso. Minha garota querida. Me deixe olhar para você."

Em seguida, sou submetida a uma inspeção e suas mãos passeiam por todo o meu corpo. Gage beija minha barriga dezenas de vezes, então se ergue para me pegar outra vez nos braços. Sua boca desce sobre a minha uma vez após a outra.

"Meu Deus, eu amo você. Como está se sentindo? Tem enjoo matinal? Quer uns biscoitos? Picles? Refrigerante?"

Eu sacudo a cabeça e tento falar com ele em meio aos beijos.

"Eu amo você... Gage... amo você..." As palavras ficam presas na doçura dos nossos lábios, e eu finalmente entendo por que tantos texanos se referem a beijos como *mordidas de açúcar*."

"Eu vou tomar conta de você muito bem." Gage deita a cabeça com delicadeza no meu peito, sua orelha encostada no ritmo do meu coração. "De você, de Carrington e do bebê. Minha família. Um milagre."

"É um milagre meio comum", eu observo. "Quero dizer, as mulheres têm filhos todos os dias."

"Não a *minha* mulher. Não o *meu* filho." Ele levanta a cabeça. A expressão em seus olhos faz eu perder o fôlego. "O que eu posso fazer por você?", ele sussurra.

"Diga um simples 'obrigado'", eu lhe digo, "e faça amor comigo."

E ele faz...

Eu sei, sem qualquer dúvida, que esse homem me ama por quem eu sou. Sem condições, sem limites. Isso também é um milagre. Na verdade, todos os dias são cheios de milagres comuns.

Não é preciso ir muito longe para encontrar um.

Agradecimentos

Enquanto escrevia este livro, fui abençoada pela ajuda e pelo conhecimento de muita gente. Seria necessário escrever o equivalente a uma novela para descrever tudo o que fizeram por mim. Espero que todos saibam o quanto sou grata.

Mel Berger, um agente extraordinário que tem me acompanhado em cada fase da minha carreira com sabedoria, paciência e humor, sem nunca deixar de acreditar em mim.

Jennifer Enderlin, que disse querer que eu tivesse asas e me ajudou a encontrá-las. Ela não apenas é uma editora brilhante, mas também uma pessoa linda, por dentro e por fora.

Sally Richardson, Matthew Shear, George Witte, Matt Baldacci, John Murphy, Dori Weintraub, Kim Cardascia e toda a equipe da St. Martin's Press, por todo seu talento e trabalho extraordinário.

Linda Kleypas, Lloyd Kleypas e Ki Kleypas, pelo apoio emocional e suas sugestões, por me ajudarem a entender as pessoas que estão nas nossas origens, por fornecer respostas para um milhão de perguntas, por serem ótima companhia e constituírem uma família amorosa. Acima de tudo, por serem uma constelação pequena e perfeita de estrelas guias. Por causa de vocês, não importa onde eu esteja, sempre consigo encontrar o caminho de casa.

Agradecimentos especiais para minha inteligente e exuberante mãe, que é, como diria Marie Brenner, uma grande dama.

Ireta e Harrell Ellis, por me darem o conselho certo no momento certo, me ajudando a acreditar em mim mesma, e por me mostrarem a força e o amor inabalável que sempre se tornam um lugar para eu ancorar. E também pela noite maravilhosa que passamos trocando lembranças de Mac Palmer. Cristi e James Swayze, por seu amor e incentivo, e por mudarem minha vida, tantos anos atrás, ao me arrumarem um Blind Date muito Bom.

Christina Dodd, a amiga mais querida do mundo, que me disse que eu conseguiria escrever um "contemporâneo" e acabou tendo razão. E Liz

Bevarly, Connie Brockway, Eloisa James e Teresa Medeiros, que sempre me levantam quando eu caio e me defendem, esteja eu certa ou errada, e me envolvem em um círculo de amor. Eu não conseguiria sem vocês.

Geralyn Dawson, Susan Sizemore, e Susan Kay Law, que me ouviram com paciência, ofereceram sugestões valiosíssimas e me mostraram como fazer barras caramelizadas de caju e inventar histórias de vampiros, bem como comer cereal em xícaras de chá, tornando-se assim amigas que quero manter para sempre.

Stephanie Bascon e Melissa Rowcliffe, duas mulheres dinâmicas e lindas, que compartilharam seu conhecimento legal e, principalmente, por me abençoarem com sua amizade.

Billie Jones, a mulher mais generosa que eu conheço, e seu marido, James Walton Jones, pelo amor, bom humor e sabedoria, e também pelo jantar em uma noite de verão, passada com amigos que compartilharam memórias preciosas e me ajudaram a entender os reais problemas da minha história.

Obrigada a estes amigos que me inspiraram de muitas maneiras: o Prefeito e Sra. Norman Erskine, Mena Nichols, Betsy Allen, J. C. Chatmas, Weezie Burton, Charlsie Brown, Necy Matelski, Nancy Erwin, Gene Erwin, Sara Norton, Hammond Norton, Lois Cooper, Bill Reynolds e Mary Abbot Hess.

Patsy e Wilson Kluck, por suas memórias e seu amor e, principalmente Patsy, por me mostrar tudo o que há de melhor nas mulheres texanas.

Virginia Lake, que me influenciou a escrever a história de uma mulher que triunfa sobre as dificuldades com elegância, determinação e humor – qualidades que ela possui em abundância.

Sandy Coleman, por sua amizade, seu apoio e amor pelo gênero romântico.

Michelle Buonfiglio, uma mulher com muita inteligência e muito carisma, que me faz ter orgulho da minha profissão.

Amanda Santana e Cindy Torres, não apenas por responderem a perguntas técnicas sobre a profissão de cabeleireira, mas também por contribuírem com observações e memórias pessoais.

Acima de tudo, sou grata aos meus filhos – meus dois milagres –, que enchem de alegria meu coração e cada canto da minha alma.

Este livro foi composto com tipografia Electra e impresso
em papel Off-White 70 g/m² na Gráfica Assahi.